高志远 著

归 来

　　荆楚大地，苍苍茫茫，一碑尤突，那是由一群卑微者垒起。我写下碑文，留住我们曾经的岁月。

WUHAN UNIVERSITY PRESS
武汉大学出版社

图书在版编目(CIP)数据

归来/高志远著. —武汉:武汉大学出版社,2012.7
黄土地之歌
ISBN 978-7-307-09739-1

Ⅰ.归…　Ⅱ.高…　Ⅲ.长篇小说—中国—当代　Ⅳ.I247.5

中国版本图书馆 CIP 数据核字(2012)第 073023 号

责任编辑:张　璇　　责任校对:黄添生　　版式设计:马　佳

出版发行:**武汉大学出版社** 　(430072　武昌　珞珈山)
（电子邮件:cbs22@whu.edu.cn 网址:www.wdp.com.cn）
印刷:武汉中科兴业印务有限公司
开本:880×1230　1/32　印张:15.375　字数:348 千字
版次:2012 年 7 月第 1 版　　2012 年 7 月第 1 次印刷
ISBN 978-7-307-09739-1/I·550　　定价:28.00 元

编 委 会

总　序

叶　辛

40 多年前，中国的大地上发生了一场波澜壮阔的知识青年上山下乡运动。"波澜壮阔"四个字，不是我特意选用的形容词，而是当年的习惯说法，广播里这么说，报纸的通栏大标题里这么写。知识青年上山下乡，当年还是毛泽东主席的伟大战略部署，是培养和造就千百万无产阶级革命事业接班人的百年大计，千年大计，万年大计。

这一说法，也不是我今天的特意强调，而是天天在我们耳边一再重复宣传的话，以至于老知青们今天聚在一起，讲起当年的话语，忆起当年的情形，唱起当年的歌，仍然会气氛热烈，情绪激烈，有说不完的话。

说"波澜壮阔"，还因为就是在"知识青年到农村去，接受贫下中农的再教育，很有必要"的指示和召唤之下，1600 多万大中城市毕业的知识青年，上山下乡，奔赴农村，奔赴边疆，奔赴草原、渔村、山乡、海岛，在大山深处，在戈壁荒原，在兵团、北大荒和西双版纳，开始了这一代人艰辛、平凡而又非凡的人生。

讲完这一段话，我还要作一番解释。首先，我们习惯上讲，中国上山下乡的知识青年，有 1700 万，我为什么用了 1600 万这个数字。其实，1700 万这个数字，是国务院知青办的权威统计，应该没有错。但是这个统计，是从 1955 年有知青下乡这件事开始算起的。研究中国知青史的中外专家都知道，从 1955 年到 1966 年"文革"初始，十多年的时间里，全国有 100 多万知青下乡，全国人民所熟知的一些知青先行者，都在这个阶段涌现出来，宣传开去。而发展到"文革"期间，特别是 1968 年 12 月 21 日夜间，毛主席的最新最高指示发表，知识青年上山下乡，掀起了一个前所未有的高潮。那个年头，毛主席的话，一句顶一万句；毛主席的指示，理解的要执行，不理解的也要执行，且落实毛主席的最新指示，要"不过夜"。于是乎全国城乡迅疾地行动起来，在随后的 10 年时间里，有 1600 万知青上山下乡。而在此之前，知识青年下乡去，习惯的说法是下乡上山。我最初到贵州山乡插队落户时，发给我们每个知青点集体户的那本小小的刊物，刊名也是《下乡上山》。在大规模的知青下乡形成波澜壮阔之势时，才逐渐规范成"上山下乡"的统一说法。

　　我还要说明的是，1700 万知青上山下乡的数字，是国务院知青办根据大中城市上山下乡的实际数字统计的，比较准确。但是这个数字仍然是有争议的。

　　为什么呢？

　　因为国务院知青办统计的是大中城市上山下乡知青的数字，没有统计千百万回乡知青的数字。回乡知青，也被叫作本乡本土的知青，他们在县城中学读书，或者在县城下面的区、城镇、公社的中学读书，如果没有文化大革命，他们读到初中毕业，照样可以考高中；他们读到高中毕业，照样可以报考全国各地所有的大学，就像今天的情形一样，不会因为他们毕业于区级中学、县级中学不允许他们报考北大、清华、复旦、交大、武大、南大。只要成绩好，名牌大学照样录取他们。但是在上山下乡"一片红"的大形势之下，大中城市的毕业生都要汇入上山下乡的洪流，本乡本土的毕业生理所当然地也要回到自己的乡村里去。他们的回归对政府和国家来说，比较简单，就是回到自己出生的村寨上去，回到父母身边去，那里本来就是他们的家。学校和政府不需要为他们支付安置费，也不需要为他们安排交通，只要对他们说，大学停办了，你们毕业以后回到乡村，也像你们的父母一样参加农业劳动，自食其力。千千万万本乡本土的知青就这样回到了他们生于斯、长于斯的乡村里。他们的名字叫"回乡知青"，也是名副其实的知青。

而大中城市的上山下乡知青，和他们就不一样了。他们要离开从小生活的城市，迁出城市户口，注销粮油关系，而学校、政府、国家还要负责把他们送到农村这一"广阔天地"中去。离开城市去往乡村，要坐火车，要坐长途公共汽车，要坐轮船，像北京、上海、天津、广州、武汉、长沙的知青，有的往北去到"反修前哨"的黑龙江、内蒙古、新疆，有的往南到海南、西双版纳，路途相当遥远，所有知青的交通费用，都由国家和政府负担。而每一个插队到村庄、寨子里去的知青，还要为他们拨付安置费，下乡第一年的粮食和生活补贴。所有这一切必须要核对准确，做出计划和安排，国务院知青办统计离开大中城市上山下乡知青的人数，还是有其依据的。

其实我郑重其事写下的这一切，每一个回乡知青当年都是十分明白的。在我插队落户的公社里，我就经常遇到县中、区中毕业的回乡知青，他们和远方来的贵阳知青、上海知青的关系也都很好。

但是现在他们有想法了，他们说：我们也是知青呀！回乡知青怎么就不能算知青呢？不少人觉得他们的想法有道理。于是乎，关于中国知青总人数的说法，又有了新的版本，有的说是 2000 万，有的说是 2400 万，也有说 3000 万的。

看看，对于我们这些过来人来说，一个十分简单的统计数字，就要结合当年的时代背景、具体政策，费好多笔墨才能讲明白。而知识青年上山下乡运动中，还有多多少少类似的情形啊，诸如兵团知青、国营农场知青、插队知青、病退、顶替、老三届、工农兵大学生，等等等等，对于这些显而易见的字眼，今天的年轻一代，已经看不甚明白了。我就经常会碰到今天的中学生向我提出的种种问题：凭啥你们上山下乡一代人要称"老三届"？比你们早读书的人还多着呢，他们不是比你们更老吗？嗳，你们怎么那样笨，让你们下乡，你们完全可以不去啊，还非要争着去，那是你们活该……

有的问题我还能解答，有的问题我除了苦笑，一时间都无从答起。

从这个意义上来说，武汉大学出版社推出反映知青生活的"黄土地之歌"、"红土地之歌"和"黑土地之歌"系列作品这一大型项目，实在是一件大好事。既利于经历过那一时代的知青们回顾以往，理清脉络；又利于今天的年轻一代，懂得和理解他们的上一代人经历了一段什么样的岁月；还给历史留下了一份真切的记忆。

对于知青来说，无论你当年下放在哪个地方，无论你在乡间待过多长时间，无论你如今是取得了很大业绩还是默默无闻，从那一时期起，我们就有了一个共同的称呼：知青。这是时代给我们留下的抹不去的印记。

历史的巨轮带着我们来到了2012年，转眼间，距离那段已逝的岁月已40多年了。40多年啊，遗憾也好，感慨也罢，青春无悔也好，不堪回首也罢，我们已经无能为力了。

我们所拥有的只是我们人生的过程，40多年里的某年、某月、某一天，或将永久地铭记在我们的心中。

风雨如磐见真情，

岁月蹉跎志犹存。

正如出版者所言：1700万知青平凡而又非凡的人生，虽谈不上"感天动地"，但也是共和国同时代人的成长史。事是史之体，人是史之魂。1700万知青的成长史也是新中国历史的一部分，不可遗忘，不可断裂，亟求正确定位，给生者或者死者以安慰，给昨天、今天和明天一个交待。

是为序。

序

胡发云

　　那个荒谬又残酷的时代过去许多年了，许多在那个时代中风行一时的词语也已死去，"病转"就是其中一个。生活在今天的年轻人，怕不太懂它，即便猜出了这两个字组合后的含义，也不会洞悉这曾是一个多么可怕的过程，更不可能体味处于这个过程中的人们经历了何等的肉体与灵魂的熬炼。《归来》这本书，大约多少可以帮你理解这个上山下乡的运动中生造出来的、让千千万万的人不堪回首的词儿。

　　《归来》反映的是知青史中最灰暗最屈辱也最残酷的一页，它没有下乡初期战天斗地的热情与豪迈，也没有"文革"结束后集体返城的悲壮与激越，"病转"的人们，只有一副伤残病痛的身体，一颗孤独绝望的心，一摞一摞病历、化验单、诊断证明书，从上到下各级有关部门的证明材料——如书中说的，大大小小十一个章……以上这些，有的是真的，有的是假的，有的是终于将假的做成真的——许多知青后来不得不用自伤自残的方式，换取一张回城的的通行证。本书中，林青青在一次又一次的检查中，为终于出现病症而激动的时候，我们看到生命与尊严已坠落到地狱的门槛前。所以，几乎所有艰难地进行病转的人，都像鼹鼠一样，悄无声息又忍辱负重运作着它那漫长又繁难的程序，有幸终于成功后又像鼹鼠一样悄无声息在这原本就属于自己的城市蛰伏下来，待业，打零工，或努力进入街道小厂……我见到为招工返城而庆贺的，也见过为上学而庆贺的，但我从未见到为病转返城而庆贺的——那些必须运用"病转"才得以回城的人，基本上都是那个时代的"贱民"，在乡下是，在城里依然是。在很长的时间里，很少读到写病转的文字。大约这是一个极深的伤痛，经历它的人害怕再去戳它。有一位女性告诉我，回城许多年后她还会做噩梦，梦见有人拿一张表给她填，说又要下农村了。她哭着央求说，她已经结婚了，已经有了孩子，那人还是冷冷地说，有孩子也要下！她从梦中惊醒，满面泪痕，那恐惧久久挥之不去。

老三届一代人，一直被亲昵地被称呼为"祖国的花朵""共和国的儿女"。确实，这一代人，不论他们的家庭背景、生活环境、个人禀性是如何不同，他们都是在新中国这所大学校的严密管教和铺天盖地的革命新文化的熏陶中诞生和成长起来的。本来，他们中的绝大多数人都会成为最坚定的"革命接班人"。忽然有一天，生活告诉他们，在他们中间，一部分人与另一部分人是不一样的，甚至是水火不相容的。他们有的是天生的高贵者，有的是天生的卑贱者，有的血是红的心是红的，有的血是黑的心也是黑的……尽管有"文革"以前升学入团中的阶级路线，尽管有"文革"初期的不良影响，但最彻底地向他们宣示了这一"天条"的，便是招工。

在几次招工浪潮过后，广袤的乡村，那些破败的、孤独的、空荡荡的知青屋中，剩下的几乎全是"家庭有问题"的女知青，她们以柔弱之身，负载着那颗伤痕累累之心及沉重得望不到头的劳作，苦熬着绝望的日子。如果说，在往日的痛苦中，他们多少还能得到家的护卫和基本的生活保障，在被抛弃于乡野的日子中，她们连最基本的生存都受到威胁，更不消说那巨大的精神苦痛。不少人因此自杀或发疯。在《归来》这本书中，我们可以随处读到她们。

"文革"，下乡，回城这三部曲，让一代"共和国的儿女"经历了一个巨大的精神炼狱，完成了一次巨大的精神转变——不论他们曾经是红色的还是黑色的，高贵的还是卑贱的。

在各种各样的知青类群中，《归来》写了长期以来被掩盖了的特殊一群人，它丰富补充了一代知青的群像。她们是孤独的，卑微的，常年流落于城乡之间，隔离于社会之外。

《归来》没有曲折复杂、惊心动魄的故事，在非常平实朴素的人和事中，却隐含着曲折复杂惊心动魄的生活原生相，处处弥漫着那个已逝去时代的灰暗沉郁气息，那时的语言，那时的衣饰，那时的吃食，那时的社会生活氛围——特别是那些底层人群的社会生活氛围，还有那些两毛五分钱买一斤粮票、五斤粮票换一斤肉票、一斤肉票买一斤半排骨的故事，让人觉得恍若隔世又记忆犹新……从某种意义上说，我们还可以将这本书当做一部"文革"中期中国社会民俗读物来读。

一眨眼，又是沧海桑田了。当初费尽心机忍辱负重苦苦病转的林青青、洪接锋、先梅、应笙、徐玲们的生活大约已发生很大变化，大约早已为人妻为人母了，操劳一些的大约已生出星星华发。当初大权在握，执掌着她们命运的那些招工者，或许已退休，或许已下岗，其中某人可能就在咱们都市一角靠摆地摊聊以度日。那些同情或冷漠过林青青们的医生们呢？大约也今非昔比了。过往的岁月已经远去，但它不会消失。

　　本书的作者高志远是我的校友，插队也在一个县——这些，都是三十年后，也就是这部书稿写完后我才知道的，因此，关于她我了解很少，但我能从这本书中读到她，相信读者也会如此。

1999 年 7 月 14 日武昌大东门

目　录

第一章

1. 晕 车 汉 川

1972 年 7 月的一天，太阳一无遮拦地悬在空中，炙烤着一望无边的江汉平原大地。一辆武汉的卡车在公路上疾驰着，它要开往天门县。我和几个武汉知青搭上这辆便车，是为了省一趟船钱，如今站在车厢里，头顶烈日，只有听凭暴晒。

胃越来越难忍受。我扶着车栏跪下来。"哇……"如洪水决堤，我喷出胃中食物，在颠簸的车后抛洒了好长一路。冷汗沁出来，背脊异常寒冷，头皮却晒得发烫。

洪接锋一旁说："青青，你只怕是早晨吃多了。"她反应平淡。此人是我同班同学，这次同妹妹一起返回队里。我和这姐妹俩同公社不同大队。

胃又开始翻江倒海，心突突跳，我恨不能栽下车去求得解脱。"哇……"又一场急风骤雨的呕泄，人是轻松一些了，头又晕得要倒下来。好后悔，不该听洪接锋的话搭了这辆便车。现在太阳越来越毒，我又晕成这个样。

洪接锋的父母只有两个女儿。她妈是家庭妇女，爸爸是一家工厂的会计。洪接锋懂事，回绝母亲要姐妹俩歇过六月的建议，坚持回队去。她惦着那点工分，还有自留地里的菜，够她和妹妹吃到秋天，能为父母省下不少开支。另外，她心中盘算，自 1970 年夏季大招工过后，每到夏秋，都还是有小股招工的名额，守在队里到底踏实些，自己一个旧军人的女儿，须得在公社、队里留好印象，那才会有出路。

我看不到前面有什么希望，回队，是出于妈妈的逼迫，环境的压力。

头愈发晕，身上不停沁出冷汗。眼前最迫切的愿望是停车！停车！！停车！！！心因此呻吟着。洪接锋是个吃得苦的人，语言却粗糙。有一对恋人模样的男女知青显得心事重重，没注意我的痛苦。我更加寒彻肌骨，感到自己就要死掉了。谁知"吱"的一声刹车，几个知青全向前一栽又往后一仰。又是一阵翻肠倒胃的呕吐后，我才意识到司机停车了。洪接锋跟她妹妹讲："这里是汉川县城。"

看司机拎着水桶走了，我突然挣扎着不顾一切从车上爬下来，对洪接锋说："把我的包递下来。"

洪接锋瞪大眼："怎么？这还是汉川，离天门还有好远。"

"给我，我今天找旅社住，明天从汉川坐船回昌口。"我态度坚决。

洪接锋递下了旅行包、书包，车上那对男女知青突然激动了："快上来！一个姑娘伢留在这里会出事的。"

我不想说话，接下东西跟跄而去。

投宿在汉川县的中心旅社，倒在铺上，再没有力气动弹，路上的折腾加上晕车反应，人发起了烧。下乡有四个年头，体质比以往强多了，想不到今天会倒在这里。我不在意发烧，它会过去的，胃的平静更让我在意。在这陌生的县城，我并不害怕。只是内心痛苦，我不愿回队，我们知青小组原有六个女知青，前后招走了三个，只剩下我和一对姐妹。我们的关系又彻底僵了，最后分了家。我离开知青屋，借住在会计家空着的一个破泥屋里。回队，等着我的是灰锅土灶，菜也没得吃。更难受的是，七月流火的毒天里要去出工。洪接锋或许还能盼到招工，我却不敢指望。既然这样，为什么要赶回去？只因妈妈荒唐迷信：夏天里必定要招工，每年的招工高潮是七八月。妈妈说："就是招到县城、招到三线工厂都可以，只要能招上……"她日夜不安逼着我走。另一个原因，是周围邻居的压力："你青青回来多天了，还不快回队？越住长越招不回来。"在这种压力下，我慌不择路，匆忙逃离。可是，我招得回来吗？

2. 跌 入 绝 境

我只有母亲一个亲人，父亲是国民党财政部专员，在我出世前四个月，他随部去了台湾。我自小随母亲姓林，母女俩相依为命，因此周围人都说我是个遗腹子。这说法并不恰当，但也形象地点明了我的身份。

1970 年底，妈妈的单位武汉国棉四厂到天门县招工，恰巧我刚从天门汉北河水利工地上下了堤，我寻到县城旅社找到四棉招工组，招工组胡科长说可以招我，要我参加了体检。招工的师傅叫我把随身带的铺盖行李放在旅社招工组，准备到时随车回武汉。然后我回队清理了剩下的一应东西，跟队里人道了再见。只等录取通知书下来，再从张港区乘纱厂接新工人的车子到天门县旅社，与招工组会合回武汉。

那两天里我没铺盖睡，就用同组知青杜蓉子的被子，而小组的知青都回去过年了。谁知到了腊月二十七那天，招工录取通知单上却没有我的名字。这个消息犹如晴空霹雳，把我击懵了。为了取回我留在县城招工组里的行李，我只得随接新工人的车子到了天门旅社，再回家过年。车上新工人欢声笑语，独我惊恐地缩在一角。胡科长对我说："是县里通不过你的政审，这事没办法了。"

回家已是深夜11点钟，在这腊月二十八的深夜里妈妈怀着无比的喜悦，亮着灯等待女儿。她知道接新工人的车今晚必回，从此母女团聚，再也不会彼此牵肠挂肚……

卡车最后停在四栋大门。新工人都欢天喜地卸下行李往家里奔，我背着铺盖卷步履沉重地来到家门口，先擦干了眼泪，再敲房门。妈妈惊喜地帮我卸下行李。她说："我等了又等，不敢睡，怕你随时敲门。咦，你还有东西呢？我跟你去抬箱子吧。"

胸脯剧烈起伏，最后，我还是哭出了声："妈妈，我没有招回来，被县里卡住了。"

"啊?!"妈妈心胆俱碎，悲惨地叫了一声。

那一夜，母女俩睡在一个铺上，各人一头，都在默默流泪，我们不敢惊醒同一门栋的四家邻居。我不相信被县里卡住的话。县里留着我这个默默无闻的知青干什么？妈妈却相信，她对乡下的情况一无所知，我也宁愿妈妈相信，她会好过一点。我们都盼着天亮，寒夜快点过去，好让妈妈到厂里问个究竟。

天亮了，这是腊月二十九日，下午做完清洁全厂要放假了，有四天假呢。妈妈慌着找到车间领导哭诉，全车间的工人都知道了我没招回来。妈妈是整理车间的生产记录员，她对车间的党支部书记哭诉："你们这样做是害了我女儿啊！自己单位的厂去招工，又不要她，往后哪个单位还敢要？"

女书记无暇听妈妈哭诉，她忙着放假前后的安排，车间里还有个会，她说："老林，年后我会帮你问。你先去找管招工的劳资科长。"

劳资科长就是招工组长，姓胡。他说："这事我没办法，县里区里都不放。"

妈妈问："为什么其他知青不卡，偏偏我女儿被卡住？"

问急了，胡科长拍响了桌子："我看你这人自私得很，心里只装着你的女儿！可是我到天门招工，看到还有两代老工人出身的知青没有抽回来，人家怎么想？"话很露骨：出身好的还没有上来，还轮不到你来哭。腊月二十九、大年三十，我整整躺了两天，吃不进饭。楼上楼下四家邻居，也晓得了我的事，她们没有表露什么，不当面议论，只有跟我隔着一层板壁的汪妈妈叹了一口气，对妈妈说："老林你娘俩饭还是要吃一口的。"

事前，这四家邻居的主妇，都知道厂里这次要招我，未免悻悻然，她们觉得我好走运。我这种出身，除了本厂，谁个敢招。现在是这种事实，她们没有表态。猜测嘛，尽可以在自家房里压低声音。

母女俩跌入绝境。

大年初四上班，妈妈又找到有关领导痛哭着哀求，答复几乎像是约好了的："是下面的问题，很难办啊。"

妈妈有个同乡是厂招待所的职工，妈妈求她去打听究竟，这个同乡接触的领导多，消息最灵通。她很快了解到内情——我和其他知青的招工表送到厂里审批时，厂里领导对于招不招我意见不同。若招我这种有台湾关系的人，他们怕出纰漏，怕犯政治错误。若不招，我又恰是下在厂里要去招工的县，我妈妈历史上无任何问题，只有这一个独生女。

厂里最终决定不招我，理由是我的家庭出身政审不能通过。既然省里对招工政审有明文规定的条件，本厂内招子女也必须按照政审规定办理。

但是胡科长已经让我体检了，让我把行李放在了招工组。胡科长圆滑地把责任推到县里，于是有关领导都口径一致了："这是县里面的问题。"

到了初十，云遮雾障的真相清晰了，我的同学陈苏红、易苹被招了回来。她俩下在天门县的另一个区，是四棉招工扫尾扫进来的，这次扫尾招工八名，加上年前招的知青，一共整五十名，这是个不小的数字。而且，工修车间主任69届的女儿也招回了，这女孩下乡不满一年，不够招工规定的下乡年限。

陈苏红的父亲是一所高校的党委书记，文化大革命初期被揪出，定为黑帮分子，至今没有结论。

易苹的父亲是农科所的副所长，"文革"中因叛徒罪名被隔离审查。

这两个同学被她们区的知青办塞进了四棉厂，招工的胡科长说："干部子女嘛，不怕的，干部或迟或早会出来工作的……"

厂领导却怕我这个逃台人员的遗腹子，怕公开说不肯招我。无论妈妈怎么痛哭，也不肯在春节后的扫尾期把我"扫"进来。

车间女支部书记跟妈妈说得更明确点："你男人在台湾，这么多年来你还是和他划不清界限啊，你为什么不改嫁？再找个成分好的男人，那样你伢的成分也可以按好的算了。"

妈妈痛哭失声："你说这样的话，你也是女同志啊！女同志该同情女同志，我有那样的机会么？嫁得不好我会变成双料货，专跟坏人。我也是为了青青才不改嫁……"

女书记眼也不由得红了。

陈苏红、易苹两位同学进了厂，使我们母女的精神几乎崩溃……

职工们却非常同情我们母女，先是妈妈车间的工人愤愤不平，继而扩大到全厂职工，他们对此都感到不平。认为我这种情况应当受到照顾，一致肯定妈妈是个老实肯干的人。不少人为我的事跑去质问胡科长：为什么不肯照顾这样可怜的人！

一来二去，问得胡科长心头火起。某一天，当又一职工发问时，胡科长"啪"地拍了桌子："就是因为林青青政审不合格不能招！怎么样？我就说了这话，我不怕谁去上告。"

3. 华 福 里

这次回家，看到妈妈苍白消瘦，眼神凄惶，一副惨不忍睹的样子。楼下的邻居金姨、汪妈妈，楼上的辜奶奶说："青青回来了，回来好，好生劝你姆妈一下，娘俩亲热几天。"

"叫你姆妈看开些，莫把自家搞疯了。国家的政策定在那里，冇得法子的。"四家邻居出身都好，话中免不了带有居高临下的怜悯。

这些话使我越发凄惶，在人前更加抬不起头。

我住在厂里的宿舍华福里，华福里有三幢旧式的楼房。这是资本家时期留下来的。从私营厂到公私合营再到现在的国营第四棉纺织厂，华福里始终是厂里最好的宿舍。三幢楼都是两层结构，能够在华福里入住的多是厂级领导、科长、车间主任，其次是医务人员、技术人员，只有不多的几家是工人，还有两户资本家，偏偏我家是个例外。我住在第三栋18号门，这个门本应住四家，楼上楼下各住两家，实际上住了五家。我家住楼下，一明一暗一厨房的房和汪妈妈家分住。汪妈妈得大的亮房加厨房，我家得小黑房，没有厨房，就在楼下的过道里摆个蜂窝炉，竖个小木箱，里面摆上油盐瓶，算是烧火做饭的厨房。自来水也在过道里，楼下三家共用。

汪妈妈的大房跟我家的小房仅隔着木板壁，板壁顶上又用木条隔成菱形空格子，毫不隔音，因此我们母女说话随时要注意着。汪妈妈已五十多岁，早先是四棉幼儿园保育员，现在当着居民组长。她的丈夫原是厂里的技术员，后来被派去支援黄石的工厂了。夫妻俩没儿女，因此汪妈妈对人淡淡的，不亲热。

我家对面住的是金姨，金姨42岁，厂温湿度室的工人。她的丈夫曾是前纺车间的党支部书记，死于癌症，因此金姨的大儿子被组织照顾进了一家小厂当工人，二儿子是68届初中生，从农村抽到鄂城钢厂，小女儿在读中学。金姨现被派往武汉大学当工宣队员，正在争取入党，开口毛泽东思想，闭口唯物辩证法。楼上是辜奶奶和另一人家。辜奶奶是家庭妇女，丈夫早逝，她儿子是厂里消防队员。辜奶奶很为自家的工人成分自豪，又很爱拨弄是非。

母女俩住在这样的环境里，进出常自感低人一等。

星期二这天是厂休日，楼上的辜奶奶来楼下的过道里剥毛豆。这楼下的过道很大，常常是楼上楼下主妇们聚谈的场地。辜奶奶给楼下三家带来了惊人的新闻："你们听说么？前天有个男知青，在江汉路的井冈山副食品店里喝药自杀。"正在过道里搓衣裳的金姨、掐豆角的汪妈妈，还有给炉子续蜂窝煤的我，都不由得大惊："真的?!"妈妈也从房里出来，站在辜奶奶对面，紧张地听辜奶奶讲下文。

"……我侄姑娘是糖果柜的，看到那个男伢端着酸梅汤灌下去的，哪个晓得他在酸梅汤里兑了敌敌畏的咧！后来那伢就拿钢笔在纸上直写直写的，还没写完人就栽到地上了。店里的人不晓得是么事，还以为他是热不过中了暑哩，就上去拉他，那伢口里流出了白沫子在地上打滚。再一看他写的东西，是么事绝命书。一店的人都唬慌了，紧忙把他送到卫生院去抢救，是死是活还不晓得么样。"

辜奶奶下意识望望我，接着说："说是这个男伢下在阳新县，每回招工，都因为他的老子没有摘掉右派帽子，招工的不肯要他，他才走了绝路。"

妈妈大惊失色，眼睛直瞪瞪望着我。

汪妈妈说："遭孽哟，老子犯下的罪害了伢们。"

金姨说："自杀是叛党叛国的行为，这伢就是救转来了，也没有希望招上来。哪个招工的敢要自杀的人？话又说回来，出身不好的伢真是恨他们的娘老子害了自己。"

我和妈妈听得心惊胆裂。

又到傍晚，华福里的人都出来乘凉，巷子里摆满了竹床、躺椅。屋里实在闷热，我也端个小凳出来坐，顿觉里弄各种眼光向我射过来，这些人在打量我——一个本厂不肯要的子女，我低下了头，感到无地自容。

楼上的辜奶奶坐在我一旁，这时她对汪妈妈发感慨："有工作单位的人几好，好些人跟我侄姑娘介绍对象，侄姑娘手上有三张男伢的照片,个个体面,尽着伍姑娘挑。"说完,辜奶奶的一双眼睛盯着我。我知道辜奶奶完全是说给我听的,我只能装着没听见的样子,手里捧着一本《毛泽东诗词摘抄》,可是哪里看得进去。辜奶奶62岁了,她自恃死去的男人是工人成分,在我们面前常常流露出自己的优越感。

第二天黄昏,我独自来到曾家巷码头散步,徘徊于岸边,欣赏着北岸汉口的景色。晚霞在西天边热烈地燃烧,霞光里的龟山显得朦胧而神秘,汉口外滩密集参差地排列着异国风格的建筑物,最显眼的是江汉关的钟楼,耸立在昔日的英租界上,钟楼顶端镀上了夕阳辉煌的金光,钟楼里正荡出悠扬的《东方红》乐曲。

轮船汽笛又吼叫着,扼制着悦耳的乐声。但钟楼不紧不慢继续奏着:"他为人民谋幸福,忽儿嗨哟,他是人民大救星……"长江大桥笔直地插入龟蛇二山的腹地,火车呼啸着从桥上驰过。钟声、汽笛声、火车声汇成江城特有的旋律。江城从来不曾像这样撼动我的心,从前我对这座城市是熟视无睹的,可是现在,城市不属于我了。

知识青年散居在农村的一个个村落里,人与地域之比,犹如沧海一粟,自从1970年夏天大招工过后,留下的知青组都变得残缺不全,老三届知青已十去八九。我这回不来的人开始明白,我的城市人资格被剥夺了……

不是梦里,分明我坐在这风景依然的武昌江滨,那种被城市遗弃的痛苦这样强烈。问君能有几多愁,恰似一江春水向东流。

……

"嘎——"江鸥惊叫,盘旋俯冲。风起了,太阳沉没了。我痴痴地回过神,已经躲过华福里最难捱的黄昏,该回家了。

路灯亮了，光束白得刺目，快快走进华福里。拥塞的乘凉人里，有打牌的、听样板戏的、吃夜宵的。我低头快步穿过人堆进了 18 号门。明天这个时候，该怎么打发？

4. 相亲·一张联络图

妈妈悄悄跟进闷热的黑房："明天休息你跟我到汉口去一趟。"原来，厂里的下江同乡跟妈妈出主意：你的青青样子不差，你还是想办法给她找个对象，将来好把她搞回武汉来。

话说到了妈妈心里，因此她极想在我探家的时间里搞成点事，她托人给我找对象还算托出了结果。妈妈对我轻语："我们车间的验布工小吴见过你，想把你介绍给她大弟弟。她大弟弟是 66 届的高中生。从洪湖招到汽车修配厂，当钳工，还入了党。厂里很重视，把他调到政工组了，在培养他呢。"

脸腾地烧红了，我虽 23 岁了，却羞于谈恋爱，更何况是这种面对面相看。我看过爱情名著，也抄录过爱情诗篇，那美妙的诗句，曾使我陶醉不已，却不想到自己也到了该恋爱的年龄。

妈妈又讲了些具体情况：验布工小吴姐的妈没有工作，家中还有一个小弟弟在读中学，小吴姐的大弟弟个子太高，生怕别人嫌他高；他会拉手风琴，对女方的要求是长相要好一点。小吴姐的意思是先让我们谈着，以后让大弟弟帮忙招工。她看中了我们家人口简单。

妈妈自认绝处逢生，对方是个党员，将来对于招工有利。她一点也不嫌弃男方的妈没工作、穷。我除了害臊，还感到自卑，我想这个党员肯定认为我在找依靠。

我到底去了吴家，自尊抵不上求生的本能。妈妈要我穿上鞋子，她认为赤脚穿凉鞋不像样。我就穿上了黑平绒坡跟鞋，并衬着白色丝光袜，还套上米色府绸短袖衫，着一条柞丝绸铁灰裤，都是半新的，但熨得很挺。女孩时兴在脑后梳两个刷把，我把刷把略微抬高扎起，额前一根刘海没有，用两根发夹卡着。收拾完，看到妈妈的眼神亮了。

按小吴姐的路条，在蔡林记热干面馆后面，我们一穿一拐，来到一幢旧里弄，小吴姐正在自家门口张望，她热情地拉着我的手穿过走道。刚进屋，突然里面响起手风琴声："红太阳照边疆，青山绿水披霞光，长白山下果树成行……"我坐在吴家狭长的房里，房间用木板隔成两间，板壁上糊着旧报纸。里面的房里仍在飘出乐声："毛主席领导我们向前进……"我觉得拉手风琴的人是听到我们声音后才开始拉的。瘦弱的吴妈口称"稀客"后再不知说什么好，我低头坐着，脚下的水泥地又潮又不平，怕是从来没用拖把拖过。小吴姐进去了，琴声戛然而止，从里间走出"党员"，"党员"弯着腰，手里提张小靠凳，背也弓着，跟我们点头后坐了小凳。妈妈跟小吴姐聊着家常，坐了一会，妈妈提出告辞，吴妈说："我备好了菜，哪有不吃饭的道理。"

妈妈再三推辞，说还要到亲戚家去。吴妈说："那您家坐一下。"几分钟工夫，吴妈端来两碗蔡林记的凉面硬要我们吃。躲不过盛情，娘俩最终分吃了一碗。"党员"重回里间拉琴。蔡林记的面是全市有名的，我却很难下咽。后来"党员"弓腰曲背很拘谨地把我们送到门口。

走出吴家好远，妈妈沉默了一会说："吴家很困难的，待人倒很实在，主要是那个小吴，你觉得怎么样？"

"不晓得怎样。"我其实感觉不舒服，怪不得小吴姐说他怕人嫌他高。高个子本是好事，可他高得松松瓢瓢，没个样子，这样的身架放在一个矮些的人身上，缺点还可以遮掩一些。他靠曲背弯腰、拎板凳来掩饰，却更加难看，而且有什么必要那样拉琴，太做作了。轮渡上，母女情绪都不高，相互清楚：这个小吴不顺眼。我没有和他进一步接触的欲望，母女俩都不说破。谁让我在农村呢？他是个党员啊！这年月，党员的称号意味着个人前途无量，意味着我招工的希望……实际深处的考虑到底占了支配地位。

第二天，小吴姐却很遗憾地答复妈妈：吴妈顾虑我是个独生女，看样子娇生惯养，怕往后在她家过不惯，党员对我印象不错，但考虑再三，认为我还没有抽上来，暂时不接触为好。等有机会招工他会帮我想法子，帮上忙以后讲。在武汉找对象的机会破灭了，谁愿把自己的命运和一个知青拴在一起呢？有生第一次"相亲"，带来的只是屈辱。

又一个厂休日，妈妈过江去找阿姨。阿姨是妈妈的亲胞妹，我自小习惯叫她阿姨。阿姨原是武汉一医院外科简易门诊部的医生。1970年，为支援鄂西北刚上马的三线工厂，一医院搬到了山区，阿姨分在一个分厂医务室。因家中无人，姨父在下面的地质队，表哥在麻城，表弟一人在武汉读初中，阿姨从今年开始，干脆在家泡病假，打算提前退休。

妈妈对阿姨说明来意：要她在三线工厂给我找个对象。

"我都巴不得退休回来，你愿意青青到郧阳去？"

"怎么办？青青都23岁了，在三线工厂找到对象，将来就有希望去三线当工人。当不上正式工人，当个家属工也好哇。只要她不丢在农村，我死也安心了。"说完，妈妈擦起了眼泪。

阿姨比妈妈泼辣多了："我现在病休，一时不想回厂去，难办。青青还是应该争取招工。这样，你叫她明天下午来，我带她去找我的一个病人，病人的儿子有点神通。"

第二天下午 4 点，阿姨带我来到武胜路的过马巷。小巷曲而深，不像样的房子挤挤挨挨，有的板壁房虽有两层，但歪歪斜斜的，板子发黑、裂缝。我们左拐弯，看见了一栋两层楼的红砖房子，两个单元门进出，整齐像样，在这小巷里显出了身份。可惜它坐落在贫民区，那种高贵气质便湮没了。在一门，我们上了二楼，走进斜对着楼梯的一间房。

房里有个老太婆，花白短发，穿香云衫裤，还戴副眼镜。阿姨和这太婆随便闲扯，对我，她只介绍了一句："我的外甥女。"我感到老太婆一面和阿姨闲话一面隔着眼镜打量我。

我打量这房间，怕有 16 平方米。屋角只摆一张单人小床，有一架木梯伸向阁楼；再看家具，一张八角圆桌，两把高背靠椅，一只五斗柜，式样考究，都漆着棕黄色，这样的家具照理应该是成套的，还应该有配套的大床、床头柜、大衣柜、梳妆台。我从电影、小说里看到过有钱人家的摆设。可是这老太太家里再也没有多的家具了。要说有，就还有一张竹床横在房正中，屋边一只红色小橱柜，里面挤满杯碟碗盏。

暗想这家人是干什么的，看屋里摆设不像工人的家。但这么富丽的家具偏偏只有两三样，很可能这老太太的家破四旧时被抄过，只留下这点必要的用品。因为我看见五斗柜的墙上，有一个镜框，里面是一帧少妇的玉照。少妇着高领花旗袍，烫发，戴耳环项链，眼神妩媚，牙齿没现在的老太太整齐，但很真实。

岁月沧桑，镜上的少妇变成了眼前的老太婆，我注意观察她，感到这老太婆像个假人。

老太婆对我嘻嘻笑："你听不懂我的话吧？"老太婆跟阿姨说的是下江话。

阿姨对我说："青青，你叫她王妈妈，她也是我们下江人，老家在苏州。"

这才看明白，她戴了一副假牙。牙齿整齐得过分，白得与众不同，难怪显得不真实了。从她们对话里。我晓得老太婆在电缆厂上班，是个清洁工，她好像只有一个儿子，小名叫毛弟，在工厂当工人。

阿姨很关心老太婆的颈椎病，那病把她头颈压迫得向前勾着。她们谈了一阵颈椎病后，阿姨才讲明来意。老太婆对我们越发客气，坚决要留我们吃饭："不准走，到我家来，遇饭吃饭，我毛弟马上就回。"

老太婆在竹床上拌凉菜。我坐着无聊，再次打量那少妇的照片，想不到当年那么一个丽人，如今丑成这样，这样的照片，经受了文化大革命洗礼后还敢挂着，给人一种印象，这家人旁若无人，我行我素。

不等那毛弟了，老太婆留我们吃饭。菜简单但精致：有皮蛋凉拌豆腐、糖腌番茄。绿豆粥里加了红枣，红红绿绿的，清得照见人影。老太婆不停地给我夹菜，我勉强吃了一小碗粥，这饭菜是下江特色，又甜又淡我并不习惯，看来我已经湖北化了。奇怪的是我在农村社员家吃饭时，见他们是用扫帚扫饭桌，"哗哗"两下子扫净摆菜，在那种桌子上我吃得倒很香。

门口出现一个青年。"毛弟。"阿姨利落地招呼。

哦,这就是毛弟。看我们正吃着,毛弟说:"林大夫,您家好。"并有礼貌地朝我点了个头。

吃着生人家的饭,我很难为情。好奇地打量毛弟,中等个,方形脸,两只菱形大眼望人很有神,皮肤较黑,牙齿倒很洁白。这母子俩怎么一点不相像?

阿姨三言两语说明来意,毛弟很简洁地说:"林大夫外甥女的事就是我的事。这样吧,如果有武汉食品公司下属的工厂到天门招工,你可以找我联系,我把通信地址写给你。毛弟拿出纸笔,沙沙地写了。

接过来看,上面写着:

武汉食品厂

硚口区武胜路过马巷3号

王文玉

毛弟一手字遒劲有力,可是他的名字偏偏像个女人。

毛弟接着说:"食品工业公司的下属厂我最熟,我是公司技校毕业的,我的同学都分在各个食品厂;另外,武汉冷冻机厂、武汉制药厂、中原机械厂、华中玻璃厂,这几个厂我也有熟人关系,你把厂名记下来。"

而且我知道了,毛弟原来是技校毕业的。我一一地照办,这样我手中就有了一张"联络图"。它到底能不能起作用呢?凭着直觉,我感到很玄乎。但我从心里感谢这个毛弟。

毛弟注意地对我说:1970年夏天开始招工,中原机械厂的指标是分到浠水县的，我得到这个消息，打了病假，跟机械厂招工的人一起下去，把熟人的两个弟弟搞上来了，两个都是七中毕业的。这个夏天里可能也会招工，你先回队里去，争取下面公社的推荐，只要有名单上的单位到你那里，你把招工人的姓名搞清楚，写信给我，我在这里帮你活动。"

话说到这里，我多多少少有点相信了，阿姨和我谢过了毛弟，母子俩客气地把我们送到楼梯口。毛弟对我点点头，我觉得他的眼神闪着光亮。

回家跟妈妈讲起，妈妈逼着我回队。别看她52岁的人了，但对社会世事了无所知，对招工中的种种内幕更是茫然不懂。她竟会这么轻信这张联络图，而图纸设计人仅仅是阿姨病人的儿子，但妈妈处于一个外乡人无亲无友的境地，也只能信其有了；妈妈还有另一层想法，她深信招工总是在夏季里为多，下去守着至少有个被推荐的希望，不下去，连个万一的可能性都没有，妈妈不得不硬起心肠逼我走。

我却看透了。从1971年春天以来，耳闻目睹，都是省市个别单位派人来点名特招某个知青，被招的多半是父母被解放的干部子女。也有小股的公开招工名额，那里面的关系条子事先已定下了，下面的推荐完全是一种虚饰，能够靠区里、公社硬性搭配走的极少，而搭配是轮不到我的，我这种逃台旧官吏的出身，过不了政审关。

我知道，回队意味着伏天里烈日下的煎熬、毫无希望的等待，何况我是一个人独自生活，但华福里的环境一天也待不下去了，我心里充斥着辛酸的飘零感。

正好洪接锋来邀我一道回去。她打听了，久安制药厂有到天门的便车，我立即决定要走。

临行前一天，我到小学同学石裕华家去道别，石裕华很惊讶："这毒的三伏天走？你起码也把六月歇完了走嘛。"

我就讲了毛弟的"联络图"。

石裕华不以为然："连你妈妈的厂都把你甩了，外单位，不是相当抵实的路子，哪个会收？你会信这种关系？汉口人，哄死人。你也是在农村滚了几年泥巴的人，脑筋还这简单？"

石裕华下到江陵县，年底以视网膜脱落症为由病转回来，她能转回是靠了姐姐和姐夫，她姐姐、姐夫是江陵县医院的医生。

我不做声，是为那不敢出去乘凉的原因要走，即使是对知己的朋友，这话也是不好出口的。

5. 麻 子 大 妈

在旅社孤零零躺了一夜，黎明来到了，我还是无力地躺着。昨夜睡出了一身汗，倒不昏不烧了，脑子很清楚，就是一点气力也没有。想着我那吊着蜘蛛网的破泥屋，荒芜的菜地，没加工的小麦，不知怎么办才好，我后悔没听石裕华的话，盲目地赶回队，眼前既然没有一线希望，回农村干什么？

虚掩的房门开大了，进来一个白胖妇女，手里端个漱口缸子，脸上布着稀稀的麻子。四目相碰，我记起这是昨晚住进来的旅客，麻子妇女犹像了一下："姑娘，有有得牙膏，让我挤一点。"听口音是武汉人。

"有"，想起身去拿提包，里面有新买的牙膏、肥皂，却起不来，昨天下午，我只喝过热水瓶里的剩开水，昏睡到现在还没有进食。

麻子妇女看我起不来，就问："你是病了吧？一晚上看你没有动。"

我说："您自己拿吧，牙膏塞在提包的中间。"

麻子翻出来了："哟，还是新牙膏，要跟你剪破了啊。"

"没有关系，总是要用的。"

麻子洗漱完回来，还了牙膏，感慨地说："在家千日好，出门一时难，我偏偏忘了带牙膏。"她告诉我，她在一个集体小厂当采购员，一般很少到外地出差，这回来汉川是替厂里办点事，因为汉川是她老家。麻子见我不想说话，就问："姑娘，你怕是病了吧？昨晚我看你不想动的样……你喝口热水吧，要不要过早？我帮你买。"

"谢谢您，我有饼干，喝点水就行了。"挣扎起身，就着麻子大妈的开水我喝了几口，然后开始咀嚼饼干，很薄很脆的苏打饼干，走之前妈妈为我买的，看着饼干，眼窝热辣辣起来，妈妈正等着我的平安信，她怎么会想到我躺在汉川旅社里？

麻子大妈忽然问："姑娘，你怕是个知识青年吧，怎么一个人住在这里？"

我不由哽咽着把情况说了，麻子大妈哟了一声："我丫头也是个知青，下在这个县里，是初中 67 届的。遭孽呀！我就她一个独姑娘，硬是抽不回来，把我的心都疼伤了，前前后后，我哭了几多场？亏得还是搞了病转，这才办回去了。"

他乡遇故知，我对麻子大妈感到很亲切，进一步讲了我的家庭情况。奇怪，在这异地他乡，我对这个大妈毫无掩饰尽情倾诉着自己的痛苦，这痛苦是我在要好的朋友面前也不肯说出来的。

麻子大妈听完就说："东方不亮西方亮，你怎么不想法子办病转？"

"病转？可是我没有什么病。"

"事在人为。"麻子大妈豪气地说，跟着狡黠一笑，"未必转回去的知青伢，个个病得七死八活？"

"那是，我们公社有两个转回去的知青，看上去都很健康。"

"这就是了，别个办得，你也办得。"

仿佛一道耀眼的电光忽地照亮了我，我心跳突然加速，汹涌的血流甚至使我的呼吸变得紧迫："伯伯（指年长的妇女），要什么样的病才能够格？"

"上面规定么样的病行，你就去得么样的病，还要是下乡前就得了的。狗屁胡扯，要是先就有病，鬼他妈的才下放。"

"伯伯，需要哪些手续呢？"

"一共要盖十个印章。我来告诉你，"麻子大妈扳起手指头，"武汉正规医院的诊断书，小队、大队、公社、区知青办、县知青办，这就去了六个章；关系转到了武汉这一层，还要到规定的医院复查，学校老师出证明，证明下乡前就有病；区毕办通过，地区通过，这又去了四个章，合起来十个。十个章子全了，就可以直接到公社下户口了。"

体内的血液愈加汹涌澎湃，甚至感到自己的手指也在颤抖：我的阿姨和表哥都是医生，什么病可以够条件他们是内行，医生的诊断书阿姨兴许也有法子。"您家姑娘是什么病？"我又问。

麻子大妈警惕地看看我，随之又松缓了："你这伢，我看你是个老实姑娘，你真是独姑娘，还有有得兄弟？"

我直摇头。

麻子大妈叹息："好可怜,跟我姑娘一个样。湖北省兴的╳政策,独生子也要下农村,别的城市不是这样。"

我不停地点头。

"下就下,我叫丫头投亲靠友,汉川县是我老家。我丫头身体单薄,我到干部家磕头送礼说好话,劳动上照顾着点。1970 年那个热天招工,队里推荐了我丫头,也是跟你一样,招工的不肯要,说她老子有历史问题。丫头十岁时死了老子,历史问题与伢何干?我丫头也老实,只晓得会哭。乡里人算不错,要帮忙把伢招到县里工作,我冇答应。我统共一个独种,不能丢在底下,哪里来的还要回到哪里!我跟伢搞病转,只用了五个月,手续都齐全了,丫头的户口也回来了。可算来,我丫头还是吃了三年苦,三年,不容易啊!我一月也只赚46 块钱,钱都倒贴在丫头身上了。"

"那您姑娘以什么病转回的?"

"不是以什么病,她是真有病。"麻子大妈说话扎实,扯到自身滴水不漏,"我丫头得的是美尼尔斯综合症,经过医生诊断的。"

我对麻子大妈又是感激又是敬畏,一个看样子没多少文化的母亲偏偏有这种能力。我由衷地羡慕她女儿,女儿的路是母亲踩出来的。我多么羡慕有这样精明强干的母亲啊!想起我那只会眼泪涟涟、祥林嫂似的母亲,心里十分痛苦。

麻子大妈又说:"我看你也是独姑娘,才对你这样知心,我告诉你的话,不能对外人讲。"

我不住地点头。

"哭冇得用,我劝你转身回武汉去想个法子,你这种情况,据我看是招不回来的,只能走病转这条路。我还想告诉你个话,办病转是

要花钱求人的，只要你能办回去就值得。像我丫头，我就舍得
花钱。"

　　麻子大妈的气魄强烈地感染着我，我精神振作了些，决定就此打
道回府。怀着感激的心情，我与麻子大妈道了别。

　　提着旅行包在汉川码头又徘徊了一阵子，是顺水回家，还是逆水
而上？心里仍有斗争。但与其在队里死守着，不如回去闯条生路，我
终于下了决心。

第二章

6. 阿姨的帮助只能这样

妈妈手搁膝盖唉声叹气："怎么会弄成这个样子，你应该回队的，回家来怎么办？招工的机会一错就是一年。年年夏天要招工的。"

"我的政审过不了关。"

"我一再求了车间书记的，她说，要是有招工的来政审，厂里会实事求是介绍情况的。"

"实事求是介绍，就永远没有希望！你在做梦吧。"

"你不回队就更加没有希望，你将来怎么办？我总要死在你的前头……"妈妈压低的嗓音变大了。

"哟，青青，你不是走了嘛，怎么这快又转来了?"汪妈妈在板壁那头发问了，跟着走出房里，站在了我家门口。

谁知金姨也跑过来了："只怕是没有走，是不是到你姨家去玩了两天?"

真糟，母女俩的争吵被楼下邻居听到。我不得不跟她们讲了大致原因，为了表示我不在乎，还故作笑嘻嘻的。

汪妈妈、金姨不置可否，表情各异。

第二天，从暗楼上找出了《农村医生手册》。这本书是1969年春节妈妈给买的，妈妈希望我学点医学，在农村当个赤脚医生，也好有个一技之长，可我对学医没有兴趣。我们大队的合作医疗站只能有一个赤脚医生，那个位置已被大队会计15岁的儿子占去了。会计的儿子连读个报都磕磕巴巴倒能当上医生。知识青年不可能有这样的机会，所以这本书我也没翻过。今天这本书却成了宝贝，我是第一次翻它，想找到一种能让我病转的疾病，与妈妈买书的初衷相比真具有讽刺意味。

但看不进去，心还乱着：母女嗓子高一点就会招来套话的人，明明厌恶她们，却还得强装笑容；我们母女俩从不打听人家的私事，连楼上的辜奶奶讲起来，也不免感叹，说妈妈人老实，低头进低头出。唉，看我的心跑到哪里去了。收回神看目录，为了找个合适的"病"，我硬起头皮一章章地跳跃着找，忽然对泌尿系统疾病中讲的肾炎产生了兴趣。小时候我到厂保健科看病，看到有的女工取尿化验，说自己是肾炎，而肾炎是一种很严重的疾病，只要尿中带血，医生就要开休息条。我想，肾炎的主要表现是血尿，化验员要女工取尿，总要问她们的月经干净了没有，这说明月经期间容易造成血尿，影响医生诊断。如果要装肾炎病，可以在这上面投个机，就算没有月经时，干脆把手指弄破，把血滴在尿中……我怦然心动了。

于是细细地看了关于慢性肾炎的叙述，啊，慢性肾炎的病确实可怕！这种病毫无疑问可以病转。但后面又接着讲了肾盂炎和肾盂肾炎，我就把握不准了，谁知肾炎里面竟有这多种类型、这多的名堂。

这本医生手册，将近一千页，内容如汪洋大海，要在一两天里看完、弄懂，选定我需要的"病"，谈何容易。我决定走捷径找阿姨去。

阿姨原来是武汉一医院外科护士长，又看过门诊。坐下来后我对阿姨讲了我的打算，阿姨很果断："我看这条路可以走，但你不要去搞肾炎这种病，这种病不好装，小便化验并不是单看带不带血。我看以坐骨神经痛病转回来好，坐骨神经痛没有仪器检查，顶多从屁股上到脚跟有压痛点，检查时你跛着脚走就可以了。医生下诊断还要参照以往病史，看你病历上发作次数，病史有多长时间了。你把这些准备好了，诊断书就好搞了。我先给你写几张病历，证明你下乡之前就有这种病了。"阿姨翻出几张从前武汉一医院的空白病历，笔走龙蛇几分钟工夫，写下了三张病历，上面病人主诉、医生检查、处置意见等一应俱全，日期分别是：1967 年 6 月、1968 年 4 月、1968 年 8 月。"这一下你就有几年的病史了。"阿姨利索地说。

猛然间，我想起了我同年级一个女生，她妈妈是护士，上山下乡开始时，这女生给班主任递上一张患有坐骨神经痛的医生证明书，工宣队、班主任对此虽有看法，却无可奈何，女生就留下来了。我下乡时阿姨正在一医院看门诊，如要阿姨帮我弄张诊断证明，真是易如反掌，可我竟怀着一腔热血，去了农村！

生活中还有这样一条小路。它不显山不显水，踩在上面看不到旖旎的风光，产生不了沸腾的激情，但它却绕开了险峰恶浪，能保证我安宁无恙地过日子。如今恍然明白却悔之已晚，那种活生生的痛楚无法言说，纯真付出的代价太大了。

定下神，我又要求阿姨："我还要现在的病历。"

　　阿姨说："以前我在武汉医院看简易门诊，写的这三张病历经得起检查，现在我工作单位在三线，就不能再写了。全武汉人都晓得武汉医院一锅端到了三线，现在的武汉医院的医护人员都是后来的人。如果管病转的部门审查你的病历，看到你下乡前病历都是相同的笔迹——这倒不怕，病人有时是喜欢专找一个医生看的；现在仍找原来的医生看病，这就有问题了，查出来，你就转不成了。我有个同事是内科医生，这个人是日本人，医院一锅端时，他这种身份不够格支援三线建设，上面把他调到红十字会医院去了。这段时间我的病休假主要是这个日本人开的。晚上我准备到他家去一趟，请他再帮忙开一个月假条，顺便说说你的事，看能不能搞到一张诊断证明书，你明天上午来听消息吧。"

　　第二天一早，我赶到阿姨家，阿姨很无奈地告诉我："这个日本人树叶子掉下来怕打破脑壳，特别的胆小。我的病假条倒是开了，你的诊断证明他却不敢开，只给你写了一张病历，开了半个月休息条，这对你多少是个帮助。"

　　我算是有了一张近期的病历了，但却差着最重要的东西——病情诊断证明书。

　　阿姨对我的帮助只能这样了。

7. 毛弟的三笔事？童车换来的诊断书

　　到哪儿去搞一张病情诊断书呢？很自然地想到了毛弟。他能给我写张"关系图"，看来是个有路子的人。他妈是个老病号，过去能和阿姨搭得那样熟，现在可能也有熟医生。阿姨也是这个意见："毛弟有办法的。"

来到毛弟家，毛弟妈对我格外热情，听完叙述，连声要她儿子想办法，毛弟频频点头："你在困难中，林大夫过去对我母亲关照很多，我一定尽力想法子。"

我顿时感动得不知所以，感到从此有了依靠，看到了回城的一线曙色。

毛弟要倒三班，每周早、中、晚班各两天。除了中班，我总在他上早晚班的时候晚上去他家，等他给我弄一张坐骨神经痛的诊断书。

毛弟家时常有人来，多半和他的年龄相仿，其中有的就住在过马巷。毛弟妈告诉我，都是些和毛弟从小打珠子、玩撒撇玩大的朋友。毛弟妈对来人介绍我："这是林大夫的外甥女。"客人就点个头。一般我不说话，静坐一旁听这些青工胡吹海谈。毛弟家桌上总有一碟姜糖，一个茶叶罐。毛弟妈总要客人吃糖，我只吃过半粒姜糖，是毛弟妈硬要我吃的。我恭敬地笑，勉强吃，趁她不备，将剩余的吐到手绢里，因为我不喜欢姜汁味。

毛弟妈喜欢一块块地含姜糖，像是滋味无穷。姜糖是菱形，表层沾着层砂糖，没有糖纸，价格便宜，才6角8分一斤。

毛弟妈告诉我，她59岁了，毛弟是她36岁上生的。我就奇怪，59岁的人怎么不退休？她每晚六点过了才能到家，工厂在古田一路。每天清晨上班，转两道车到厂里，五点下班，又得转车才能到家。每次进屋，她脸上是灰，头发散着，样子可怜。她对我说："青青，你姆妈是前世修来的福，不跑月票。"然后她洗脸、换衣、吃喝，精神恢复了就边做家务边谈笑。她喜欢跟毛弟的朋友插科打诨，说着一口不错的汉口话。言语粗鄙，不像长辈人。有时还一个"栗壳子"敲在客人头上，客人和她都笑了。

在这间房子里,她有至高的权威,当人面她可以断喝儿子:"你
抠到老娘头上来了,哪个给你的狗胆子?以后接了媳妇,只怕还要捶
你的娘。"这时毛弟就赔笑,不敢做声。到十点,她要上阁楼歇息,
爬梯子前就摸着颈子叹气:"这里越发勾得狠了,好痛。毛弟,快给
我搞两天病假。"

她有颈椎病,压迫到神经,头勾着,伸不直。

毛弟对人和气,举止有礼,说话不慌不忙,表达能力很强。他和
我同年,1949 年生,只大我半岁,技校毕业后在厂里开压缩机,是
个二级工了。他个子虽不高,却有一种男子汉的成熟气质。毛弟对我
很客气,要我不必拘泥,他上中班不在家时也可以来玩,陪陪他母
亲。言谈中很孝顺他妈。我知道必须和毛弟搞好关系,毛弟才乐意帮
助我。我恭敬地称毛弟妈为王妈妈,主动和她拉家常。

毛弟妈爱在一旁打量我,有时我们目光相撞,我低下了头,毛弟
妈便笑。她给我蜜饯吃,那是单另放着她自个吃的,毛弟妈留我吃
饭,我一回回推辞:"我吃过饭来的。"终于有一回,她发脾气了:
"你这样见外,以后不要登我的门。"我只好吃了半碗饭,局促地低
着头,不敢发出咀嚼声。毛弟望着我微笑,自管吃饭,毛弟妈则给我
夹菜。

相处长了,才看到他家饭菜的真面貌,不全是我第一次看到的
印象。

毛弟家的饭菜又简单又讲究,忙起来通常是青菜、虾皮、鸡蛋下
面,有时干脆吃稀饭、包子,但饭桌上经常伴有精致的瓶装酱菜、罐
头,毛弟妈三天两头地买回冠生园的叉烧肉,每次称二两,有时端回
四季美的汤包,也只二两。这种简单的生活不同于武汉人,武汉人爱

吃大荤油口味重的菜，常常为着煨排骨汤、粉蒸肉、腌菜、泡菜而忙碌不休。毛弟家有很多空闲时间交往客人，这个家庭与我见到的一般家庭是多么不同啊！他们为什么要弄得宾客盈门？久而久之，从毛弟妈口里了解了一些情况。

毛弟的技校同学来玩，当着儿子同学的面，毛弟妈会说："瞎子，你坐办公室了，眼眶子高了，不喜欢到我家来玩了。毛弟的三笔事还要你帮忙呢。"

这个叫瞎子的就说："伯伯，您家不急，毛弟有本事，他会一笔一笔地给您家办来。"

毛弟妈："不急？我天天是扳着指头过日子，巴望着房子快点换成，住在这里几怄气哟。"

毛弟打断母亲："改天去找小李，他跟我介绍了一家调房的。这事总不是在我身上……"

感到毛弟有意把他妈的话岔开，他不愿当着外人面谈这些，但我却知道了毛弟家和周围邻居关系不好。

没人时，毛弟妈对我也证实了这点，她说："青青，你看到我住的这栋房子吧？这过马巷里只这房子像样，房子原来是毛弟老子给我置的产业，房主是我的名字，过去我靠房子出租，光这一项，我两母子吃用都不愁。可是，文化大革命一来，收去了我的房产，还抄了我的家，值钱的东西都抄走了，银行存款也没收了，把我娘俩赶到这一间屋子里，只留了这两样家具，还要三家共厨房、水管。这日子我屈死啊！"毛弟妈喉腔里发出一声嘶哑的呜咽："楼上楼下的人都欺负我，些微言语不合，就是资本家的太太还冇改造好。"

"我晒的衣裳，稍许滴了点水到楼下天井里，楼下的人就会骂起来，所以我的衣被都要绞得干干的再晾出去。有一次，我在窗台上晒筒子面，风一吹，面条掉到了天井里，楼下的人吼是吼，骂是骂的……"

听到这里，我不平地问："这事毛弟知不知道？"

毛弟妈直摇头："还敢告诉他？我毛弟也是一个翻脸煞星，性子上来不由人的。免不了我忍气吞声赔小心，扫净了地。我只唯愿有一天能把房子换走，毛弟的三笔事头一笔就是换房子……"

"我是个最受不得气的人，毛弟老子在世时，百事依我，冇得一句高声。"说到这里，毛弟妈望了眼五斗柜上的"太太照"，那张照片证明着她的往昔岁月。

不由得看了看"太太照"，年轻时候，毛弟妈确实称得上漂亮。眼前的毛弟妈却这样丑，尽管装了假牙，脸面仍然是凹进去的。我隐约感到，毛弟妈可能很受丈夫宠爱，脾气被惯坏了。

果然毛弟妈的叙述证实了我的想法，她告诉我，毛弟父亲大她很多岁，新中国成立前是开玻璃厂的。"毛弟8岁就死了老子。"毛弟妈叹息着。

谈起毛弟，毛弟妈自豪："毛弟从来不敢在我面前翻呛，孝顺也还孝顺。青青，你不晓得，毛弟初中毕业时想考高中，我不准许。毛弟是我36岁时生的，我要他早点出来赚钱，压着他报了个技校，亏得走了这一步，如今是个二级工了，一个月拿38块钱，就是工种不好啊，开空压机还要倒三班，毛弟同学的工种都比他强。我毛弟硬是想换个单位，搞个轻松事做做，这算他三笔事里的第二笔。"说到这里，毛弟妈的话打住了。

原来，毛弟因此奔忙的三笔事有两笔是换房子、调工种。

那么第三笔是什么呢？

毛弟妈没有说下去，只悲怆地叹了口气。第三笔事我就无从知道了，但我并不开口问，在这点上得恪守一个女孩的本分，别人不讲的事不要多嘴。

毛弟回来了，手里拎着小轮子和细角铁。"又到外头逛，回来吃现成的。"毛弟妈一声吼。

"您家不晓得，上午擂朋友下料，材料都齐了，星期天带朋友到叶大夫家去装车子。"随后毛弟拿出手绢包着的两块绿豆冰块，毛弟妈和我一人一块。

"你刚从太阳地里来，你吃。"我不好意思接，如果我没来，那是他们准备解暑的。

毛弟妈不耐烦："推么事，吃。"她的假牙困难地咬着冰块，说："童车装好了，记得叫叶大夫给青青开张诊断书。"

毛弟瞥了我一眼，淡淡地说："到时候再说。"

一个月的等待，也许有结果了，我激动地望着毛弟，又不敢多问。

星期一是毛弟的厂休日，下午3点我应约来到同济医院门诊部外面，忐忑不安站了好一会，终于见毛弟从里面匆匆而来。毛弟递给我一份同济医院的新病历，展开看，啊！里面夹着一张病情诊断书。诊断书上是我的姓名年龄，上面写着：右侧坐骨神经痛，建议安排轻量劳动。病历与诊断证明书配套，上面写着更详细的检查诊断结果，下面署名的医师正是姓叶。

我激动地望着毛弟，说不出话来，知道他为了这张诊断书，昨天换休去叶大夫家装好了童车。

毛弟把阿姨写的病历还给我，说："有你这几张旧病历垫底子，这个叶大夫开证明要好办些。现在，你自己到门诊的服务台去盖章，我盖我的——我跟母亲也打了三天病假。记住，我俩不认识，不要说话。"

来到服务台，我紧张地递上诊断证明书，盖章的男青年稍稍扫一眼，"咚"，一个紫色图章落到诊断书上。我们一前一后快步走出了门诊大厅。我钦佩地问毛弟："你原来就认识这个叶大夫？"这话好没来由。毛弟也不否认："叶大夫和我母亲算是同乡，他是镇江人，但我原来并不认识他。为了在同济医院码个熟医生，我有心码上了叶大夫，开始的交往是从下江话开始的，我还会说几句下江话呢。"

我更加钦佩毛弟，别看我是无锡人，我妈妈和阿姨都说的是带下江音的武汉话。但她们姐妹对起话来，却是标准的无锡话，跟放机关枪似的。毛弟跟他妈也是说武汉话，可他怎么还能操苏州音呢，毛弟是一个多么有心的人。

好像要印证我的看法，毛弟跟着说："今年全市开始实行了对口医疗，我母亲的电缆厂跟同济医院恰好是对口医院，只有对口医院开出的休息条才有效，非对口医院必须有急诊章才有效。所以，我必须在同济医院找到个熟医生。"

我明白了，毛弟母子当年与阿姨的交往，也是有心的。跟前的这个男子，只大我半岁，可比起同龄的那些男知青来，他不知要成熟多少。

走了一段路，毛弟突然对我说："青青，诊断书有了，你就抓紧办病转吧，赶快回队去把下面的手续办好，时间就是生命。"这时一辆空空的汽车停站了，毛弟问我："你现在到哪里去？"

"到阿姨家。"我猝不及防地回答。

"那好，我要到母亲厂里去送假条，再见。"他迅速地跳上车，车门关了，看见毛弟坐在最后一排座位。我呆呆望着启动的车，突然，毛弟回过头来，隔着车窗玻璃，眼睛专注地望了我一会。心猛烈跳动起来，感觉自己突然失落了支撑，空落落地没有依靠。他没有说继续帮助我，也没有叫我给他写信，以后我该怎么办？想起他家的地址是过马巷3号，慌乱的心才稍许安定了。

第二天下午，我从汉江永宁巷码头上了轮船，赶回队里去办病转手续。行前，妈妈因为有了病转的希望，心情较往日好多了，她看我收拾东西，又不无担心地说："不知道办不办得成，以后要到指定的医院去复查怎么办？"

我安慰妈妈："事在人为，你看裕华是怎么转回来的？她是视网膜脱落症，可是她的眼睛好生生的。"话虽这么说，其实我心里也是虚的……

船朝着上游驶去，下乡以来，也不知这是第几次回队了。每当这一刻，心中总会弥漫着悲伤，我贪婪地盯着汉江上密集的大小船只，两岸的城市风景。船驶过汉阳轧钢厂后，城市的轮廓最后在视线里消失，于是，我只能被一种听天由命的情绪支配了。

汉水沿岸是永远单调的树林、草坡、沙滩，什么时候，才能不走这条江呢？我不敢想，又无法不想。天晚了，江风已带着秋天的寒意拂在身上。我缩着身子，双手抱膝，望着舱里东倒西歪打盹的人。

第三章

8. 先梅的知青组

结束了二十多个小时的旅行，下午踏上了张港码头，码头离我生产队还有十里路。我插队的地点是张港区长堤公社横野1小队，张港区是天门县的一个产棉大区，下辖七个公社，这七个公社里，我所在的公社离着码头最近。

两旁田里的棉秆蹿得老高了，枝上挂着青色的棉桃和雪白的棉花，展眼望去，色彩缤纷一望无际。这景象，在心里唤起了离队太久的歉意。我快步拐上了横野桥，过桥就是我所在的横野1队了。路上碰到了社员，"秦伯，牵牛转哩"。我打招呼。

"青青回来哒，咋回去了怎长时间?"饲养员秦伯说。

一眼看见了知青屋，它位于社员住家的台子和小队仓库之间，这使整个小队的建筑格局呈一个"工"字形。知青屋没有一点台基，建在平地上，白墙绿窗黑瓦，三间三拖的房子，倒也显眼。张港区有条通往县城的沙石公路，把横野1队切隔成两半，因此从公路上过来走上横野桥就可以看到知青屋。这屋子是1970年5月队里用知青的安家费盖的，省里对每个知青拨220块钱。鼎盛时我们知青组有六个人，1970年招走了两人，今年五月和我要好的同组知青杜蓉子又招到了协和医院，剩下了我和另一对姐妹，原来势均力敌的2：2关系变成了2：1。我斗不过这两姐妹，为避免争吵，求得精神上的解脱，我坚决与两姐妹分了家。

如今住在会计家空着的破泥屋，这座房子是两间两拖的，外墙内墙全是泥糊的。这种泥墙的取材是用麦草搓成绳，一根根绷直于屋梁和地面之间，中间插上粟秆，再糊上泥巴；屋顶是黑布瓦，黑布瓦里还镶上一两块玻璃亮瓦，给每间房带来一点光线；窗户通常是很小的，又建得很高，这是天沔一带的农舍特点。1968年底，我们知青组被分到这个队时，曾经住过这破泥屋。

瞥一眼知青屋，看到大门上挂着锁，就有一种预感，这两姐妹不在队里，顿时我心情轻松了许多。

打开破泥屋的锁，门哐当开启，大门口的蜘蛛网纷纷破裂，蜘蛛团团乱转，旋即一股土灰味迎面扑来。我把旅行包甩在八仙桌上，什么也不顾了，拿起大笤帚，没头没脑地扫起来，亢奋的情绪使我忘记了旅途疲劳，用锹铲去床底下干结了的猫屎，"又是隔壁余妈家花猫作的恶"！正无可奈何想着，恰见那花猫立在门外，心里好生恼火。再把被溜进来的鸡爬翻了的麦草扫拢来，搂进柴房，然后用一只铝桶去渠里拎来水，抹洗锅、碗、灶，最后又倒了些洗了把脸，脱下脏衣服泡进水里。就着提来的生水吃着带来的发饼，一边打量劳动成果，自觉算是收拾得像个样子了。这时隔壁余妈的幺儿子汉明过来瞧新鲜："青青姐扫得好干净，不怕我家的鸡又来翻？"

汉明才 11 岁，读小学四年级，平时爱和知青们接近，我给了他一个发饼，问："余妈呢？"

"出工还没回哩。"

"跟你妈说一声，我到大队知识青年那去了呀。"

离开了这么久，急于找大队知青打听招工的消息，尽管对招工心灰意冷，但我必须打听，想知道公社和大队知青有什么变动没有。横野大队有 5 个生产队，1970 年夏天大招工前，共有 31 个武汉知青，几批招工下来，只剩了 6 个知青。五个生产队里，2、4 队的知青走空了，1 队的剩三个，我、高钰和小钰。3 队剩两个，是一男一女。5 队剩下一个女知青，走空了的 2、4 生产队又分来了两组天门县的知青，全是初中 71 届的。由于现实处境、毕业届数、地域口音不同，武汉知青与天门知青没什么来往。

全大队数我们 1 队最远，知青们说 1 队是大队的西伯利亚，它位于张港渠外，一道清清的渠水，把 1 队和大队隔开了，那另外的 2、3、4、5 队却相距很近。大队部设在 4 队，我每回去大队部，要走二里路。

敲响了 3 队的知青大门，"哪个"？门吱呀打开，开门的是女知青先梅，初中 66 届生，现在大队小学当代课老师。

"青青，你回了？"先梅显得很高兴，她正闷着呢。

这个组的男知青叫一撮毛，他跟女知青素来话不多，我对他点个头算是打了招呼。一撮毛是 69 届初中生，我们都知道他父亲在"四清"中自杀，他因为这个原因招不走。因他棕色的头发里生有一撮红发，很少见，被众人喊做一撮毛。真名反被人忘了。

先梅："我再添两铲子现饭，我们炒油盐饭吃好不好？"

"正好。"我坐到灶前添柴，柴火其实是麦草，棉产区是一马平川的平原，烧柴不足，烧火时要细水长流。先梅炒饭搁的是棉油，这样的季节是见不到猪油的。葱是自留地里现成的，再把粗颗子盐用水化一下，放进饭里一起炒，三两下，油盐饭就好了，就着灶台上的一钵子嫩南瓜，三人吃起了晚饭。

天麻黑，先梅点亮煤油灯。我环视她房间，床铺收拾得很利落，白坯木书桌上梳子、镜子、针线盒码放得整齐有序。房里还有另外四张木床，显眼地空在那里，四张床曾是招走的4个女知青睡过的。人去屋空，空荡荡的4张床显出先梅的孤单无奈。和我们队一样，先梅的这幢屋也是用知青的安家费盖的。这个组原有7个知青，5女2男，1970年夏季招工，一天之间就招走了5个，剩下一撮毛和先梅硬是走不了，孤男寡女搭伙过着。一撮毛成了大队独一无二的男知青，他现在占据另一边厢房，和先梅隔着一间堂屋。

由于先梅和我同届，大队剩下的女知青中，我俩接触倒多一点。

我掏出话梅给先梅、一撮毛吃，先梅："哟，该叫你帮我带一袋洗衣粉的。"

"你怎么先不讲。你还在代课？夏天来招工没有？"

"小学差语文老师，课总不是我代着，连暑假都不得放！一个热天里总在学习，搞批林整风。你说招工，上个月，协和医院又来招工的，说是春季那一批的补充名额，张港区有8个名额，大队推荐了我，不过，69届知青里有那多出身好、有路子的，哪会轮到我？所以也懒得写信告诉你。你们队的高钰、小钰才是做得出，看到招工的来了，工也不出了，天天跑到张港旅社去找招工的媚，还想冒充有特长，出够了丑，哼，我懒得说，你去问可可就晓得了。"

"那高钰、小钰有没有希望走？我回队时见她们的门锁着。"我急切地问。

"有狗屁希望，两姐妹到她爸爸的随县去了，她们前脚走你后脚回的队。"

我松了一口气，同队的两姐妹走了，我搞病转就自在多了。又问："可可怎么了？"

可可是5队的女知青。

"大队没有推荐她，可可学着高钰姐妹俩也去求了招工的，还接了招工的到组里吃饭，结果花了钱讨场气，自找的。"先梅显得很恼怒，大队推荐的是她，这3个女知青偏要挤上去凑热闹。

"先梅，你也该去活动活动，争取一下子。"

"你都在武汉那么安逸，老子活动个鬼。这不，免了掉底子。"先梅的话里透着一腔激愤。

其实先梅出身不是太坏，她父亲是资方代理人，毕竟属于人民内部矛盾。先梅虽在大队剩下的6个知青中要红些，在公社却仍是排不上号，因此活动能力只限于大队干部这一层。此外，她完全不懂应该勤快地去打听招工消息，遇见招工的人要善于迎合并且毛遂自荐。她天生做不到，只幻想着大队干部有朝一日能使她招上工。她不敢奢望协和医院这样的上层建筑部门，只要求能到商店、菜场或砖瓦厂甚至三线工厂就可以了。先梅这种性格使她又自卑又不平，她相貌不算丑，绯红饱满的脸，棕色头发，眼睛像金鱼般凸着，身量中等。

我和先梅患有同样的懦弱症，那是因为我有一个不明不白在台湾的父亲，一想到这，心就虚了，根本没有勇气去跟招工的人交谈。但我却为先梅遗憾——我要是资方代理人的家庭成分，将去争取一切招工机会。

迟疑了一下，先梅又告诉我："今年夏天招工单位来的很少，协和医院只是补充的名额，除这以外再没有武汉的单位来招工。蒲圻军工厂来招工，大队又推荐了我，听说军工厂政审要求很严，我反正当它个有和无。"话虽这么讲，先梅神情里却透着遏制不住的希冀。

我想应该把病转的事告诉先梅，得先在大队里造成有病的舆论，就对先梅大致讲了一下。

谁知趴在被子上的先梅忽地蹦起来："老子也要找个由头装病，转回武汉去！"她鼓鼓的眼睛喷射着怒火。

我身体哆嗦了一下，空气立时变僵了。先梅一向个性强，嫉妒心重，这我了解，但没想到她的心态会发展到这个地步。可是我搞病转，没有妨碍谁的路。

9. 秦书记·隔壁余妈家

告辞了先梅，我回1队。水一样的月色下，快步过了横野桥，沿路听得秋虫唧唧，立秋后的夜风透着凉爽。九月初秋的夜在武汉仍然很热，在农村却是舒服的。我决定马上到秦书记家去，秦书记家在1队，是大队的党支部副书记。大队里没有专门的支部正书记，正书记一职由大队长兼着，而大队长住5队，于是秦书记成了1队四十一户人家里最高的官了。知识青年就直呼副书记为秦书记，事实上他也在行使着正书记的职权。秦书记是复员军人，平时和我关系较好。

我翻出一包绣花线，一斤硬水果糖，搁进书包里，径直来到秦书记家。秦书记和我住一条台子，不过台前台尾之隔。我这时找他比较合适，秦书记总是忙于开会，布置上头下达的政治任务，一般回家挺晚。万一他不在家，把东西给他妻子，这个时候里也方便些。

恰好秦书记在家，这是个 36 岁瘦瘦的中年人。

"竹姐哩？"我操着天门话问。跟秦书记讲话，最好是让他的妻子竹姐出来，这在我是经验之谈。

"在屋里粘鞋衬子。"秦书记说，跟着便喊，"她妈，青青来哒。"

"哟，青青来哒，几时到的？"竹姐出来了。

"今天下午。"我没多说什么，把绣花线和糖拿出来给她，"竹姐，这是你要的绣花线，几种颜色我一样买了点。"竹姐曾叫我帮她带绣花线，但没给钱，秦书记家大口阔，生活不宽裕，所以我拣各种颜色买给她，不多也不少。竹姐称谢后拿着东西进了房。

竹姐在队里是个嘹亮角色，泼辣强悍。秦书记则是慢条斯理，喜怒不大见于形的人。

秦书记有点不好意思，但没说什么。不知道是什么时候形成的，多半是 1970 年招工之后吧，我每次回家多少要带点吃的给书记的小孩，他们生有五个女孩，没有儿子。这样做是出于对书记的感激，秦书记在大队坚持推荐我，同组的高钰跑到招工的干部还有大队长那里，谈了我的出身，说我父亲在台湾。这使秦书记很反感，以后见到高钰，态度就很冷淡。记得招工以来，我被大队推荐过四次，每次秦书记都在帮忙。四棉不肯招我，事后秦书记专门找到区里管知青的老金询问究里，老金的答复很肯定："我们没有卡过林青青，是纱厂不肯收她。林青青本人没有找过我们，所以我都不晓得她是这个厂的子女。"

我对秦书记讲了准备病转。"要什个手续？"书记问。

"小队大队签意见盖章，证明病情属实，然后到公社盖章，交区知青办讨论，再由区向县知青办转。"

"县里同意就可以下户口了？"秦书记注意地问。

"还不行，县里要把我的材料往武汉转，武汉还有些手续。"我又把武汉方面的手续告诉他。

"一共要盖好些个章子？"秦书记很简洁。

"说是有十个。"

"那好，明天上午，大、小队干部在我们队仓库里开会，检查生产，你可以进来找我们盖章。当场就可以解决大、小队手续……还有，青青，你这回到武汉，住了怕有两个月吧？"

"是的，我病了。后来又为搞病转的事，拖迟了回队。"我羞愧地说。

"大队这几个武汉知青都没有回去，高钰两姊妹是将将才走的，在队里她们两个也没好生出工。队里有议论，说你回去住长了，你这次回来，表现上注意着点。当然病转该办的手续还是去办，这个时间是应当给你的。"

"好，我明早出工去。"

告辞秦书记，我浑身轻松。大队的知青对这个书记普遍抱有好感：1969年夏季的一天，大队贫下中农代表、全体知青集中到大队小学听有线广播，播放的内容是越南劳动党主席胡志明的遗嘱，听完胡主席的遗嘱，大队长和秦书记都讲了话。清楚地记得秦书记在会上讲了几句有关知青的话："知识青年从武汉的大城市来到我们这哒，不容易，他们一样有父母兄弟姊妹，春节或者农活不紧的时候可以批准他们回家探亲，一年两次；他们在农村也没有亲戚朋友，知识青年之间就是亲戚朋友关系，应当允许知识青年互相走动，玩一玩。"

"乌拉！"男知青们首先激动了。

"对头。"

"要得。"

知青们听一句，击一下掌，以至于大队长脸上挂上了极不自然的笑容。

可惜秦书记有个明显的弱点，对阶级敌人不"狠"，他分管阶级斗争，但每逢对地富分子训话，他总不愿出头，而设法闪开，大队只好让民兵干部出面，公社因此对他有看法。不然，以他的资格，大队正书记的位置早该他坐了，秦书记在部队曾当过排长呢。

我又来到隔壁余妈家。余妈正在做棉鞋，见了我不紧不忙说："青青回来哒，这一回住好长时间哩。"——余妈46岁年纪，个子矮矮宽宽的，言语很短，面容特别和善。队里上上下下的人，公认余妈人难得，从来没跟人红过脸。

我拿出余妈托我带的东西，两条红山肥皂，二两绿茶。余妈转身把茶叶丢给她的男人——正在抽烟的张伯。张伯是队里的仓库保管员兼贫协组长，也是个话短的人，只知成天埋头忙活，平时爱抽烟也爱喝点茶。

余妈如数将买东西的一块三角八分钱给了我，并且撮了小半碗辣豆豉表谢意。天门农村，辣豆豉是当酱油用的，味道很好。豆豉是用黄豆霉制后加红辣子腌成，知青很难做出来。

余妈生有三个儿子，大儿贵方已成家，二儿显方参军了，三儿是汉明，跟两个哥哥的名字很不同。

10. 出早工·盖章

早工是摘棉花，我来到所属的妇联2组。早晨因为有露水，妇女们爱用各种塑料布包住腿，知青却喜欢干脆。我只系上摘花袋子，然后弯着腰用双手摘，这是头道花，绽开的棉朵不算密，棉秆却蹿得有大半人高，棉叶上结着晶莹的露水，连棉朵上也带点湿。早工的太阳不算烤人，人却一下子就腰酸背痛了，我就蹲下来摘，不一会双腿就受不住了，这并不是因为回去两个月的缘故，我腰功一向差，而且头颈不能长久地低着。在农村锻炼了几年，腰功、颈子功却长进不大，我明白这是先天因素决定的。我妈妈就是天生的怕弯腰，而且头不敢低久了。文化大革命中，武汉人盛传杂技演员夏菊花弯腰挨斗两小时不在乎，我听得好害怕，不敢想象那种低头弯腰的滋味。

于是干脆跪下来摘花，妇联组长响兰捂着嘴笑："青青姐，你回去了怎长时间，蓄得好白净。你把头发撩起来的时候，我见你耳朵根子白得像剥了壳的鸡蛋，就只人比我们矮了一撮。"

我笑笑："年年摘花都要矮一撮，不怕，只要能跟上你们。"

队里统共两个年轻姑娘，青年后生却多。年轻人里头，响兰和我的关系要近些。响兰的未婚夫就是隔壁余妈的二儿子，1969年初参军去了。

好在8点收了早工，妇联们用棉枝子刮净鞋上的泥，我既刮鞋，又刮膝盖上的泥。队长有炳叔看见我，皱了皱眉头，没说什么，他那意思我清楚，是嫌我回家住长了。队长跟秦书记是本家，也姓秦，这是个四十多岁的强壮汉子，但我们队的知青，不管是走了的还是走不成的，都对他有些敬而远之。

　　小麦堆在堂屋里还没加工，我把大麦炒熟，胡乱煮了碗黢米茶吃，菜是从武汉带来的大头菜。然后换上干净鞋，拿出《农村医生手册》，这回特地把它带了来，对照"坐骨神经痛"这一节，我勾下了需要的内容。然后开始写病转申请，文中关键的内容有：

　　我下乡前就患有右侧坐骨神经痛疾病。今年以来病情变重了，每回发作，不能行走或站立。受到潮湿、寒冷，病情就反复发作，目前严重到难以出工的程度。现在根据病情，我申请将户口转回武汉，使疾病能得到较好的治疗。

　　写完，我郑重其事用信纸重抄了一遍，来到小队仓库。干部们正在开会，他们胡乱坐着，有的歪靠在黄豆堆上。秦书记就坐在近门口处，我顺势把申请先递给他，秦书记看了看，递给了大队长。大队长发问："林青青，你纸上写的什么？"

　　"我有病，要求把户口转回武汉去治病。"

　　大队长想了想说："你要转回家我们没得意见，就不知到了高头是哪个讲究。"说完他把申请书递到小队会计手里："你跟她盖个印。"

　　小队会计就是我的房东。会计有两套房，分别建在两处台基上，我住的破泥屋是他空着的一套房。会计四十来岁，说话和气又细心，他看了申请书签了如下意见："小林同志病情属实，同意退回武汉。"随之"啪"地在申请上盖了小队公章。会计还对保管员张伯说："你是贫协组长，也在纸上签个意见，代表贫下中农作个证明。"

　　张伯把申请书接过去，歪着头用右眼看，因为他的左眼上结着一层玻璃花。张伯借来会计的钢笔，歪歪扭扭写上："同意小林退回武汉。证明人贫协组长。"然后把挂在腰带上油污污的私章盖了。这个私章显然是不必要的，但却温暖了我的心，并为我壮了胆。

　　申请书又传到大队会计的手上，大队会计代表大队签了意见，并说："林青青，下午你到大队部来找我盖印。"我本不喜欢大队会计，因为他让儿子当了赤脚医生，还因为他有男女关系问题——连同他那颗包金门牙。但这时，他那颗金牙似乎也变顺眼了。

　　下午我要去大队盖章，就顺便把小麦拖到大队机房去加工，机房在2队，大队部在4队，走一个来回要5里路，我找张伯借翻斗车拖小麦。队长恰巧在仓库，他跟张伯说："青青才出了半天工，又要出去，高钰姊妹也是不肯出工，我说上头几时把你们都接走就好，省得你们在队里影响不好，我也难办。"

　　张伯笑笑，帮我找了辆好的翻斗车，然后跟队长说："知识青年反正留不住，抬抬手让她们各人去。"

　　受了张伯的鼓励，我跟队长说："队长，我明天还要到公社去跑病转的事，接下来还要跑区里……"

　　队长皱皱眉，只得"抬抬手"让我去了。

　　1968年底的时候，队长亲自用板车把我们接到了队里，那时知青组是4个人，4个女知青劳动干劲特别大，苦累脏活抢着上，因为我们在实践着"一不怕苦、二不怕死"的精神。为此，队长在全小队老老少少面前表扬开了知青："4个坛子（坛子是指女孩，天门人习惯把未出嫁的姑娘称作酒坛子，意为养了女儿将来有酒喝）个个好，社员们也很尊敬你们，我活了40岁，没见过像你们这样肯吃亏的人。"

　　队长夸过了头，听得我们很不好意思。

　　4年过去了，我们曾经4个人的知青组一度扩大到6人，最后剩得目前的3人，但队长不管世事的变迁，还是固执地用1968年我们刚下乡时的尺码来要求，他不理解剩下的 3 个女知青为啥不配合他，变得越来越懒身了。

11. 5 队的可可

晚上我去 5 队找可可，就大队而言，5 队离着 1 队最远，但如果不走平地而沿着张港渠堤走，再从堤上下去钻进棉田里走一截路，就到了 5 队，路程缩短了一半，因此我选择了这条路。5 队原有 5 个女知青，两年里招走了 4 个，留下的可可是初中 68 届的，和我同校。而我们的凤凰山中学是一所省重点中学，这使我们之间有了一种亲近感。

可可很颓丧，羡慕我："青青，还是你划得来啊，不做声不做气在武汉玩了这久。我们在这里烤六月天，指望的是招工，谁知工没招成反倒讨了场气。"

我问她究竟是怎么回事。

可可道："协和医院在张港区也只要 8 名新工人，条件还很苛刻，要招 22 岁以下的女知青，当护士需要年轻嘛。我们大队只推荐了先梅一人，我就没有抱希望，只跟在别人后头到招工组住的旅社那里坐坐。谁知看到你们 1 队的高钰、小钰跟招工的搞得已像熟人了。我这才晓得大队的推荐算不了什么，只要招工的看得中你，大队也会同意推荐的。我就趁高钰姐妹不在的时候去旅社，招工的人问了我出身情况，就发了招工登记表让我填，说只要大队、公社同意，他们就把我的表拿到武汉去政审。其中有个女工宣队员要到我队里去看看，我听她这样说，也只好硬着头皮请他们来玩。我到昌口街买了鱼、粉条、豆腐，没有肉票割不到肉，只好买了一个猪肉黄豆罐头，再到馆子里称了一斤肉元子。那天招工组的三个人都来了，菜还没有上桌，招工组长就嗅着鼻子说：'真香。'那个女工宣队员的胃口特别大，一满碗元子炖粉条她吃了一大半，那个男医生吃起来斯文样子全不见了。三人吃饱了嘴一抹答应帮我的忙。

"招工组带着一摞表去了武汉半个月，上个星期回张港了。我就去找他们，一眼看见男医生在旅社前的树下跟知青聊着，他明明看见了我却装着没看见。那个工宣队员更缺德，手扶着旅社的门框望着我冷笑，那意思好明显，认为我故意隐瞒了家庭问题，害得她冤枉去为我政审。我一看这情况就把草帽拉低干脆不望她，转身就走。听说这个工宣队员是纺织厂的，纱厂出来的人最恶了……"

听着可可的叙述，不觉看着她，可可的语言表达能力很强，说话娓娓道来，容易让人听得进并产生共鸣。可可的父亲曾是一个工程师，同时又属于"历史反革命"，五七年反右，又被定成右派，新账旧账一起算，后来就进了劳改农场。而可可妈还是武汉大学经济系毕业的呢，先时没有出来工作，及至丈夫劳改了，再想出去，却找不到正式职业了。家庭这样的经济状况为什么还要请客？像可可这样的家庭出身，怎么可能通过招工政审这一关？这就是可可糊涂的地方。知青们都说，可可貌似能说会道，处事却很糊涂。但可可还在诉苦："我请客，花了五块八角钱，钱是要细水长流过日子的，我再只能指望年终分红了。"

可可又气愤："先梅这人要不得，晓得了人民医院不要我就幸灾乐祸。我看先梅是个家麻雀，只会在大队几个知青中抖狠，从来不晓得到招工那里去活动活动。人民医院来，大队只推荐她，她一听说医院要 22 岁以下的，马上就打了退堂鼓，其实先梅也只超过了一岁。

这回蒲圻军工厂来招工，公社给横野大队只一个名额，大队推荐的还是她。先梅总指望依靠贫下中农、大队干部，就会有她的出头之日。"

该做晚饭了，可可要擀面条给我吃。看着可可去舀面粉，我不由想，医院招工组来吃饭，看到可可剩得一人在队里，那顿饭怎么吃得下去？

面条煮好了，外加苕藤子，饭菜搁在灶台上，我们吃着聊。

"听先梅讲，高钰她们想冒充自己有特长？"

早些时我看到小钰拉小提琴，知青屋是我出工收工的必经之路。当晚风送来小钰的琴声，我就猜到了姐妹俩的用意，我并不相信小钰能招走，但是关于同组宿敌的动向，我很想知道个究竟。

"是小钰说她会拉琴。"

原来高钰姐妹和招工组混熟了，招工组长是医院的人事科长，他招工讲究个目测，亦很想招收有特长的知青。自从1971年毛主席"样板戏要普及、提高"的最高指示下达后，举国上下，再次掀起了一股样板戏热潮。自然，文艺人才成了各单位的迫切需要，所以凡是到农村去招工的干部，秉承领导的意图，都十分注意选拔有特长的知青，但凡单位里搞文艺演出，没有这样的人才不行。于是知青里会玩乐器、唱京剧、能歌善舞的人十分吃香。后来对特长的要求又扩大到体育项目、书法、绘画方面。有特长的知青如果出身不好，社会关系复杂，也多少带得过去。

小钰正是看到了这种行情，才开始学起了小提琴。高钰、小钰的妈妈因有历史问题，在清理阶级队伍时投江自尽了，姐妹俩因此在招工中一再受挫。她们开始幻想通过小提琴去叩开招工的门，于是便把亲戚家闲置的小提琴借来了。

招工组长听说小钰会拉小提琴，就像伯乐发现了千里马，经过与公社协商，公社同意推荐小钰，自然也同意了推荐可可。当招工组带着登记表去武汉政审时，小钰也随后去了武汉。小钰在武汉并没有家，她的爸爸被遣送至随县老家插队落户，她只能借住在姑妈家。在武汉她登了招工组长的门槛，招工组长惜才，答应在政审问题上帮小钰说话，而小钰在武汉期间天天练琴不辍。

关键的时刻来到了，招工组要小钰到张港旅社当场表演，那个男医生懂点音乐，他也没为难小钰，要小钰自选一首曲子演奏。当晚旅社里还坐着其他公社知青，大家很有兴趣地盯着演奏者，小钰神情紧张，她拉的是一首儿童歌曲《我爱北京天安门》，琴声响起，在座的虽是些外行，却也辨得出她的琴音没有基础，节奏不鲜明，不成个曲调。拉完，招工组的人都没说什么，大家坐着扯些不相干的事，高钰、小钰略坐一下，告辞了，众人看到姐妹俩神色十分难堪。

等她们走后，医生摇着头说："怎么搞的，小钰拉这么个简单的歌，一点节奏感都没有。"

在座的知青也议论："这种水平，连幼儿园的小朋友都哄不了。"

"看来，留下的老三届里，再也扒不出人才了。"

女工宣队员开了腔："特长再特，也不能不讲阶级路线，我们的招工要保证政治质量。"

怀着比可可更懊丧的心情，高钰姐妹俩去了爸爸的随县。

可可总结说："外面传说小钰有特长，我就奇怪，从来没听说她会拉小提琴，真有这一手，不至于等到如今才亮相。"

我没吭声，也一点没有幸灾乐祸的意思，相反还很不是滋味，但我嫉妒这两姐妹的活动力量，暗自侥幸自己找到了一条出路。我对可可讲了我准备办病转。

可可怔怔地看着我："怪不得你去了武汉这么久。"

可可的反应比先梅强多了。

这一夜，我和可可挤在一起睡。

12. 城市妇女·张港小街

早晨，我拿着病转申请、医生诊断书赶到公社去盖章。公社静悄悄的，只胖子妇女主任一人坐在办公室的走廊上打毛衣，妇女主任穿着浅蓝格子衬衣，深蓝绵绸裤子，脚上裹着白净的丝光袜，趿拉着水红塑料泡沫拖鞋，俨然城市妇女派头。

这位主任我见识过。

1970年第一批招工时，主任把自己的幺妹，一直在横野大队林场干着轻省活的回乡知青，推荐到长航去当工人。要知道，进长航不容易，十男才搭一女。走之前，主任为幺妹在林场办了一桌饯行酒，偏偏那天大队也为招上工的知青开了个欢送会，我们几个走不了的知青都情绪快怏，于是来到林场，准备搞几个桃子吃，解解暑。我们看到那桌酒菜摆在凉棚下，炊事员奔出奔进，林场的人围着主任姐妹俩团坐；妇女主任看到我们，不悦地麻搭下眼皮，不开腔。我们几个面面相觑被主任的模样镇住了，主任生就一副猪肚子脸，脸一垮下来令人十分害怕，我们僵在原地，走也不是，不走也不是，个个脸上讪讪的，心里却不平：张港的回乡知青都能招到武汉，真是"一人得道，鸡犬升天"啊！

收住痛苦的回想，恭敬地问候："刘主任，您好。"

　　主任抬起眼皮："你来做什格？"嗓音粗糙凌厉，让人大热天跌进了冰窖里。

　　我强装笑容："我因为有病，想转回武汉去，来找您是为盖章，您看，这是我的申请……"

　　"你放好，我没得空看，我现在不管你们了，知青工作归武装部长管，他人不在。"

　　"那，武装部长什么时候会回来？"

　　"你问我，我问哪个？你们知青一来这里就是要盖章，就是部长转来也不会为你盖章，管章子的文书也出去了。"主任的猪肚子脸垮得更长了。

　　"那谢谢您，我改天来。"

　　没有回音，主任专心致志织她的毛衣。

　　公社右边的伙房里飘出香味，我迟疑了一下，钻进厨房，炊事员正在挥铲翻炒，锅里有青椒、冬瓜和肉块。

　　"您在炒菜？"我羞涩地询问炊事员。

　　"是哪，干部们中午要吃饭。"炊事员应着。

　　"公社里没人嘛，谁吃？"

　　"都去办公事了，中午就有人了，饭是天天要吃的。"

　　"那，武装部长和文书回不回来吃？"

　　"他们没说不吃饭哩，怕是要回的。"

　　我决定先到张港街上去吃中饭，吃完饭再来，我今天务必要碰到人。

　　公社院子外是大片的棉田，疯长的棉枝子包围了公社小院，晃着脑袋的棉桃甚至挨到了公社的砖墙上。等我拐上公路，再看公社小院，就觉得它太小了，无边无际的棉田把它衬得那么微小。妇女们正在田里摘棉花，她们的帽子灰蒙蒙的，衣衫也灰蒙蒙的，这才是农村妇女的实在形。而公社机关里纤尘不染的妇女主任与整幅农村图景不协调。

妇女主任带来的不快还郁结在心里：妇女主任是土改积极分子提拔上来的，怎么会变修了？她分管知青工作，对知青却那么冷。小说电影里，农村妇女干部都是朴实可亲的，那才是农村妇女的优秀代表。

心里充塞着幻灭感，每回都是这样，看到生活里的不平、不合理，我就格外压抑以至悲哀，这似乎是中学的教育造成的。我们老三届学"老三篇"，学雷锋、欧阳海、王杰、焦裕禄，崇尚毫不利己、专门利人的人生观，以天下为己任，但现实中的农村与课堂里了解到的截然不同。下乡以来，我总用心目中共产党人的形象去衡量周围的干部，对秦书记的看法好，我就与他关系近些。对大队长的粗暴武断、大队会计的圆滑自私不满，我就远远地回避着他们，以致大队干部认为我架子大，瞧不起人。我在他们眼里自然不红，所以大队选拔代课教师就不会用我。先梅性子这么坏的人，却比我混得开，闹得响。明知这样下去会吃亏，偏偏又不思悔改，这就注定了我会在生活中碰得头破血流。每每如此就会产生幻灭感，并为自己的脆弱无助而伤感。

如今，生活逼着我办起了"病转"，我也在做假。

得承认，我是个悲剧性人物。

从横野1队到公社有7里路，从公社到张港街又要走3里路。这中间要经过张港区革委会，张港街是全区的交通和物质中心。

张港街只是一条笔直的小街，它背靠汉水，青石条铺路，两旁分列着餐馆、百货商店供销社、土产店、农具店、邮政所，算是百样齐全。在通向小街的右下处是张港码头，知青要回武汉，最方便的就是乘船了。

知青们喜欢光顾小街的餐馆和邮政所，凡来小街必定要寄一封平安家信，然后坐进充塞着油腻的餐馆，饱吃一顿。

小街上大一点的餐馆，仅有两家，一日三餐营业。受知青推崇的吃食有三样：锅盔、油墩子、三鲜汤，没哪个知青不爱。

锅盔是菱形状，直挺挺的确有点盔甲的硬性，味道像武汉的烧饼，只是表皮更焦脆，里面更厚实。这里的油墩子比武汉的油墩子咬劲大，咬一口透出浓郁的葱香味来。三鲜汤，曾被馋涎欲滴的知青们唤作"救命汤"，救命汤装在粗瓷大海碗里，粉丝垫底，上面铺着肉糕、肉片、猪肝或者肉丸子，再配以黄花、木耳、葱花、胡椒，难怪"三月不知肉味"的知青酷爱它。

现在最大的愿望便是吃上一碗。我走进了小街中间的那家餐馆，这家餐馆面积不大，油腻的地面，透着油味的桌子、椅子，一个大黑狗穿行于桌子之间，几只肮脏的母鸡转来转去觅食。站在菜牌前看了一下，我改变了初衷，决定买三鲜面，不买三鲜汤；两种吃食一样价格，三角钱一碗，但面条可以饱肚子，只不过面上的堆头比汤少点。

拿着菜牌子递给下面的女炊事员，记得第一次进餐馆，印象最深就是眼前的炊事员，当时她腰系深蓝色大围腰，梳着粑粑头，粑粑头里嵌着玉石之类的簪环，她脸上的汗毛绞得很净，光光的脸面与油亮的发髻交相辉映，使我发生错觉，这里好像没有经过文化大革命，而武汉的粑粑头在"文革"中扫除了。

粑粑头在汤面上浇上很扎实的一勺三鲜。

夹起一块肉糕,好鲜好嫩,还没来得及细细品味,就滑入食道里。跟前没有熟人,愈加狼吞虎咽起来,心里泛着对妈妈的感激,因为临走她塞给我12块钱。

下午再返回公社,只碰到公社文书,文书告诉我,近段时间办病转的知青多,上面有要求,对病转的知青要统一讨论,以免出漏洞,而分管知青工作的武装部长又不在家。

本想把证明给文书,由他转交武装部长,转念一想,又收回念头,文书手头杂事多,万一把我的证明搞丢了可不得了。这张诊断书是我在武汉等待一个多月,毛弟为医生装了童车才得来的。我决定明天再来。

我和公社干部素来没有接触,也不认识新接手管知青的武装部长,想他可能会去征求妇女主任的意见,那妇女主任原来管过我们,这么想着心里就有些发虚,晚上又去了秦书记家。

竹姐似乎嫌我来得频繁了些,睄了我一眼,许是想到我送了她绣花线,脸上才又带上点笑容,她坐在堂屋的油灯下,吱吱地纳着鞋底听着我和秦书记讲话。

"秦书记,没想到大队盖章这么快。"

"留着你们知青做什么?占工分占口粮还要占自留地,这里本来地少人多,大队巴不得你们走哩,因为这是毛主席号召,事关他老人家战略部署,我们只有欢迎。"

"我今天去了公社,听文书说要一起讨论,我有点担心公社这一级,我们现在归武装部长管了……"

"我后天要到公社开会,顺便跟武装部长打个招呼,由大队证明你的情况。"

"我明天还要去公社，把证明交给他。"

"青青，我上回不是说过，办手续的时间应当给你的。"

第二天我起了个早，空着肚子赶到公社，正好碰到武装部长，武装部长平和地收下了我的证明，告诉我：他的抽屉里还放着两份病转申请，那是其他大队知青的，讨论后才能盖章，并由公社送交区知青办。

长长地舒了一口气，我的经验里，农村的男干部比女干部要好说话。

13. 洪接锋名不副实

出公社，决定就便到洪接锋那里坐坐。在汉川分手后，不知她那里有什么新的动静，协和医院和蒲圻军工厂招工，她和妹妹有没有点希望？

洪接锋在尹沟大队 2 小队，她的生产队离张港街仅 4 里。远路的知青要乘船回家，都爱去投靠尹沟大队知青住宿一晚再赶船。自从洪接锋的 4 人知青组剩得她姐妹俩后，洪接锋不愿意再接待投宿的知青，这可跟洪接锋这响亮的大名不甚相符，"接锋"的意思是接过雷锋的枪，预示又一个雷锋正在成长。她是"文革"初改的名字。

这说明她也曾是富有革命热情的青年。斗转星移，农村生活的艰辛、琐碎也消磨了她当年的激情，洪接锋早已名不副实。

正是出完早工回来吃饭的时候，碰了个正着。洪接锋姐妹俩正在洗手，两姐妹像极了，只不过洪接锋矮小，洪珍高大。

"青青，你舍得回啊。你在汉川下车，我原以为你第二天就赶来的。你怎么这久才回队？"

我笑了笑，径直进了里房。姐妹俩的两张床摆成"T"形，床单上钉着大块补丁，床单边子揉成了道道竖褶。只有这两姐妹才会这样，女知青的床铺往往是洁净的，生活上洪接锋仍像雷锋一样节俭。

屋角旮旯里堆着好些红苕。"红苕怎么进了寝室？"我问。

"昨天才分的，几时趁雨天歇工我就在房里挖个洞窖。"洪接锋说。

洪珍递给我一个煮红苕，这就是她俩的早饭了。我咬了一口，才出土的红苕并不太甜，味淡淡的。"为什么窖在寝室里？重新打洞不麻烦？"

"这里干燥通风些，拖檐的老窖爬老鼠，去年的苕被咬丢了不少。"

"你确实像个过日子的人，比我强多了。晓不晓得公社的知青怎么评价你？'全张港铁心务农的人'。"知青们这话也是语出有因，这两姐妹几乎从不误工，把工分看得极重。夏初抢收小麦时，她们和农民一样，把饭带到田间吃。有回，她们的黢米茶罐子里爬进了蚂蚁，洪接锋用筷子赶掉蚂蚁，二话不说，大口大口地吞下黢米茶，使得社员们竖起了大拇指。"事迹"传到公社，在留下的知青中，洪接锋成了社领导眼里的红人。但我的想法并没有说出来，如果姐妹俩每天轮流歇一个早工，饭菜要可口些，床铺也要干净些。

洪接锋毫不在乎："让那些人去嚼舌头，反正嘴长在各人身上。"

"可是我安不下心来。"

"你跟我们不同，我们是姊妹俩在这里，家里有父母亲，相互还有个照顾；你和你妈一头一个，确实是可怜。不过你在家住得太长了，不在这里守着，招工更没得希望。”

“你们守得这样，还没招走；我不可能有指望，连我妈妈的厂也不肯招我……”

洪接锋、洪珍的神色一时变得凄然，洪接锋说：“你妈妈厂也太做得出来了，不肯积德啊。我们真是上当受骗了，上面就是要把我们这些人赶到农村来安家落户，要是我早一点看清这件事，我不会让洪珍下来。洪珍下乡时还不满 16 岁啊，我就该把这作为理由，坚决赖下来。”

1966 年夏，在排山倒海的“文革”风暴中，新中国成立后的 17年教育路线被全盘否定，定性为资产阶级教育路线，武汉市宣布取消当年的中考，初中毕业生升学实行推荐选拔方式，全班出身不好的同学都没被选拔上，这里面就有我和洪接锋。

洪珍兴奋地插话：“公社武装部长跟蒲圻军工厂招工的交了底，我们这两姐妹里无论如何要带走一个，否则公社其他知青一个不放。”

洪珍还只 19 岁，性格天真未泯，毕竟风风雨雨的事，都由姐姐在头里挡着。洪接锋只好告诉我：“只看蒲圻军工厂招工搞不搞得成，我想让洪珍走，我比妹妹生活能力强些。”她又说：“青青，你晓不晓得，区里原来管知青的老金不管我们了，现在该团委书记兼管知青办的事。”

“哦。”我有些意外。

“这说明，区里对留下来的这点知青根本不重视，反正老三届也就这点人了。”

“团委书记是男是女？”

"女的，姓黄。她是从农机站抽到团委来的，看样子不好接近。"

"当、当、当"，出工的钟声响起。我知道洪接锋不会为同学耽误工分，赶忙起身："我该走了。我正在办病转。"最后这句话我几乎是抢着说的，好像不告诉她就心虚似的。说完，我把头扭向一边，等待她说我什么。

"唔、唔。"洪接锋已抓起草帽，摘花袋子，嘴里只含糊地应着，姐妹俩急欲出工，大概蒲圻军工厂勾走了她们的魂灵。

洪接锋出身旧军人家庭，父亲曾是国民党的军需工厂武汉被服厂的会计，国民党员。这种成分比先梅又差一截，但毕竟历史清楚，还不属于敌我矛盾。也许，两姐妹里终能走得成一个？

14. 北京姑娘应笙

我决定再到陈豁大队小学去看应笙，应笙在那里代课，她是67届高中生，去年10月底我们才相识。但早在凤凰山中学时我就认识她。

1965年春天，班上女生在寝室里议论，高一（四）班转来个北京姑娘，叫应笙。不用人指点，我马上对上了号，那个皮肤晶莹、颜面鲜艳的女生就是她了，首都来的人，风度自是不同，而且是北大附中转来的。同学们羡慕的目光时常追随着她。

高一（四）是个差生班，尽是些留级和休学的合拢来的，他们在全校抬不起头来。应笙插进这个班不久，五四青年节到了，校团委组织诗歌比赛，应笙站在队列前领诵，很显眼，为这个差班争了荣誉。

1971年10月底，我们被通知到公社中学听重要文件，天门的、回乡的，69 届、70 届的，还有我们这些剩下的武汉知青，再加上各大队分管知青的干部，挤满了会场，谁都知道这是要传达"九·一三事件"了。这之前，林彪乘飞机叛逃苏联，摔死在外蒙古的消息，已在知青中悄悄传开，那些回武汉过国庆节的知青带回了这个新闻。不久，农村的干部们也按组织级别，分别听了传达。

轮到知青听了，由于预知开会内容，知青们都早早来到会场，大家寻找到自己相熟的伙伴，三三两两聚在一起，急切地竖起耳朵听，"九·一三事件"太震撼了，我们极想听正式文件的讲法。还有，中央出了这么大的事，会不会影响工业建设影响招工？招工牵动着知青的魂魄啊。

我一个人坐在角落里，不想参与这类谈话。由于妈妈厂对我的所谓"招工"，公社知青尽人皆知，我怕引起别人注意："看啊，这个叫林青青的，连她妈妈的厂也不肯招她，这种出身，居然也想打听招工的事。"

正巧应笙坐在我旁边，她在织一件绿色毛衣，在知青聚会的这种气氛中，显出了与众不同。

应笙先开口和我说话："你们队好像挺远的。"

"是公社最远的一个小队，横野 1 队。"

"你就是高钰一个组的？"

"是一个组的。"我神情暗淡了，和高钰搞不来，不想提起她。

和高钰组合到一起，是仓促中造成的错误。1968 年 12 月，载着我们的卡车停在天门县城。我们坐在天门中学等候县里安置，我所在的知青组都被分配到另一个区，消息灵通的学生则说张港区最好，交通便利，而分到张港的名额多是照顾了 39 女中，我就要求带队老师把我们组安排到张港去。一个独生女因袭的精神包袱自然沉重，我怕妈妈有个三病两痛时便于及时赶回。老师对县知青办谈了我的情况，最后的答复是让我插到39中的一个小组里，这个小组只有三个女生，我同意了。因为是4个女生，我们被照顾分到了张港区长堤公社，生产队离码头只10里路。我们的行动还影响到洪接锋，她和妹妹也要求到张港区，与外校的学生组合了。

交通位置方便了，小组里却经常闹矛盾。第一年，小组的矛盾并没有公开，队里的人也以为我们还和睦。1970年春，高钰的妹妹小钰插进我们组，谁知另一个69届叫杜蓉子的女知青也分到了我们组。6个女知青的矛盾复杂化、公开化了。

现在，在高二年级的同学面前，我有一种难以解释的痛苦。

应笙帮我解脱了。北京姑娘爽快，说话不绕弯："我们组原来6个人，3男3女，现在只剩我和舒曼玉了。高钰和她妹妹常来找舒曼玉玩，但我讨厌她们，她们不地道，我能想象，你和她们过不好。"

应笙的坦率一下子让我对她产生了好感，心中郁积的愤懑不觉向她倾泻出来，我说："这种关系不知道哪一天才能结束。1970年实行招工推荐，我们全组6个知青，除了小钰和杜蓉子是当年春天才插到小组来的，够推荐的有4人。生产队推荐了两个，其中有一名是我。高钰第二天就推说肚子痛，不肯出早工，我是背着思想包袱去出工的，因为听说机电局招工的人来大队了。那个时候是可以决定命运的，我很想到大队部去，跟招工的人谈谈我的情况，可是一个被推荐的人是不敢误工的。早工是给棉田点化肥，我的思想老开岔，有时将化肥一把撒在田垄上，有时点到窝里又忘了盖土。因为不祥的预感牢牢地抓着我，我知道高钰不出工不只是个闹情绪的问题。果然，她跑到大队部找到了招工干部，对招工的讲我不够推荐资格，我的父亲有……问题，小组里其他的人出身都比我好，而且她们是姐妹俩，按道理应该两丁抽一，照顾一个……

"招工干部就找到秦书记说：招工有规定，对杀、关、管和现形反革命分子，家庭有重大历史问题的子女不能招工……这事是后来听秦书记讲的，我为此陷入了精神危机。高钰以前不知道我的家庭情况，是在1969年夏天，有一次我和她谈得很投机时，我对她讲了我的家庭出身，没想到这成了她踩下我的利器。怪只怪自己太天真了。将心比心，如果队里不推荐我，我也会不平，可是我不会利用对手的家庭问题去害人，更何况，高钰的妈妈是在清理阶级队伍中自杀的，属于现行问题，她也是个不幸的人，为什么还要用我的出身做文章？

"大队并没有因为高钰闹情绪而将就她，小钰下乡只半年，不够推荐条件，因此不存在姐妹俩必须照顾一人的问题，即使我被推荐上去了，我这种出身也走不了，问题是，同组知青的出卖，对我的打击太大了……现在我们组只剩下4个人。我和这姐妹俩的关系一直很冷，如果有一天蓉子也招工走了，我不知怎样才能过下去……"我神色黯然，说不下去了。

与应笙是初次交谈，关于父亲在台湾的事我噤若寒蝉，提到这个问题就含糊着绕开。

应笙显得很有教养，这方面并不追问。她静静听我讲完，就说起她的看法："知青组是以一个新生的户插进队里的，就像个独立的家庭一样，家庭和睦，心情才会愉快，家庭不和心情当然痛苦。而这个家庭组合形式一定，就没法选择了，就像一个人不能选择兄弟姐妹一样。我们湖北知青是以小组的形式插队落户的，这种插队方式最没有保障了，最容易你嫉我妒，谁都想在组里冒尖，不管是评先进、提干，还是招工，只有冒尖的人才有希望，这就导致知青组里频频出现相互倾轧的现象。

"我北京的同学许多在内蒙古，他们是生产建设兵团的建制，过集体生活，班、排知青之间有矛盾但不会像我们这样苦恼，合不来就少合，相互交往有很大的选择自由，谁也不依赖谁。不像知青小组的矛盾那样无法摆脱。但你别以为他们的生活理想，就像我们不愿当一辈子农民一样，他们同样不愿一辈子当兵团战士；内蒙古没有搞招工，知青们只能钻路子参军、病退，走不了的知青盼望着入党提干，好摆脱一线的艰苦劳动，为了当个卫生员、干事、管理员、机械工，知青们用尽心计，不惜手段。也不能怪他们，生活的道路太窄，他们面前的机会太少了。

"你的处境我非常理解，我的状况也同样不妙，我们组只剩了我和舒曼玉，我们各行其是。关键是各自的性格，为人准则不一样。"

我不由看着应笙，或许是她来自首都，视野开阔的原因，她看问题有一种居高临下的透彻性，我的苦恼在她冷静的分析下缓解了。

应笙大队的妇女主任纳着鞋底，笑嘻嘻坐到应笙旁边："应笙跟哪个打毛衣呀？"

"社员的呗。"

"这绿毛线好看哩，你扯一小坨给我吧。"

应笙断然说："这怎么行，别人的线，扯下来一团就短了尺寸。如果是我的线，我可以考虑给你。"

妇女主任惊讶地望着应笙，她兼管大队知青工作，大队的知青没有谁会这样拒绝她。

妇女主任悻悻而去。应笙小声对我说："这人特贪便宜。"

这是一个耿直的北京姑娘，我被她进一步吸引着，我们的交谈也深入起来。我得知应笙的爸爸是设计院的工程师，妈妈在设计院的医务室，她还有一个弟弟在读中学。应笙感叹说："今年张港区转回去不少知青，可惜我没病，我真羡慕那些转回去的人，比招到外地当工人强。"跟着应笙的表情严肃了："林立果的小舰队称知识青年上山下乡是变相劳改，就是这么回事，我们已经成了某些人政治上的替罪羊。"

话无疑对我是振聋发聩，我们在农村已落户三年，当年怀疑一切、横扫一切的红卫兵逐渐被磨削得慎言务实，这部"磨床"首先来自知青组内部的微妙关系，招工、招生总得择优，无论你主动或被动，你得改变自己，适应环境的需要。何况一个接受再教育的人是不准离经叛道的。谁只图嘴巴畅快，你的知青朋友可以轻易把你击倒，在前途角逐的天平上给自己加重砝码。对高钰的轻信已使我付出代价，应笙对我能说这样的话，说明她是个坦荡勇敢且有思想的人。

我问："北京知青也这样看吗？"

"当然，心照不宣。"

我又问："你的北京同学在班排里议不议论呢？"

"没有谁会这么傻，在兵团，思想控制比广阔天地严密多了。它有两方面：兵团的部队建制，那些军队干部对知青严于待人，宽于待己；还有知青内部的利害冲突，导致犹大式的人物不会是个别现象。知青们宁可向远方的朋友信中倾诉，这一般没有危险，因为两地没有利害冲突。我们散居在农村，思想上、生活上比兵团自由多了，农民只看你的劳动，看你有没有架子，其他一律不问，农民的思想是属于自己的，连文化大革命都不能影响他们，我从心里钦佩他们这一点。"

这番话和我的体会竟那么一致。

但她接着说："可是这种插队安置，我们将来怎么办？知青都到该成家的年龄了，婚姻怎么解决？找谁？谁要？在城市人眼里，我们没有工作，没有户口，没有购粮证，将来有了后代，也是黑户口。谁愿意把自己的命运和知青结合在一起？我们自身糊口都难，又哪配建立家庭呢？将来到了父母不能接济的那一天，我们怎么办？"

我黯然神伤，应笙的话里，并不只为自己，而是充满了对整个知青前途的思考，引起我强烈的共鸣。我说："你还可以想办法招工，总觉得你会比我幸运。"

应笙急急说："你不要提招工，我爸爸的问题没有结论。"

我惊诧地看着她，在我眼里，首都来的，在凤凰山中学出过风头的应笙，原来也这么不幸，不是一般意义上的出身不好，而是父亲的问题未定性，一年定不了，她一年走不成，五年定不了，她五年走不成。和我一样，不知要耗到哪一年？我的感情和她一下子拉近了，我们成了好朋友，彼此相见恨晚。

想着这些往事，不知不觉间已走到陈嶷小学。

应笙见到我像见到救星："青青，我正烦着呢，就像热锅上的蚂蚁，你到办公室去坐会，等我把这节数学课上完，你陪我一起去街上遛遛。"

"你情绪很好嘛，还有闲心遛。"

"不，你得陪我到张港旅社去一趟，为着招工的事。"

"还什么招工，听我们大队的知青说，协和医院只招 8 个人，难道还没定下来？

"这里说不清，等会谈。"

上课时间到了，孩子们跑进了教室。

我站远处看她上课。应笙穿着浅黄碎花衬衣，一条旧军裤，黑灯心绒北京松紧鞋，已经洗得发白。扎得很规范的短辫，仍然润泽的肤色。农村4年了，67届的高中生应笙也25岁了，一副标准的知青模样。

15. 细哥、舒曼玉和招工组

下课了，应笙拍拍手上的灰："我们走吧。"两人抄近路在田间小路上穿行。应笙问："青青你什么时候回来的？快告诉我，武汉方面有什么消息？"

"没听到什么消息，现在的招工，好像都神神秘秘的，我们普通老百姓，根本摸不到门。"

"自林彪事件以后，工厂招工都停止了。只有少数事业、军工单位招工，你看我们盼了一年，才来了个协和医院、蒲圻军工厂，年龄、政审条件都高。你知道这回协和医院招工的戏不？"

"听说过一点。怎么，你们大队推荐了你？不是说医院只招8个人嘛？推荐的人又这么多，我们队的小钰，还有5队的可可都被政审过，现在出了个你。尹沟大队的洪接锋在公社是红人，怎么不见推荐啊？她反而要妹妹去蒲圻军工厂呢。"

应笙说："洪接锋会不想回武汉？协和医院8个名额，全区7个公社，各公社抢着要名额，69届、70届也属于招工范围，天门知青、回乡知青都要走，在这样的争夺战面前，老三届的希望太少了。招工组说医院是上层建筑单位，就是要根红苗正的人去占领上层建筑领域。除非你有文艺特长，政审可以适当放宽条件，我没特长，爸爸的问题也没有结论，没结论就不能定性，陈豁大队推荐了我，但我没抱希望。可是洪接锋听说我被推荐了，带着洪珍来邀我去旅社，说是洪珍也被推荐了。我想去招工那儿聊聊也没啥，就和她一同去了，当然她们没有成功。"

"为什么？"

应笙叹了口气："想起这事我心里特烦，后面的故事还多着呢……"

那天应笙陪洪接锋她们到旅社时，天已黑了，外面淅淅沥沥地下着雨，招工组的房间里却挤了好些知青。洪接锋一看这阵势，勇气就丢到爪洼国去了，她只敢挨着那女工宣队员套点近乎，小声介绍她妹妹是大队推荐了的，洪珍喜欢护士工作。那招工科长个子又瘦又小，自个长得尖嘴猴腮，却很藐视洪接锋姐妹俩，带理不理的。他招工首先讲究个目测，洪接锋和洪珍均其貌不扬，还有个很大的缺憾，年纪轻轻的却早生华发，白了少年头。而且姐妹俩每到冬天就烂了脸，拖到夏季里也好不了。知青们曾说："这姐妹俩一年四季里没得个脸。"洪接锋顿时蔫了，明摆着科长没看上洪珍。

这时候推门进来了一男一女，女的收伞后站在屋角，但应笙已看清楚了她，不由大大地吃了一惊，女的就是应笙同组知青舒曼玉，男的是她们陈豁大队机房的负责人，叫细哥，家住在应笙那个小队里。应笙因为是坐在暗处，舒曼玉和细哥都没有看到她。细哥拿出公社介绍信，递给招工科长："这是长堤公社陈豁大队的知识青年舒曼玉，这个青年在我们队，思想劳动都过得硬，所以公社出了介绍信推荐她，希望你们把这个青年带走。"

科长上下打量了一下舒曼玉，这舒曼玉并不漂亮，微黑的皮肤，单眼皮却眼神机灵，脸上嵌着个精致的小鹰鼻，身量苗条，看上去有几分像知识分子，同时又透着精明干练。科长客气地问细哥："您是?"

"我是陈豁大队队委，分管知识青年工作的。"其实前一句是实话，后一句却是临时编的。

要说这个细哥，是个鬼点子很多的人，复员军人出身，三十来岁，为人很讲义气，跟知青的关系好得很。医院招工，大队只推荐了应笙一人，这已经不得了，长堤公社有4个大队，区里给公社只一个名额。4个大队各推荐了一名，再加上高钰、小钰、可可这些自己寻上门来的，够热闹的了。应笙因为父亲的问题，简直不抱希望。可是舒曼玉知难而进，偏偏要和应笙争个高下。她去求细哥，一副可怜楚楚模样，说最好能让她与应笙一起招走，招工的是在全区择优，陈豁大队多上一个人有什么不可以呢。对招工情况不甚了解的细哥，被她说服了，跑到公社为她开了张介绍信专门推荐她，公社的副书记是细哥的姐夫，文书又是细哥的朋友，介绍信自然开得出来。

女工宣队员寻了条凳子给细哥："你请坐。"科长抽出招工表给舒曼玉："你填个简历。"细哥又把凳子让给舒曼玉，让她坐到桌前去填，就在让凳子转身之间，细哥瞅见了坐在床后暗处的应笙，立即笑起来："应笙也在这哒，好哇。"他对科长说："这个也是我们大队的知识青年，在学堂里当先生哩。这两个青年都不错，我们贫下中农要求你把她们都招走。"

正在填表的舒曼玉身子一抖，没想到她的伎俩会被应笙看到，她转过身对应笙勉强地笑。应笙被这台戏气得不轻，但细哥没有挑明应笙和舒曼玉同是一个知青组的，应笙也不好说破。

舒曼玉把简历表递给科长，科长看了，连夸："好字，像个男同志的笔力。"

细哥带着舒曼玉告辞了，他邀应笙一起走，好顺便送送她们。洪接锋、洪珍也跟着走出门，应笙和洪接锋两姐妹故意走在后头，她不想理睬舒曼玉。洪接锋气愤地跟应笙说："舒曼玉这人太阴险狡猾了，大队明明推荐的是你，舒曼玉黑更半夜的弄个人来推荐自己，把你挤了怎么办？要是我，我不得依，我非要当场点穿她的把戏不可。"

应笙抹了抹脸上冰凉的雨珠，回答了一句："这没意思，让人家笑话。"

应笙和细哥的关系也很好，她不能不考虑这一层。舒曼玉自己脸上却挂不住，当晚没回小组，径自摸黑到横野1队高钰那儿投宿。第二天。细哥到小学去找应笙，劝应笙顾全大局，不要跟舒曼玉闹别扭了，争取两人一起招回去。

后来医院招工组拿着应笙、舒曼玉、高小钰、可可这些人的登记表回武汉政审，高小钰尾随招工组去了武汉，其后舒曼玉以母亲生病为由也去了武汉，大约一个星期之久……

应笙给我讲完了雨夜那一幕的推荐把戏。我算了一下，上述的事发生在八月中旬，我正在武汉。洪接锋乘便车回队，赶上了医院和蒲圻军工厂两处招工，也是尽力踢蹬了一番，在医院招工的开场戏中她就败下阵来，在我面前自然不会提起。招工中粥少僧多的状况，使知青之间的角逐异常残酷。谁叫我们至今还在当知青，谁叫我们落到这一步呢？

"青青，你在想什么？好像没听我说话似的。"应笙说。

我回过神来："我听着呢。你说的这个细哥蛮有趣的，这种人在农民里怕不多见。"

"大概是吧，所以我对他拉不下情面来。我再告诉你件事。"

1969年年关临近，应笙小组的6个知青还在汉北河水利工地上，但有的队知青已从堤上撤回队里，准备办年货回家。应笙她都怕天要变，可别搞得像1968年底那样汉江上结了冰，误了船就不好走了。可是大队挖河领导班子不同意她们提前走，要等到全队社员一起下堤。放假日期规定是腊月二十八日，这显然是不合理的，知青们还要回队准备，年三十怕赶不回武汉了。领导班子还规定：谁下火线，谁就是逃兵。

舒曼玉不依，拉着应笙找细哥想办法，细哥正好被大队派回去办事，他就叫3个女知青头晚悄悄把东西收拾好，第二天，起床的号子还没吹响，3个姑娘装着去上茅坑，偷偷提着旅行包踏上了回队的路。等号子响了，社员们忙着洗脸吃饭，黑地里谁也没注意少了3个女知青。趁全队人马往工地开时，细哥叫3个同组的男知青快手快脚把3个姑娘的行李捆了，连同脸盆一起丢上板车，细哥拉着板车追上姑娘后把她们送回队里。直到中午吃饭时，社员们才从送饭人口里知道女知青溜了，众人齐声笑骂细哥太乖，专会做好人。领导也奈何这事不得，干脆也把男知青放回了队。

"这人真有义气。"我由衷赞叹。应笙叙述的这个复员军人，真个是少见。

估摸着正是吃中饭时间，应笙说："青青，我们不能在吃饭时间去找招工的，干脆先去吃了饭，回头再去旅社吧。"

于是我们先奔张港街，就近进了三岔路口的餐馆，这家餐馆是1969年兴办的，和昨天去的老餐馆不同，油腻感要少一些。馆子一头连着公路，一头连着小街，再一头通向张港码头，因此生意兴隆，但做的吃食比不上正中的老馆子。

为了感谢我陪她走了这一趟，应笙定要由她请客，吃三鲜汤。应笙买了两碗三鲜，还要了半斤米饭，两人边吃边谈，我告诉她我正在办病转，病因是坐骨神经痛。

应笙说："你倒是有条路可走了，可是我的路在哪里？我现在是一筹莫展。"

她没心思吃饭，把汤和饭搅在一起混着吃。我是不在其位，不谋其政。昨天还吃过三鲜面，今天胃口照样好。

应笙望着我笑："青青，等你病转办成了，要把我们剩下来的这几个难友请来吃上一顿，不用多花钱，三鲜汤就足矣，这是我们知青吃得起的东西。"

吃饱喝足，我们接着往张港旅社走。看应笙心事重重的样子，我不禁想：协和医院会要舒曼玉？我很奇怪舒曼玉的这股劲头。舒曼玉的父亲是一所中学的总务主任，本身有历史问题，"四清"中又被查出了贪污问题，因此被放在学校里当勤杂工。这是新中国成立后的现行问题呀，更不妙的是，还没有等到定案，文化大革命接着来了，她父亲的贪污问题就老挂在那里，至今没有结论。

看见了张港旅社的两层楼，应笙一下子变得很紧张，她对我说："协和医院对我们公社应该有个名额，不知道到底定谁？"

我安慰她："招工的早就政审过了，要定还不早定了。反正是没有我们横野大队的人，也没有尹沟大队的洪珍，如果招陈豁大队的，也许会是你……"

话未完应笙直摇头："我已知道了我的政审没通过，招工表退回了公社。我想会不会是舒曼玉，不过也可能是小两届的天门知青……"应笙说完脸微微红了。

至此才明白应笙约我来的目的，她并不为探听招工有无自己，而是担心舒曼玉会被招上，我能理解应笙心情。按照政治条件，她们两人的父亲都属于未定性，都不够格招工，但是舒曼玉硬是挤了进来与应笙相拼，假使舒曼玉能走，说明是她抢了应笙的名额，这在应笙心里是无法接受的。招工中的竞争是这么残酷，而舒曼玉的能量实在可怕，在这样的决斗面前，谁也不可能当个坦然的君子。

我实心实意地安慰着应笙："这怎么可能呢，不是有明文规定：父母有现行问题，未定性的暂不招，舒曼玉的爸爸还在监督劳动……"

应笙松了口气："舒曼玉自个也告诉我，她的政审没通过……"

我想了想又说："记得你在学校的诗歌朗诵会上领诵过，你普通话说得好，为什么不向招工的推荐自己呢？"

应笙："那算啥。我这人，天生成的个性，什么都能谈一下，偏偏不会吹自个儿，也不愿去巴结人，明摆着政审过不了关，讨那闲气干嘛。"

难怪应笙会有一种不安的预感，舒曼玉正坐在旅社招工组的房间呢。另外还有两个武汉男知青，在跟招工的聊着。我们进门后，谈兴正浓的招工科长对我们微微颔首，并没有停止他的滔滔宏论。我们就坐在舒曼玉的对面，应笙绷着脸不理她，舒曼玉的脸红了，低下了头。

"小伙子，你们看我这条腿吧，小腿萎缩。左边的腿细一点；再看这双手，指关节变形，严重的类风湿。我完全可以全休，可以去疗养，工资照拿。可是我这样做了没有？你们看，组织上把天门招工的任务交给我，春上一批 30 名，这回一批 20 名，县里给张港区定了 8 名，这个夏天，我奔波于下面各个区各个公社，扯皮讨价不容易啊！当地要搭他们的人，可我还是倾向招武汉的，卫生局批准我们到天门招人，就因为你们这里是棉产区，女孩占的比例多。谁知下来这么棘手，数你们区最扯皮了。"科长气愤了。

女工宣队员敲敲科长的茶杯："你的茶。"

科长端起呷了一口，又放到桌上，说："看上去蛮不错的女孩，工人家庭出身，会做出这种事，和男朋友怀上 4 个月的身孕。幸亏我主张带医生下来体检，如果让你们区安排体检，那就让她滑过去了。这样的女孩招到医院，我和冯师傅怎么向组织交代？"

姓冯的女工宣队员说："看那丫头蛮伶俐的，做出了这种丑事。我不怕你们知识青年会来诓人，我面前想来这一套，那还嫩了一点。我们工人老大粗能够登上上层建筑，在知识分子成堆的地方改造他们，什么样的人有逢过？前些时长堤公社的一个姑娘来找我，姑娘看上去蛮聪明，长得白白净净的，她把自己的家庭吹得天花乱坠，不由你不信，一到她老子的单位政审，完全不是那码事，害得我跑几多冤枉路，她见了我还有情绪，哼，我有说你欺骗组织算是好的。那政审的条件，是讲唯心论还是讲唯物论，是凭你个人说还是凭党掌握？"工宣队员说忘了形，把自己比做了党。

我和应笙愕然对视，应笙神情不安，怀疑工宣队员是说给她听的。我心下明白，工宣队员指的分明是可可。

"我来天门的最大收获是买了两个竹篮子，这凸肚子篮子又牢又透气，过年炸肉丸子，炸鱼，往篮子里一丢，挂到钩子上，半个月不得坏。"工宣队员又换了吟吟笑脸，细细观赏起篮子来。

舒曼玉殷勤地凑上话："您家怎么不多买几个，亲戚邻里送上个把，也算是来天门一趟。"

"有得那些闲钱，背一挂篮子回去，别个还以为我是下来游山玩水买土特产的，我不想找那个麻烦。"

女工宣队员说话泼辣扎实，一看就知来自纱厂。在四棉，这样的女工我见过，对这类人，我是很畏惧的。

两个男知青起身要走，科长笑笑："年轻人要安心在农村，你们是早上八九点的太阳，很幸福啊。关于你们要招男知青的请求，我可以向上面反映，也只能做到如此而已。"两个男知青与科长、工宣队员握手道别。

屋里静下来。舒曼玉已趁机跟在男知青后面溜了。科长望望我们："你们两位是？"

我就开口说："她叫应笙，长堤公社的，公社推荐她招到你们医院，因此想来了解一下情况。"

"哦，你就是应笙。"科长频频点头，注意地打量着应笙。眼里流露出赞赏之色，态度显得很客气："你们公社推荐过你，我们对你的事是很慎重的，你是北京来的吧，你看我是多么熟悉你的情况。至于说到这次招工嘛"，科长弹弹烟灰，接着说，"你的家庭出身属于知识分子，这种家庭出来的孩子，有他优越的一面……旧中国是很复杂的，你父亲作为一个深层次的知识分子，陷进了……呃……那样的反动组织里，历史上染上了污点，也是不足为奇的。知识分子的情况，有它的特殊性，历来有左中右之分，还有历次运动的分化筛选。但父辈的事，只能由父辈负责，出身不由己，道路可选择，我相信你能帮助自己的父亲，过好组织审查这一关。目前他的问题未下结论前，我们招你是有困难的，你要正确对待。党对知识分子，历来是给出路的，何况是他们的子女"。

"可我爸爸是随着傅作义起义后被收编的。我的家庭成分是起义军人，爸爸是搞军事工程的。"受了半天教育的应笙忍不住辩解。

"正确对待，应笙，你懂了没有？要相信党会有实事求是的结论。"科长表情严肃起来，"党从不会冤枉一个人，是多大的问题就是多大的问题，不承认是不行的。我个人也感到很抱歉，由于我们医院属于上层建筑单位，招工条件要求较高，相信你以后还会有机会……"

女工宣队员打个呵欠站起身，欲送客了。我们只得站起来，我问科长："刚才那个舒曼玉，能不能招上呢？"

"那要看她的政审合不合格。"

科长像是答复我又像是说给应笙听的。

应笙的表情立即放松了，舒曼玉的家庭情况还不如她，历史问题加现行问题，政审怎会合格？看来自己是担了冤枉心。

出得旅社，应笙感激地对我说："到了旅社，一见招工的人这德性，我就没辙了。你还挺能的，比我会说。"

我不由苦笑一下："这是帮别人问，如果是问我自个的事，我常常是未开口就窘迫得不行，自卑得不行。"想起妈妈厂里招工的人，临走前刷下了我，当时我只会流眼泪，连句整话都说不出来。一想起那残酷的一幕，我心里一阵痉挛。

应笙说："我就是这个原因，说不出话。协和医院这个科长好恶心，不肯招我还要装腔作势。我这是虎落平阳遭犬欺啦，听得再反感也不能反驳。"她眼里闪着痛苦的光。

我说："我最怕革命的大道理，一摆心就虚了。可是摆大道理的人，像那个工宣队员，又不能让我心服。可可那么穷，她还要去吃她的……"

应笙说："这种德性，招工还能秉公办事？"

分手时，应笙对我说："青青，我心里闷得怪慌，后天星期天，我想到你队里来玩。"

我想了想说："干脆，后天你陪我到杨市公社去玩，我两个女同学在那里。从我们小队到杨市公社要走 20 里路，你明天下午放学后先到我队里来，晚上我们挤着睡，后天一早动身。"

16. 五个参军知青

回到队里，见隔壁余妈正肩着一筐苕回屋子，幺儿汉明挎着一大篮子苕跟在后头，余妈跟我说："青青，快去分苕哩。"

进了屋，拿一只大篮子到仓库前的晒场上，保管员张伯给我称了 28 斤红苕。这苕算口粮，农村的"瓜菜代"，主要包括红苕、胡萝卜、蚕豆、黄豆。

第二天，我出了一天工。

队里的苕已挖了，剩下的事是清理搜寻漏下的苕，这活一般是老年人干的。组长响兰见我摘棉花腰功实在不行，老爱跪下来，就跟队长说了，派我去捡二道苕。我算是干了一天轻闪活。老年社员见我的菜地荒着，要我扯一点苕藤子当菜吃，于是我掐了一些嫩苕藤，苕藤可以当菜，我并不稀奇。三年困难时期，妈妈曾在纱厂的荒地开过一小块菜地，种过芝麻、红苕、苋菜、甜菜，我早就吃过苕藤子。

下午，秦书记公社开完会回来了，我正在地里挖苕，不好上去追着书记问他跟公社武装部长讲了我的事情没有？看着书记走过，我明白自己错过了机会。书记家是不可多去的，竹姐这人厉害，女知青和秦书记多说了话，她眼睛会像刀子般剜你，带说带笑地警告。1970年，大队抽了个女知青跟着书记搞"一打三反"运动，女知青到我们小队来过，她跟书记走在一起有说有笑，到了书记家就敛声屏气，出门后还吓得吐舌头。竹姐对这个和丈夫一同办公的女子怀有戒意。

竹姐33岁，生了5个酒坛子，过多的生育使她看上去显老，跟丈夫不能比。没生儿子成了竹姐的心病，因此，她对自家男将不放心。副队长的老婆大脚婶爱揭短，有回跟竹姐嚷息码（指吵架）："你有什格用？生了5个酒坛子，这是新社会哩，旧社会男将早就讨了小，要你跟他做事就是不要你跟他睡。"树怕剥皮人怕揭短，竹姐顿时在田里痛哭失声……

因此，我干熬着安慰自己：秦书记会帮我说话的，何必再去竹姐家。

应笙来了，她倚着余妈门前的竹篙站着。这回我必得起身了，就跟婆婆们打个招呼，收起铁锹，把篮子里的苕倒进苕堆，再装进苕藤子快步向她走去。记工员还没有来记工，下午的工分该怎么算，凭婆婆们报去。

知青之间串门，是必须误工接待的，这是知青的规矩，否则就是"不懂板"，洪接锋就是这一点失去了人缘。

我抱歉地对应笙说："难得你来玩，我这里却没吃的，我有苕，有面粉，偏偏没有菜，回队这几天都是在混……我只有苕藤子当菜。"

应笙说："有啥吃啥，就炒苕藤子吃，再煮点稀饭。"

"再炒个扁豆吧。"我拿了筲箕，带应笙去屋后掐扁豆。

破泥屋的后墙上爬着几根扁豆藤，藤蔓尖子一直爬到黑布瓦上，使颓败的房子变得生动了。扁豆是我的房东会计点下的，下乡的头年，我们住着这屋，会计的扁豆任由我们摘取，我们还以为扁豆是自生自长的呢。响兰告诉我们，会计在地里发了话："我那点扁豆由着知识青年掰了算哒。"当时我们听得脸发红，想笑又不好笑出来。想不到重回破泥屋后，这扁豆又恩惠于我了。

我掐了一些扁豆，提着铝桶，叫应笙跟我去渠里洗菜提水。洗好菜，装好水，我俩却不想马上就走，殷红的太阳挂在西天，做饭时间还早，我们就在草坡上坐下，看着渠水清清的波纹，聊着天。

"青青，你房屋的后门太破，人站在外面都可以拉开门销子，夜晚睡觉怕不怕？"

"没有怕过。"

"看起来你好像挺胆大，其实不是那么回事。我从你的眼神看得出，你不是勇敢的人。你这人爱幻想，眼睛里全是梦幻神色，因此你不会去想到危险。像你这样性格的人回不去，痛苦会比一般人更深。"

应笙观察敏锐，她的分析无疑是正确的。裕华对我也有过类似的评价。

我不觉长叹一声："我对招工毫无信心，心力仿佛耗尽了，现在一心只想转回去。"

"听说病转的各道关卡挺怵人的，既然你准备办病转，就下决心办到底吧。我们年龄不小了，在农村要耗到哪年哪月？将来怎么办？"

一股暖流滋润着我。应笙和先梅完全不同。

"你有男朋友了吗？"

话来得突然，我吃了一惊："没有，我抽不回去，怎么可能呢。"

应笙笑了："我凭猜测罢了。你回武汉这么久，下来又是病转，没有男朋友相助能成？除非你家里有门路，可你只有一个妈妈。"

我蓦地有些心跳，应笙的感觉是对的，没有毛弟的相助，我怎么能病转。可是毛弟根本不是我的男朋友，我阿姨也是帮了些忙的，但这些话都不好说。

太阳跌到了树梢上，大片的晚霞染红了地面，渠对岸是新桥公社的地界，此刻看不到人，只有成片的粟穗垂着脑袋，一动不动，衬出秋天落日的寂寥。

我转了个话题："应笙，对面是新桥公社一个生产队，4 女 1 男，也是我们凤凰山中学的。5 个人全是军干子女，他们举止轩昂，出工也穿着军装。我们小组知青出工时可以望到他们，两队的田垄之间只隔着一条水沟，薅麦草时，他们带着军用水壶喝水，而我们口渴了就跑到水沟里掬一把水解渴。六九年春天我的女同学来玩，我们就在渠里洗衣裳，正在疯闹时，看见对面坡上滑下一个男知青，用军用水壶灌水，男知青用手合成话筒：'喂，请问你们是哪一路的？'

"有个同学眼尖，认出男知青叫许援朝，是我校高一年级的。我们喊：'对不起，无可奉告。'

"对岸喊：'贫下中农大战红五月，你们干吗不出工？革命不是请客吃饭。'

"我们生气了，就反击他：'我们不需要你来指教。'

"'知道你们小组上了《知青通讯》，用不着盛气凌人。'

"'我们是来了同学才歇工，接受再教育就该六亲不认？'

对岸的人呵呵笑了：'逗你们玩儿呢，别当真，欢迎你们来我们组串门。'

"这话使全组人都很动心，想趁下雨天歇工时去他们组看看，又觉得他们是军干子女，和我们说不来。可是秋天，这5个军干子女全参军了，我们就失去了这机会。听说新桥公社有个知青去为一个参军女知青送行，参军女知青的妈妈说：'我女儿在农村锻炼得不错。林副统帅对部队子女有指示：子继父业，无罪。所以我们让女儿参军了。我们当兵的不搞特权。'这5个知青下农村还不到一年。但那女知青的妈说得还算公正，她的女儿经常给贫下中农扎针灸，农民对她评价很高，因此她的小组很有名气，登上了天门《知青通讯》。比起那些根本未下农村直接参军的军干子女，她算是好的了。"

应笙不出声的听着我讲话，表情呆愣。她是起义军人的子女，和革命军人的子女隔着不可逾越的鸿沟。四年前，老三届豪情满怀奔赴的广阔天地，剩得零零落落几个人，往日的激情，青春的喧哗哪里去了？难道上山下乡的革命路线，就该出身不好的子女来坚持下去？

我们各自想着心事。

应笙突然对我说："据省里说的：杀、关、管、未定性以及有现行问题人的子女暂不招工。那么我们要耗到哪年哪月？解放前共产党吸收的剥削阶级出身的青年还少了？那些出身不好的女青年好些嫁给了老干部，入党升官比谁都快。可我们生在新中国、长在红旗下的青年当个工人都不够格，这合乎逻辑吗？"

我骇然望着她，应笙身上有股子敢说敢当的气魄，她这人不信鬼。

受到她影响，我说出了心里话："像我这样的人活着是一种苦难。在老三届生里，我认为出身不好的66届初中生磨难最大，因为你们没有经过初中升学的推荐选拔。分管教育的副市长邓垦专门在初中毕业生工作会议上讲了话，学校工作组把他的讲话用广播的形式传达，规定初三学生必须带着椅子到实验楼的会议室去听。副市长在会上斩钉截铁地讲：'教育要革命，资产阶级知识分子统治我们学校的现象，再也不能继续下去了。打开天窗说亮话，招生工作必须贯彻党的阶级路线，工人、贫下中农的子女有享受教育的优先权。剥削阶级家庭出身的子女必须到农村去，到边疆去。在艰苦的环境中脱胎换骨地改造自己的世界观，转变自己的阶级立场和思想感情。你们在农村安家落户了，将来你们的子女就可以改变成分了嘛，就变成贫下中农了嘛……'副市长的声音高亢凌厉，像一记记的重锤，重重地敲在我心上，敲得我丧魂失魄。散会后，我的手好像没知觉了，那把椅子拿在手上没有了感觉，双腿随着人流机械地迈动，脑子里回响着副市长的声音：'打开天窗说亮话。'那年我才16岁，入团才半年。但也终于明白过来我争取入团，要求进步的努力全是徒劳的。

"推荐选拔工作持续了半个月，由工作组指派高三的出身好政治过硬的同学来主持。主持的同学反反复复向我们交代党的政策，其用意是既要使全体同学都被'推荐'上去，又要使出身不好的同学在'选拔'中刷下来。人人表态，个个过关，那半个月的日子对我来说是多么难过。我看到校总支成员和班主任神秘地进进出出，我明白那是到出身不好的同学的家长单位去外调……我当然在选拔中被淘汰了。妈妈为了我能升学，到学校来找班主任谈我的出身情况，班主任将妈妈的话告诉了团支部，支部找我谈话，要我提高认识，与妈妈划清界限。升学不成，反受此羞辱，我的神经承受不住了……躲到学校食堂堆糠的房里，偷偷地哭了，哭完，我在水龙头上不停地洗脸，只是为了洗掉哭过的痕迹，要是被团支部的人看见了可不得了。等我回到教室，那天下午的内容是总结推荐选拔工作，高三的主持同学在班上宣称：'过去同学中有一种误解，认为团员肯定会被选拔上，事实证明不是这样。林青青同学不就是团员吗，可她落选了，这说明，团员的积极性在任何时候都能经受住考验，共青团员也要做支农支边的带头人。'应笙，你也许不知道，全班出身不好的同学只我一人入了团，但全班 21 个团员里，也只我一人没被选拔升学……

　　"落选的同学只能有三种去向：新疆、湖北农村、东西湖农场。三种去向由个人选择，学校给我们发了上山下乡的志愿表。明明是带强迫性质的事，却要说成是自愿。我在第一志愿里填上东西湖农场，为的是离家近一点，对妈妈好有个照顾。谁知后来红卫兵运动兴起了，各中学领导班子瘫痪了，在这种局势下，上面来了精神，推荐选拔工作暂停；到六六年底各中学都陷入无政府状态，一二把手都成了走资派，群众组织分成几大派别，市委、市教育局不断受到冲击，推荐选拔宣布作废。不久开始批资产阶级反动路线，副市长的讲话受到批判。我受伤的心灵开始复苏，在湖北大学亲眼看到批判副市长讲话的大字报，我以为这种批判代表着党的正确路线。

　　"至今我们被甩在农村不得上去，我才明白，副市长的讲话没有过时。应笙，从招工政策看得出来，招工跟升学的推荐选拔工作其实是一条路线。六四年、六五年高考时出身不好的考生尽被刷了，那考试成绩是不算数的。同样，招工由贫下中农推荐，也是不作数的，关键是出身。上级的路线是要把黑五类的子女放在农村，安家落户。

"早知今日，何必当初。我当初真不该下来。我一个小学同学死活赖着不下，由那些在校的红卫兵上门宣传最高指示，居委会婆婆登门劝说，到底不能用绳子捆着她下乡，现在她也分配了工作，当上了工人阶级，和她一比我真有一种上当受骗的痛苦。"

应笙专注地听着，说："其他大城市可以身边留一个子女，武汉的老三届是一锅端。我们无条件地响应毛主席号召到农村，回去却是有条件的，这条件并不看表现，只看出身。湖北的下乡政策简直是一种阴谋……"应笙说到这里，神情严肃，她不是在说笑话。

我听了好想哭，呆呆地望着对岸新桥公社地界，那5个参军知青抛下一片空寂荒凉……

17.　一对恋人和一个尴尬人

两人挤着睡了一晚。早上起来以后，我们煮了几个苕，用军用书包装着，然后从破泥屋的后门径直来到张港公路上，这样是为了避免碰到队长。"反正跟队长有言在先，我得跑公社、区里办病转。我早就想到杨市公社的同学那里去玩了。"我说。

"瞧你紧张的，队长还能把你怎样？青青，我告诉你，你办病转还是不要出工为好，否则别人会钻你空子，说你能劳动。你和高钰又是那么个关系，不能不防着点。"

我从挎包里摸出热苕，这是我们的早饭，走一路消灭一个，这种吃法十分惬意。20 里路一下走出了 10 里，眼前是蒋湖农场的白桦林带，立在公路两侧，长长的林带伸向远方，树蹿得实在高，人在树的夹道里行走显得很渺小，桦叶在秋风里哗哗作响，似乎在感慨人的命运变化莫测。应笙忽然停住不走了："我有些心慌，心里发虚。"她说："青青，舒曼玉这次会不会招走？我忽然又不想去杨市了。"

"已经走了一半路程，星期天你又何必去守那空屋子。"我劝她："就算舒曼玉要走，你待在屋里更不好受。可是舒曼玉怎么能走呢？那个工宣队员那么左，肯讨这个麻烦？"

应笙安了心，手伸进我书包里摸荸荠吃。

10 点钟到了杨市公社同学的队里，我的两个同学是同组，但两人性格截然相反，并且一个漂亮，一个丑，漂亮的叫徐玲，不太好看的叫严楚珍。我们全班 21 个女生，就还剩了我、洪接锋、徐玲、严楚珍在农村，我们 4 人出身都不好。

今天该严楚珍当值，她正准备饭菜，见到我们很高兴。知青自有知青的感情，同学远道来访是叫人愉快的事。严楚珍这个组原有 8 个知青，5 男 3 女，已招走 4 男 1 女，剩下严楚珍、徐玲和一个叫小阳的男知青，小阳和徐玲成了恋人。

严楚珍要我去田里把徐玲叫回来。

我说："徐玲舍不舍得工分？"边说边走出屋子来到后场，向棉田摘花的队伍叫："嗨，徐玲，我是青青。"我用手做喇叭筒，让声音飞得远一点。

摘棉花的队伍都将眼睛转向我这里。"来了"，一个活泼的声音应着，徐玲用手托住腰里鼓鼓的棉花袋子拢来，"青青，队里妇联们论道你，说你好娇的声气，汪得很好听。"天门人把"叫"称做

"汪"，徐玲的天门话也很地道了。

两位同学决定用黄豆换豆腐招待我们，严楚珍量了两斤黄豆，用筲箕端着，我和应笙也想去豆腐房看看，便相跟着。路上严楚珍告诉我，徐玲常和她闹别扭，闹到两人有时不说话。小阳就指责徐玲，徐玲一般还能转弯，主动与她讲和。但徐玲又跟大队知青嚼舌头："哼，我们组是两个人的钱三个人用。"她和小阳的钱是合在一起的，有时两人买东西吃，也给严楚珍，但闹起意见来，徐玲爱把这事抖出来"翻肠子"，搞得严楚珍受不了。

"小阳怎么样呢？"我问。

"他不在乎，还劝徐玲。要不是小阳讲道理，我早和他们分开了。"严楚珍没多大表情。

严楚珍生得肤色晦暗、胸部扁平、前额暴突、形象老气。在班上她是个不太惹人注意的人，连老师也常常忘记了她的存在。

徐玲家住在武昌粮道街，在那一带素有"美人蕉"的称号。家中姐妹三人，徐玲居中，是三姐妹中最漂亮的。她的美在于五官的协调和周身洋溢的勃勃生气，微黑的肤色，遮不住她眩目的神韵。

这两个同学属于我们学校第三批下乡的，她俩和东湖中学的高中66届男生，偶然地组合在一起了，分到了现在的生产队。全组5个男知青，徐玲偏偏看上了会拉小提琴的小阳。大招工之后，徐玲和小阳的恋爱关系公开化了，在这残缺的三人知青组里，一对恋人形影不离，弄得严楚珍很尴尬。不过我想，严楚珍还是幸运的，至少小阳讲道理，对她也不错。

杨市公社离张港街最远，这使徐玲大队的豆腐房办得很红火，一间大屋子里电磨隆隆转动，白花花的豆子浆液从磨缝里淌下来，架子上码着好些豆腐。"楚珍，来客哒，我说不来客你们也舍不得换豆腐哈哩。""哈"在天门话里是"吃"的意思，豆腐房里的人都笑。

两斤黄豆换来了半筲箕豆腐，我问："我们吃不完吧？"严楚珍说："不怕，用盐浸着坏不了，坏了还可以做成腐乳。"

中饭由徐玲掌勺，她做得一手好菜。上桌的菜还真丰富：辣椒烧豆腐，香气喷喷堆了一大瓦钵，还有油炕苕粑粑，葱炒鸡蛋，炒苕藤子，炒萝卜叶子，炸青椒。收工回来的小阳耸着鼻子说："好香啊。"他有些拘谨地跟我们点个头算是打招呼。

小阳中等个子，气质文雅，可能是不常出工的原因，肤色显得白净。今天他腰里却系着一根麻绳，徐玲在我们面前半是埋怨半是解释："你系个麻绳不丑？不会系到衣裳里？我们公社离张港太远了，30里路，皮带坏了也没法换。"在我们面前，她并不掩饰和小阳的关系。

小阳不回话，只对我们笑笑，端了碗埋头吃饭。

"这苕粑粑的味挺好的，你用什么方法做的？"应笙问徐玲。

小阳笑起来："这是徐玲的拿手菜，来客必做。"

徐玲嗔他一眼，有点骄傲地说："一点不难，先把苕剁成细丁丁加盐、葱、面粉和水搅匀，再把油放在铁锅里，把搅好的苕丁放到锅里炕，直到粑粑两面焦了就行。"

我用筷子夹起一块，咬了一口，外焦里软，又甜又咸还带股葱香味，比起武汉的油炸苕面窝好吃多了。我边吃边说："其实我们知青学什么像什么，比农民做的还好吃些。"

徐玲说："这些土克西，自己以为了不起。刚下乡时，他们总是指着麦苗问我们那是不是韭菜，如果我们说得对了，他们就不舒服。

有的知青为了表现自己虚心接受贫下中农再教育，宁可把自己装成马大哈，故意说麦苗是韭菜，恶心人。知青的饭菜比农民做得好，农民也不舒服，还说我们不虚心，笑话!"徐玲家里讲究吃，她父亲是个讲师，母亲是中学教师，但父亲在1957年反右时被打成极右派，至今还在沙洋农场劳改。徐玲在讲究口福的家风熏陶下长大，弄得一手好菜，她有本事用一斤肥肉做出四菜一汤来，花样决不重复，色香味俱全，为此她对农民的夜郎自大满是嘲笑。饭桌上她不时嘲弄小阳："小阳，你心这么好，落到好报吗? 听说你的组长大人来公社了，你去打酒买菜，结果是空等一场，人家根本不缠你。"

小阳笑笑，端着碗到厨房添饭，然后坐到堂屋的门槛上吃起来，避免徐玲再次发难。

我们问是怎么回事，徐玲说："我们知青组的组长第一批招工走了，去年回到公社为他妹妹活动招工的事，组长的妹妹是69届生，1970年下乡投靠哥哥分到我们公社，跟我们不一个大队。组长下来后拜访了区、公社、大队的干部，给关键人物送了礼。我们这位阳先生听说了，想他一定会回组来玩，忙着准备，哪晓得他根本没打算来，只要他妹妹转达:我这回是请假来的，实在没得空回组了，以后有机会再补。"

我问："这个组长的妹妹有希望招工了吧?"

徐玲："那还用问，农村干部都答应帮忙，他妹妹今年5月招到协和医院去了，我们杨市公社只走了他妹妹一人。"

应笙不平："农村干部就这样受礼?"

徐玲冷冷一笑："还有不收的。知青组长了不得，大会小会派代表参加都是组长去，好像那代表资格是卖给组长了。所以我们组长在区里、公社都混熟了。你想，招工回去的知青肯给农民写信，农民会个个念他好。如今走了的知青回来看干部，又送了礼，乡里干部还不受宠若惊。"

应笙忽然想起："小阳，我听说杨市公社有个男知青小提琴拉得特棒，姓阳，肯定是你吧？凭你这特长招工可以优先的。"

搁下碗的小阳说："我是个近视眼，招工的不要。"

其实，除了这个原因之外，还有个缘故，小阳虽是在武汉读的书（自小跟奶奶生活），父母却在江西萍乡矿务局工作，均是医生，属于旧知识分子，招工的懒得讨那麻烦，不愿隔省去政审。小阳为人老实内向，不善于与公社干部拉关系，出工不勤，因此基层反映不好，没有干部为他的招工着力推荐。小阳出工不勤是因为他不安心留在农村，希望按自己的愿望来生活。每逢下雨歇工，他就拉起小提琴，引得队里老老少少上门来听，都称赞他"割"出来的声音跟收音机里一样好听。

徐玲的脸晴转阴了："每次招工，知青们都抬小阳的庄，跟招工的说小阳琴拉得好。去年武钢、一冶来招工，招工的都要他去面试，他不肯动弹，说那是卖艺，假清高，死要面子活受罪。"

我说："这回协和医院又来招工，我们小队的小钰就去试了琴的，她的小提琴是临时抱佛脚学的……"

徐玲急得一拍腿："小钰的提琴就是我们阳先生教的。"

"哦？"我和应笙同时望着小阳。其实这事的起因还是我，我曾带组里的知青来玩过，所以高钰姐妹认识了小阳。

小阳尴尬地笑了："我也不知道小钰抱这个目的。"又不吭气了。

徐玲："今年春上高钰、小钰突然来了，拿了把破提琴要小阳教，我真不耐烦理她们。”

得知小阳要回武汉去探视奶奶，小钰买了同天的船票随小阳上了船，在船上问到小阳的住址，就每天去小阳家求小阳教她拉琴。小钰对他说：“我待在队里很苦闷。只有练琴才使我感到充实。”小阳如遇知音，自然很认真地教她。小钰又说：“吵得你奶奶休息不好，我不安。你到我姑妈家吧，她家清静，还有莫扎特、贝多芬的乐曲，还有些小说你可以拿去看。”

于是小阳隔天去小钰处，如此教了一个月，小阳假满回队了，把这事告诉了徐玲，徐玲大发脾气，骂小钰做事太阴，竟越过自己去求小阳，还跟到了武汉，骂了小钰又骂小阳。等到协和医院第二次来张港招工，小钰毛遂自荐自己有特长，终因是临时抱的佛脚，反出了丑。小阳才后悔自己被人利用了。

徐玲噘起嘴：“可惜了几次去试琴的机会，有的知青提琴拉得还不如他，也充特长走了……”

应笙大姐姐般劝她：“徐玲，他这样做是对的，人应该有自己的尊严。招工的人并不懂音乐，叫他去对牛弹琴？知青都说他提琴拉得好，如果招工的有诚心，凭这就够了。试了琴，再找什么政审、视力啦这些理由把你甩下，那不是自讨烦恼。”

严楚珍正收拾碗筷，冷不丁冒出一句：“就是这样。”

徐玲不服气地瞪她一眼，没吭声。神情明摆着：这是我和小阳之间的私事。她忽而扑哧笑了：“几时招工的来，我去推荐你，说你会女中音独唱，还会弹钢琴。”

严楚珍一甩头发，身子一晃，俨然中学时代的姿态：“莫开玩笑。”严楚珍的母亲是小学音乐教师，她家有一台旧钢琴，“文革”

后期，严楚珍没事干就弹钢琴，家里常常飘出样板戏的琴声。

因了应笙的请求，小阳站在房门口拉起了提琴：

"蓝蓝的星空银河里，有只小白船。"

应笙合着琴声唱起来：

"船上有棵桂花树，"

我、徐玲、严楚珍一起唱：

"白兔在游玩，船儿船儿没有桨，"

小阳端着琴，走出来为我们伴奏：

"船上也没帆，飘呀，飘呀，飘向西天。"

就因为"飘向西天"这句词，这支歌在"文革"中被判成毒草，说是向往崇尚西方。而我们在乡下却能自由地唱。社员们出工去了，下午特别静，我们都放开了嗓子：

"让我们荡起双桨，小船儿推开波浪。水面倒映着美丽的白塔，四周环绕着绿树红墙……"

　　严楚珍的嗓子略带颤音，这使她的歌声里有种苍凉的韵味。她唱得毫不费力，母亲给了她较好的乐理训练。相形之下，徐玲的声音显得有点涩哑。但严楚珍的表情始终是那种紧张古板的样子，所以尽管她会弹钢琴，却注定不能作为有特长的人被招工的看中，而且她的家庭出身是伪职员，父母都下到监利的五七干校去了。

　　　　"美丽的夜色多么沉静，草原上只留下我的琴声……"
　　　　"跑马溜溜的山上，一朵溜溜的云哟……"
　　　　"一条大河波浪宽，风吹稻花香两岸……"
　　　　"蓝蓝的天上白云飘，白云下面马儿跑……"

　　我、应笙、徐玲眼里浮起潮湿的雾障，歌声把我们带回美好的学生时代，我们激情难抑，忆起我们逝去的年华……

　　严楚珍建议我们唱《知识青年之歌》，去年以来，这首歌在武汉知青中流行。她去卧室里拿来歌词，但没有曲子，曲调是知青们传唱而成的。我们4个女知青挨着头看这首歌词，我要严楚珍先唱一遍，严楚珍小声唱起来：

一

蓝蓝的天上白云在飘荡
美丽的扬子江畔
是可爱的武汉，我的故乡
告别了故乡，告别了妈妈
吻别了心爱的姑娘

我将要到那遥远的地方

二

生活的道路多么艰难多么漫长

双脚跋涉在偏僻的异乡

随着太阳起伴着月亮归

修理地球是我神圣的天职

从此金色的学生时代

一去不复返

三

雄伟的长江大桥，巍峨的江汉关

我只在梦里把你怀念

妈妈啊不要为我哭泣

姑娘啊请把我忘怀

修理地球

是我神圣的天职我的命运

　　歌词编得并不华美，但它却能映出我们的心声。后来我们一起唱起来，小阳试着伴奏。刚唱到第二段，爱冲动的徐玲发出呜咽声。小阳搁下琴，神色阴郁地说："假如没有户口限制，我就不消死守在这里了，我爱上哪，就上哪，自由是多么可贵。"

　　"我们下乡4年了，也该有个正式的工作。"我说。

　　"修理地球，改变农村一穷二白的面貌，这难道不是你的正经工作？"应笙冷冷地说。

　　大家都沉默了，这是谁也无法推翻的革命大道理。可问题是这些留下的知青，除了个别的知青先进人物外，谁愿意一辈子扎根农村？就连革命的依靠对象，那些红五类成分的知青家长，哪个不是千方百计把儿女往有保障的地方安顿？可怜天下父母心，人同此心，心同此理。

就是知青中的标兵人物，他们的理想决不会是一辈子当个知青，最后变成一个地道的农民。至今坚持扎根的标兵人物，他们已获得了诸多荣誉，先进、五好、积极分子，入了党并被提成基层干部，这些人的目标是争取上大学，或是成为一名领导，干出一番辉煌事业。

而我们这样的人，却是在无情的政治审查中刷下来的，我们只配留在农村，永远接受再教育，这样的上山下乡路线，怎么能够使人心服？

这是谁编的？《知识青年之歌》，这么揪心？那歌词的作者，是个人的创造，是无数知青的爱和泪写就？不得而知。

徐玲忽然冲进小阳的寝室，在抽屉里一阵翻，找出一封信，这是小阳妈妈最近写来的。妈妈在信上告诉儿子：已为他活动好了调矿事宜，当矿工。望他与徐玲商量好，不久即有招工函到。而徐玲的妈妈坚决不同意小阳去萍乡。小阳早就可以去江西，为了徐玲，这事他一直拖着。但这次他再也无法选择，刚才对户口的慨叹，就为此而发，因为他舍不下与徐玲的爱情。在1972年，户口的价值在于对人生存区域的限定，越过限定就是非法，户口可以决定一对恋人在生存环境与自由爱情上的抉择。

徐玲脸绯红："快给你妈回信，马上回，去萍乡当矿工总比当农民强。呜……我受不了啊，这毫无希望的日子。你一个大男人，守在这里干什么？"她扑到小阳的床上伤心地抽泣着。

我们都垂着头，不知说什么好。小阳的脸发白，僵直地坐在那儿。徐玲的妈跟他摊过牌，决不会让徐玲将来的归属是萍乡煤矿。"不是我家的成分不好吗？政审材料一次次坑得我女儿回不来，凭徐玲的容貌，我也能找个有路子的人家把她搞回来。哪怕将来的女婿是个丑八怪，只要他有门路，这口气我赌定了。"

应笙进去抚慰徐玲："徐玲你说得对，让小阳去萍乡也好，将来你也有希望。"

徐玲抽抽噎噎地哭得更伤心了。

应笙要回队了，明天一早还有她的课。我按住徐玲，不要她送，让小阳和她好好谈谈。严楚珍一人把我们送出来，她说："你们都看到了，徐玲就是这种个性，说风就是雨，仗着自己长得俏皮，水性杨花叫人看不惯。"

应笙不无同情地说："别这么说，他们这一对也挺难的。"

严楚珍黄白的脸有些难堪："我并没有贬她，大队知青和农民都这样看。队里不晓得几多人在议论他两个的事，前些时徐玲瘦了，没得精神，妇联们说吼了，说她害了小孩。"

我怔怔地盯着严楚珍，她还像中学时的个性，当面不说，背后跟人议论。

应笙不足为怪："在这广阔天地里，远离父母亲人，社会抛弃了我们，留下的知青面临思想危机，前途无望，精神空虚，一旦情感有所慰藉，就顾不得后果了。社会要是能够约束我们的行为，那倒是我们的幸运，可是谁也不管我们。"

我钦佩地望着应笙，她高出我们两届，出语到底不同。我明白应笙是在婉转地劝说严楚珍——我们都是不幸的人，不要相互攻击。

严楚珍也可怜，徐玲小阳是这种关系，她跟他们一起过日子确实不是滋味。

我俩急急地赶路，我想着我的事——病转证明交到公社 3 天了，公社替我转到区里没有？妈妈还在武汉盼我的消息呢。应笙这时也显得心神不宁。走回队里时，应笙忽然抓住我手说："青青，你不是想去区里打听病转吗？干脆跟我一起回队，陪我一晚，明天你去区里还就近些，好吗？"

我点点头，心里不知怎么有点不安。应笙和舒曼玉，两人暗中相持不下，关系几近白热化，我去了好吗？但我必须陪应笙。

18. 舒曼玉真的招走了

太阳落山后，我们到了陈豁大队，再过去就是应笙的 3 小队了。社员们刚刚收工，男人们蹲在自家屋前抽烟。黑布瓦上的烟囱升起了袅袅炊烟。正是白露时节，空旷的平原上游移着秋的凉意。棉区的农村显着一种永恒的平和，农民平静的日子让人羡慕，但这却不属于知青。应笙忽然对我说："青青，你说舒曼玉是不是已经招走了？"

我仍固执地按一般逻辑推测："怎么可能呢？她父亲是现实问题。"

可是舒曼玉却真的走了！在转向应笙住屋的小路上，我们碰到了一个肩上挂着麻绳的男人。

"细哥。"应笙喊。

我一惊，这就是应笙提过的侠义人物细哥？

好奇地盯着他。

眼前这个人见了应笙，奇怪地问："应笙，你到哪里去哒，我头里还找你来。"细哥望了我一眼："跟你的知青友人去玩的?"

细哥生着双小眼，平脸，貌不惊人，穿着旧军装，应笙介绍他的"事迹"，同他的外表很难联系起来。可就是他，让舒曼玉真的招走了。细哥从上衣袋里摸出一把钥匙和折叠着的纸，顿了一下，说："曼玉被招去了医院，今天下午把被盖搬去了旅社，明早随招工的坐船走。这是她给你留下的条子和钥匙。"他展开折叠的信递给应笙，原来是两张，第一张上写着：

细哥：

我走了，中午到你家来辞行，谁知你不在，到武汉我会给你来信。对你侠义无私的相助我将永远铭记于心。

此致
敬礼

舒曼玉
1972. 9.

第二张上写着

应笙：

我被招到协和医院了，因你外出，房门的钥匙我交给细哥了。

望你

善自保重！

舒曼玉

1972. 9.

应笙的脸顿时变得苍白："舒曼玉好会投机！"

细哥急得一跺脚："应笙，你不要这样说嘛。你两个刚下乡时，关系几多亲。是我的不对，帮她招走了，剩下你孤单单一个人，我本意是想你两个能一起招走的。应笙你不要有思想包袱，我一定帮你想法子招回汉口。"

我注视着细哥，他神色仓皇而内疚，仿佛对应笙做下亏心事。我暗自羡慕，舒曼玉和应笙有福气，在队里有这样仗义的朋友，多好的人啊。

开得房门，应笙没一点气力了，颓然歪在被子上，表情凄然。我去舒曼玉的房间看，空落落的床上扔着破报纸，吃剩的药片，圆珠笔套，好不空荡，偌大的知青屋只剩下应笙一人了。

应笙对我说："不是说父母有现行问题、未定案不能招工么，舒曼玉怎么走成了？我爸爸只是历史问题重新审查，还是起义人员，我的政审倒不合格？岂有此理。"

找不出话来安慰应笙，事实嘲讽了我先前的断言。现在我才弄明白了协和医院那科长说的话："那要看她政审合不合格。"这话正是说给应笙听的，告诉应笙："招工必须政审合格。"我和应笙却按自己的立场去理解这句话。应笙来队找我时，舒曼玉的录取通知书来了，她很快走了，留下一个令人不解的问号和一个惊叹号："舒曼玉的政审怎么通过了？这人简直神了！"

父母有现行问题未定案，不能招工，这是谁都知道的铁规定，并且无论从哪方面条件看，应笙都高于舒曼玉啊！

我们并不知道，协和医院在我们公社点招的是舒曼玉，她25岁了，已过了医院定的年龄，但招工科长惜才，雨夜细哥上门推荐舒曼玉给他印象至深，况且舒曼玉有一手好字。科长把她当做有特长的知青收了。据说她的特长是会排文艺节目，擅长朗诵。舒曼玉和应笙同年级不同班，我在学校从未看到舒曼玉朗诵过，也没看过她排节目。这主要还是因为舒曼玉在短短的时间里，已取得了科长、工宣队员的相当好感。

当时，我只感到舒曼玉的勇气可怕，为人可怕，明明大队公社推荐的是应笙，她却利用了细哥的义气，硬是闯进了推荐的名单里，摆开了与应笙决一胜负的架势。

我忍不住埋怨应笙："本来推荐的是你，你为什么不把招工的盯紧？你也该像舒曼玉那样去武汉活动呀。"

应笙痛苦地摇头："我做不来这事，正像是农民说的：'踩在泥巴里不起脚！'政策规定我这种情况不能招，我就认命了。其实我爸爸是飞来的横祸，清队时查解放前潜伏的军统组织，专案组怀疑我爸爸有嫌疑，一直受审查，整个案子不定，爸爸的事就不能解决，但我爸爸解放前确实不是军统特务，他是搞军事工程的。"

我们都是认命的人，政审窒息了我们的勇气，像严楚珍、小阳，明明都有特长，偏偏不会活动。

我抱歉地说："我不该拉你去同学那里的，让你回来受到这样的刺激。"

应笙苦笑一声："应该感谢你，这种分手方式最好了，避免彼此见到面。"

应笙完全没有了往日的自信，神色凄凉。自从这个组只剩得她和舒曼玉，她们的矛盾反而更突出了，两人都盼望着有一天能挣脱这种关系，并为这遥遥无期的希望而苦恼。现在舒曼玉出乎意料地走了，这别扭的局面总算摆脱了，然而春风得意的是舒曼玉，留下的人独守空巢，凄惶无奈。这比两人时更不幸。

晚上我们睡不着觉，煤油灯的火苗跳动着，我们各自靠着床架，把被子搭在身上说话，舒曼玉的走对我们的震动太大了。

我安慰应笙："你毕竟比我有希望，你在小学代课，和干部熟，还有细哥这么讲义气的人帮忙……"

"希望，希望在哪儿？"应笙失神地反问，"招工的依据是什么？表现已失去了作用，你看舒曼玉一年才出多少工？公社卡她没有？我主要不是嫉妒她，我是看不惯她的行事。她把时间都花在了跑招工上，这一年里，她到处打听招工消息，跟踪招工的到旅社，到餐馆，到武汉，她的招工经验就是这样积累的。青青，你说，像小阳还有个特长，可他能做得出来吗？书生意气害死人。如果说我嫉妒舒曼玉，那是因为我恨我没有这种能力。我一看到公社管我们的妇女主任，就不待见她。可是舒曼玉送肉票给她，那肉票是靠省粮票换来的，5斤省粮票才能换到1斤肉票，她这样做无非是求妇女主任帮她招工。

"其实舒曼玉家里挺穷的，她爸爸在学校劳改，只发生活费，舒曼玉送礼还不是打肿脸充胖子。我讨厌小人行为，却更害怕一辈子待在农村，我觉得自己好软弱。"

应笙手捧额头，仿佛跌进了绝地。白天她劝起徐玲来，很有点大姐的风度。

原来她内心里也是脆弱的。我理解她的愤怒，来自燕赵之地的人，又出身于知识分子家庭，确实学不来这一套。

应笙继续说："接受贫下中农的再教育，很有必要——毛主席的这一教导我也曾用一腔赤诚、整个身心来实践过。我希望用自己劳动的汗水来洗清身上的小资产阶级情感，改造世界观，我希望接受再教育，早日合格。谁知接受再教育个个有必要，回去却不是看你的表现，而是看出身筛选，一道道地筛。如果当初我们知道下乡会落得这个结果，我们决不会下来，这实际上成了一种欺骗，这不是变相劳改是什么？"

我骇然地望着应笙，谁敢说上山下乡是欺骗，是变相劳改？可是应笙说了，她不止一次地说过。今天应笙受到的刺激很深，情绪异常激动。

"谁能理解一个要革命而不被容纳的知青的痛苦？"应笙好像是在问自己，"夜半醒来，我用自己的心灵在呼唤：毛主席啊，你把我们丢在农村就不管了吗？我们一样是您的儿女，是真心实意跟您走的……"应笙的胸腔里迸发出呜咽。

我被应笙的情绪强烈地感染了，应笙发出的疑问也是我心中的感受，但我没有这般明朗。我眼泪流了出来。

"青青，你千万要下定决心，把病转办成，要知道你妈妈只有你一个……"应笙看到我这样子，十分恳切地对我说。

脑子里闪出一丝恐惧："病转，我的病转办不办得成？"

19. "右腿疼痛，建议下汉诊断"

清早，应笙去上课，我朝张港区革委会走去，一看到区革委会的回形院子心就咚咚地乱跳，不由放慢脚步。区里的干部过了星期天都来上班了，他们骑着红旗牌、永久牌自行车，见了熟人会下车握手："老蒋，你好。""老刘，你也好。"做派讲究，比城里干部更甚之。但他们仍是不像城里干部，其中一个还一脸红麻子。等这两个干部走进大门，我才跟进去。

区政府比公社气派多了，离着农田也远些；二十多间平房排列成大四方形，方形里是个院子。我找到区知识青年上山下乡办公室，看到一个二十几岁的女的，想她就是洪接锋说的团委书记小黄了，我胆怯地站在门口问："您是管我们知识青年的黄书记吧，我想问问我病转的证明转到区里没有？"

女的抬起眼，她梳对半长辫，头发枯黄，脸色也黄，和她的姓一样。

"你是哪个公社的？叫什格名字？"

"是长堤公社的，叫林青青。"

小黄在别着的夹子里翻了翻："转来了。"

心里一阵狂喜，热切地凑上前问："那，你们什么时候能跟我转到县里？"

小黄样子变冷了："你是不是真个有病？"

我急急表白："我真的是坐骨神经痛，发病时连路都不能走。"

"那要有县医院证明，上面有通知，你自个看。"小黄拿出一份文件，文件是县知青办转发的。

我看了一遍，唯恐有错，又逐字逐句盯着看，文件上分明写着从1972 年 9 月 1 日起，凡要求病转的知青必须由县一级医院出具病情诊断证明书，才能办理相关手续。

我顿时六神无主，可怜巴巴地问："以前转回去的人也没有要县医院的证明，我真有病。"

"以前是以前，现在是现在。"小黄不想多说了。

只能硬着嘴说："那我去县医院检查，麻烦你了。"

回到破泥屋，我发了半天呆，县里没有熟人，哪儿去认识县医院的医生？毛弟能有办法吗？想起他，心里顿时安定了好些。只能向毛弟求助了，我给他写了一封信，告知我病转面临的困境，请求他为我再想办法。同时也给妈妈写了封信，措辞和缓，怕她受惊。

不敢误工去街上发信，第二天出工时，我等在横野桥下，看到骑车的区邮递员，忙把信递给了他，邮递员接过信踩着车又远去了。

妇联们眼睛齐刷刷地望着，她们大概在想：青青想妈了哩，打信回去。

我一声不吭，埋头摘棉花。

响兰逗我："青青姐像有心事，怕是在想爱人吧？"天门人总把对象称作爱人。

我毫无表情："我没有爱人。"

一对斑鸠从头上飞过，鸟粪落在我袖子上。

大脚婶打惊咋："了不得，青青身上落了鸟屎。"这大脚婶三十多岁，生得男人般的强壮，最显眼的是那双大脚，脚背肥得高高凸起，因此人都喊她大脚。

响兰妈试探问："青青，你老屋里有老人不？没得病吧？"

响兰的眼挖了她妈一下，响兰妈紧忙闭上嘴。我这才笑笑。这里人认为若是鸟粪掉在身上，家里的老人就要死了。响兰妈显然迷信这点，知识青年当然不信。

我是分到妇联 2 组出工的，高钰、小钰分在妇联 1 组。全小队主要有两大姓，以秦书记、队长为首的秦姓，以会计和保管员张伯为首的张姓，再就是大脚婶独门独户一家姓何，大脚婶的丈夫是副队长，她家的屋在最边上，还是自垫的台基，显得很低矮。我所在的 2 组多是张姓人，只有大脚婶例外。但秦张两姓人谁也不敢欺负大脚婶，这固然因了她的男人当着副队长，大脚婶本人也异常悍勇。她常说："田不拖横耙不匀，人不说横话不赢。"她丢了一只公鸡，可以拿个砧板从村前剁到村尾，把偷鸡人的祖宗八代剁个遍，剁出来的话血淋淋的，叫人心惊肉跳。因此，连竹姐这个书记屋里人也要让她三分。

2 组的社员里，只响兰和我亲近些，言语也卫护我。由于我生性不活泼，不善于和妇联们摆些家长里短的话，我和女社员关系都一般，有的妇女还认为我有架子。

今天我更加发闷，满腹心事。县医院的医生诊断书怎么办？可惜病转搞晚了，早一步就用不着过县医院这关了。绝望中我想起蓉子，她曾经是我同组知青，又和我同是编在妇联 2 组的，这个武汉七中 69 届的初中生，5 月里被招到协和医院了。

蓉子下到张港纯是为了投靠她小姨，蓉子的小姨 1959 年作为武汉知青下放到天门县张港区，她只小学毕业，这种文化程度在当时也算作知识青年。她小姨后来与本公社的转业军人结了婚，这军人调到区农机站当司机，不久小姨也调到张港街上的副食品门市部，当了营业员，家也搬到了街上。

1970 年春，区知青办把蓉子塞进了我们组，为此，高钰很不高兴，言语里常常敲打蓉子，蓉子气得在背后哭，我却对她很友善。组里知青瞧不起蓉子是七中来的，属于普通中学的学生，那又怎么样呢，69 届生是就近入学的，怪不得蓉子。蓉子爱跟我讲她的同学，我听得津津有味。闹市区学生有他们的特点，思想上的条条框框少，个性比较自由，不受约束，很会玩。对比之下我们省重点的学生就过于严肃迂腐了。学校的住读生活充满了革命化色彩，简直到了禁欲主义程度，比如提倡星期天也不回家，不许从家里带菜来吃，取消食堂小卖部，连吃点腐乳、藠头都被视为有资产阶级思想。

我就把住读生活讲给她听：一个寝室住三四十个同学，上下铺，木板床上长臭虫，下铺的床底下要定期洒石灰或六六粉。蓉子听得害怕，说："这种省重点，我宁可不读，我这人最喜欢自由。"

蓉子走后给我来过两封信，都因为我心境恶劣中止了通信，但我现在想起来，蓉子临走前，托她小姨、姨父在招工上帮我想点办法。

我决定去找蓉子的姨父。当晚收工后，我来不及换衣裳，选了10 个红薯。装进书包，就急急忙忙奔向张港街，蓉子小姨住在副食品门市部后面的平房里。可是小姨家落着锁。邻居告诉我，夫妻俩带孩子回新桥公社奶奶家了，晚上会回的。我决心等着。背着沉甸甸的书包，我倚在落锁的门前，望着当空的皓月发呆，为求人求至这般而羞愧。

小姨全家终于回来了，看见满目凄凉的我，夫妻俩显然为我这副样子动了容。落座后我讲了自己的处境，司机点燃了一支烟："我不认识县医院的人，县人武部的小秦倒有个叔叔在县医院当大夫，可我和小秦也只有点头之交，难得托上去。这样吧，就当你的腿病县医院诊治不了，由县医院出个证明要你回武汉诊断行不行？县医院这一关就当个过桥。"

我想了想，心神不定地说："可以吧。"

"我想能。"司机却有把握："县医院只那么大，哪能跟省城医院比，医生诊断不了的病，总往省城推，我的车就送过这样的病人。不是你不要县医院出证明，是他们诊断不下，所以建议回汉诊断。你再回去开一张武汉的诊断书，就配齐了，肯定行。"

司机又补充了一句："当然我不好对小秦说你是个知识青年，就说是我爱人的同事吧。"

感到身上有了点活力，我嗫嗫嚅嚅谢过司机、小姨，把苕给了他们，踏着月色回队了。

3天后，我如约去找司机，他递给我一张县医院病情诊断书，上写："右腿疼痛，建议下汉诊断。"

想不到县医院一关竟能如此顺利，我小心翼翼地叠好这张珍贵的单子，塞进口袋里。

我跟秦书记讲了要回汉的原因，由于队长不在家，秦书记答应在队长面前替我说。

再跟隔壁余妈打了个招呼，想了想，拿了一点苕（红薯）和几斤面粉塞进了旅行包。第二天一早赶到张港码头，乘上了回武汉的船。

第四章

20. 碰了两个结结实实的钉子·嘲世厌世的愤慨

回到家，跟妈妈小声说了回来的目的，妈妈露出点笑容，病转总算有了点指望。

第二天晚上，我去了毛弟家，毛弟妈喊："哟，青青这快回来了，病转办好了吗？"

瞥到毛弟那双明亮的眼，我忽地感到脸发热："王妈妈，我就是为这事回来找毛弟的。"

毛弟雪亮的眼光盯了我一会："你黑了点，长好了。"

"长好了"，武汉人代指长胖了，我更不好意思了，迫不及待地拿出那张转院证明，讲了来龙去脉。

毛弟不慌不忙地问："建议下汉诊断，要哪一级医院才算数？"

"省市级医院都可以吧，我们荆州地区对口的医院是同济医院，我想还是找上回给我开诊断书的叶大夫，你的同乡。"

"那好，明天晚上你来，我带你到他家去。"

我从书包里掏出几个荸，交给毛弟妈，多少算一点土特产。

谁知毛弟母子看到荸竟有些好笑，毛弟妈摇头："我是个荤肚皮，荤菜消化得动，荸倒不行。吃了心口饱胀，还放屁。"

毛弟说："这是青青的心意，乡里人进了城嘛。"我的脸肯定涨红了，因为毛弟突然跟他妈说："我是爱吃荸的，我要了。"

我感到自己已变得很土，城市离我越来越远了。

毛弟第一次送我乘车。出过马巷，过街，就是一医院了，我们站在那里等过江的电车。路灯、车灯和万家灯火晃着人的眼，也晃着我的心。对比之下，农村的夜是太黑太静了，有生以来，我第一次和一个男人夜里单独站着，毛弟注视着我说："你的信我收到了，我托过朋友。"

"嗯"，我信赖地仰起脸望着他。

第二天，我们到叶大夫家刚 8 点，想不到叶大夫爱人搂着一岁的儿子已经睡下了。

毛弟递支烟给叶大夫，叶大夫把烟搁在烟缸上，毛弟知他是怕熏着孩子，自己也就不抽，然后讲明来意："叶大夫，上次亏得侬格诊断书，林青青的病转申请已经转到区里了。因为病转的知青多了，上头又新设了一道卡子，规定要县级医院的证明，林青青勿是此地人。老家是无锡，也是我俚同乡。她哪里认得县医院医生？因此托当地熟人转了个弯子，叫县医院医生出了个'右腿疼痛，建议下汉诊断'的转院证明，这等于承认县医院诊断不了；要是侬再给她出个诊断书，只当是下汉确诊的结果，县医院这道关也就等于过了。"——毛弟竟说的下江话。

我把转院证明递给叶大夫看。

谁知叶大夫竟大惊失色："我上回已经给这个姑娘开了诊断书，为什么下面还要建议你回来诊断？这分明是他们又有怀疑，如果这次仍由我出诊断，那正中了他们的圈套，不行。"

毛弟赔笑解释："林青青的病转没有人怀疑，反正是县医院建议来的，侬又是内科门诊医生，出的证明具有权威性。"

叶大夫连连摇头："这事非同小可，小林是知识青年，不同于工厂青工，干不了重活，可以叫医生出个轻松工作的建议。她的事牵涉到上山下乡的大方向，农村户口是不能随便转上来的。"叶大夫眼睛转向我："小林，以前我没见过你，还给你出了诊断书，这已经很帮忙了。这次你亲自登门，我实在爱莫能助，因为事关重大。"

这个叶大夫的话太使人难堪，但我不敢凭意气用事，为了病转，我忍着耻辱向他解释："叶大夫，这里面没有怀疑和圈套，县医院的医生不认识我，是当地一个司机假说我是个职工，求医生这样开的。"

叶大夫毫不客气："你既然有熟人，为什么不叫县医院医生直接开个诊断书了事？可见诊断书不是闹着玩的，推到我这里，我也没有能力替你担这个风险。"

满怀的希望破灭了，我从头凉到脚，再也说不出话来。毛弟脸带微笑也不吭气。不好就此告辞，为了掩饰窘态，我装做打量居室，居室出奇的洁净，大床边摆着一个很大的童车，车上还装着碎花布篷，小孩在里面可坐可卧，连大商场里也买不到这种童车，我知道这是毛弟想办法装的。

童车、同乡、乡音，这一切还是微不足道。叶大夫怎肯为一个陌生的知青去担风险，给家庭带来麻烦。

卧在床上的医生妻子开了口："人家姑娘说得很清楚了，没有人怀疑，是拐个弯的意思。"

我感激地望着医生妻子，这是个长相很打眼的女人。

叶大夫这才说："这样吧，坐骨神经痛不能凭口说，我得要证据，你去查抗'0'，如果抗'0'高，我就出证明，说明你属于风湿性坐骨神经炎。至于你的抗'0'是不是高，那就只有靠老天保佑了。"他从屉子里抽出两张化验单，填上查抗"0"、血沉的项目，最后说："你明天一早直接去门诊交费查血，要空腹。"

我只得谢过他，和毛弟出来，心想：查抗"0"、血沉，这是查风湿性关节炎的呀，我在《农村医生手册》里翻过这一章，知道这是怎么回事。叶大夫实际上否定了我单纯的坐骨神经痛，可是我没有风湿病，怎么办？

出了宿舍，毛弟放快步子，我赶紧跟上去："怎么会是这样子？"我失望地问。

毛弟把脚下一颗石子踢开："叶大夫的堂兄在香港，因此在医院里不吃香，他胆子小，不经事，你先查了抗'0'再说。"

查个抗"0"6角钱，血沉2角钱。从武昌到汉口来回乘车3角2分，吃早点1角，共1块2角2分，这对一个知青来说，不是容易的。换了像可可这样的，是办不成这个病转的。

我在医院大门口来回溜达，迫不及待要先知道血沉的数字。结果却叫我大失所望，检验单上写着血沉14毫米/小时，我问化验员："血沉要多少毫米才算高？"

回答："20 毫米以上。"

"那么抗'0'呢，多少才算高？"

化验员翻翻眼："你像没查过血的。如今要达到 500 单位。"

第二天上午又赶到同济医院拿抗"0"结果，9 点刚过，化验员在窗口台板上搁上一摞化验单，早已等在窗前的我止不住心跳，手也有些发颤，最后一线希望全在抗"0"上了，我慌张地翻着一张张单子，忽然林青青的名字跳入眼帘，那上面的数字是抗"0"600 单位，我的心剧烈地跳起来，定睛再看，确是我的化验单。天哪！老天真是保佑了我，我真有风湿性关节炎！我拿着单子，对着窗台里的化验员喊："抗'0'600 算不算高？"

化验员吓了一跳，把我上下一打量："唔，是偏高了。上回有个知识青年要病转，他说上面规定抗'0'600 单位。"

那我正好，心中窃喜不已。

这下好了，叶大夫说过，抗"0"高他就出证明，等诊断证明到了手，我就赶回队里。毛弟昨天倒夜班，这时正在家中睡觉，只能晚上去找他。我决定去阿姨家，把病转的近况告诉阿姨。

进门就看见表哥。他告诉我，他是坐救护车送病人来武汉的，表哥是湖医 68 届毕业生，根据毛主席"六·二六"指示，毕业时一锅端，分到了农村。在麻城县一个公社卫生所工作。我简略地讲了近况，阿姨点头称是。我问表哥："你的病人住哪个医院？"

"水果湖医院。"

"是不是你们县的对口医院。"

"当然是对口医院，现在规定划片医疗，下面的急救病人肯定是送对口医院。"

"医院的医生你熟不熟？"

表哥敏感地瞅我一眼："不熟，抢救完病人我就走，没有打过交道……"

"你不是在水果湖医院进修过半年的？"

"那是自己联系的。"表哥感到自己说漏嘴，赶紧说，"半年能跟医生有什么交情？进修完就走。青青，其实你搞什么病转？没有病找病，搞不好身败名裂。老老实实在队里搞生产，招工才有希望；招不到武汉，招到天门县，或者区一级的单位，还不是可以，有工资就行了。"表哥摇头晃脑训起人来，话却句句扎耳。

我和表哥自小就爱争执，话不投机。其实他自己在麻城并不安心，至今不肯在麻城找对象，28岁了，还没谈恋爱。他说不认识水果湖医院的医生，我才不信，水果湖医院是湖医的附属二医院，湖医的毕业生，多少也认得两个人。

气氛尴尬了。

表哥煎着锅里的鲫鱼说："我从麻城带来的鱼，你就在这里吃饭。"

"不吃了，我还有事，要抓紧办。"我起了身往外走。

听到背后一声冷笑："你看，吃饭的时候要走，太忙了。"

硬着头皮上毛弟家。他晚上上夜班，白天是不应去打扰的，可我现在进退不是，只得去找他了。

毛弟正在撬凤尾鱼罐头，看见我说："青青，跟我一起吃饭。"

忙把查血的结果给他看，毛弟也很高兴："今天夜班我早点走，把单子送到叶大夫家。明天我没有夜班了，这样吧，你明天4点多钟在医院门诊部等我拿诊断书来。诊断书有姓名年龄，必须你本人去盖章，还跟夏天那回盖章一样。为什么 5 点钟之前去呢？那时医院快下班了，天将黑不黑，盖章方便。你涉世太浅，不知道盖这种章子，牵涉到很敏感的问题。"

我感激地望着他，听凭这种居高临下的嘱咐。

"下碗面吃吧？"毛弟黑白分明的眼睛直望我。

我忽然有些心跳，眼睛望向别处说："我在阿姨家吃了。"

"那我就懒得下面了。"他走到靠门的小橱柜，从里面拿出了一个冷烧饼，两瓶香蕉汽水。

"嘣、嘣"两下，汽水瓶盖掉在桌上，他殷勤地递给我一瓶："喝汽水总可以吧？"

"我不想喝，我闻不惯汽水味。"

"那我不会再给你倒开水了，多少喝一点吧。"毛弟的男低音异常柔和。

红着脸，我轻抿了两口，然后看着毛弟吃中饭。毛弟不慌不忙咬着烧饼，又吃一筷子罐头鱼，然后仰着脖子喝汽水，喉头有规律地一动一动。

"你中午就吃得这么简单？"我问，虽然空着肚子，但我不好意思喊饿。求他帮忙已很不容易了，怎好突然上门吃饭。

"这不简单，凤尾鱼加汽水。"毛弟揶揄地笑。比较起来，我家里总是热汤热饭，虽吃不上罐头这种贵东西，吃得却比他舒服。心里涌上来对毛弟的怜惜之情，我不做声，默默地看着他吃。

我们开始天南海北地闲聊。八角桌上有一本《元曲作品选》，我随手翻看，惊讶地问："你哪里弄来的？现在连唐诗都很少见了！"

"这是从朋友那里拿来的。"毛弟说明，"别人放在那里不当回事，准备拿去当废纸卖，我一看是好东西，就拿回来了。"

"依你这个年龄，没有谁喜欢元曲的，我对元曲就很陌生。"

"嗨，好东西，好东西！我抄一首你看就晓得了。"说毕，毛弟在便笺上飞快地写下几行字，递给我。

上面写着马致远的：

天净沙·秋思

枯藤老树昏鸦，小桥流水人家，古道西风瘦马。夕阳西下，断肠人在天涯。

这首散曲我看过，诗中描绘的是一幅秋天的图景，很萧瑟很凄清。

毛弟问："怎么样，真正写的是秋思吧？哎，你生活在农村，熟悉大自然，每逢秋天的时候，看到的景色是不是这样的？"

我不做声了。记得有天，我提着衣裳到渠里去洗。洗完往回走，在夕阳下，我看见1队的石桥，落叶的老槐树，缠绕着的枯丝瓜藤，天空中嘶鸣而去的乌鸦，内心不由感伤起来，脑子里确确实实映出这首诗的图景。于是我对毛弟说："想不到你也喜欢古诗词。"

"闲暇无事的时候欣赏一下，谈不上爱好。"

毛弟又撕下一张便笺，龙飞凤舞又是几行：

山坡羊·潼关怀古

张养浩

峰峦如聚，波涛如怒，山河表里潼关路。望西都，意踌躇，

伤心秦汉经行处，官阙万间都做了土。兴，百姓苦；亡，百
姓苦。

　　这首散曲第一次看到，字意上看，是通过写景怀古，但能感受到
作者内心充满了历史兴亡的沧桑感。这两首曲子有它相通的地方，意
境都很苍凉，词中的画面和意境都叫人受不了，说真话，我不喜欢这
两首词，特别是马致远的秋思过于感伤低沉了，看了让人心情沉重。
活着已很压抑，我还能受得了这样的东西？只是毛弟的一手字写得实
在漂亮。我对什么楷什么体不了解，我的字写得很糟，但字的好坏，
我还是看得出来。毛弟的字写得很大，字与字之间，字本身的架子搭
得很协调。我钦佩地望着毛弟："你的字写得实在太好了。"

　　"'太好'还要加一个'实在'，过奖了。就我来说嘛，感到还看
得过去，可以说是像个人写的字吧。"

　　不觉脸颊热了，我的字在他眼里一定不像个人写的。

　　毛弟话头一转："不是要你来评论我字的，你讲讲吧，这两首散
曲的意境好不好？"

　　我想了想，选择着恰当的能显示水平的词语："可以算是好的
吧，可我觉得作者的情绪过于感伤低沉了，特别是马致远的《秋
思》，简直是颓废了。"

　　"什么？你晓得什么叫颓废，这是千古传诵的绝句。"毛弟半真
半假地说，"张养浩的《潼关怀古》是忧国忧民的。你看：'兴，百
姓苦；亡，百姓苦。'历代的统治者哪个不是这样，只有诗人保持着
清醒的旁观者的头脑。"

　　在我的生活范围内，这些话闻所未闻，毛弟和我那些同学比起来

是很不同的。我试探地问："你也 24 岁，只大我半岁，可是跟我的同学们有很多不同，你好像……好像不属于我们这个时代的青年。"

毛弟反唇诘问："你说这个时代是什么时代？我就该属这个时代吗？你也许认为自己属于这个时代，可是时代不要你，它把你毫不留情地丢在农村。请不要盲目地追赶时髦的政治潮流，任何政治运动，它的兴，苦的是黎民，亡，苦的是百姓。文化大革命不就是这样的嘛。兴，你青青该读书而没读成书。亡，就该你去上山下乡了。"

我瞠目结舌，这些话是多么大胆啊。"两报一刊"上说"文化大革命取得了决定性的胜利"。"一定要将无产阶级文化大革命进行到底。"在这样的政治空气下，谁敢说文化大革命亡？我后悔先不该说毛弟不像这个时代的青年，我这被抛弃在农村的人实在不够资格评价别人，我羞得脸发烫。他的话有见地，可是就我受到的正统教育，我仍然不会赞同他的思想。也许毛弟是 1965 届初中毕业生，他像谁呢，哦，有点像那些扯有病不肯下乡的学生，他们没吃过亏，一参加工作倒还积极写入党申请书。不肯下农村，又要入党，这矛盾着的两者似乎很难统一起来。我忍不住说："你有些像老三届里那些不肯下乡的学生，他们都是看得很穿的人。"毛弟不置可否。我又说："文化大革命的优点是最大的，缺点顶多占三分，要看主流。"

毛弟的嘴角歪起来，浮上明显的嘲笑："不管你说我像谁。我任何人都不会像，我就是我。我从来都信奉，走自己的路，让别人去说。你说文化大革命只有三分缺点，我问你，假设现在还是旧社会，你就是个小姐，何等尊荣。你可以去读大学，还可以出国留洋，但现在你是个被改造者，你的损失才是最大最大的。"

这些话又使我一怔，从来没人这样当面戳我的伤口，妈妈也从未说过这样的话。我看过《子夜》，还有巴金的《家春秋》，书中描绘的大家小姐生活，令我羡慕不已。在我潜意识里也会联想："如果不是解放，我会像琴，像张若兰那样去生活，我要学教育，创办学校，到海滨度假，那种生活多么自由多么浪漫。"只是这种念头偶尔冒出一下，就随之消散了，我还是更愿走秋瑾、赵一曼那样的路，彻底背叛反动阶级，当个女英雄。沉默了一下，我转而问毛弟："你呢，你不像我说的那些人，如果有入党机会，你会争取吗？"

毛弟说："如果有可能，我能入党还是要入的，识时务者为俊杰嘛"。

毛弟真是个不简单的人，不知为什么，他的见解我驳不倒。我虽不赞成他的看法，但毛弟吸引着我，内心强烈地感到了这一点。"除了古诗词，你还喜欢外国诗吗？"我问，"比如俄国的诗人普希金"。

"当然喜欢，我可以大段背诵他的诗，你听着，哟，你凭什么听。"他又从五斗柜下面的抽屉里找出普希金诗选，翻到《诗人和群众》一页，递给我。毛弟就清清嗓子，眼珠跟着转了转，脱口而出："走开吧，凡俗的人们！"我不由笑出了声。毛弟一脸严肃："我从来没听见你笑的声音，这是第一次见识，不过现在你别笑，莫把我的记忆打断，我又念了。"

"诗人以不经意的手，在灵感的琴弦上拨弄。他歌唱——于是在他周围聚起了一些不懂诗的群众，都在毫不经心地聆听。

"于是愚蠢的人群议论说：'为什么他这样嘹亮地歌唱？这声音枉然震动着耳鼓，他要把我们领到哪个地方？弹些什么？教我们些什么？像个固执的魔术师。为什么他要激动和折磨我们的心？他的歌和清风一样如意，但也和清风一样没有结果。他究竟给我们什么利益？'"

"怎么样，都背下来了吧。"毛弟颇为自得地问。

注意对照原文，除了"愚钝的人群"读成"愚蠢的人群"外，其他都没有错。我感动地说："你背得很好，要我就背不下来。"

毛弟望着我，眼里现出炽热的光，那光束只闪了一下，但我确信没有看错。这光束照彻了他的脸和他的声音。我惊异地发现，毛弟的相貌有很多优点，猛一看，他肤色黑黄，嘴唇发乌，但细看，毛弟皮肤细腻，没有一点斑点，牙齿整齐洁白，嗓音浑厚圆润，加上他言谈从容不迫，语言能力极强，又时常伴有手势，动作有力，这都给他增添了男子魅力。

想到这里，又感到脸上发热。努力掩饰内心的慌乱，我佯装翻书，眼睛落到了《加兹别克山上的寺院》这首诗上："高高的，在层峦叠嶂中，加兹别克，你的庄严的篷顶闪着永远不灭的光辉。"我的眼睛余光，感到毛弟点燃了一支烟，叼在嘴上，猛吸了两口，烟雾在我眼前弥漫开来。"在群山之上，你的寺院像是划游的方舟。"

我感到毛弟停止了吸烟，眼睛死盯着房门，门是虚带着的，门口似有人声，而且不止一个人，我看到毛弟把燃烧的烟掐灭插在烟缸上，右手握成一个拳头。"翱翔着，隐隐约约的，在那云端。"毛弟紧张地盯着门口。"哦，我所渴望的遥远的……"门突然被推开，进来一大群老太婆，个个臂戴治安红袖章。我好奇地望着，被诗意感染的脸上仍漾着微笑。毛弟一动不动，眼光犀利地射向那群人，老太婆们佯装不知，眼睛刷刷扫向我，又扫向我手中的书，她们看到的是我和毛弟隔桌而坐，看到我的脸因为刚才的谈话还兴奋地红着，此外什么也没有看到。老太婆们似乎有些失望，于是她们堆上做作的笑容。毛弟站起身："有什么事？"一双眼珠像是要射出的子弹。

为首的一个龅牙齿老太婆避开他目光，佯装四处看看屋里说："干净，你家真是冇得话说。"

别的老太婆也小声附和："地拖得几清爽。"

"油盐瓶子抹得好亮。"

龅牙齿声气不壮地声明："我们是来查卫生的。"

其他的老太婆附和："走吧，到隔壁去。"她们转身出了门，龅牙齿甚至讨好地回身把门带紧了。

毛弟僵直地坐下来，将烟头在烟缸上蹭蹭，又划着了火，咬着牙根自语："嘿，我还真怕这些婆娘们。"

我瞥向他，见他眼神忿恨又无奈，我看出他家和周围邻里关系不好。说实话，我也讨厌这些老太婆，她们故意不敲门就悄悄进来，是因为知道我在屋里，她们想捞点什么"稻草"，抓住我和毛弟的什么。可能是我到毛弟家来了几次，引起了邻里的注意，我倒浑然不知。此时我的表情仍然是轻松的。毛弟怔怔地打量我一下："你倒是个福人之相，可惜太傻了，人世间的险恶你经历得太少。"

"傻"，这个词很刺耳，也很伤一个女孩的自尊。我反唇相讥："你很精，精到我摸不准你对人生究竟持什么态度。"

毛弟猛吸了一口烟，徐徐喷出："完美的世界，人会赞它爱它；丑恶的世界，人会充塞着嘲世厌世的情绪。"毛弟眉头紧皱着。

感觉到，刚才居委会老太婆们表演的一幕，使他发出这样的愤慨。我已经感到，毛弟这人不简单，思想复杂深沉。可他为什么对居委会的老太婆又怕又恨呢，难道他有什么把柄被居委会的人握着？我居住的环境更差，周围的人住的比我好成分也好，我们母女在人前矮人一头。我抽不上来，那些人眼光像钉在背上的刺，可我对居委会的婆婆们，并没有恨怕的心理。

不知不觉，黄昏将临。该走了，我站起身。毛弟坐着不动，眸子里又现出一抹异样的光："青青，你留在这里吃晚饭，好不好？我们用鸡蛋、香肠、小白菜下面。就在这屋里，用煤油炉下，你下一碗，我下一碗，我们来比比看，谁下的面好吃。"

我急忙推却："下面有什么学问，很简单，还用比赛呀。出来一天了，妈妈会急的，我走了。"

毛弟迅速把烟头一扔："如果我不放你走呢？"

脸蓦地烧了，呼吸也重："不行，我要走了。"说完背起书包向门口走，毛弟呆坐在椅上没动，走到门口才听到他一声："那你好走。"

走出楼梯，走出巷子，我后悔了，为什么要那么紧张呢，为什么要拒绝他亲近的表示呢？我心里悸动了一下，要是我们互相品尝着各自煮的面，互相取笑着，那面条该吃得多么有滋味，也许我和他的关系将跃进一步。在那屋里会发生什么？我脸红心跳，思想仍固执地假设着：毛弟那男性宽的肩膀，那有力的大手，把我拥在怀里，然后他用圆润低沉的嗓音命令我闭上眼。我闭上眼，像羔羊一般温顺，于是，他那雪亮的眼睛，探究我长长的眼睫。他的双唇压在我唇上，我晕了……假设到这里，我站住了脚，不想往前走了，双腿软绵绵的，后悔死了，为什么要走，把即将发生的一切白白丢了。这才发现，我渴望男性的爱抚。我十分悲哀地想：24 岁了，还没有享受过爱情呢……而以往我对男人始终显得无动于衷，听任社员们在田头讲着粗野的性爱，我的反应总是很冷漠，只觉得鄙夷。

可是现在我竟什么也顾不得了，要是我的户口转不回，毛弟最终甩了我，那又有什么关系，只要他此刻肯爱我，把我紧紧拥在怀里就行了。一辆电车缓缓驶进站，我机械地跑了几步，上了车，呆呆地望着车子驶离毛弟家的巷口。

第二天，本该傍晚直接去同济医院等毛弟，我等不得了，昨天本该发生的一切，折腾得我整天不宁，什么也不想管，直想去毛弟身边。想想看，抽上来的同学都在谈恋爱了。徐玲有小阳，有爱情，她是幸福的，我有什么呢？青春的骚动、饥渴不是靠革命的道理能压抑的。我精心打扮了自己，这种打扮与那次去六渡桥"相亲"不同，是发自内心的。我洗了头，趁半干时扎好辫子，这样，两根短辫特别粗黑、有精神；洗了澡，领子里透出洁净清香的气息。但我矜持地熬到下午两点半，才敲开毛弟家的门，还是他一人在家，但落座后，我吃惊地发现，毛弟神色冷峻，彼此间的距离好像一下子拉开了好多。我们仍漫无边际、山南海北地聊着，但毛弟时不时皱眉扫我一眼，心一下子落空了，失望折磨着我。但毛弟只是批评我：傻、书生气、不合时宜，最后他说："我和你没有深交，但从你的一举一动、一言一行里看得出，你喜欢一本正经，你是毛泽东思想的忠实信徒，但我可以斗胆告诉你，你的出身决定了，此路不通。"

我很难为情，诚心诚意地问："那你认为什么路可通？我应该是什么样子的？"心里在说：我不是在改变自己么，只要你能像昨天那样，只要你再胁迫我一下，我整个人将全部属于你。这念头传导到脸上，我的脸又发烧了。

毛弟却无视这些："你也看到了我的几个朋友，谁像你这样，哪个不是精鬼。"

"他们是男的。"

"女朋友嘛，我也有，和你不一样。"毛弟徐徐喷出一口烟。

我惊奇地问："你的女朋友？我怎么没看过？"

一缕隐隐的笑意浮上毛弟的嘴角："社会上的朋友嘛，岂止一个。你不也算我朋友中的一个？时候不早，我们去医院吧。"

毛弟扣着衬衫纽扣，眼睛扫到我的脚，贪婪地盯着，我完全感觉得到。今天我穿一双旧的平绒方口鞋，配着白丝光袜，显得很适宜。我身子微微颤栗着，企盼发生什么。这一刻的意识里，病情诊断书不重要了，只要毛弟一把将我拉入……血在血管里不安分地躁动着，我低下头，手颤颤地抚着书包带。

可是什么也没发生，只听到毛弟带点喘息地说："走吧。"

于是我从恍惚里惊醒，为自己的念头羞惭着。

到了同济医院，按毛弟吩咐，我站在门诊部外等他，他上楼去找叶大夫。街上来回荡着秋风，地面偶尔飘落下几片梧桐树叶，我脑子开始清醒了，觉得眼前的诊断书多么重要。有了它，才有希望回到武汉，我生活才有可能自立，和毛弟的关系才能名正言顺。该死，先前怎么会认为，只要毛弟要了我，诊断书都可以不要了，真糊涂啊！天暗下来，乌云垂得很低，看样子要变天了。心情愈来愈焦急，毛弟上去好久了……也许叶大夫手头有病人，要等看完……我抗"0"600，说明是有风湿病，叶大夫不好推托……

毛弟终于下来了，我忙迎上去，高兴地说："开了吧？"

毛弟眼睛不自然地望向别处："开是开了，不过……"

把他手里的病历展开来看，我惊呆了，并没有正式的诊断证明书，病历上写着几行字："……风湿性坐骨神经炎，抗'0'600单位，血沉14毫米/小时，建议安排轻量劳动，避免潮湿。"病历反面贴着我那两张检验单。

我焦急地问："这算什么？病转要有正式诊断书，他不是说过如果抗'0'高就出证明，怎么说话不算话？我和你一起去找他。"

"叶大夫已经走了。"

"这个流氓。"

"你赶快去盖章，喏。章子盖在这个地方。"毛弟指着"轻量劳动"几个字，样子竟有点可怜。我只得走进门诊大厅，服务台上没人了，就到挂号室窗口去盖了章。毛弟拿着叶大夫给他妈开的三天假条，也去盖了章。

走在蒙蒙细雨中，我失望地问："你没跟他多讲讲？"

"磨了嘴皮的。叶大夫坐在那里一声不吭，眼望着天花板不动。他有海外关系，胆子小得很……只怪我们没有权，办什么事都要自己手中有权才行。"毛弟为难地说。

我心软了，也怨自己太傻，在叶大夫家，看他那神经兮兮的胆小样，就不该抱希望。我鄙夷地想："没有信用的知识分子，你说我的抗'0'得靠老天保佑，现在老天保佑我的抗'0'高，说出的话竟又乌龟缩了头。"

雨渐渐大了，淋得头发鞋子都湿了，我赶紧上了回武昌的车。

满怀希望回武汉，4天里，我已碰了两个结结实实的钉子——叶大夫和表哥的。在极度的失望里，我看得出来，毛弟也有他显得寒碜可怜的时候，罩在他身上的神秘色彩冲淡了。

可是我更离不开毛弟了，也只得依靠他——像濒临淹死的人抓住一块木板。我三天两头去毛弟家。毛弟和他妈一如既往的热情，但我感情的火花再不曾闪现，意识到那种不顾一切、短暂的爱之渴求不现实，回城的希望越渺茫，爱的渴望越懂得自行遏制。

倒是毛弟妈笑嘻嘻说："青青，你看我玻璃板下，好些儿子伢照片，姑娘的也有，我毛弟就是朋友多，你也送张照片给我，让我看看你这姑娘上不上像。"

"好的，王妈妈，只是我的照片不多，只有登记照。"我不好意思地说。

回家就翻影集——我只有一本中等大的影集，缎面的。从小到大我的照片很少。1968年夏天，裕华邀我们几个小学同学去武昌大桥桥头玩过一次，我们用135底片照了两卷。黄鹤楼的遗址前有个孔明灯，我坐在孔明灯前石台上照过相，我梳着两根长辫，穿着白色府绸衬衫，一个典型的女学生样子，这是我最满意的一张照片。照片太小，只得到照相馆去放成2寸半的，顺便照了一张登记照。1966年初中毕业到现在，我6年没有照过登记照了，有些惆怅地想，要不是毛弟妈要照片，也许我永远不照登记照了，美好的年华，就让它不留痕迹地过去了。

星期一，是毛弟的厂休日。吃中饭时候，毛弟熟练地在桌上拼好几样菜，端进厨房去炒，我把桌子抹干净。不一会，毛弟把三菜一汤弄好端上桌，有韭菜炒肉丝、红椒烧霉千张、炒小白菜、粉条香菇肉片汤，桌上香味四溢。我从心里钦佩毛弟的干练，眨眼工夫，砧板、菜刀已抹净放回碗柜上了，屋子一丝不乱。毛弟靠在椅上歇息，我知道他在等他妈。我盘算，他家每月两斤肉票，每个星期用半斤，正够。平时他们用香肠、罐头充荤菜。我家就妈妈一斤肉票,我回来半个月了,妈妈很珍惜这斤肉票,每回割半斤瘦肉,切成肉丝炒一碗放着,做汤或煮面时放一点,不够就到厂前的餐馆去买卤方块肉,买这种方块肉要排很长的队,纱厂人比一般工厂工资高,倒了班的女工都要买点方块肉吃。这家餐馆每天还做氽汤元子卖,妈妈为了让我吃上元子,经常是端着铝锅去排队。

毛弟妈慌慌进来:"饭好了?"她瞄了一眼桌上,从有点腻的提包里摸出两个油纸包。

毛弟急切说:"姆妈,您家又瞎花钱做么事?"

"啪",毛弟妈一拍桌,"我就要吃,老子吃的是自个的钱,与你么事相干?媳妇还冇接,就克起老娘来了,将来接了媳妇,老娘要被你用笤帚赶。"说着,毛弟妈睃了我一眼,我赶忙低下了头。

毛弟连忙赔笑:"我是为您家好,您家跑月票还冇跑够,打了休息条还出去,当心颈椎又痛。"

"你要晓得心疼娘,就再开三天假条来。"

"缓两天,我一定去开。"

毛弟妈这才阴转晴,对我说:"青青,你尝尝,冠生园的叉烧肉、小桃园的缠丝饼。"她递给我一个饼,又夹一块红艳艳的叉烧肉。

我吃过这些东西,知道是武汉有名的食品。看毛弟妈样子,隔三差五便要吃,开支不小。

"青青,你莫好笑,我这人就是欠吃。哼,钱留着做么事,文化大革命那阵子,游老娘的街,险没整死,死了也做个饱鬼。"

"姆妈,您家喝口汤。"毛弟殷勤地把话岔开。

缠丝饼已冷了,里面夹的肉有点肥,并不怎么好吃,我只尝了一点。叉烧肉也不下饭，甜了一点，只那油亮亮的樱桃般的颜色诱人。毛弟炒的菜很合胃口，霉千张用油炝过后烧得很软，味很鲜。边吃边想，我明天就用豆制票去买霉千张，烧给妈妈吃。

我洗了碗，毛弟妈就问："青青，我找你要的东西呢？"

我从口袋里掏出两张照片，毛弟妈瞄瞄我，又瞧瞧相，高兴地笑。这是个喜怒哀乐全搁在脸上的人。毛弟似乎不经意地扫了一眼相片，笑了笑。毛弟妈当时就把两张照片压在五斗柜的玻璃板下。她捶捶颈子，说："我上阁楼睡午觉了，你们说话吧。"她吃力地爬上梯子，钻进阁楼。

毛弟给我倒杯茶，并转来转去地抚着自己的一杯，说："青青，你敢不敢这样，由我想个法子，干脆搞个假证明，用瞒天过海的办法把你转上来算了。"

我骇然道："病转的关卡太多，现在又多出了一项县医院证明，一共 11 个章子，一张假诊断能不能保证每道关口都顺利通过？查出来就完了，弄得身败名裂，鸡飞蛋打，我永远也转不成了。"

毛弟嘴角浮上嘲讽的笑容："你很爱惜名誉，请问你的身名何在？有什么鸡？什么蛋？"

"反正不能冒险，一定要一步一步地来，诊断书得真的。"顾不上他的表情，我固执己见。

"那就需要等待。前天来了几个朋友打扑克，桌上我问朋友（毛弟跟着做出双手抱拳的拱手礼）：'我现在有件紧要事，你们当中，哪位有天门县医院熟人的，请帮个忙，救人一命，胜造七级浮屠。'朋友们答应搁在心里，有了消息再告诉我。"

我感激地望着毛弟，无形中，毛弟似是成了我的救命者。可心里又奇怪，毛弟这抱拳的动作、语言不像我们这个时代的青年，像什么呢？《前驱》这小说里，形容过有关前清遗老遗少的话，那么毛弟像个遗少了？是哪个年代的遗少呢？我又说不上来。

我心里有些感伤：毛弟，我看不透你。你的思想行为到底在哪儿接受的？你为什么有那样一个母亲？自从求叶大夫碰了钉子，毛弟在我眼里已退去了神秘感，他也有无可奈何的时候。可是命运把我推到他跟前，我真诚地信赖他并爱上了他。徐玲的小阳尽管人品不错，可是在无情的命运面前，他是多么脆弱，既主宰不了自己也保护不了徐玲。毛弟却机警灵活，在社会生活中游刃有余。

我苦苦等待着毛弟许诺的县医院关系，并把自己的困境告诉了裕华，还有招到四棉的陈苏红，她们对我说：不要放弃！可是怎么抓紧呢？我一筹莫展。

21. 驼　　子

一天黄昏，由于黑屋里气闷，为了透气，我们母女俩都出来坐。金姨和妈妈聊天，妈妈一脸愁云，她叹气："我这样的人活着是受罪。"

金姨正言道："你的心胸太狭窄，放开朗些，不要光想着自家的姑娘上不来，人活着是为了干革命。"

心尽管麻木，我仍生出隐隐的反感。

住在华福里旁边平房的"驼子"来了，他趿拉着布鞋，端张小凳笑嘻嘻坐到了金姨旁："娘娘当了工宣队员，在大学里见了世面，我也来听听。"

驼子又转向妈妈："您家吃了？总不大见您家出来坐坐。"

殷切的态度使妈妈很感激，她便问驼子："你最近在哪里上班？"

驼子建筑技校毕业，分配到建筑公司，上班没有固定地方，跟着施工地点走。驼子脸上布满青春痘，说话带黄陂腔。因为他的背老爱驼着，所以华福里人都喊他"驼子"。

驼子回答妈妈："这些时跑武泰闸，天天坐 11 路车。"驼子跟着转了话题："伯伯，您家莫急，知识青年问题是个全国性的大问题，下农村又不止您家姑娘一人，对于抽不回来的学生伢，我个人是很抱同情的。"

感觉到青春痘脸扫向我，我低下了头，内心已有了种预感。

金姨很敏感："驼子，你串联时认得的上海姑娘咧？"

革命大串联时，驼子在北京认识了一位上海姑娘，这姑娘 1965 年初中毕业到新疆去支边。但不知为何，新疆生产建设兵团的军垦战士也会到北京串联，短短半个月的接触，驼子和上海姑娘建立了恋爱关系，两人通了 6 年信，6 年里他俩没见过面，这事整个华福里都知道。

"娘娘，提不得。到目前为止，我连女方的样子都记不清了，当初纯粹是女方主动的，我老娘为这事吵死吵活。"

驼子的妈是个小脚，没有工作，常爱扒拉个渣子，捡点油纱头、废布、废纸卖钱。

"那你怎么办？"不谙世事的妈妈真心为他着起急来。

驼子看着我，拳头在膝盖上一捶："我已下了决心，坚决吹，这对双方都有好处，不然，将来的麻烦多得很。"驼子接着转向妈妈："我这个人，就是太讲情义了，才拖到如今。所以，伯伯，我劝您家放宽心，像人家到新疆的也还是要过下去，莫说您家的青青。"感到他又看定我："到底下在天门，离武汉不远，一年可以回来几趟。要是我那对象是下在湖北的，我姆妈也不会跟我搅死搅活。我们家都不会嫌弃知识青年，抽不上来，我也不在乎；成分不好，我也不怕，反正将来小孩是跟老子算成分。"

话太露骨，妈妈再笨，也不会听不懂。她垂下头，脸色显得很屈辱。她想："这样的人打上青青的主意了，你配么，我女儿跟你不是一路的人，传开去，要被华福里的人笑死。"

我走也不是，不走也不是，别转头，摆出一副凛然的神情。

金姨见状，赶忙说："驼子，你还年轻，少想这些事。先把工作搞好，有个好的前途，还愁终生大事？"

金姨虽说在我们面前充满了工人出身的优越感，但在这事上，还是向着我们的，僵了一会，我端着凳子进屋了，驼子也讪讪地走了。

我倒在床上，心里发出痛苦的呻吟，驼子的话实在叫人恶心，他是看到我家只有母女俩，才敢这么放肆。难道回不来的知青就是这么低贱吗？我想到了毛弟，心里稍觉安慰，毛弟是那么矜持含蓄。

家是这么气闷，在华福里这个环境待不下去，我只能常常去毛弟家。

22. 病急乱投医

一天，毛弟妈对我讲："毛弟的朋友都说你的相片和本人不大一样。"

她接着说："我总想去拜访你妈妈，又抽不出空。我的颈椎痛，下班回来头昏脑涨，再也走不得，对不起了。你妈妈要是有空，尽管到我家来玩，我们老姊妹俩聊个天。"

妈妈一定和她谈不来的,我想。但我还是求了妈妈。傍晚天,我把妈妈邀到电厂的码头,坐在水泥台阶上,我求妈妈去一趟:"人家帮着忙,您只当是感谢的,买点水果去。这样,毛弟对我的事抓得紧些。"

妈妈忧虑地说:"我总担心,你常和那个毛弟接触,是不是产生了感情,可是我又没得法子,你要病转,要求他。只是毛弟和驼子一样,只是个技校生……只要你病转回来了,你是可以找到一个理想的对象的。"

但妈妈同意去拜访毛弟妈:"她爱吃糖,那我就再买斤水果糖。还有,我会做衣服,可以帮她做两件,只要毛弟肯帮你忙。"

"你没有缝纫机。"

"到厂招待所去踏,反正有同乡在那里。"忠厚的妈妈实心实意想回报对方。

一天午饭后,我坐在过道里织毛衣,听见自行车声,自行车停在门口时,我也没在意,一声"林青青",我才迷惑地抬起头,只见吴胖子微笑着立在大门口。

吴胖子是我同班同学,从部队复员回来才一年,分到武昌区文化馆上班。我有点意外,起身请他屋里坐。

"就这里坐吧,"吴胖子随手拿过金姨家的木靠椅,一屁股坐下,"我还得赶去上班。"他拿出几张票:"林青青,我们文化馆今晚组织文艺演出,我拿来了三张票,你和陈苏红、易苹她们去,你通知她们俩。"

"谁演?"

"武昌区各个企业的毛泽东思想文艺宣传队,主要是7435厂、武船、六棉、武印几个大厂参加，地点在武昌古楼洞的区委礼堂。"

　　吴胖子的家在城郊公社，他出身贫农，个子矮胖，是个住读生。1963 年我们刚考入凤凰山中学时，国家还处在饿肚子的三年困难时期，班上男女同学里少有胖子，只有这个农村来的同学长得最胖，于是大家都喊他吴胖子。吴胖子生性腼腆、言语短少，就是这么一个同学却很看重同学之谊，有什么业余汇演票常赠送同学。

　　吴胖子诚恳地问："林青青，最近有没有招工希望？"

　　我苦楚地一摇头，在这样的同学面前不用隐瞒什么。我脱口而出："我有风湿性坐骨神经炎，查过的，想扯这个病转回来。"照理，我是怕在过道里亮底子的，现在顾不上了，病转陷入困境，很想跟善待我的人谈谈，心里好受一点，潜意识里也是想探一条路，病急乱投医嘛。

　　谁知吴胖子竟很熟悉："病转要归区毕办管，你们知青的关系由县里转到区毕办后，由区毕办再指定到三医院复查，复查通过了才可以转回来。"

　　我惊喜地问："你好清楚，怎么会知道的？"

　　吴胖子告诉我："区毕办和区文化馆同属区文教局管辖，文化馆就在文教局旁边，区毕办隐在三道街里，位置不好找。我刚复员时分在文教局里帮了阵忙，经常有病转知青来找区毕办，往往总是先问到了文教局，我看他们和我一样是老三届的，总给他们指路。区毕办的薛主任是个女同志，转业军人，她直接负责病转工作，因为我们都在一个系统里，都当过兵，所以见面总打个招呼。"

　　"我病转也想请你帮忙。"我急切说。

　　"你的关系已经转到区毕办了？"

"还没有，连我下乡的区里都没有通过。"

我把目前的困境讲了，只没有说蓉子姨父搞的"建议下汉诊断"的内幕，跟吴胖子这样单纯的人无法去说，在过道里也说不得。只说我的病在县医院查不出来，县医院开了转院证明要我到武汉来的。"你可不可以跟毕办主任说说，要她开个复查单子，让我到指定医院去查？只要我抗'0'高，指定医院是非开诊断书不可的，医生是授权专管复查的嘛。"

吴胖子说："这等于是提前复查，我可以去找薛主任说说看。"

"谢谢你。"眼前又升起一道希望的曙光，内心的激动只化作干巴巴的三个字，我不善于表达感谢。

我留下一张汇演票，另两张由妈妈转给陈苏红和易苹。陈苏红和易苹就是1970年由四棉从天门招上来的两个同学，高干子女。老实说，我并不想和这两个同学来往，四棉招了我的同学而不肯招我，让我在同学面前很难堪，可是又不得不和她们保持一定的联系。

门外传来大大咧咧的声音："青青，你也不找吴胖子多要两张票，这两张够做什么。"是陈苏红来了。说话间她带进来一个体态丰腴的姑娘，陈苏红对我说："这是我细纱甲班的同事。易苹懒得去，票算是有了着落，不然还扯不过来。"她又进一步介绍："她叫陆婷婷，家里是五棉的。婷婷是我们四棉宣传队的台柱子，著名的'阿庆嫂'。"又转向陆婷婷："今晚'阿庆嫂'去会'阿庆嫂'，看哪一个像。"

叫陆婷婷的女孩打了陈苏红一掌，就势对我笑笑："听说你们有汇演票，就想去见识一下，说不定会有《沙家浜》的节目。"

妈妈在灯下数着她积攒的有机玻璃扣子，并分类用线穿好。陈苏红笑了:"林妈妈,您真有闲心。你们家太冷清了,靠数有机扣子度光阴,需要我们来打扰打扰才有生气。"

妈妈说:"这是托同事从上海带来的,几种颜色,大的小的各5颗,留着备用,本地不好买。"

我很尴尬,陈苏红怎么把她的同事带到我家来了,让别人都晓得我这个厂里不肯招收的人。陈苏红爱拿人打趣,今天竟然取笑我妈妈,这点很要不得,也许她是干部子女的缘故吧。碍于面子,我不好说什么。

老实的妈妈没在乎这些,她问陆婷婷:"你家在五棉,住在厂里什么地方?"陆婷婷挺括得体的衣着,洋气的风韵引起了妈妈注意。

陆婷婷回答:"老房子,临江的那一幢。"

"哦",妈妈似乎明白了,五棉临江的那幢房子和我们华福里一样,在这新河街一带有点名气,那里住着以前的资本家和现在的厂长书记们。

妈妈试探地:"你们五棉有个叫陆伯谦的。"

陆婷婷笑了:"陆伯谦是我爸爸。"

妈妈一下子变了脸色,垂下头。

陆伯谦的名字我听说过。1966 年秋,我在五棉沿江的堤墙上看到这样的标语:"痛打大资本家陆伯谦!"落款署名是五棉革命造反派。妈妈知道陆伯谦是五棉最大的资本家股东。解放前是厂里的总经理,公私合营后,陆伯谦还当过厂副经理。看来资本家后代的命比我好,这是当大不当小的道理,这奥妙我们母女都懂。反正对资本家是很体现党的"团结、教育、改造"的政策的。这明摆着是用换背搔痒的办法,把陆婷婷招到四棉来,既照顾了资本家切身利益,又不会在本厂群众中造成影响。那么我呢？我这个逃台旧官吏的遗腹子，胸前烙着"台湾"的红字，连本厂都拒绝接收，出头之日在哪里？妈妈的脸因激动而涨红，什么话也没说。厂里那次招工对我们的刺激是撕心裂肺的，在陆婷婷面前我又感到新的创痛。

汽车上，我忍不住打量陆婷婷，她是多么幸福啊，通体大家闺秀的样子，笑声清朗，那种愉悦是发自内心的，使车上的乘客也忍不住多看她两眼。

吴胖子在区委礼堂前的防空洞口迎着，陈苏红毫不客气地一通埋怨："下次要多搞点票，听见没有，不然同寝室的人会群起而攻之，叫我不好做人。"吴胖子的头直点，脸微红，陈苏红高干子女的气势把他镇住了。

"青青病转的事就交给你了，只许办成不许办砸。"——路上我已悄悄告诉过陈苏红我托吴胖子的事，因此陈苏红又下了令。

吴胖子朝我笑笑："我已找薛主任讲了，你后天上午10点钟到我办公室来，我再带你去找她。"他看看表："还差20分钟，我是组织人，要进去了，你们在这儿玩吧。"

陆婷婷问："这是什么人？"

陈苏红说："同班同学，复员回来的，分到文化馆。"

陆婷婷羡慕："文化事业单位，几好的工作。"

陈苏红鼻子里哧了一声："还不是工农兵要占领意识形态领域，一复员就分来了呗，知识分子成堆的地方需要我们老吴来掺和掺和。其实，他分到这里，是天大的不幸，他不是这块料。"

陈苏红说话利索，无所顾忌。她也有不平，她父亲是高校党委书记，成了黑帮分子，她落到了纺织女工的队伍里。可是我的不平只能藏在心里，眼前这三个人和我是天上地下，没法比。就连这四周的景物对我来说也是一个刺激，依傍蛇山的区委礼堂，门前绿茸茸的草坪，大门一边是幽邃的蛇山古洞，心情适意的观众走向华灯初放的礼堂，但这美好的一切却不再属于我，故国不堪回首月明中，我卑怯地垂下了头。

第二天，妈妈买了八个大苹果，一斤话梅糖，放进灰色人造革提包里，并刷干净春装、皮鞋。娘俩早早吃完晚饭，妈妈拎着东西去了毛弟家。

我就到裕华家坐了两个钟头。回家时，发现妈妈一个人坐着发愣。她对我做了一个手势，我们一前一后地出了华福里，沿着五棉的方向走，妈妈劈头就是："我对毛弟妈的印象坏透了，一口假牙，鼻头那么尖，隔着眼镜盯人，像个魔鬼。毛弟也是……烟瘾那么重，像个烟鬼。青青，你怎么跟这样的人合得来？还三天两头去他家？毛弟姆妈一脸假笑，直摸我的衣服，赞我手巧，还抓起我袖口往里死盯，她是在猜测我的家底，表面的衣裳不算，要看里面的，是不是寒酸……开口就问我一个月多少钱，真没修养。还故意跟我显摆你跟她儿子关系几好几好，她儿子帮忙几全心……"

血涌上我的脸："毛弟怎么说？"

"他倒很客气，很有礼貌，一再说帮忙是应该的，他姆妈和你阿姨友谊很长了。只是他的眼神很注意我，观察我对他姆妈的态度。"

"你有厌恶表现出来没有？"

妈妈重重地叹了口气："我不会那么傻，你的事还要毛弟帮忙。我一再说感谢他们，没有什么报答，我愿意帮她做衣裳，毛弟姆妈就不客气地拿出了一段料子和丝绵，要我帮她做件丝绵袄。"我内心冲

塞着屈辱，心想：怪不得，我怎么也看不惯毛弟妈，原来妈妈的感觉
是一样的。

我说出自己的想法："毛弟妈是个性不好，又外露，我也讨厌
她，但只要毛弟是诚心帮助我就行。"

妈妈断然说："我不想听你这话，你没有一点头脑。有其母，必
有其子，他姆妈那样糟糕，毛弟会是个单纯人？你能说他对你没有一
点个人打算？"

"没有，他行动很规矩。"我辩解。

"就算是那样，你将来和他好了，怎么在他家生活？我能和这样
的亲家来往吗？我已经明确地暗示了他们，我女儿很单纯，很想学
习，如果能转回来，我要她向母校申请，到高中读书，学完高中课
程，将来求得一技之长再考虑个人问题。"

"哎呀呀，现在的学校是什么状况？高中生的水平还不如我们初
中生，你真糊涂。"我不耐烦了，"24岁去读高中，笑掉人的牙齿，
你这明摆着在说假话嘛。并不是我非要跟毛弟好，这个世界上，我能
依靠谁呢，谁又能帮助我呢？可是毛弟他能，他毕竟在为我想办法；
我要回来，我不愿意一辈子丢在农村啊！你也看到了，五棉的陆婷
婷，那么大资本家的女儿，她却够资格进厂，我为什么不够？我只是
一个遗腹子，却要承担父亲的罪孽，这公理何在？妈妈，你为什么生
下我？让我现在陷入绝境，孤立无援，连一个兄弟姐妹也没有。表哥
的为人你是晓得的，他什么忙也不会帮，只会无休止地责难我，挖苦
我。"我越说越急，辛酸的泪止不住往下流。

妈妈哭了，哭得比我更伤心。晚风中，母女俩坐在五棉的大堤
上，望着滚滚东去的江水，不住地唏嘘擦泪……

妈妈擦着泪求我："我不阻挡你去毛弟家，但你要向我保证，不和毛弟有什么事。不然，会害了你一辈子。"

"当然保证，毛弟连肩都没有碰我一下，走路总比我后半步，很规矩。"我坦然说。

"那我就放心点了，只要你转回来，你会找到好对象的，千万不要病急乱投医啊。"

"妈妈，我记得你的话。"

23. 你我都是四六年出生的

武昌区毕办在三道街的小巷深处，坐落在胭脂山脚的一座两层楼房里，它的全称是：武昌区中学毕业生上山下乡办公室，毕办主任三十多岁，穿着军裤、皮鞋，一看就知是军人出身。吴胖子把我介绍给她，女主任不经心地扫了我一眼，从抽屉里拿出一摞区毕办的病情复查单，"嚓"地撕下一页，问了我的姓名、年龄、病情填上了，然后盖了章。

吴胖子连连向她称谢，主任只笑笑。我对主任干脆的作风很感谢，嘴却不善于表达，只羞涩地朝她笑笑，机械地随同学出了门，捏着这张复查单，真有一种山重水复疑无路，柳暗花明又一村的感觉。

三医院保健科设在一幢僻静的平房里，今天不是体检的日子，很安静。就是这不起眼的地方，却掌握着武昌区上山下乡病转知青的命运。在大规模的招工停止后，知青们不可遏制地挤上了这条病转回城的小道上，三医院保健科便平添了几分神秘色彩。

胆怯地推开诊断室挂着蓝布帘子的门，一个戴老花镜的女医生抬眼看着我。我递上复查单和一摞病历，老医生看了后告诉我："病转复查每个月搞一次，15日下午，后天就是复查日，你的病需要查抗'0'、血沉，我这里先给你把检验单开出来，你后天早晨空腹去抽血，当天下午就便拿结果来复查，免得来回跑冤枉路。"女医生操着广东腔的普通话。

也许是看到叶大夫写的病历，顺理成章，保健科的医生也要查抗'0'、血沉，她同样需要依据，至此，我的病不能不从单纯的坐骨神经痛转向风湿性坐骨神经炎了。

但我看出老医生有一副婆婆心肠，这使我的恐惧不知不觉消除了，"谢谢您"。我发自内心地说。虽不善于向人道谢，对于年长而又慈祥的人，我的道谢却自然得多。

路上想，我的抗"0"肯定高，前些时不是查到600单位么，但愿后天是这个婆婆复查，在这样的医生面前，我敢说我有坐骨神经痛。

当晚，到毛弟家去讲了我的最近成果，毛弟点点头："很好，但愿能在三医院搞成功。指定复查的医院更有权威，只要你的抗'0'高，保健科开也得开，不开也得开。"

毛弟妈说："青青，你吃这话梅糖，你妈妈拿来的。你妈妈好讲礼性，送来这些东西，还帮我做新袄子，遇到她这双巧手，我就不讲客气了，以后还要找她的麻烦。"

我勉强说："这没什么。"想起家里那7平方米的黑屋，妈妈只能坐在过道门口就着光线缝衣，她眼睛不好，要戴老花镜，还要到招待所去踩缝纫机，心里很不好受。

"我走了。"我说。

"毛弟，你送送青青。"毛弟妈下令。

在车站，毛弟开口了："你妈妈对你寄很大的希望啊，希望你转回来后去读高中。"

我难堪地说："你别好笑，她是个把读书看得很重的人，根本不了解现在学校里的状况。"

毛弟认真地说："这就不简单，我觉得你妈妈是个意志很坚强的人。"

毛弟话是真的吗？街灯下，我发现他的眼睛睁得很大，探究似的望着我。他那柔和的男低音，具有一种慑人的魅力，我不觉又有点心跳。感到毛弟很深沉，他只大我半岁啊。不但如此，他比那些至今还在农村出工，愁眉紧锁的男知青显得强大多了。

11 月 15 日复查，当天上午，我去三医院查了抗"0"血沉，一直等到 11 点过了，结果才出来。怎么也想不到，抗"0"300 单位，血沉率 12 毫米/小时，这说明，我没有风湿炎症，可是在同济医院，我的抗"0"是 600 单位啊，不到一个月的工夫，就起了这么大的变化，怎么办？下午就要到保健科去复查，去不去呢？我漫无目的地在街上转，不知不觉从三医院走到红楼。红楼前，孙中山的铜像显得特别肃穆。现在红楼镂花黑铁门前挂着省参事室的牌子，文化大革命期间，我常和同学们到湖北大学看大字报，顺路还遛到红楼里玩过，那时一个 16 岁的少女，尽管身上笼罩着出身阴影，受到打击，毕竟还是拥有许多快乐时光。

恍恍惚惚，我又转到武昌蛇山古洞，这里也曾是我和同学流连过的地方，我们朝气蓬勃的声音在洞里轰轰地响过，长长的洞壁传来古怪的回声，逗得我们大笑不止。

现在故地重游，能不悲哀：我回不来了！这些美好的景物，不再属于我了。

穿古洞，过街，在胭脂路的岔口站住，我明白了，我这样走，是想到民主路的文化馆去找吴胖子，而从胭脂路往里拐一点便是区毕办，两处地方迫着我下意识地来到这交叉口。找谁呢？吴胖子也不会有办法，谁叫我的抗"0"查不出来，毕办主任已破例给我开了复查单，我的病转还差下面区县两道关。区毕办也不会理睬我的。

"青青，你怎么站在这里？"

我一惊，回过神来。原来是徐玲拎着酱油瓶，站在面前。

"随便走走。"我掩饰着失神，问徐玲，"你怎么回来了，下面有什么消息吗"？

"走，到我家去说。"徐玲亲热地挽着我就走。

徐玲家在粮道街一个旧天井院里，仅有两间相通的房，本来这带天井的屋子全是徐玲家的私人房产，"文革"时收去了其余的几间房，只留了两间通房给徐玲家，连厨房也没有。徐玲妈只得在天井里用油毡席子搭了个厨房。如今，家里住着四个女的——徐玲妈和三个女儿。徐玲的姐姐已参加了工作，妹妹读中学，徐玲爸爸仍在劳改。

徐玲告诉我："自协和医院在昌口招走八个知青后，蒲圻军工厂又带走了八个，知青们更不安心了，出工多是三天打鱼两天晒网，只有严楚珍还在坚持出工，她这人，太死脑筋……"说到这里，徐玲一拉我："我妈妈要回来吃饭了，你陪我到厨房去说话吧。"

煤炉上蒸着饭，徐玲扎上围腰，麻利地择菜，接着谈："青青，招工的路我们这种人是走不通的，我打算搞病转，这次回来就为这事。"

我一怔，徐玲脸色红润，哪像有病的样子。"你以什么病转呢？"

"慢性肾炎。"

"你小便尿血吗?"我想起《农村医生手册》的内容。

"有点血尿,还有蛋白尿。我舅妈的同学是县医院的医生,我准备找他帮忙。"没城府的徐玲什么都兜了底。

天哪,县医院!做梦都梦不到的关系,徐玲竟然有。我羡慕不已:"你肯定有希望,徐玲,抓紧办吧。我也在办病转,风湿性坐骨神经炎,关系还搁在张港区。"

"那你为什么要回来呢?"

于是我把目前的困境讲了一下,只不提下午要去复查的事。

我小心翼翼问起小阳,徐玲漂亮的脸孔即刻罩上乌云:"小阳只有去煤矿一条路了。就因为我们的关系,他还在拖着,反正去不去萍乡,年底一定要定下来。"

徐玲留我吃中饭。"不了,我要赶回家去。"一想到下午的复查,心就揪紧了,哪有心思吃饭。

我和徐玲走出大门,和徐玲妈、徐玲的妹妹碰个正着。徐玲妈在粮道街中学教书,徐玲妹妹就读妈妈的学校。

"妈妈,我送送同学。"徐玲说。

"哟,是吃饭的时间,怎么不留客呀。这位同学是?"徐玲妈问。

"她叫林青青,还在农村,跟我一样,回来搞病转的。"

徐玲妈用严厉的眼色阻止女儿的话。这丫头嘴太快,一点心计也没有,这样杂的地方,是讲得这事的?她转而爽利地对我说:"好个清秀的姑娘。你们在农村的同学不多了,吃饭时走太见外了。"

这位徐老师,四十几岁了,身材直直的,肤色比女儿还黑一点,五官的搭配却比徐玲还精巧,一对黑眼珠仍熠熠有神地转动着,透着犹存的风韵。

我支吾说："徐老师，真的不是见外，我妈等我回去吃饭的。"

"那好，"徐老师很爽快，"以后常来玩"。她又压低声音对我说："你们常联系，这事办到哪一层了，互相透个消息，彼此帮忙说说话。"

怪不得，早听陈苏红说徐玲妈是个不简单的人。眼前的徐玲，明亮的眼睛也灵活地眨动着，和母亲的气质却不尽相同。

再回到三医院去，保健科的病转复查开始了，男女知青们挤在小小的诊断室里。我睁大眼睑寻着医生，不是那个婆婆医生，却是个年轻的女医生坐在那儿。木长椅上坐着十几个候查的知青，我就挨着最末一个女知青坐下了。

一个高三模样的男知青正跟女医生套近乎："龚大夫，我们这些落难的队伍跟你比不得，你我都是四六年出生的，命运却有天壤之别。上面安排你来当我们的勾命判官，今日上天入地全凭您家一句话了。"

被称作龚大夫的女医生忍不住把头埋在手掌里，"咯咯咯"笑出声来，笑够了，她用带河南腔的口音嗔道："谁叫你晚上了一年学。"这么多的知青由她把着复查诊断关，女医生脸上洋溢着兴奋的光彩。

老高三满脸赔笑，顺着杆子爬："就是！只怪我当初没长后眼睛，我今年都 27 岁了。这还不光是上学晚的问题，早知读了高中没用，我当初怎么也该去读个中专、技校。龚大夫，说一千道一万，这复查的最后一关，我的抗 '0' 也有 400 单位以上，按说也算是高的了。你不能只看一时，要看全部病史全部事实嘛，麻烦您给我出个诊断书算了。"

"哦，不行。"女医生又笑了，并不通融，随之葱根般的纤手一伸，"下一个"。

一个小个子男知青来到桌子跟前，慌忙递上病历和检验结果。

心一下子沉到了底，这个医生并不好说话，初上阵的年轻医生讲原则。我决定不复查了，老高三抗"0"400单位她都不肯开，我的抗"0"300单位交给她又有何用？唉，好不容易搞到手的复查单就这么轻易地葬送了，看来，今天我只能做一个旁观者，看其他知青复查的情况了。

悄悄一数，今天来复查的知青18个。

一旁的女知青用肘碰了碰我："这小个子看样子通过了，他是风湿性关节炎。"

女医生在小个子的病历上写着。

"你是什么病？"我问一旁的女知青。

女知青警惕地望望我，肯定地说："胃下垂合并二度以上营养不良，我现在完全不能栽秧、割稻、挑担子了。你咧？"

"风湿病。"我含含糊糊的回答。

"你下在哪个县？"女知青问。

"天门。"

"那是个产棉区，活路轻松些，不像我总要在水田里泡。我下的是京山，33中67届的。"

"那我低你两届。我是凤凰山中学的，你怎么不争取招工呢？"

女知青眼里倏地掠过痛苦的光，她抿起干干薄薄的嘴唇，不想回答我。

　　这时小个子站起来对医生说："谢谢您家。"他把女医生当长辈来尊称了，声音激动得打战。他收起复查诊断书，眼睛望望我们这些还在等候判决的同类，脸膛憋得红红的走了。

　　我们目送他出去，在我们眼里他现在成了世界上最幸福的人。

　　老高三又趁机凑向女医生，嬉笑着央求："怎么样，龚大夫，我这是有炎症，看在同龄人的份上，高抬贵手让我去躺着检查吧，坐骨神经痛查抗'0'是查不出很高的。"女大夫忍俊不禁，又笑了："不行，你能站这么久，不痛嘛，病没发作不好查。"

　　"遇到发病，我连走路都不能，怎么能上你这儿来查？"老高三仍旧满脸堆笑。

　　"这次不行，你还可以复查一回。你再等下个月，就是 12 月份再来，我们一定要有点依据，才能出诊断证明书。"女医生给老高三留了个机会。

　　京山女知青对我小声叹息："这个人是 9 中的，下到钟祥。医生刚进门，他就码关系，算是个有功夫的，但还是不行。"

　　我忍不住说："坐骨神经痛是不能靠查血的，神经痛嘛，验血验不出来。"

　　"那他该猴着腰，一跛一跛地走。"大概感到自己失言，京山女知青又抿紧了薄薄的唇。

　　但我已经明白了，她熟读过医书了，她熟悉坐骨神经痛这一节的内容，那么她的病很可能也是熟读医书后产生的结果。

　　女医生在老高三的病历留下了"坐骨神经痛，待复查"几个字。

　　老高三还在勉强维持着笑容，但那笑容仿佛凝固了，我们看着也替他难受。

知青们的队伍又向前移动，我装出上厕所的样子，悄悄离开了。

算上我，今天来复查的共有 19 人，这还仅仅只是内科的复查数字。能获得复查资格的，除了我以外，其他人都是过五关斩六将后，来闯这真正的最后一关的。通过了复查，够了规定的病残标准，毕办的审查基本不成问题。

1968 年冬，几乎在一个月的时间内，武汉市的老三届生就走了约 20 万人；由于短期内大规模的仓促动员，有些原本有病不够下乡条件的人，也被裹挟到了上山下乡的洪流中。现在允许知青办病转，可以看作是对当初这一失误作政策上的纠正吧。

从 70 届初中生开始，对病残生已有明确的政策———可以留城，因此，从 1970 年到 1972 年，办病转的几乎都是老三届和 69 届初中生。上山下乡运动已经 4 年，回不去的知青，不得不挤进病转的队伍里。

病转的人这么多，决不是正常现象。再坚固的堤防，也挡不住这股强劲的暗流，千里之堤，溃于蚁穴，一旦出现病转"决堤"，上面下令堵死，我的希望就完了。我必须争取时间，拼力挣扎。

24. 易苹没有来

只得再寻求第二次复查机会。根据老高三的教训，我已清楚，单凭坐骨神经痛难以闯过复查关，同济医院的叶大夫虽胆小如鼠，却给我指明了"路"，我必须查抗"0"，寻找有力依据。在同济医院查出过抗"0"600，一定还会查出这个数字的。现在必须再搞到一张复查单。

几经犹豫，鼓起勇气再去求吴胖子，谁知他到工厂指导基层文化活动去了。我不甘心就这样回去，径自找到区毕办。正有知青在和区毕办的人谈话。毕办主任问我："你有什么事？"

我嗫嗫嚅嚅："我就是小吴带来找过您的，我去三医院复查了，抗'0'不高，我、我想再去复查一次。"

"不高，不就是正常吗？还怎么查？"

"我有同济医院的报告单，'0'达到 600 了，这两天我的坐骨神经部位确实痛，需要再查一次。"

"对，我知道你，上次我给你开的复查单，我这儿还有底子；你的手续还没有转上来，照例是不能开的。等手续转从下面转来了，再开吧，唔。"

"可是县医院要我到武汉来诊断的。"胆怯地望着她，泪已涌上了眼眶。

主任注意地看着我，叹了口气，拉开抽屉，开了复查单。

"谢谢您了。"我由衷说，这次的谢意表达得很自然。

开始做再次复查的准备，我以双膝关节炎为名，先到门诊连看了两次病，隔几天换一个医生看。连查了两次血，抗"0"老是在 400 或 400 以上，血沉也正常。每次验血报告单一出来，就急忙翻我的名字，再拿了结果悄悄离去，生怕化验室的人认识了我。好在医院处在闹市地段，门诊人流量大，没人注意到有个"林青青"的名字时不时出现在抗"0"、血沉报告单上，于是胆子大了一点，第三次抽血时，就用恭敬的语气问化验员："医生，原来我的关节不痛，抗'0'反而有 600，现在腿痛，怎么抗'0'400？"

化验员笑笑："这东西是有点说不上来，有人不痛不酸，抗'0'达到 800，有人明明关节痛，又查不出来。"

"那，医生为什么还要开化验单？"

"只要抗'0'、血沉高，肯定是风湿症；有风湿症的人，肯定有抗'0'、血沉高的时候。它是一种检测手段。"

"那抗'0'、血沉怎么这不稳定？"

"不，抗'0'高的人，半个月之内都不会有明显的起伏，血沉就不同，前半小时和后半小时都会变化。"

"那么，医生下诊断，是根据抗'0'还是根据血沉？"话一出口，连我都觉得太赤裸裸了。

幸而化验员还耐烦，她说："如果抗'0'高，只能证明当时有链球菌感染，血沉高可说明有风湿。两项都高肯定有风湿病，医生下诊断，还要根据临床症状，这两项化验，根据一项就可以出诊断了。"

有人要查血，提问就此打断，我感激地朝化验员笑笑，走了出来。

怎么办？连查了三次血，毫无结果，白白花去3块多钱。

现在已是12月份，复查通知单填的日期是11月，这事不能再拖下去了。我回来已住了两个月，在队里无法交代，在华福里度日如年；家中的粮票也不够用了。

街上寒风嗖嗖，梧桐黄叶在马路上翻滚，又被行人无情地踏成碎片。我来到民主路新华书店，在医科类书架上翻阅着。我那本《农村医生手册》已满足不了需要，我企望在这里找到新的出路。先抽到一本《健康知识问答》，浏览一下，找不到需要的内容；又抽出一本《内科医士手册》，仍然白翻了。我登上书梯，在最高一层架子上取下硬面线装的《实用内科学》上下册。店内光线很暗，也许是做贼心虚，我缩在一个不打眼的角落里看，盯得双眼发胀，才找到风湿热那一节，可是里面阐述得太长太细了，不是短时间就能搞懂的，对于我这个初中生来讲，看懂有些艰难，这样的大书需要抱回家细细读。再说，两册的书价共 9 元 6 角，数目不小。我抱着书到交款处问："同志，这样的书是不是要全套一起卖？"

收款人说："我们是成套进，成套卖。"

"我单买上册，就不行吗？"

"那剩下的谁要？"

一套书，合起来将近 10 元，妈妈的收入支付不起啊。我快快地把书放回架子上。身后却传来讥诮声："见鬼，这人怕有毛病吧？"

我发着抖，逃也似的离开了书店。天气阴霾，风越刮越大，不由得缩着肩膀，心里充塞着对自己的哀怜，不知所从。阿姨是搞外科的，没有内科书；表哥是内科医生，可他不会把内科书从麻城带回来。

绝望中，我把困境告诉了陈苏红。陈苏红说："你干吗要一趟趟受那么多罪，易苹的关节炎很重，前两天她查抗'0'有 1000 单位，叫她代你去查血，就是低一点也可以闹它个 800、600 的。"

心顿时亮堂："对，抗'0'的化验单上又没贴照片，完全可以由别人代替。不过，易苹会同意吗？"

"这是大事，作为同学，拉你一把义不容辞，我去跟她说。"

当晚，我去毛弟家。

毛弟听完我的介绍，说："青青，你病转办得不容易啊，是靠一管一管的血来铺路，你要吃好点，不然，弄假成真就不得了。"

我受了感动，故意朗声说："这算什么，查一次抗'0'、血沉，总共才 5CC 血，女同志的血液代谢快。"

"我看你体质并不强壮，千万莫把身体真的弄垮了，使我……"毛弟有点说不下去了。

心又有些跳，我静静地等待下文，期待着，但毛弟只是"唉"了一声后说："我托的朋友中，还没有消息来。"

"不要紧，我能等。"我反过来安慰他。

陈苏红在食堂碰到妈妈，告诉她："我已经跟易苹讲了，14 日由她代青青去查血。"

妈妈悄悄告诉了我，又忧心忡忡："青青，我担心你这样瞎碰瞎闯，不要闯出乱子。"

"妈妈，各个环节的情况我都熟悉了，决不会出乱子。我真是有炎症，迟早会办成的。"对于这样的母亲，我只能尽力安抚她。母女的角色好像错了位，如果妈妈能抵得上徐玲妈一半，我也有个支撑啊！我心绪黯然。

后天是复查日，我今天去三医院保健科开出了检验单，仍然是那个婆婆医生开的。时隔一个月，她已记不得上个月曾为我开过单子，这正是我需要的。

记得一周前我第四次查血，还没有拿结果，就抱着无所谓的心情去取——明天反正有易苹代我抽血，这第四次自查的抗"0"、血沉数字高低就无所谓了。在化验室门口桌上，我翻着一摞化验单，没有我的名字。问化验员，回答："你在陈单里找。"

原来，过了天数不来取的化验单放到另一摞里去了。我翻到了我的名字，眼睛一亮：上面填着抗"0"600 单位、19 毫米/小时。啊！

高起来了，终于又高起来了。我欣喜不已，这是多么令人激动的事，我的病转一定能成功的。

12月14日清晨5点，天黑黑的，我攥着妈妈12月份那1斤计划肉票，去排长队买猪排骨，一斤肉票能买一斤半排骨。买回来后和着些海带炖了一小铫汤。明天下午就是复查日，今天早上我要带易苹去查血，回来，我要招待易苹喝碗汤，补补血。一早我就在家里等候易苹，等啊，等啊，9点钟了易苹还没有来；我沉不住气了，留下一张条子给隔壁的汪妈妈，叫易苹见字后速去三医院，我在医院门口等她。到三医院门口我又等了约一刻钟，再跑到化验室去看，都不见易苹的人影。焦心地等到化验室的闹钟已指向10点一刻，心知再拖不得了，反正抗"0"已有600了，化验员说过，抗"0"半个月内是稳定的，如果我今天不抽血检查，就要拖到1月份去了。我拖不起了，心一横，递上化验单。

回到家，汪妈妈把条子还给了我，易苹没有来。直到下午1点半钟，易苹上中班之前才来，她先在过道口叫了一声"青青"，就笑啊笑地耸着身子进屋来。"你上午等了我吧？我正好有事不能来，再我想，我的抗'0'不一定查得高，我现在主要的症状是头昏，医生说是青春期贫血。"她凑到我跟前小声说："我妈妈总不准我抽血检查，一抽血我头就发昏。上回我查了抗'0'，我妈妈还到和平公社去买老母鸡来煨汤。"

我瞠目结舌，什么话也说不出来。易苹，黄头发，小个子，像个黄毛丫头，虽出身高干，但衣着朴素，给人印象还不错，想不到竟是这么个娇生惯养的人。我脑壳里木僵僵的，一时反应不过来，说不出话。回武汉两个月，抽了7次血，每次5CC，总共也不过35CC，从来没事；人家义务献血的人，一次要200CC。到了这个量，头发昏才是可能的。需要休息。我呆呆地望着那一小铫排骨汤，心里说不出的自卑。

易苹双手搁在我肩上，晃着我："青青，你不会怪我吧？啊，你不会怪我的。"

我期期艾艾说："没有，怎么会呢。"

易苹背着拎包一耸一笑地上班去了。

我太老实了，怎么会想到靠这样的人。易苹和陈苏红同是高干出身，虽然她父亲至今还未解放，但她这人从里到外是极娇的，连走起路来都是软绵绵的没劲。她的命运比陈苏红好，分到机修车间当刨工，一个零件，要半小时加工，她就可以舒舒服服地坐上半个钟头。又只有早中班，不用去倒那个阎王似的夜班；回家不干家务，家里请着保姆呢。陈苏红就不同，父母去了"五七"干校，她得独立生活，住单身宿舍，当值车工，倒三班。人就成熟些。

25. 像个"三"字

第二天下午才去拿检验结果，既在意料之中，又在意料之外，检验单上只写着抗"0"400单位，15毫米/小时。我捏着单子，掉了魂一般，哭都哭不出来，心里后悔极了，昨天不该一急之下去抽了血：抗"0"400单位，意味着我又一次失去了获得诊断书的机会。我怨易苹把我坑苦了，也怨自己太没主意，没有把握的事，就撸起袖子去抽了血，使我的第二张复查单又付之东流。

可是复查的时间已到，既然已到了医院还是去保健科看看为好。

保健科里仍是坐了一屋子知青，门口挂上了棉帘，巧的是复查医生竟是那个婆婆，这使我胆子壮了些，凑到婆婆桌子跟前去看；更巧的是上回9中的老高三从屏风后面扣着裤子走了出来，婆婆很快为老高三写好了诊断书："左侧风湿性坐骨神经炎，臀中部压痛点明显，抬腿试验阳性，活动受限。"

抗"0"800单位，血沉19毫米/小时。

老高三接过诊断书，表情古怪地死死盯着看，眼珠子似乎要掉下来，看得出他内心激动，上次的码劲消失得无影无踪，像变了一个人。

"您家慢忙。"走时，老高三简单地和婆婆道别，然后他身子前倾，一跛一跛地走了。

这回老高三又换了一副面具，既然他的腿表演得这般逼真，他的化验单也得过硬，他就不需要去巴结谁了；上一次的码劲是有目的的。他以为没人知道他上回讨好同龄医生的那副嘴脸，可是这里坐着个"二进宫"的我，看到了他的双重面具、双重人格！

谁能肯定说老高三的验血结果是真实的？我查了七次血，才明白了其中的奥妙，抗"0"、血沉并不以个人意志为转移，不是想高就能高的，我都能想到让易苹冒名顶替，老高三就不会偷梁换柱？真正单纯的人，是那个和老高三同年的女大夫，她太顺利了，才会单纯。而老高三只因晚上了一年学，栽进了老三届的队伍里，便注定要付出昂贵的代价，将性格扭曲变形，适应社会的"要求"。但他成功了，我没有成功，是我还没学会。

可是，我不愿意变成老高三这副样子！

轮到我复查了，婆婆看了我的检验单："这是我开的，怎么抗'0'、血沉都不高？"婆婆显出为难之色。

"大夫，我确实有炎症，腿又酸又痛，睡觉怕翻身；您看我同济医院的诊断：抗'0'600。在你们医院，前一星期看门诊查的抗'0'也600，谁知昨天又降了，叫我有什么办法呢，好像有人故意害我一样。"我的嗓子哽咽了，顿时，等候检查的知青都望着我。

"傻丫头，哪个会故意害你哟，有时是有这种情况。"婆婆说。

在场的知青交换着目光，发觉这位医生有仁心。

知青们趁机说："您家怕没有儿女下农村吧?""只当我们是您家的侄儿吧。"

婆婆并不理会大家，一脸庄重命令我："上床去，我检查一下。"

我顺从地钻进屏风，褪下毛裤，婆婆温暖的手指在我右臀部中点一按："痛不痛?"

"痛，好痛。"

"这里呢，痛不痛?"她又往大腿处按。

"唔，也痛，不过强点。"

"唔。"婆婆仿佛自语一般，"这条腿位置也都是痛的。"她在原处又压了一下："痛不痛?"

"唔，好痛。"我领悟过来，婆婆无形中给我指出了正确的压痛点。

……

我穿上裤子，系好帆布腰带。听得婆婆慢声问："你下乡几年了?"

"4年。"我垂下了头。

"唔，4年了。武汉下去的老三届多数都抽上来了。"婆婆的语调里透出怜悯。

婆婆又细细地看了叶大夫写的病历和抗"0"600单位数字，在病历上写上如下诊断：

右侧坐骨神经痛，臀中部及沿坐骨神经处有明显压痛点，

抬腿试验阳性，

抗"0"400单位，14毫米/小时。

根据既往风湿炎症，建议复查一次。

谢过婆婆，来到外面，初冬的黄昏，天色好暗。冷风激得我连着打了两个喷嚏，发热的脑子也清醒些了。婆婆心虽好，我的问题还是无法解决。这样的诊断，对于关系转到武昌区毕办的知青，无疑是留下了复查的希望，拿到张港区却是不行；为了"建议下汉诊断"要求的诊断证明，我已来回奔走了两个半月。同济医院、三医院保健科，都失败了。我今天的表现是不是有点神经病？明知抗"0"400通不过，还白白在医生面前流了眼泪。我心灰意冷，失神地捏着复查诊断，欲哭无泪。

到家，我不吃不喝，倒头就睡，连日来的折腾，弄得心力交瘁。妈妈害怕了，摸摸我的额头说："青青，你是不是病了？我带你到医务室去看看吧。"

我翻了个身："你让我静一下，我只是累了。"

妈妈小心凑到我耳边问："病转办得怎么样了？"

我哑声说："还要等结果。"

妈妈摸出一包东西，告诉我："毛弟妈的袄子，我做好了。行袄里子最麻烦了，好费眼睛，我只有坐在过道门口就点光线。为了这件袄子，我人都要少活几天。"

我面朝墙壁，泪水悄然滚落下来。

　　我再次发疯般地抱起了《农村医生手册》，翻到心脏血管系统疾病这一章节，把风湿病这段内容看完，脑子被灌得似是而非，混沌一片。但有一点是显而易见的，这书是编给农村医生看的，农村没有化验室，我找不到需要的抗"0"、血沉内容。呆呆地想，当初我不该扯坐骨神经痛，这种病是查不出来的，所以医生们都要求查抗"0"，把坐骨神经痛与风湿病扯到一起，非要你抗"0"、血沉高，才能证实你有坐骨神经痛，连那么好的婆婆医生也要讲站得住脚。偏偏抗"0"这东西又摸不准，让我吃足苦头，也许，我当初装"肾炎"还好些。不管什么肾炎，它都会尿血；这个病好装，至少在月经期间会造成血尿，一个月行经有几天，这种机会多。就是不来月经时要查尿，我把手指头弄破，掺点血到尿里去，谁也不知道是掺的。

　　一起了这个念头，我马上去买来刮胡子刀片，毫不吝惜自己，先从指头试起，划了一刀，但没见血。第二次就狠狠心，刀片很重地切入，一阵钻心疼痛，我呲牙咧嘴，用力一挤，一簇鲜血立在了指头上，顷刻淌下来，形状宛如一条血红的蚯蚓，很是触目，我忙用手绢包扎了。不行，太显眼，这么大的动作，能在医生眼皮底下做？我固执地认为，取尿时，医生必定会跟到厕所，就是跟到厕所，每个便池还可关上一扇小门的话，我就可以在胳膊上想办法，在胳膊上划口子容易，流的血不会像手指头那么触目。

　　说干就干，三九寒天，我脱得只剩秋衫，用刀片在右上臂划拉了一下，破了口，不见血；于是紧挨下边又划了同样长的一道口子，挤，还是没血；我不死心，再往下又划了一刀，这下用的是刀尖，划得重，用手指捏住这个划口死挤，划口上才出现一丝淡淡的血丝。这丝血是没法子弄到尿瓶里去的，我懊丧地丢了刀，穿上衣服。

至此，我臂上留下了三道刀痕。以后的日子里，我会偶尔注意到
这三道刀痕，细细地看上一会，怀着浅浅的痛楚，对自己的些许怜
悯。因为时间会把一切痛苦淡化。今天，当我再写下这段往事，还特
意脱下长袖，因为我已记不起是在哪只胳臂上划的。我在左右臂上搜
寻，找到了，在右膊。那三道伤痕经过了年复一年的岁月，变粗了变
松了，但仍然整齐地排列在一起。像个"三"字。

看来肾炎这条"路"走不通！

合上书本，思想变得现实一点了。从生产队到张港区知青办都知
道我办的是坐骨神经痛，这么厚的病历攒起来不容易，现在想"另
起炉灶"，谈何容易。已经走到这一步，还得继续走下去。我的抗
"0"已经出现过两回600单位的数字，它还会再出现的。我决定继
续在武汉查下去，哪一天如果抗"0"高了，就立即赶到天门县医院
去。只要我的化验单上数字过硬，县医院终究会给我出证明的。

毛弟和徐玲那里，我也死马当活马医，分头进行，今晚就去找
毛弟。

26. 裕华姐夫的信

毛弟妈翻来覆去看袄子："做得几好哟，你妈好巧手。我原想要
放过冬天的，现在就可以穿了。我看你妈说话细声细气的，好斯文
样。住厂里房子，不跑月票，是几时修来的福。"

毛弟给我冲了一杯麦乳精："喝一杯吧，补充你查血的损失，事
情总不是那顺利的。"

"你怎么晓得的?"

"一切都写在你的脸上，我擅长看相。"

毛弟妈不耐烦："你少卖嘴皮子，快帮青青想法子。"

毛弟："等我设法，要四面出击，才会有一方收获。"

我喝着麦乳精，心里稍稍安定些了。

毛弟妈戴着老花镜给儿子补棉袄："我这颈子勾得真是痛。"

"王妈妈，让我来补。"我从她手里接过袄子，袄子又硬又重，穿在身上不会舒服。这就是毛弟过冬的棉袄？袄面是咔叽布的，袖口磨破了，露着干结的棉花，领子上面有油腻的损眼，袖口要重新包，领子要贴边。毛弟妈给的是崭新的蓝咔叽布，还要折一道边子，不好补，补好也会显得硬僵僵的。

"王妈妈，您家有没有软点的布？补起来穿得舒服一些；以后就是穿脏了，拆下又好洗又好再缝上。"

"哪有细布，我娘母子的衣服都兴买，哪像你娘俩生双巧手，凡事自己做。"

"妈妈是妈妈，我是我，我不会裁衣服，连缝纫机都不会踏，刚好会打个补丁。"

"家里放着缝纫机，怎么不学？"

"哪里有缝纫机呀，我家的房子太小，没有位置放，再说也买不起。跟您家做的袄子，是妈妈到厂里招待所去踏的。"

"哪会买不起，看你娘俩秀秀气气，吃饭只那点，衣裳自个买布做，钱用得完？"

毛弟妈的口气是在试探家底。的确，我们家买不起缝纫机，由于成分不好，妈妈好多年加不上工资，她的工资从 1955 年的 54 元到如今，17 年了没动过一次。妈妈的钱全花在了我身上，为我吃得好，穿得舒服，在人前像个样。这些话却不好跟毛弟妈说，我只好笑笑；

心里却不自在，套问别人家底是极不礼貌的。在教会学校受过教育的妈妈告诉我，西方人忌讳两件事，一问对方年龄，二问对方财产。所以，我从不问人家这些。我转开话题，问："王妈妈，有没有软布，的确良也好。有没有铁灰色的碎布？"

"还真给你说对了，有铁灰色的的确良碎布。"

毛弟妈努力地爬到阁楼上，好一阵翻出来了。

我接过碎布："我是记得，夏天毛弟穿过这种颜色的衬衣，像是裁缝做的。"

毛弟妈："亏得青青好细心，我们娘俩一人做了一件。你没注意到我们是一样的颜色？"

我不好意思了，我记得毛弟的衣裳又不记得他妈的，脸不禁有点发烧；偷眼看毛弟，毛弟眼不眨地盯着我，眼里又闪出那异样的光。我的手有点颤，赶紧掩饰地低下头。

毛弟妈好像看出什么："年纪来了不由人，我要上去歪歪了。"她勾着颈子上了阁楼。

阁楼跟下面的房间只通着一个方孔，很隔音，这使我更不好意思了，交瘁的身心似乎在这微妙的氛围中得到了抚慰，我心中升起了一股暖意。毛弟妈虽然粗俗，对我还是很好的。她总要毛弟为我想法子，什么话也不避讳我，竭力拉拢我俩的关系。我小声对毛弟说："补好了，袖子包了口，领子贴了道边。你这袄子不是活套的，不能洗；这样包着补好，套上罩衣，就显得像新的，脏了，一拆一洗就可以缝上。"

"谢谢你，青青。"

我垂眼望着地板："这还用谢。"

　　柔和的声音仿佛从远处传来："青青，你说，人与人之间的关系究竟该是个什么样子？人与人之间是靠虚伪的互相利用，还是凭真诚的感情来往？"

　　问题提得古怪，我一时摸不清毛弟的想法，也来不及想。这太玄妙了，不是我的经历能解答的。但毛弟那男性喉管里发出的嗓音充满诱惑力，不由你不回答。我只能就事论事说："当然凭真诚来往，人与人之间应该真诚。"说完，忽然感到很窘迫、很羞涩。毛弟是因为我给他补了袄子这么发问的啊，我的话不是又作了注解么。我呼吸紧促起来，内心强烈地期待着什么。此一刻，病转的挫折，都像不重要了，远远地退去了。我要的只是现在一刻，要毛弟明亮的眼睛盯着我，动人的嗓音向我娓娓道来，还要……爱的渴念如岩浆般喷射，遏止不住。24 岁正处于青春期的姑娘，心在颤，我要回城，也要爱情。我对毛弟充满了感恩心理，崇拜心理，还有感情上的渴求。只要毛弟肯爱我，哪怕以后回不来，毛弟又无情地抛弃了我，也在所不惜。这一刻，母亲忧郁的嘱咐变得苍白无力了。

　　可是什么也不曾发生，我只听到了这样的话："我的朋友中，交情有深有浅，但都是互相利用的，只有你是个例外吧，可惜你过于单纯了。"

　　血涌上脸后，又悄悄退潮。心一下子透凉，我企望发生的，终于没盼到。我颤声说："我该走了。"我找纱巾戴，先头嫌热了丢在桌上。毛弟敏捷地捡起，拿在手中，顿了一下，柔声说："让我替你系上。"他像围红领巾一样给我笨拙地系着，我感到他呼吸急促，手在发颤。

　　退潮的海水又呼啸卷来，世界上什么都不存在了，巨大的震撼犹如雷击，击得我要晕倒。只要我的头稍稍抵在毛弟胸前，那将会发生什么呢？可是什么也没有发生，我不敢望毛弟，头一扭，走过去开了房门。楼梯上的寒风激得我心里冰凉，问自己：为什么要像逃犯似的？我太呆了。

这也是中学里的禁锢教育造成的：内心愈是渴求，外表愈是冷峻。

在裕华那里，却意外地有了收获。裕华的姐姐、姐夫都在江陵县人民医院当医生。姐夫这次来武汉出差，住在岳父家。我去裕华家，正碰上裕华在招待姐夫吃喝。裕华3岁时死了母亲，与父亲、姐姐相依为命。小学阶段，她已显示出操持家务的能力，她爸爸每天喝酒，每餐的佐酒菜由裕华收拾得像模像样。此时饭桌上热气腾腾，姐夫抿一口白酒，夹一筷子胡萝卜烧肥肠。他问我在哪里上班。

裕华忙忙打断："她还在农村，正在办病转。"

"是么。"姐夫用打火机点了支烟，深深地吸了一口，红光满面地说，"病转好，裕华也是病转回来的。虽说以后还要等工作，倒是一杆子插到了武汉。像裕华的姐姐，分到江陵县下面的公社卫生所，不是我想法把她调到我们院，至今还不是蹲在下面。就是这样，她还是念念不忘武汉，大城市的人嘛。"

裕华的姐姐是湖北医学院毕业的大学生，姐夫是军医转业回江陵老家的。裕华没随学校下到洪湖农村，而是投亲靠友到了姐姐的公社。后来又靠姐夫帮忙病转回来，说起她的病也扯得奇——视网膜脱落症。裕华现在街办事处接电话，临时工，每月15元。

裕华问："哥哥，青青是我小学玩得最好的同学，现在搞病转，非要县一级医院出证明，你认不认识天门县医院的人？"

姐夫愣了一下:"有倒有一个,是我的朋友,在天门县医院还是个举足轻重的人物,叫张明运,内科主任。最近听说升成副院长了,他跟我的交情可以,六八年春上,他们医院两派闹得凶,对立派要揍他,他到我那里躲了两个月。这样吧,你有什么病?"

"坐骨神经痛。"我羞涩地讲。

"你到县医院去找他,就提我的名字张春生,我们同姓,好记。"

我含糊地应着,心里很不踏实。

裕华说:"哥哥,你干脆就写个条子,有你的亲笔拜托,肯定会好些。"

裕华姐夫:"拿张信纸来。"就着昏黄的台灯,裕华姐夫写下几行字:

明运兄:

近好。欣闻兄晋升副院长之职,前途无量,谨此向兄道贺。

今有我妻妹之同学林青青,系武汉下到天门县知识青年,患有坐骨神经痛。该青年拟办病转回汉手续,烦兄相助一下,为她出具病情诊断书。

容后面谢。

弟:春生

1972 年 12 月 ✕ 日

三个月来,从杜蓉子的姨爹、同济医院的叶大夫,到三医院的两次复查,一次次的挣扎,一次次的失败,弄得我筋疲力尽,几近绝望。今天这意外的收获，真应了"踏破铁鞋无觅处，得来全不费功夫"的俗话。我结结巴巴向裕华姐夫道谢。裕华望我一笑，对姐夫说："青青很老实，不善于跟人打交道。"

我决定赶快回去，把县医院这一关突破。临行之前，我又到三医院去看了一次门诊，仅仅是为了积攒新病历。搞病转嘛，就需要经常看病吃药，需要有连续的病历做"证据"。如果哪一级部门要卡我的病转，那一大摞病历和检验单就是申诉的依据。我对门诊医生说关节痛，医生照例要我查抗"0"、血沉。

第二天去拿结果，却叫我大吃一惊，报告单上赫然印着：抗"0"800单位、血沉21毫米/小时。天哪，竟有这么高，一阵狂喜。原来我确实有关节炎，想起夏天里总穿塑料凉鞋打农药，出趟早工下来，卷起的裤腿都湿透了。还有我队里的铺板一到黄霉天就潮出一大片印迹。抗"0"这东西，怎么这样捉弄人！这回800单位再也不起关键作用了。

我把检验单给门诊医生看，由此获得一张"风湿炎症，休息一周"的病假条。

回家把检验单和病假条都粘到病历上。陈苏红来玩，我告诉她终于在县医院找到熟人了。我很兴奋，有了裕华姐夫的条子，有了抗"0"800单位的检验单，裕华姐夫介绍的副院长一定会出证明。妈妈却在旁边叹气："青青的抗'0'这样高，不是好事，身体垮了，将来怎么办？有了病还这样高兴。"

我去毛弟家辞行，毛弟对我说："青青，看你走得很累的样子，吃个鸭梨吧。"

我摇头："冬天了，哪敢吃这冷的东西，倒杯热茶吧。"

毛弟递来热茶，笑嘻嘻地对我说："有什么好消息，让我也高兴一下。"

我脱口而出："你怎么知道的?"

毛弟翻翻他那菱形眼："我这人会算。"

他上回不是说过，一切写在我的脸上。我不好意思地笑了，忙把县医院有熟人的事告诉他，并讲："我明天坐船回队，回家两个半月了，跟队里得有个交代，然后去县城。"

毛弟点头："事情宜早不宜晚，趁热打铁办。"

明天就要走了，我望着毛弟，内心惆怅，仿佛我还欠着什么东西没带走。

毛弟拉开抽屉，拿出一个硬面日记本："你要走了，送你个本子吧。"他想了想，拿起笔，写道：

书籍是人类进步的阶梯——高尔基

"你是个爱看书的人，所以我把高尔基的话抄录给你。"

我接过日记本，心里很是温暖。

毛弟妈哂笑着说："你个苕，人家青青要走了，该送点吃的东西，怎么送个光本子。"

"您家不懂，吃算什么，青青是追求精神的。"

提着旅行包，我吃力地一级级爬上了长江大桥，等1路电车，意外地碰到了陆婷婷。

"你回乡去?"陆婷婷主动和我打招呼，顺便帮我抓起旅行包一边的提襻。我手顿时轻松了。

我问她："你到汉口去，怎么不坐船，你们不是都有乘船证吗?"

婷婷有点不自然，只说下了早班，到长堤街一个熟人家去，坐车图快。她岔开话题："现在招工都停止了，你何必回队去呢？在家多陪陪你妈才是。上次我到你们家，看见你们就娘两个。"

又是一个同情我的人，这话我听多了，很戳我心。我孤零零地回队，越是怕碰到熟人，偏偏就碰到熟人。我极不自然，终于忍不住冲口而出："我回队是办病转，手续差不多了。"这么说了，才觉得挽回了自己尊严。

"那好，"婷婷真诚地说，"你只有回来了，你妈妈的心病才会好。她为你回不来，哭过多少次了，遭孽。"

这话肯定是听陈苏红说的。眼前这个不知趣的人，还在揭我的伤疤，我恨不能把提包夺过来，扭身走掉，可是我没能这样，终于丧气地垂下了头。

上了车，婷婷告诉我："我是投亲靠友下到汉阳县的。1970 年招工时，招工的来了好几批，都嫌我出身不好，不要。4 人走得只剩 1 人。后来看到招工停了，我才不管那些，回家住着不想回队了。邻里人都是看笑话的，说：'越不想下去越招不回。'结果纺织局给四棉批了招工指标，我爸爸找到组织上，局里的军代表点了头，家里就要我赶快回队。回队 20 天，我被招到四棉了，是纺织局要四棉特招的。邻居看我住了两个月又这顺当回来了，竟还气不平。哼，你们气是白气了，资本家出身怎么了？毛主席都说属于团结对象。"婷婷的脸都涨红了。

我可怜巴巴望着她，听着我怕听到的话。到站了，我们同时下车。这时，天上却飘下丝丝小雨，"我送你几步"。婷婷热心地扯着旅行包带，快步走，她个子大，身体好；我气喘吁吁的，跟她几乎一路小跑，快到永宁巷了，我过意不去，坚持不要她送了，她才对我笑笑，真诚地说："不用谢，我也当过知青，尝过这种痛苦。"

又是这种话……怔怔望着她远去的背影，忽然明白了，她是到男朋友家的。听陈苏红讲过，婷婷的男朋友是四棉机修车间的工人，也是厂宣传队的，两人多次搭档演出《沙家浜》，婷婷演阿庆嫂，男友饰郭建光。"郭建光"出身工人家庭，住长堤街。

第五章

27. 初赴县城·血红脸和苍白脸

初冬季节，一望无际的麦苗寒风中摆动着它绿盈盈的身姿，与水稻区枯干裸露的稻茬不一样，棉产区冬天充满了绿色的希望。妇联们在张家台子前的沟垄边挑肥，我一过横野桥，响兰就笑着唤："青青姐，回来哒。""你们看青青姐蓄得好白净哩。"另一个姑娘说。

两个姑娘过来看我的衣裳。这一走竟快三个月了，在社员们面前，我心里很虚。

"嘟住了怎久？"那姑娘问，不等我回答，她就跟响兰咬耳朵："青青姐怎大岁数了，一准是回去对了象的。"

我不言语，蹲下身，拉开提包，拿出几颗酥心糖给她俩，谁知上肥的、挑担的妇女们都拢过来了。我再次拉开提包，每人分发两颗糖，这才走上秦家台子。

天麻黑时，我去找秦书记，到书记家需经过队长的屋，我生怕碰见队长，就从我屋后的小路下去，沿公路走 50 来米，再爬上秦书记家的后屋坡子，敲响了书记家的后门。竹姐开了门，不高兴地睃我一眼："前门不走，啷走后门？哈吗怕人看见。"

我窘得只好实说："我怕队长看见。"

"怕什格，你往后就不见他哩？"竹姐这才转成笑容。我拿出一斤饼干给竹姐，竹姐收下后客气地说："青青还没吃饭，就在我屋里吃。"

"不了，我已吃过，我找秦书记谈谈情况。"

"青青，你太见外，一老不肯吃饭；你看 3 队的先梅，见到我，汪的汪的要到我屋里来玩。"

前门吱呀一声开了，秦书记才从大队回来，见到我便问："青青回来哒，手续办好了？"

竹姐："就等着跟你讲哩。"

秦书记坐下："你讲。"

我大致讲了回家的情况——刚好找到了县医院关系，因此明天一早我要去县城，后天中午可以赶回来。

秦书记听完后说："你跟队长再打个招呼，明天去吧。"

正在摆桌子的竹姐笑了："青青就怕见到队长，还是弯到后门进来的哩。"

秦书记笑一笑："那你明天就直接去，队长面前我也做个不晓得的样子。你回来就出工，叫队长批评两句算哒。"

我如释重负地松了口气。

秦书记告诉我，小钰在队里，三天打鱼两天晒网地出工，总归是不安心，前两天还串到泽口区去玩。高钰也要搞病转，最近在武汉害病。"说是她也病得不得了。"秦书记似笑非笑，"只要你们有办法走，我们都放，留着你们做什格哩。"

我问："高钰是什么病？"

"没见她递申请来。听小钰说，是害的腰痛病。"

"秦书记，蒲圻军工厂在我们大队招了人没有？"

秦书记摇摇头："没有，我们大队推荐了先梅，蒲圻军工厂没有要。现在没有招工的到我们哒来。"

看见"天门县人民医院"的牌子，我下意识地摸了摸贴身口袋里的信。那信带着我的体温，稳稳当当地藏在那里，我放了心。一个男司药正往架子摆药，我上前问："同志，请问你们这儿有个叫张明运的副院长吧？"

男司药抬起头："有哇，不过他带巡回医疗队下乡去了。"

"那，要多长时间才能回来？"我失望地问。

"半个月工夫吧。你找他有事？她爱人在这里。"

"算了，我改天再来。张院长的爱人也是医生？"

"是医生，皮肤科的。他们是同学，湖北医学院毕业的。张院长的爱人是本地人。"司药很热心地介绍。

怎么办呢，来县城不容易，回去还要等着挨批评，我决定就此机会看个门诊，碰碰运气，如果开不到诊断证明也不要紧。反正我口袋里有裕华姐夫的信，半个月之后尽可再来。

天气阴霾，又是下午，内科诊断室里静悄悄的，只有一个三十多岁的女医生。

我递上病历和抗"0"800单位的检验单，这是刚查了4天的数字，以期引起医生的注意。女医生看了看："你才在武汉看的结果，找我做什么？"一口武汉话，是个武汉人。

我有了一种亲切感，就说："医生，我有风湿性坐骨神经炎，想在这里确诊一下，查抗'0'、血沉，请您出个诊断证明。"

"啊！你是个知识青年，想转回去。"女医生立刻紧张了，她翻着我的病历；我打量着她，头发、眼珠都是棕色，脸面饱满，脸色健康得像泼了血，长相跟先梅竟有几分相像。红脸医生说："县医院没有查抗'0'设备，只能查血沉。"

又是意想不到的事，我呆住了。红脸不满地横了我一眼，叹口气，那神态分明是：麻烦事，怎么让我撞上了。

只得到化验室去抽血，心想：武汉才查过血沉，21毫米，连日里舟车劳顿，血沉应该更高才是。谁知查出来的血沉数字是18毫米/小时，比在武汉还降了3毫米。

我呆若木鸡，把结果递给红脸，红脸说："正常，我看你没得大问题，走路很正常。"我顿时心虚了，勉强分辩道："可是我的关节是酸的，右腿走路就痛。"

"那你上床去睡倒。"红脸冷冷地吩咐。

在床上，红脸双手握着我的脚，一曲一伸，说："还自如嘛。"趁我不备，她出其不意地抬起了我的右腿，抬得很高。我吃了一惊，还没见过像她这样检查的，等我反应过来是怎么回事，已经迟了。

"你这叫坐骨神经痛？"红脸冷冷地睥睨着我，"抬腿检查，是真是假一试就灵。坐骨神经痛的人，抬腿超过60度会痛得直叫，你的腿完全可以抬到90度嘛。"

至此，我完全看出红脸对我的不善，早失去招架之力，只能呐呐地说："坐骨神经痛是一时一时的，您看我的病历，病了这么多年了。"

"那你把裤子褪下，反躺着。"红脸说。

她开始用手指按右臀中部，我记着三医院婆婆医生的检查，猛地喊痛。红脸又按了一下，我更加喊痛。红脸紧紧地皱起眉头，她要我再褪下贴身长裤，察看我的双膝，说："骨骼正常，不红肿，没有什么。"

红脸板着脸，在病历上沙沙写着：

"自诉：患有风湿性坐骨神经炎，既往有疼痛病史，要求出具诊断证明。

检查：坐骨神经系统无活动限制，行走正常，仰卧、侧卧均能自如，屈伸抬腿无疼痛，沿坐骨神经有触痛点。

血沉 18 毫米/小时

臆断：坐骨神经痛待确诊。"

红脸写的病历把我搞懵了，脸羞得发烧，心头乱跳，好像做下见不得人的事，但还得挣扎着分辩："我在武汉查了这多回，医生都证明我有风湿炎症。"

红脸冷冰冰地："武汉医生说你有病，就该他们出诊断证明，找我做什么？"

"我有武汉医院的诊断书，放在张港区知青办。现在规定要县医院出诊断书，才来找你的。"

红脸的态度这才缓和了些："唔，你的抗'0'800。"于是她又在病历上写下："根据以往抗'0'单位较高情况，能否病转，请有关部门酌情考虑。"

她把病历推给我，拿起报纸来看。

　　我还在低声下气求她："大夫，您最后的建议，给我写在诊断证明书上吧。"

　　"你这种情况不够出证明，只能写在病历上；现在要办病转的知青多，我门都要本着实事求是的态度办。该出的出，不该出的坚决不能出。你是武汉人，不安心在农村，我也是武汉人，虽然不安心在县城，我也还是要吃这碗饭。总不能为你犯错误吧？"

　　这最后两句才是红脸的心里话，难怪红脸一开始就把我置于敌对的位置。

　　出诊断室，来到走廊，心情异常沉重。红脸是武汉人，对我这样的知青生硬武断，一开始就来势不善。是不是上面对县里的医生交了底，要严格把关？于是红脸死抓住我走路正常这一点，写在了病历上。我想起了那个9中的老高三，脑子开始回过神了，我应该像老高三那样跛着腿走路的。在这个地方，装不出来也得装啊！

　　只怪我太没经验了，才来县医院就碰得好惨。

　　恰恰又迎面碰到那个司药，他说："你是要看病？你看，那就是张院长的爱人，我跟她讲了有人找张院长。"司药边走边喊："代医生，就是她找你。"

　　忙用手按按那带着体温的信，心里一阵发慌，觉得司药有点孟浪，热心得过头了。我不知该不该迎上去，脚又不由自主跟着司药来到了走廊外面。

　　司药指着拎开水瓶的女人说："她就是张院长的爱人。"

　　拎水瓶的女人转向我："你是哪个，找我做什么？"

　　"是，是这样，我来找张院长的，找你也一样。"我完全不能把握话语了。

司药望了望，走了。我马上感到了，司药在讨好院长夫人，他以为我真是院长的熟人，连忙通风报信，以示他的鞍前马后。但手已不由自主地把信拿出来，递给了副院长夫人。副院长夫人生就一张苍白的脸，她接过信，目光落到信上介绍的"我妻妹之同学"一行上，顿时一脸轻蔑，冷冷地扫我一眼，眼光要把人穿透。

苍白脸指着裕华姐夫的落款名字问："这个张春生是哪个？"

我感到事情不妙，吞吞吐吐说："是张院长的熟人，在江陵。"话一出口，就觉得欠着点什么，我应该说她丈夫曾在裕华姐夫那里避过两个月的难。心里愈急，愈不知把话说出来。

苍白脸"嗤"的一声冷笑，咄咄逼人叫起来："你没有病，我一眼就看出来了；刚才你走到我跟前，腿子正常得很，有坐骨神经痛的人，走路肯定是跛的。你想病转，应当规规矩矩按规定办，到内科去检查，不应该钻后门，可见你是装病。既然你是张院长的熟人关系，就应当爱护他，我想你不会让张院长犯错误吧？告诉你，张院长出差去了，要很长时间，什么时候回来，我也不知道。"

苍白脸更加盛气凌人教训："你是响应毛主席号召下农村的，只有安心劳动才有前途，歪门邪道的事不要去做。这种事就是张院长回来了，也不会帮你的忙。我俩都是湖医毕业的，还不是响应毛主席的号召，从武汉分到这里来的，都像你这样要转回去，那县城医院还要不要医人了？"

我无地自容，想拔腿走掉，可脚板又像被钉子钉在地上，动弹不得。在这种正统而冠冕的理论面前，我完全失去了自卫能力，无法辩解，惟有谦恭地听着。

但是苍白脸余怒不息，她的声音已是在咆哮，她提着水瓶逼到我跟前，气咻咻地吼："你这种人，就会削尖脑袋钻营，我们和你非亲非故，你会七弯八拐钻到张院长名下，你这不是要害他？幸亏我碰到了。我一生见不得这种事，这种人……"

我簌簌发抖，目光在哀求她，求她停下来。可苍白脸依然气不平，她吼了这么长时间，脸上没现出一丝血色，还是那么苍白。我脑子被吼木了，可意识深处却明白：这个苍白脸恨我，认为我是来害她丈夫的，我要毁掉她院长丈夫的前程，她决不能容忍这种事。

终于训够了，苍白脸把我的信往上衣口袋里一揣。

"完了。"我望着信，心疼得直抽气。我明白了，之所以乖乖地由她训了这么久，就是放不下这封信……

苍白脸唇边露出一丝得意，表情明摆着——这封信亏得被她截获了。她不仅恨我，也恨写信的人。

再次机械地转到走廊上，脑子里僵硬得空茫茫一片。又看到了那个多事的司药，他睁着眼，询问地看我；我浑身发抖，不胜哀怨地瞪他一眼，我为什么被这个讨好卖乖的人牵着鼻子走了？

不知道是怎样迈出县医院大门的，我不敢走到大街上去，觉得自己做了一桩极丢人可耻的事，路上的人都在盯着我，只得顺着医院旁边的一条小路走。这里是一处僻静的荷塘，干枯的荷叶荷梗露在塘面，我愣愣地盯着残败的荷塘，脑子还是没有清醒过来。那阵急风暴雨式的攻击使我对自己产生了怀疑：我真是个可耻的人吧？可我仍然心痛着那封信，不该仓促交出，以至于弄得一败涂地，毫无希望了。我要是不听司药的，晓得张院长半个月要回，就该马上走掉，回队去等待半个月，到时再来县城交给张院长本人。啊！我办了一件多么愚蠢的事，眨眼之间，就把命根子般的信丢了。进医院前后不到两小

时，我把事情弄得一塌糊涂。我对不起可怜的妈妈，想到妈妈，我的
泪大滴大滴地滚出来。

苍白脸夺人的气势把我的精神击垮了，就像一个被剥光衣裳的人
押在光天化日下示众一样，我对自己发生了怀疑，觉得自己很丑恶，
因为我无法反驳她那革命的大道理。可我异常害怕这高高在上的正统
理论，犹如高悬在头上的利剑一样，以至于后来一次次陷入噩梦
中——我的灵魂在黑暗中挣扎，如坠深渊不能自拔，从惊恐中醒来，
我无限压抑，无法解脱。

晚上没有回张港的班车，只能在县城住宿了。身上仅有 9 块钱，
一塌糊涂的事实让我很是心疼荷包里的钱。想起了高三辅导班的两个
女同学，她们曾下在渔薪区。1970 年招工屡屡受挫，只因为两个人
在公社、区里都有知名度，最后被当地塞进天门县柴油机厂。听说我
们凤凰山中学的同学，有几十个人招进柴油机厂，那个厂的文艺宣传
工作，因此特别红火。

想起了这两人，僵硬的心开始有了点活力。中学时代，辅导班和
被辅导班同学朝夕相处的生活，那些快乐岁月的回忆，使我备觉温暖
地，朝柴油机厂走去。县医院的一个红脸、一个白脸整得我心惊胆
裂，在这举目无亲的县城，需要有人抚慰、有人排解的本能驱使我去
找昔日的校友。

看那厂房，规模可能是县里最大的。冬至前的天色黑得好快，下
班的职工已端着饭盒了。经人指点，在女工宿舍的楼梯上碰到了辅导
班的小翁，我心情激动地迎上去："小翁，我连问了两个人才问到你
这里。"

小翁看到我，立刻明白了我的来意。她脸微红了，显出为难的样

子："林青青，我们女工宿舍被人盗了，今天上午才发生的事。保卫股正调查谁在这里进出过，还说再不准留人过夜。"她充满歉意望着我。

已有人围拢来看稀奇，我很难为情地说："啊，没关系，我走的。"

"林青青，实在对不起。"小翁说。

"不要紧，住旅社一样。"我边说边走，恨不能逃开，因为围着的人里竟有一个是凤凰山中学的，显然我们曾经见过。

我躺在县城一家小旅社里，浑身没一丝力气，手脚冰凉，心里怜悯着自己，双手交叉地搂着肩，没洗脸、没洗脚，也没吃饭，就这么躺了一晚。

1970 年底四棉招工时甩掉我，我却得随车来县城取行李；从此我怕到县城，怕想到这个地方。今天，这个该诅咒的县城再次给我留下了阴影。

回到横野 1 队，我不想见人，也不想出工，只在提水时碰到了余妈。余妈显然很奇怪，脸上的表情好像想说：这青青唧搞的哩，不出工、也不出门，猫在屋里？但余妈厚厚的嘴唇抿得紧紧的；她从不多话，不在背后道论人。

缩在破泥屋首先给毛弟写信，叙述了县医院的遭遇；我痛责自己太无经验，鬼使神差般，轻易地把信交了出去，以致再无扭转局面的可能。我写道："你看得很准，我太老实了，辜负了你和王妈妈的苦心。现在我无颜再见你，又不得不向你求援，请再为我设法……"

再给妈妈写信，极力把惨败经过写得缓和点，要妈妈再到毛弟家求情。最后给裕华写信，讲："都怪我太迂了，把一桩很有希望的事办得一塌糊涂，对不起你姐夫了。"但是最要紧的话我说不出口——希望裕华为我的事再向她姐夫求情，由她姐夫直接去信给张院长。如果裕华姐夫肯帮这个忙，事情也许还可以挽回。毕竟，张院长为躲武斗在她姐夫那里住了两个月，这样的友谊应该是很深的。

苍白脸气势汹汹的样子在眼前晃动，我不禁打了个寒战：我挽回残局的想法多么没骨气，简直是下作。可我没法不这样希望，骨气抵不上生存的重要。

但我这封信，同样犯了迂腐的错误，你不再开口求人家，人家会主动再揽这麻烦事？谁都信奉多一事不如少一事，至此，裕华姐夫那头再无音讯。

28. "最高指示" 发表四周年

男劳力大多去了松滋铁路，妇联们在家给小麦施肥，队长居然登了我的破屋，跟我谈话："青青，你想转回老家我没得意见，只是你在队里一天就该出一天工，跟别队知青一个样；过去你表现好，群众对你评价很高，怎么现在你变懒身了哩？高钰还在武汉。小钰，我安排她到公家菜地扯萝卜，你想不想做这轻省活？"

"不想，我就挖沟泥。"我坚决地说。我不愿意又和小钰挤在一个组干活，那样实在尴尬。病转已经搞成这样，我还要在队里过下去，还是待在响兰的2组为好。

下午，扛着锹来到田沟，妇女们全部参加了挖泥送肥，两个妇联组合到一起干活，这农闲的日子里却比往常热闹。

响兰显得较平日斯文，这是因为她未来的婆婆余妈在场。余妈是1组的，平时与响兰不在一起出工。

　　大脚婶却对响兰妈发难了："张婶，这两天我看你一对骚眼老不安生，男将才走几天就熬不住哒？"

　　当着女儿的面说这种不上前的话，让响兰妈不悦。她啐了一口："呸，哪个像你哩，母猪肚子，伢生了6个，妈子耸得山高，还要逼男将下种，哈马你要下9个伢儿？不怕男将熬干了罢。"

　　像是跟响兰妈的话接好了头似的，婆婆抱着孙女来，让大脚婶喂奶。大脚婶一屁股坐到扁担上，解开棉大襟，小女儿吧唔吧唔地吮着奶。大脚婶两个奶像两个口袋，那个两岁半的儿子也一头扎进大脚婶的怀里，衔住了另一个奶头，太阳懒洋洋地涂抹在母子三人身上，合成了一幅生动的图画。

　　瞧着怀里两个孩子，大脚婶很惬意，毫不在乎地说："能生9个种我不要8个，哪怕10个哩。"她家因为是单门独姓人家，为了壮大后代声势，毫不吝惜地要多生儿，三男三女了还不够。

　　大脚婶的气魄逗得众人笑个不住……

　　竹姐缩在一旁不吭气，两腮边慢慢涨出红来。我这才吃惊地发现她的肚子又大了。

　　响兰偷偷告诉我："竹姐怕又是个酒坛子，什格话都不敢接嘴。"

　　我默不做声地挖着沟，听着妇女们赤裸裸的玩笑，心里很羡慕她们这般快乐；还是农村人好啊，她们祖祖辈辈生息在这里，哪来我这种痛苦！

　　现在是农闲时候，天时短，早晚两趟工，这种一笼统的劳动，力强的、力弱的，舍力的、惜力的，混在一起，力强的也弱了，舍力的也不卖力了。会偷懒的社员，挂着锹把子或挑着筅箕站在那里，一说一笑再一"疯"，相机铲几锹泥，挑几担肥，一天的工分就混到了手。但不管是勤是懒，出工中你必须说话，寻找幽默和快乐，这种劳动才不会乏味，日子才好过些。

只有我一人背着思想包袱，默默地干活。

大脚婶望着我笑："你怕队长怕得怎狠，队长会吃你人？"

我张皇失措地看着大脚婶，她的丈夫是副队长，出名的温脾气，我没怕他呀。

竹姐毫不在乎瞅着我乐，我脸红了。从后门绕到秦书记家的事被竹姐传开了，我垂下头含糊地说："没怕，队长还好。"

响兰妈的解放脚挪过来两步，凑近我说："你隔壁的张伯是个好人，晓得你回来了怕队长，劝着他：'知识青年不出工，你睁只眼闭只眼算哒，她们总是要走的，不要等她们回去了，以后戳着你的脊梁骨骂你人。'"

原来是这么回事。怪不得队长上门来让我挑轻活做，说话的语气也变了。

响兰妈跟张伯、余妈是亲家，响兰的大大（父亲）曾经当过土匪排长，而张伯是雇农出身，他在队里也算得上是个人物。与张伯家结亲，使响兰一家脸上十分有光。

张伯一家子、响兰一家子对我们知青一向不错。这里头恐怕还有一个原因：张伯的二儿子，即响兰的未婚夫显方参军之前，已跟我们知青成了不错的朋友，显方参军后，还给我们来过信的。

但我很快辜负了队长的要求，没法出工了，我的右大腿内侧，起了一溜又红又硬的疱。其中有个疱红中带有黄点，我对着镜子用手狠命挤，挤出黄色的硬脓。这下子更痛得不轻，挤破的疱火烧火辣，走路只能叉开腿一步一挪，我没办法去渠里提水，也没法去加工粟谷。

决定去公社卫生所看病，看了病后投奔先梅那里住两天。卫生所离先梅3队很近，我拿了一袋武汉的洗衣粉，准备给先梅。

我艰难地挪到卫生所。农村实行合作医疗，在大队医疗站看病，只收5分钱挂号费，药是免费的。可大队会计的儿子既不能看病更不能打针，这种赤脚医生是聋子的耳朵——摆设。横野大队的社员真有病还得上公社卫生所，这就另外要出百分之十的医疗费。医生给我开了消炎针药，统共4角3分钱。

先梅正好下课回队吃饭，她鼓着眼开口就问："青青，你回去了这久，手续都办好了？"

"还够没有，现在病转的审批手续很严。"我编着话应付她。

"我说你呀，少费那个冤枉心，病转是那样轻巧的？没得点真病，武汉市能接收你？"

我无话可答。先梅这个人，话一向来得极锋利。我把洗衣粉给了她，跟她讲，腿长了疱，要在她这里住两天。

"就住吧。"先梅很干脆，"下午我让家在5队的老师带个信，把可可叫来，我们一起聚一聚。你晓得啵，可可现在有了个对象。"

我惊奇地瞪着先梅。先梅说："你点火，我们边弄饭边谈。"

往灶里丢了几根棉梗，火柴一擦，火劈劈啪啪烧起来，棉梗比粟草耐烧，一次丢进三两根，就可以燃上一阵。等菜炒完，饭煮干时，剩一堆旺旺的炭火正好焖饭。

先梅告诉我："可可还不承认，队里人哪个不晓得啊……"

可可的故事发生在我回去的时段里，对象是汉江上跑拖驳的水手——小龙，曾经也是个知青，1970年招到了鄂航。有一回，可可和先梅站在三岔道口的餐馆前，先梅很想吃三鲜面，可可站在价牌旁掂了又掂，嫌贵。恰巧这水手和同事上岸吃饭，他看到可可这个样子，慷慨地请两个知青吃三鲜面，先梅不肯，要走，可可扯住了她："怕什么，他也是武汉人。"

水手说："我们是老乡，老乡见老乡，两眼泪汪汪。一碗面还是请得起的。"两个女知青羞羞答答地吃了三鲜面，水手告诉她们，驳船一星期停靠张港码头一次。他有个原来的街坊，是个退休的太婆，因为国家号召"我们也有两只手，不在城市吃闲饭"，下放到了张港老家；水手并说："我把那街坊当亲戚来往，我喊她奶奶。船靠张港我就去奶奶家，下星期三我的船到，你们到我奶奶家去玩，我跟你们写个门牌号码。"

到了星期三，先梅不想去，可可却如约去了那奶奶家。水手给了5块钱，可可收下了，他们就很快恋上了。以后，水手的船一到，可可就打扮得花枝招展，在奶奶家等水手。有一次，奶奶去走人家，钥匙给了水手，他们便在奶奶的床上干了那事。再后来，干柴烈火般的一对男女就在可可的知青屋里公开睡在一起了。很快社员们也知道了，5队传得沸沸扬扬。

先梅睃了一眼黄毛的房间，压低声音幸灾乐祸地说："总有一天，可可把肚子搞大了才好看。"

我不好做声，可可毕竟是和我同校的，我自然要向着她一点。如果她是招回武汉，堂而皇之恋爱，就不会这么招人议论；正像应笙看待徐玲、小阳的关系一样——远离了父母亲人，社会抛弃了我们，在这天高皇帝远的农村，情感上的渴望一旦有所寄托，什么事干不出来啊！毕竟我们都是二十几岁的大姑娘啊，困守农村，欲爱不能，还要在农民面前板出一副超然的面孔，那其实是很可怜的。

饭香了，是用大米掺着黄色粟米的混合饭，棉产区的杂粮多。大米是国家配给的返销粮，单吃是不够的。粟米小得像鱼籽，做成干饭吃起来满口跑，咽不下。做成这种掺在一起的饭，就好吃多了。菜是用钵子装的煮萝卜丝。我们喊出一撮毛，就着热乎乎的灶台吃起来。

埋头吃饭的一撮毛突然问我："1 队的高钰是不是也要病转？"

"不晓得啊，"我说，"她回来又回去，我们正好错开了。"

"哼，装赖，上个月开大队会，高钰恰好坐在我前面。她把腰护着，嘴里哼是哼，做是做的。大队妇女主任问她么样了，小钰连忙说：'我姐姐腰痛，她有腰肌劳损的病。'妇女主任就叫高钰回去歇着。高钰当我没看见，装得好像。果然不几天，高钰就回武汉了。"一撮毛满脸鄙夷。

一撮毛平时跟女知青不多话，今天的出语却很扎实，他没路子转回去，对病转的人很看不惯。他对先梅倒是言听计从。

我也在办病转，当然不好接一撮毛的话，先梅犀利地瞪我一眼，冷笑一声。

下午，先梅还有课，一撮毛去出工，我一人翻着先梅桌上的《湖北日报》，报上头版头条登载《高举毛泽东思想的伟大旗帜，坚持知识青年上山下乡的革命大方向》纪念文章，黑字标题排得很小很密。哦，前天是 1968 年 12 月 22 日的最高指示"知识青年到农村去，接受贫下中农的再教育，很有必要……"发表四周年了。在这不同寻常的纪念日里，报纸自然得官样文章地宣传一番；可是标题这么小，版面位置压缩得不起眼，文章丝毫没有涉及 1970 年以来大规模的招工。而剩下的不准招工的知青，就知青的绝对数字来讲尚有为数不小的一批，这些人的去向归属问题却避而不谈。本报社论栏里只是号召知青要坚持青年运动的方向，把青春献给农村，扎根农村志不移。短短的豆腐块文章，空洞的革命大道理，使我心里不平，我有一种被欺骗、被遗弃的感觉。

四年前的 12 月 22 日是怎样一番情景？当毛主席最新指示一发表，全国亿万人民连夜涌上街头，敲锣打鼓，高呼口号，落实最新指示不过夜；各地中学生争先恐后赶到学校去报名，响应毛主席伟大号召，义无反顾奔赴祖国的边疆和农村。那时，报纸上尽是红标题，响应、拥护、欢呼、坚决之类的词照花了眼。今日何日，今夕何夕，这是多么鲜明的比照。

也怪不得报纸。三届生上山下乡运动已成强弩之末，奄奄待毙。在留下的知青中，有不少人在办病转以求回城，或转队以求重新伸展，或钻营三线工厂和矿区以求保障。党报作为党的喉舌，代表着党的声音，在这种情势下是尴尬的，从报纸通栏的氛围我完全可以感觉到。

翻到第 2 版，上面登了几帧湖北知青在各地农村战天斗地的照片，这是知青中极少数的铁心务农派。他们中有的在农村入了党，有的是省、地、县学习毛主席著作的积极分子，有的甚至当上了公社革委会副主任。可是这些头罩光环、小有头衔的人物只是知青中的凤毛麟角。我只知道张港区 7 个公社的知青里，没有一个铁心务农人物。放到整个天门县，多宝区倒有一个，是我们凤凰山中学高三的男生，他拒绝了多次招工，坚持扎根，在农村入了党，当了大队党支部书记。今年却被招到华中工学院去了。说明，凤毛麟角人物有着比一般意义上的招工更宽阔的前程，其中有一个先天条件——他们出身响当当的红五类家庭。反过来看，假如是出身于黑五类家庭的知青，无论你怎样剖白扎根农村的心迹，也是徒劳无益、还会为众人所耻笑。

心中的不平仍在升腾，仰望窗外灰暗的天空，我心存疑问：毛主席啊，您把我们这些无辜的青年抛弃了吗？我们也曾是一腔热血地响应了您的号召啊！那些不肯下去的知青，无论红卫兵怎样上门宣读您的最高指示，唱忠字歌、跳忠字舞来宣传您的战略方针，他们仍然置若罔闻，不肯下乡。这些人现今都分配了工作，成了体面合法的城市人；他们中有的已在单位入了党、入了团。共产党员、共青团员难道该是对抗最高指示的人？

没有谁能回答我满腹疑窦，铅灰色的天空是那样深不可测，深得仿佛永远也穿透不了……

而心里却袭来一阵罪恶感，有如亵渎了神明，我不觉张皇失措，为自己要转回去、要当逃兵而羞愧。铁心务农派反衬出我灵魂深处的心亏理屈，中国大地上毕竟还是有热血青年，有坚定不移的革命派。毛主席倡导的青年运动大方向肯定是正确的，错误的是我了。它像一面照妖镜，照彻了我灵魂的卑陋，在这纤毫毕现的镜子下，我发着抖，欲诉不能，只有跪地求恕了。

29. 知青标兵梁毅

堂屋门吱呀一声推开，可可进来了："青青，你回去住得太长了，弄得我说话都没得个伴。"

"你还没伴呀，看你容光焕发的样子，变得我都认不出来了。"

可可双手捧住脸，笑了："真的？莫非你听到了什么事？"

我只笑，上下打量她，哪里称得上花枝招展哟，一件罩在袄子上的灯心绒春装是用蓝靛新染的，尽管染得不错，但衣摆和口袋处已掉了绒。双辫上扎着朱红色绒线，绒线扎成蝴蝶形，有两个圈，两根须子，这种打扮在武汉是走不出去的。武汉的女孩时兴把绒线劈细，缠在橡皮筋上，并且选用的绒线是雅色。但可可的脸变丰润了，红晕晕的，因为她在热恋中。

我说："你那事还有密可保？满世界都传遍了。"

可可解释："你莫听人瞎说，我男朋友一星期来一回，白天玩一下，晚上都走了的。"

真是此地无银。

不想纠缠这个问题，我装出老成的样子问可可："你的那个水手，对你到底怎样？靠不靠得住？"

可可说："对我可以，来一趟就两块三块地给点钱，靠不靠得住关键在他。"

"那你就要把持住自己，莫让自己吃亏，你还要争取招工的。"

其实什么叫把持自己，我也没经验，只体验到，当感情的烈焰如熔岩喷涌时，我愿为此赴汤蹈火在所不惜。我想到了毛弟，他唤起了我的爱却没有回予我所渴望的。我看过一些外国文学书，对那些疯狂的、不顾一切的爱情神往不已。但在旁人眼里，我庄重、本分，就如现在，也是真心地循着世俗的道德观规劝可可。

可可受了感动："我晓得你是为我好。我们应该先有了工作，再找对象才是。协和医院来招工，我不是没努力，结果讨了一场气。我不敢指望招工了，就是指望，现在哪里又有招工的影子？现在张港的知青都在传，因为国民经济上不去，国家要冻结三年招工，我还有什么指望呢？招回去了的老三届都在谈恋爱，他们是人，我也是人，知青小组只剩我一个人，为了打发这苦闷的日子，我才谈的，有了男友后，感情有了寄托，胆子也壮些了。"

可可又说："你到我们 5 队来玩吧，前天队里抽干了水塘，我分了 6 条小鲫鱼，腌在那里。你来，菜有得吃的。"

"我腿长疱，动不得，明天还要去打针，鱼留着你男朋友来吃吧。"

先梅回来了，我们一起做晚饭，饭毕，一撮毛到小队仓库打扑克去了，我们三人聊起了天。

先梅提起："那个标兵梁毅，要招到张港街的供销社去了。"

"真的?!"我和可可同声问。

"怎么不真。我听那个北京人应笙讲的，这事还是区里原来管知青的老金帮的忙，老金现在不管知青了，独独梁毅的事他还是要管到底的。

看来消息不假，应笙不可能编故事。

梁毅，武汉市 39 女中 66 届高中生，张港区赫赫有名的知青人物。梁毅这个名，是文化大革命中改的，但确实名如其人。梁毅组 5个姑娘来自同一个班级，下放在我们长堤公社尹沟 3 队，跟洪接锋的 2 小队毗邻。梁毅的知青组被区里树为全区先进小组，本人被树为荆州地区知识青年学习毛主席著作积极分子。每次公社召集知青开会，梁毅小组和梁毅本人总是那样引人注目。天门《知青通讯》详细介绍过梁毅的先进事迹，她们组出满勤干满活，从不误工；有知青朋友自远方来，她们也不歇工，薅锄一扛，把朋友拉到田间，边薅草边谈话。如此德性传开，再无人敢来串门了。梁毅去机房加工小麦，袋口漏了一点面粉到地上，她竟用手一点点撮起来，倒进口袋里。机房是泥土地，像这种掉落的面粉连农民也会嫌脏而放弃的，可是梁毅她们吃进了肚里。梁毅在学习毛主席著作的心得体会里这样说:"贪污和浪费是极大的犯罪",要"节省每一个铜板为着革命和战争事业"。

当然,出名归出名,由于梁毅小组全都是女生,组内的矛盾就不可避免,甚至还很尖锐;梁毅太突出了,同组战友谁又甘愿仅仅做个陪衬?那4个姑娘一次次召开民主生活会,一次次思想交锋,区知青办老金来出席小组会。他做了说服工作:她们组既然被树为典型,就只能团结,不许分裂,组内的矛盾被统一到了这个大前提下。

我和梁毅从未说过话,她太耀眼了,我只能远远地注视她。梁毅,高高的个子,宽肩膀,梳对短辫,颜面如朝霞般秀丽,模样有些像世界乒乓球双打冠军郑敏之。梁毅话不多,开口则轻言细语。我生活经验里,凡女学生、女知青中的先进人物,相貌普遍平平。但梁毅同时具有姣好的容貌和温柔的性格,这使我对她产生了好感,我感到,她确实是个脚踏实地在干,为理想而献身的人。

事实证明,梁毅大红大紫一场是个悲剧:1970年7月开始招工,老金亲自出马要招工单位把梁毅组的人全部带走,结果那4个姑娘走了,顿时只剩下标兵孤家寡人一个,消息在知青中犹如地震。但我们都认定,这只是个时间问题,梁毅这样的人怎么会走不成?

1970年10月第二批招工,市财贸招工组来到张港,老金非要把梁毅搭进这批招工名额中,反复跟招工的强调梁毅的表现及其影响,结果还是不行。招工组长说了这样的话:"梁毅本人当然是个好青年,问题是她的父亲属于现行问题,这种情况招工有明文规定,不能招。你们区本来不该把她树为典型。"

是老金搞错了?倒也不是。梁毅出身工人,在中学就担任过团支部书记,属于红五类范畴。问题出在梁毅父亲身上,这是一个不甘寂宴的人，在文革的两派斗争中很活跃，后来他被牵连到一桩反革命案子里去了，成了未定性的受审人员，被军代表隔离审查。

年终，第三批招工单位又抵达张港，有四棉、砖瓦厂、制板厂。老金为梁毅选了制板厂，他使出了杀手锏，不招梁毅，其他知青的推荐表一个不给，户口一个不准动。这样，制板厂招工组手里的关系条子，要点招的子女统统搞不成。招工组妥协了，同意招收梁毅。

此时，梁毅正在汉北河堤上挖土不止，这是1970年12月，当年的5个娘子军剩了梁毅孤家寡人一个，我注意到梁毅眼里流露出凄凉的神情。这次上级有了新规定，妇女经期可以休息两天，工分照记。女知青都享受了这两天假，梁毅放弃了。洪接锋问她为什么，梁毅平静地说："我没有妇科病。"——她随时都在维护自己的标兵形象。

直到制板厂录取梁毅的通知书到了汉北河工地，梁毅才下了堤。她在县城盘桓了一天，与县领导、熟识的朋友道别。问题出在这一天里，梁毅赶回张港时，却被告知，制板厂不要她了。

原来制板厂招工组趁梁毅还没有赶回，就通知那些录取了的知青把户口赶着下了，新工人户口一个不漏地到了招工组，招工组还会惧怕老金吗？制板厂带着招收的新工人，大模大样地走了。

梁毅同洪接锋姐妹坐船回家过年，提起招工组玩的手段，梁毅说："这不光是县城那一天的耽误，他们不想招你，就总有办法甩掉你。"这天是1970年腊月二十八日。

洪接锋用我的遭遇来宽慰梁毅："我们班的林青青这回比你还惨，她妈妈的厂来招工，先说招她，最后又不要她了……"

后来，我一直注意梁毅的动向。标兵一经树立，就会产生名人影响。我想：当地究竟有没有办法把她送走？我希望她走，这将表明党是重在政治表现的；我希望她走不成，我心理上就有了某种宽慰。

但是梁毅和我一样，始终也走不了。

区和公社的领导仍然关心梁毅，她被安排到大队小学代课。今年春上，鉴于知青中思想混乱，知青们普遍厌弃出工的状况，公社召开了一次知青会，意在稳定知青情绪，坚持出工。会上表扬了表现好的知青，批评了几个爱东游西窜的人。最后妇女主任要梁毅代表知青发言——公社依然把她当典型来号召我们。

梁毅拿着发言稿念，其中引用了一句话："风物长宜放眼量。"这是劝慰我们也是劝慰她自己。公社领导却认为梁毅发言低沉思想不振作。

思路又被梁毅拽回到现实——怎么梁毅也终于要走了？又只能走到张港小街。我和可可都很感兴趣，议论起她这种归宿好不好。

可可说："要是我，我也去了，总算有了个铁饭碗，站柜台是个干净的工作；在张港工作也可以，反正小龙的拖驳定期来。"

先梅说："我抽不到武汉，能够抽到县城，也甘心些。下的是张港，落的窝还是张港，叫人不好想。"

我说："梁毅这样出名的人，只能落到这个结果，肯定也是没有办法了，她到底还有区里干部关心，我们呢，就是想去也轮不到，还有什么说的。"

我们都不禁怆然，梁毅还有领导关心，我们呢？

话题转到了可可身上。

先梅瞪着金鱼眼："我说话你可能不喜欢，你管不住自己，两个搞到了一堆，吃亏的是你不是他。到时让乡里人笑话才好，莫走了我们知识青年的味。"先梅说话不拐弯，直起来也很直，这是她的优点。

可可飞红了脸，煤油灯下也能看见。她勉强分辩："莫听别人乱讲，我跟他没事。"

先梅转向我："你咧，一走两三个月，我就不信、没有对象，能住那长。"

"没有。"我坚决否定。

"你要病转，光凭你娘俩有那个板眼？病转的关卡多，哪个不晓得？"先梅咄咄逼人。

我慌了，毛弟算个什么呢？我和他之间什么都没有啊。

"喂，先梅，我这里抄了一份《知识青年之歌》，你们想不想学着唱？"可可扯起了新话题。

我接过来看，就是我同应笙在徐玲队里唱过的，歌词差不多是一样。"我也会唱，"我说，"你从哪里弄来的歌词"？

可可："从同学那里抄来的，听说这歌还是从江苏的知青那里传过来的呢……"

先梅："我们一起来唱，你俩带着我。"

三个人头挨头地唱起来：

　　　　蓝蓝的天上白云在飘荡，
　　　　美丽的扬子江畔，
　　　　是可爱的武汉我的故乡。
　　　　告别了故乡，告别了妈妈，无（吻）别了心爱的姑娘。

我以为自己听错了："什么？这一句你们再唱一遍。"

先梅、可可同声唱："无（吻）了心爱的姑娘。"这两人竟把"吻"唱作"无"。

"唱错了，这是个吻字，拼读是 wěn，跟稳重的稳一样读音。"我告诉她俩。

可可不服气："没有错，别的知青都这样唱。"

"那他们也唱错了。吻，就是接吻的意思，哪有读作'无'的。"

可可不好意思了，先梅不服气地瞪我一眼，她教语文，读了白字，当然不高兴。于是横一棒子敲来："青青是个有经验的人，当然熟悉这个'吻'字；我从来不关心这方面事，当然会读错。"

我不做声，不想当面和她争执。先梅还是初中 66 届的呢，连这个字都不认识，看来知识不够，还当老师呢。就从这方面讲，我比先梅更适合代课。可大队偏偏安排了她，我的不服只能压在心底，先梅却可以动辄出口伤人。有什么法子呢，全大队只剩五个女知青了，我们三个加高钰姐妹，处不来也得处，何况，这两人都跟我好些，跟高钰姐妹差些。

打了两天针，大腿的疱变软，蔫了，转成深色。心下明白，病情来势凶猛是因为我在武汉——张港——县城之间疲于奔命，在县医院生了场大气，气郁化火，侵邪到肌体所致。

30. 农民笃信"眼睛学"

从先梅处回到队里，小队会计递给我两封信，是妈妈和毛弟的。按捺住心跳，先拆妈妈的信看：

青青：

　　来信知悉，我心里十分焦急。下班后，我即时赶到毛弟家，他母子均在家，对我很客气。毛弟妈一再拉着我的手要我不急，让毛弟想办法。毛弟说：青青缺乏经验，那封信交给副院长本人也许不至于会这样。毛弟答应为你再想办法。我又把情况告诉了陈苏红，她说要托吴胖子想办法。

我总算定心了一点……钱不够用，等我关饷即汇来。注意！紧要关头身边一定要留几个，以备万一。

我身体尚好，勿念。

母字
1972. 12

我舒了口气，又拆毛弟的信，跳入眼帘的竟是一首五言绝句。毛弟的字体那么大，潇洒得如行云流水，诗占去了一页信纸的一半。这首诗是：

中秋月
李　乔
圆魄上寒空，
皆言四海同。
安知千里外，
不有雨兼风。

下面才是正文：

青青：

你好，来信知悉。事已至此，你不必放不下，生活的路本来就是充满艰险的。你一人独自去过这许多的关卡,殊非易事。仰望天空的一轮明月,我就想到了你。为你悬心也为你祝福,故此抄录这首诗寄你,一表我此时的心境。

我会再为你设法,一俟有消息,即通知你。

王文玉

1972.12

我把这首诗看了两遍,默记下来。连日的忧虑顿被驱散,心中温暖无比。啊,我没有看错人,毛弟没有因此嫌弃我,他还会为我奔走,他一定会有办法的。我把信贴在胸前,默默地坐着,时而幸福微笑,时而皱眉沉思,忘记了做饭,忘记了时间。

其实妈妈信中还保留了些事情,接到我的信,得知我在县里将事情弄得一塌糊涂,妈妈整个人就像神经了。由于我在家公开跟陈苏红谈过抗"0"多少之类的话,汪妈妈、金姨也知道了我要病转。那天金姨向妈妈问起我的事,妈妈讲了几句,就哭起来,正是中午吃饭时间,弄得楼上楼下的人议论纷纷。

金姨又讲大道理:"知识分子屁眼最小,我们工人宣传队一开进武汉大学,这些人连好衣服都不敢穿了……人家医生跟你青青无亲无戚,当然不肯为你们犯错误;这还算好的,要是知道青青的老子在台湾,更要唬破胆。不管怎么说,你还是打个信给青青,叫她想开点……还是应该安心劳动……回武汉市你们不够条件,将来就在当地招工也可以,你看我们这样的工人成分,我儿子还不是抽到鄂城了!"

可想而知,金姨这番充满优越的话并不能安慰妈妈。

汪妈妈说："老林，凡事想开点。像你们孤儿寡母的情况，国家应该照顾一下，青青老子做下的罪，不当儿女顶；他们上头认为青青不够格回来，就分个三线工厂也可以嘛！如今的风气：假，都要凭路子。"

晚上，天上哗哗下着雨，妈妈披上旧雨衣，揣着我的信，怀着一线希望去找裕华。她没有去过裕华家，只记得我说过裕华住在水运工程学院斜对面，有两扇黑漆大门，里面住了三家人。妈妈找到了黑漆大门，敲起来。裕华家的邻居，一个中年胖女人开了门。妈妈紧张地问："这里是不是住着个叫裕华的姑娘？"

胖女人应道："有哇。过天井，左边的屋就是。"

妈妈因精神包袱重，没顾上谢胖女人，径自去敲裕华的门，胖女人有些不悦。

裕华开了门，惊奇地问："林妈妈，下这么大的雨，您家怎么摸来的？"

"唉，青青的病转办糟了，我是来找你商量的。"

"这女人像掉了魂。"胖女人自语着，插上大门。她心存疑问，这是个什么人，碰到什么事？不找她爸爸，找裕华个丫头商量？

裕华家的两间房其实只是个长通间。妈妈进了门才觉得自己一个人来不大得当，裕华爸爸正靠着床抽烟看报。妈妈知道裕华爸爸是鳏夫，而自己是寡妇，好在裕华爸爸床上的蚊帐隔开了视线。妈妈坐立不安，又不便和裕华爸爸打招呼。妈妈把裕华当大人，把我的信掏出来给她看。

裕华说："青青给我也来了信，情况我也晓得了。我姐夫托人归托人，还要看托的人肯不肯帮忙，这是没办法的事，等我写信去告诉……"

妈妈目光呆滞，反复说："当初怪我太老实，听信学校工宣队的话，他们说下了乡学校不会不管，还要定期下去看望的。我要是晓得青青下去了不准回，就是上门批斗我，我也不放她走。我太相信组织了，老实人上当受骗……"

蚊帐那边，裕华爸爸咳嗽起来，翻身吐痰。妈妈惊觉起来，慌忙说："对不起，打扰你们休息了。"她最终也没有和裕华爸爸打招呼，就走了。

等裕华送走妈妈，裕华爸爸对女儿说："青青姆妈像有点神经了，遭孽。找你这个小伢又有么用？你姐夫远在江陵，这事难办哪。"

第二天，胖女人问裕华昨晚来人是谁，裕华讲了一下。胖女人说："哦。就是那个常来找你的姑娘的娘呀。那姑娘还在农村？可怜，可怜。怪不得她脸上总没得个笑容，见我也不理。我还觉得她摆架子，我看不惯。啧啧，这上山下乡的规定，人见人怕。"

这些经过，妈妈瞒了我。到毛弟家去，妈妈也瞒了点内容……

在毛弟母子面前，妈妈已不再是平等拜访的身份。她求他们帮忙，她将终身感激他们，并说："我会做衣服，你（毛弟妈）的衣服尽管交给我做好了。"

毛弟妈喜不自胜："我这是哪来的福气哟，遇你这个巧人。"她当即丢了件罩衣衣料给妈妈，还说要烦她改皮袄子。

这一切，我在妈妈的信上是看不到的。

第二天晚上，我又翻出毛弟的信，沉入美好的遐想之中。煤油灯下摊着信纸，我准备给妈妈、毛弟回信。门外响起有节奏的叩门声，我去开了门，原来是秦书记。

"青青，你在做什格？"书记问。

"正准备给我妈妈打信。"我苦笑。给妈妈的回信总要动番脑筋，让她安定一点。

秦书记一屁股坐在条凳上，用指甲不声不响撮起了牙花，过了一会儿他问："青青，你病转回去的事还搁着？"

"还搁着，我很担心，申请搁在区里三个月了，县医院的证明一直搞不到。搁久了，原先大队、公社盖的章怕作废了。"

"你硬是想转回老家？你看先梅、一撮毛都还在等招工哩。"

"我和他们不一样。连我妈妈厂都把我甩了，哪个单位敢要我？再我是独子，统共母女俩，我回不去妈妈受不了。病转这条路不看出身，只要有病就行。"在秦书记面前，我敢直抒胸臆。他能理解人，对出身不好的知青从不歧视。

秦书记安静地听着，等我说完，他说："我妹夫子在县革委会招待所上班。我前回到县上开会，在他那里吃饭，碰巧有个县医院的医生也在那里，我们一起喝的酒。我跟医生说拜托你一个事，能不能帮我队里的知识青年开个医院证明？他答应了，说：'你把人带来。'你现在既然说病情证明搞不到，我带你到县上去一趟，当然还要给妹夫子打信，先跟他讲好。"

我听得痴了，说不出话来，我这人就是这样，当我万分激动时，就只会发呆，表达不出谢意；直到秦书记要走，才讷讷地说："那真谢谢你了。"

临出门，秦书记环视了一下堂屋："青青，你冬天一个人在这里住，怕不怕？"

"不怕，有余妈一家在隔壁，我从来没感到害怕。"

挖沟送肥的活路完了，队长又派响兰组去扯萝卜。清早，我端张小凳，提个大篮，篮里搁把小铲，来到牛屋边的地里。妇女坐着小凳，散散落落地拔萝卜。我看见小钰慢吞吞地走来，心中有些不是滋味，冤家路窄，农闲时节只这点活路，想避也避不开。

我抢先在沟边地里拔起来。沟边凳子放不平，溜斜的，但我可离小钰远点。果然小钰就势在田垄中间拔萝卜，余光里，我感到背后小钰射来的犀利的目光。可以说全队的男男女女，公认小钰的眼光凶，她盯起人来两眼如寒剑般冷飕飕的。小钰刚插进组的头个月，男将们就说："这酒坛子的眼睛好怕人，看起人来一老盯着，眼不眨。"妇联们说："这女娃子16岁哩，眼睛咋怎凶？个子又像棵细米菜。"

后来，这种话多了，小钰也觉察到。她对姐姐高钰说："别人都说我的眼光凶，要我注意一下，不要直射人。"

当时高钰马上斜我一眼，看我什么表情。其实，高钰心里明白，她们的母亲在清理阶级队伍中自杀，那时小钰还只14岁。她从此有了这样一双眼睛，她恨这个世界。

农民们有一条古训："貌由心造。"他们说："看一个人的心肠是慈还是弯，先看他的眼。"社员们认为高钰的心肠弯，小眼睛看人一斜一溜的。小钰脾气虽凶但肠子不弯，因为她的眼光是直射的，死盯着人不躲闪。社员们说我的眼睛像牛犊，虽大却不机灵，像一老在想什么似的，可以算是心慈的一类。社员们对知青颇有观察的兴趣，他们评价起我们来并不回避，想当面说就当面说了。小钰倒不说什么，高钰却不高兴，她认为乡里人迷信可笑，凭眼睛就能看出个人来。

哼，彻头彻尾的唯心主义。

我起先也不全同意这条"准则"，它是不科学的。其实小说中有这样名言："眼睛是心灵的窗户。""眼睛是无声的语言。"这跟农民的观点是一致的。说是凭感觉也好，凭观察也好，农民最讲实际，所以他们笃信"眼睛学"。他们普遍不喜欢高钰，归根到底是因为高钰目中无人，行事差。秦书记尤其厌恶她跟招工的说起我的父亲。

眼神只是内在心理的外在反映。农民虽怕看小钰那双眼，但评价也还实事求是，他们对我的评价也是真实的，我迟钝的反应，书呆子气，让我吃足苦头。

不说不闹过不得，妇联们开始了田间取乐。她们骂保管员张伯："死砍头的货，队里的猪子喂得怎瘦，挨天就要过年哒，那瘦猪子杀了够做什格？想油油地吃碗炖肉怕不行哩。"

张伯在萝卜堆里挑拣，今年队里萝卜长得好。他把大的挑出来，切片晒干，小的一切两丫晾干腌着，为队里上铁路的男将备菜吃。张伯不急不恼："馋嘴婆娘慌什格哩，你那斤把肉跑不了的。"

"吓，斤把肉，腊月二十四过小年，三十大年，初一到正月十五，够做什事？"响兰妈很感慨。

大脚婶道："'瓜菜代'一吃一年，年前望点肉难望哩。我们是干喳巴土，就等着润点水哩。"

我和小钰一声不吭地扯萝卜，这点我们相似——跟农民话不多，无法像先梅、可可那样融入到农民的取闹里。

余妈似乎觉得知青落了单，她望小钰笑："你姐家去打信来不？几时回哩。"

我不由朝向小钰，正碰上小钰寒光闪闪地射了我一眼，眼里戒备森严。她支吾着:"还没哩。"

"去了怎久,信都不打个来,只怕是找了爱人再不兴回哒。"大脚婶说。

小钰勉强地应付:"怎卡卡屁小年纪,哪找对象哩。"小钰的天门话不伦不类,她在农民面前总是不自然。

竹姐毫不客气:"你姐还小?25哩。若是在我们这里伢都生了两个。"小钰分辩:"武汉兴算实数,我姐24岁哩。"随之又是沉默。

我不由得有点同情小钰。其实我和高钰、小钰原本是命运相同的人。

收工了,张伯唤我和小钰就便拿点萝卜,这是公开的秘密,队里喂猪的菜允许知青扯。我们各自的自留地都半死不活荒着。我和小钰各往自己的篮子里装了些萝卜,管它猪吃的人吃的,丢到篮子里就是菜,我们都没有过日子的兴趣,捱一天是一天。

31. 大白天遭抢了吧?

连日里我盼着秦书记妹夫的回信,先后去了两趟大队合作医疗站,看有无秦书记的信。因怕误事,尽管想去看应笙却一直没去成。

一个太阳白惨惨的中午天,风在田野里肆虐着。我收工回来,烧了一瓶开水,炒了个青椒茄子,这是从我那自生自灭的自留地里收罗的。我又煮了点干饭,为了省火就把差不多煮好的饭盛起来装到一个陶罐里,在饭上又蒙上炒好的菜,用搪瓷杯盖盖着,放进灶里,用余火围住罐子,就去渠里洗衣裳、拎水,等衣裳洗完,热饭菜会等着我。

谁知我拎着衣裳和一桶水,冻得哈哧哈哧地走到后门,发现厨房门是洞开的。谁来了？我紧走两步，出乎意外地看到应笙坐在灶前，端着我的陶罐在吃。应笙望着我，不由笑出了声："青青，大白天遭抢了吧？"

我惊奇地问："应笙，你怎么知道我回队了？你怎么知道饭埋在灶里？"

应笙毫不在乎地吃了一筷子菜，说："听先梅讲的，我一直想来找你玩。公社中学的学生搞军事拉练，把我的屋子当做拉练基地，太热闹了，尽男生搭着地铺。平时冷清得我受不了，现在热闹得我受不了，就投奔到你这儿来。本想扒扒热灶烤下手，谁知扒出了饭，你这辣茄子太好吃了，我就吃了两筷子，你不心疼吧？"三个月不见，应笙已从舒曼玉走后的情绪中恢复过来，显出北方人的爽朗劲。冬天的风把她的脸吹得红扑扑的。

我欢喜地说："亏得那些学生把你赶来了，我正寂寞得发慌。你饿了先吃，我再做。你喜欢吃茄子，我这里还有半筲箕，自留地的茄子、辣椒秆全扯了。统共揪下来这些，秋茄子又小又嫩，比夏天的还好吃。辣椒皮薄籽嫩，再也长不大了。"

"那就再炒碗整辣椒吧，特下饭。糟糕，煮饭又要费时间了。还有没有苕，烤两个吧。"

我笑起来："只分了那点苕，不兴窖，剩下的都干了烂了。早知这样，该切成片晒了，还可以发水吃。煮饭不碍事的。"

"那就煮点粟米粥，吃着身子热乎。"

我洗了辣椒，又淘了粟米。可惜油不多，整只的辣椒和着一点点油、粗颗子盐，炒得锅里嚓嚓响，又加上水，半炒半煮，成了菜。一吃，味道还很好。

应笙由衷赞美:"好吃,大锅炒新鲜辣椒就是好吃。到了武汉上哪去找这么新鲜的东西。"

灶火是快,黄黄的粟米粥也煮稠了。我们就着锅台吃起来。我说:"你一直守在这里,区里公社有什么新消息?"

"没啥消息,我们是无人关心的流放者。招工都冻结了,瞧这情形,短期内不会有招工的可能。要想回武汉,最堂皇的路是争取上大学。明年肯定要招生,就看明年谁有希望走。听说国务院科教组开了教育革命座谈会,提出要提高大学教学质量。今年招收的大学生,有的实际文化程度只有小学,像六七、六八届的初中生,在大学学习很吃力。照这个形势看,明年的大学招生是全国性的,可能会实行文化考试,但推荐选拔绝对摆在第一位,推荐的前提是看家庭出身。但也许为了体现政策,会招几个出身不好的摆摆样子。"

"应笙,真要是考试,你有希望,你是高中生。剩下的人不多了,公社一定会推荐你的,细哥也一定会帮你的忙。"

应笙吞一口粟米粥,嘲笑地说:"细哥是肯帮忙,可是各大队都要把本队知青送出去,都推荐等于都不推荐。大学讲考试也难不倒一般人,总不会是文革前的高考。大学的梦和咱无缘。青青,还是谈谈你吧,你病转办到哪层了?我问过先梅,她也不清楚。"

"很难。关系至今还搁在区里,我还在想法。"

"告诉我,病转究竟要些什么手续?我还挺羡慕你的,这条路,难是难,但走一步是一步,过一关是一关。可惜我没病,妄想。"

"怎么说好呢,那么些转回去的知青不都是好手好脚能吃能动的人。你看我吧,不办病转不知道有关节炎,查坐骨神经痛查出了关节炎,程度还很高。可是抗'0'单位忽高忽低,摸不准……"我不想说了，县医院的情景不敢回想，即使对好朋友也无法说。

转了个话题："应笙，你什么时候放寒假？放了假就回家吧。"

"再过二十来天就放假了，等队里杀了猪，凑点年货再回家。一年到头靠家里支援，过年总不好两手空空地回去吧。"

"我可是没心思，想都没想到办年货。"想起我那冷清的家，心里涌上歉意。

"你在病转的当口，当然顾不上。你还没有告诉我，病转要哪些手续？"

话题又绕回来，我只得一一告诉她手续……最后说："11个章子呢。最关键的是县医院、区毕办指定复查医院的章子。有了这两个证明，其他关卡就好办了。"

"哦……"应笙沉思着，"11个章子听着挺怵人的，你这么化繁为简的一解释我心里就亮了点。现在闹病转的不少，眼看张港的知青一个个转回去了，心里由不得不慌。病转说起来是从农村退回去的，回去还得等工作，可总算回到了城市。咱就只当当初没下农村的，有什么不可以。有了户口就有了一切，合理合法的武汉人。"

下午，我理所当然不出工，这是知青待客的规矩。我们干脆坐到床上，铺开被子，靠着床架，脚顶着脚地取暖，天南地北地扯，我问起梁毅招到街上的事。

应笙说："老金不管知青工作了，可他专门为梁毅打了报告，要区里搞一个招工指标，就地安置她。区革委会主任亲自过问，报到县劳动局，批了一个指标，区供销社的名额。听说她已上班了，在街上那家最大的百货店卖脸盆、镜子什么。其实，这种安排未必好，还比不上病转。像你还有转回去的希望，梁毅就不行，她这样人是不能走

这条路的。她被迫留在小镇上参加了工作，在心理上是个很大的
创伤。"

忽然，应笙的话题又扯到了我："喂，说真格的，你有没有
对象？"

我一怔，一时不知说什么好。毛弟能算我的对象？我和他之间什
么也没发生过。也没任何承诺。因此我为难地摇摇头："没有。"

"可是，我挺敏感的，有这个感觉呢。你回去那长时间，有人扯
住了吧？"

我又摇头，无法说为了打通县医院这关，为了三医院的复查，白
白耗去了两个半月时间。

"那么，是不是有了中意的人？"

脸蓦地发热，这个应笙，说话行事都很有数。"有。"我突然地
承认。先梅问得不善，叫我害怕。可是在应笙面前，我忽然有了倾吐
的欲望。因为内心里，我对毛弟，也心存疑点。尽管我对毛弟有过爱
的冲动，可心中的疑问也需要答案，就让应笙来分析一下吧。我从头
至尾说开了，讲起认识毛弟的点点滴滴。最后说："这人很复杂深
沉，和我的男同学比起来完全不同，他是个孝子而且还有些文学修
养……"

应笙含蓄地笑，等我说完，她问："你简直是崇拜他了。他对你
态度如何？"

"不知道。"我老实回答。

"我是问，你在农村，他在不在乎这点。如果你最终回不去，他
能不能接受这个现实？是否愿意和你共命运？疾风知劲草，这是最根
本的。"

"这我不知道，因为我们之间什么表示也没有。实在回不去，我也不愿连累他，我会自动离开他。"

"这是你的态度。在他那方面，既然作为朋友，就应该经得起考验。"应笙口气很肯定："如果他真爱你，就应该主动表示。在你最困难的时候，把心交给你。"

"那你说该怎么办？"

"你主动表白，看他是什么态度。"

"那不失身份？他会把我看轻了，以为我想找依靠。"

"就是想找依靠，怕什么，爱情是不讲条件的。等你转回去了，他再向你表白，那种爱是廉价的。"应笙说得坚定不移，我心中的疑惑好像解开了。

清早，应笙要去上课。她问我什么时候回家过年，我说："说不准，看病转的情况。"

"那我们武汉见吧。"应笙双手插进列宁装的口袋里，一溜烟下了台坡，拐上了张港公路。这时风变小了，应笙脖子上的红羊毛围巾轻轻飘动，这团红色在冬日的田野里很是醒目。

汉明也在看应笙，他对我说："青青姐，刚才走了的知青像个电影演员哩。"

我一怔，不由看定汉明——他从哪部电影上看到应笙这样的演员？这个比方有点意思。汉明的眼里流露着羡慕的神色，对我们大城市来的知青很好奇。如果不是上山下乡，农村里怎么会有应笙这样的人物？

应笙走后，我才后悔，她问了毛弟的事，我为什么不问她呢。她这样出众的人一定有男朋友，而且一定是真心爱她的。应笙是个多么有主见的人。

32. 搬进了余妈家

仓库前的晒场上，支着一排排竹架子床，张伯抱出一捆捆的晒簟摊在竹架上。几个妇女把筲箕里满满的萝卜片，倒在晒簟上，用木耙子摊匀。还有些妇女们坐在仓库里切萝卜，一块小砧板，面积比红砖大丁点，搁在大筲箕里，刀子在上面飞舞，萝卜片转眼就堆成个小山，用刀一推，掉在筲箕里。等到萝卜片高出砧板，把砧板抽出，把筲箕里的萝卜片摇匀，砧板再搁上去，再切。队里人户户都用这小砧板、大筲箕，又方便又稳当。不像武汉人，砧板再大，切起来也要小心翼翼，担心萝卜白菜飞落地面。

姑娘媳妇们扭着腰肢，把那红皮白心的萝卜用篮子拎到渠边，用丝瓜筋擦洗。她们手冻得通红，鼻子流着清涕。响兰吸溜一鼻子，像男将那样骂一句："老子日你妈的，好冷清哩。"骂归骂，萝卜还得攒劲洗，要赶那姗姗来迟的太阳，把萝卜片晒干，开春修铁路的男将要吃。

响兰洗两篮，我只洗一篮，我指尖裂了几个口子，浸在彻骨的冷水里，像细针在刺。皴裂的手背，这时也泡得红糟糟的。我不能像响兰那样骂人，只能皱着眉头，巴不得快快洗完。响兰笑起来："看青青姐那手，比我们还不如。"

响兰妈说："青青的妈看哒，怕是要汪哩。"

"不会汪，我的手干燥，年年冬天是这样。"我回答。农民们就是这样，跟知识青年说话，说来说去老那几句。往往活路重点，就打趣说："你妈会汪哩。"知识青年都只笑笑，说声"不汪"。可如今是下乡的第五个年头了，再听到这种话，我实在不想回答。回，又回不去；干，又没劲干。初下乡的激情，被严酷的现实代替，前面看不到希望，劳动就像服苦役一样。妈妈看着独生女儿丢在乡下回不来的痛苦，不是这千篇一律的趣话能形容的。

我心神不宁地等着秦书记妹夫的信，出工纯是勉强。一怕队长说，二怕秦书记也有看法不肯为我帮忙，不得已才出工的。还好小钰今天没出工，尽管我们分开了，但仍留心着彼此的动向。

洗完一篮萝卜，我挽着篮子，踉踉跄跄走到仓库。响兰看我的手背裂得厉害，就叫我去切萝卜。我操起刀，萝卜在我手里变成白玉似的薄片，周围镶着一圈红皮边，很好看。

正自想着，冷不防竹姐劈面问我："青青，你这两天紧往大队部跑，问秦书记的信，秦书记信干你什么事哩？他个人不会拿信哩。"

我一惊，望着竹姐。竹姐毫不客气，正为问住了我而得意呢。

猛然警觉，这两天我望信望得焦急，一去医疗站就问秦书记的信，谁知传到竹姐耳朵里了。周围团转的妇女们齐齐望着我，看我如何回答。我镇定下来，找书记妹夫的事万万说不得，也不能让竹姐起猜疑。我就说："我是想打听下放青年转回去，县里的手续唧个办。秦书记叫他亲戚帮我打听哩，现时我正等着你们亲戚的信来。"话说得宽泛，队里人也知道我要转回去，想不到我这个平时反应迟钝的人，这个马虎眼还算打得快。

果然，竹姐笑了："我就猜哩，青青想回家想疯了哩。"妇联们不再理会这事，刀又动起来，萝卜片纷纷躺倒。

"咕咕嗒、咕咕嗒。"张伯举着木钉耙，一只麻鸡婆落荒逃走。张伯从篓子里捡出一个鸡蛋："狗日的会找窝，好热个蛋。"

响兰妈从张伯手里要过来，怂着竹姐："生吃最补身子，打开看看，上了窝（即交配了）的蛋包你生个儿。"

竹姐脸红红的，真个用手掰掉一部分蛋壳，盯着看了看，然后一仰脖子咽了下去。

收午工时，响兰悄声告诉我："青青姐，跟你提个醒，竹姐不喜欢你打问书记的信，刚才不是问你哩？你以后注意着。"

我感激地对响兰笑笑，点点头。

傍晚，我又习惯性地走过横野桥，之后就意识到不能再去医疗站问信了。我犹豫着是不是到先梅那里去转转，猛地看见竹姐挺着肚子走来，手里捏着几封信，看见我，竹姐扬扬信："我到医疗站讨药，他们要我把信带回。这里有没有你要的信？"

我心一热，迎上去，逐一看了她手里三封信的封面。啊，正有一封是给秦书记的。落款正是天门县招待所。我万分激动，急问竹姐："我想听听消息，能让我把信拆开吗？"

"你管自拆哩。"

我哗地撕开信口，就着渐浓的暮色，艰难地辨认着一个个字：

　　……关于你要带知识青年来看病的事，这关系到上山下乡的大方向，不大好办……我和邱医生的交往不深，很难解决你要求的事。你说邱医生答应帮忙，那是他酒后一时高兴说的话，当不得真。我劝你不要管这种事。如果你们来了，我也只能解决你们的食宿问题……

看完，我叫了一声："完了。"垂头丧气，把信还给竹姐。看竹姐瞧着我，我又说："完了，我的事办晚了，现在手续都停了。"竹姐基本是个文盲，不会看信，我的话不会使她生疑，她也不会去盘问丈夫。秦书记肯定也明白我不抱希望了。

天边刚刚露出一抹亮色，顷刻又被浓雾遮了个严实。竹姐捂着嘴笑，不知是见我失神的样子好笑呢，还是她搞清了信是哪回事。

我掉了魂般，忘了跟竹姐打个招呼，径自向先梅队里走去。

先梅一见我，就说："青青，你来得正好，省得我去找你。"

我忙问有什么事。

"什么事，你的事！你住在破屋子里还蛮自在？"

"怎么，是自在呀。和高钰、小钰分开，图的就是个自由。"我不解。

"你说好，我倒听了些话。晓不晓得大队的人怎么在说你？"

我一惊："说我什么，分家是我不对？她们姐妹俩欺负我一个，我是没办法了才分家；如果谁能告诉我，我只要等个一年半载就能招回去，我就拼死忍着，不分家。可我看不到希望，我忍受不了才提出分。你知道，高钰有多缺德，她竟偷拆我妈妈的来信，想在信中捞点整我的黑材料。她不以为耻，反而得意洋洋地告诉了可可。小组里稍一发生矛盾高钰开口就是：'哼，国民党的太太不是好东西。'你说她还有点人性吗？分家时，我看她们是两个人，大件东西我都留给她们了，像水缸、水桶，我只用个小铝桶提水。别人说让他们说去，我不管！"

分家不是光荣事，初下乡时，我们意气风发，红宝书不离手，向毛主席早请示晚汇报，小组知青都能互相关心，有矛盾就对照毛主席语录，开展批评和自我批评。谁能想到三年后，命运让我们组只剩下

3个知青，对方又是姐妹俩，我们的关系越来越恶化，终于分道扬镳。

高钰嫉妒心极强，干家务又极懒。小钰性格扭曲，脾气乖戾。分手是迫不得已。分家的知青多的是，凭什么我该被别人说？

今天我怎么了？被先梅劈头一棒，闷在肚里的心事忽地爆发，我情绪激愤，瞪着先梅。

见我急了，先梅缓了语气："我的话还没说完，你急得那样，其实我告诉你，大队干部背后很同情你。我听大队长说：'1队的青青好可怜，住在会计的破屋里，后门框都腐了，手一用劲，墙上的泥巴草直掉。她一个酒坛子，怎的不怕？要是哪个男将想搞她，半夜摸到后门口，把框子缝里的泥巴抠掉，手伸进去拉开木销子，门就开了，容易得很。她那屋后茅缸围的棉梗都秃了，遮不住个丑。说是她上茅缸，学生子在后面偷看哩。'我听了这话，气得不得了，本来今天就要去找你的。我现在就跟你讲，你还是搬回知青屋去住。凭什么全组安家费盖的房，她两姊妹独占？你叫队里帮忙，在装粮食的拖檐子里再搭个灶，你独开你的伙，堂屋和茅坑三人共用。你看可不可以？"

先听先梅的上一半话，我又气又羞说不出话来；听了下一半，我坚决地摇摇头："我不害怕，我分家七个月了，真是跳出了火坑，思想上不背包袱了。让我回组，等于让我再过那种吵闹受气的日子。抽不回去已经够惨了，还要战战兢兢，看她俩脸色，这日子还过得下去么？"

先梅很仗义："你怕她们哪一点？只管放狠一点，她们就不敢做鬼做神了。我去跟大队长说，要他以大队的名义命令你搬回去，让队里派人给你搬，只说是为了保护你的人身安全，看她高钰敢放什么屁。"

我更固执："你的好意我领了。回组，我是坚决不回的，我斗不过她俩。看到小钰那双眼睛我就胆寒，明明没做亏心事，倒像自己做过似的；我也不想听高钰那阴阳怪气的话，她原来当着全组人的面怎么说我：'哼，还要忙着积极，忙着进步。'光这话，我的神经就受不了。"

先梅无法，只好说："我是替你气不过，才为你想法的。算了，我们弄饭吃吧。"

晚饭是煮烫饭，因为我来了，饭不够，先梅又切了几个苕丢进锅里。灶火烤得我热辣辣的，我不停地向灶膛里塞棉梗，一言不发，大队长的话也使我气恼。他怎么知道我的情况？想起来了，就在我腿上长疱，住在先梅这里时，大队长到余妈家找张伯，看到我住的破屋，大队长屋前屋后转了转。我回队后，余妈把这一情况告诉我，并说："大队长说了，下回招工，要先推荐青青。"

可是上茅缸，没有小孩偷看呀，余妈的小儿子汉明，才11岁，跟我关系不坏，怎么可能呢。

忽的先梅急得叫："再莫丢棉梗了，烫饭都煮干了，我们的柴火本来就少。"起风了，风撞着大门哐哐响，煤油灯火急速地摇曳着。先梅喊："吃饭了。"

一撮毛出来，我们围坐灶台吃饭，用滚热的烫饭御寒。一撮毛盯了我一眼，显然刚才的话他听到了，我耳根发烧，感到无地自容。

一撮毛忽然问我："青青，高钰的老娘是吊死的吧？"

我说："你从哪里听来的，连我也不知道。"

"听别的知青讲的。讲得好神，说高钰姆妈失踪那天，家里人到处找也没找到。过了一天，有人看见一棵大树上吊着一个人，在那里荡啊荡，近前一看，唬死人，舌头不晓得掉几长，两个眼珠子像要爆出来，再看穿的衣服，是高钰的姆妈。"

我一声不吭，晓得事情不是这样，高钰的妈妈明明是投江自尽的。可我不屑于去更正一撮毛，如果传到两姐妹耳朵里，又是一场是非。

告辞了先梅，顶着怒号的北风回队，天空没有月色，墨黑一团。我感到了恐惧，这是往常走夜路不曾有过的。一撮毛的话在夜里听来特别恐怖：脑子里不由照一撮毛描摹的情景去想象，路旁那些光着枝桠的树也变得狰狞起来，仿佛吊着的死人在对我张牙舞爪，吓得我拼命奔跑。忽然，看见前方闪着绿莹莹的光，在风中时隐时灭，又像在轻盈地滚动着。"有鬼，鬼火。"记起了小说里形容过的鬼火……"我是无神论者，不信迷信的！"我给自己壮胆。

抱着肩，好让身子暖和点。那绿光还在滚动，呀，该不是死人骨头里冒出的磷火？这个想法一闪出，恐惧就无法克服了。我知道那绿光闪动的地方有几个坟包，平时坟包高高低低总显着荒凉。牙齿打起了战，但我到底走上横野桥了，过桥，就是我们1队的张家台子了。台子倒数第三家是响兰家，我看到了响兰家的屋，怦怦跳动的心才缓慢下来。

上了秦家台子，我摸着屋门，开了锁，手哆哆嗦嗦地点上煤油灯，把灯芯拧大，才觉得定心点了。

站在厨房里，研究着那后门框，以前怎么没想过这门框是腐的。"一只黑手从后门缝里伸进来，拨动木插销，插销开了，一双男人的手推开了后门……"我打了个冷战，从幻觉中走出，想用东西去顶住后门。饭桌太大、太重，这是会计家的老式雕花桌。我就用那张长条凳斜撑着顶住后门，又把装着半桶水的铝桶压在门口。煤油灯也移到床栏杆上，然后才坐进被子。我目光炯炯，睡意全无，眼盯着卧室门口，门口只有个框子，根本没门。我想，要是卧室有扇门那会安全点。这里有些农民家即使是住着三间三拖的屋，内房也无门。

往后怎么办？真丑啊！大队长怎么这样说话，要是旁边有哪个男的听到，打起坏主意来就不得了。还有那茅缸，棉梗扎的围子还是我们刚下乡时队里扎的，早已稀秃了，只是野藤蔓草爬上了围子，成了个新的屏障，可下面有两三处空着。我从来没想到谁会偷看，隔壁余妈一家是正派人。以后我要解手，只能在家里用尿罐了，解了再去倒。扎茅缸围子要立得牢，我没那本事。今后怎么办呢？冥思苦想，想到了在麻城当医生的表哥。如果我下到麻城就好了，表哥是个医生，县医院这一关一定能打通，我为什么不能往麻城转？通过表哥的关系一定能办到，只要他为我找个肯接收的生产队就行了。

这个念头产生了，再也遏制不住，我立时亢奋起来，忘记了平时与表哥间的龃龉，翻身下床，从箱子上拿到纸笔，再回到床上，腿弓在棉被里当桌子，给表哥写起了信：

最高指示
支援与友谊，比什么都重要。

表哥：

　　你好。近来回武汉没有？我的心情沮丧透了，病转的申请至今还搁在区里，不能往上转，因为病转规定要有县医院的诊断证明。我为此奔走了三个月，至今一筹莫展。

自从四棉招工甩下我后，我今后招工的路就被堵死了。狗急也要跳墙呀，我是被迫病转的。万般无奈之下，我想到了你，只有向你求援了，请你帮忙把我的户口转到你所在区下面的生产队，我的病转手续重新从你那里办起。你是一个医生，有能力疏通麻城县医院这一关，假如你觉得病转不好办，那么能不能就地招工？即使招到镇上也可以，当一个供销社的营业员我也愿意。我只求有个工作，让妈妈放下包袱。

表哥，请拉我一把吧，最困难的时候，让我看到一点希望。

祝你

为农村的医疗事业作出贡献！

青青

1973 年元月

终于写完了，油灯的火苗也摇摇欲灭，煤油见底了。我脱衣钻进被子，双手搓着冰铁般的脚，但是睡不着，眼睁睁地望着灯罩里冒烟了，火苗子在烧灯芯。我又披衣起来，拖出床底下盛煤油的葡萄糖瓶子，往灯里重新灌了煤油，让油灯照着我睡，这样肯定安全些，这才朦胧睡去。

清晨，我在厨房门口刷牙，余妈也在后门口系裤带，对我说："青青，昨黑里你没睡怎的？我夜间起来见你屋里有灯哩。"

我含糊地应着："睡得晚。"突然，我冲到余妈跟前，扯住她的袖子，恳求道："余妈，我屋子的后门框腐了，夜里害怕。我想搬到您家的拖檐子里住。"见我这副惊惶的样子，余妈有些吃惊。我生怕余妈拒绝，就进一步提出，我只把床、会计家的八仙桌搬进去。她拖檐子的杂物都可不动。我的粮食、农具仍放在原处，吃饭也在原处。

余妈听我讲完，望了一下左右，小声说："等我跟贵方的姑娘（指贵方的妻子）讲了着。"

贵方是余妈的大儿子，已结婚成家。

中午正吃饭，余妈笑微微走来，对我说："青青，吃了饭你搬过来吧，叫贵方来帮你搬。"

我什么话也说不出来，怀着感激涕零的心情住进了余妈家的拖檐子。余妈的房子是三间三拖的土砖房。贵方夫妇住右边房，余妈老两口住左边房。汉明住父母房后的拖檐子里。我就住贵方房后的拖檐子里。拖檐子有七八个平方米，窗户很小很高，顶上黑布瓦里镶着一块玻璃亮瓦，已被枯叶泥灰蒙得差不多了，但有扇房门，这使我很满意。我把余妈的粮食拖柜、晒簟等杂物收拾好，搬进单铺木床、八仙桌、一张长条凳，安顿下来了。虽然隔壁来回跑有些麻烦，但总算安全了。

那年月的我不谙世事，贵方夫妇的房和我的房虽隔着土墙，但顶上却是空的。每晚入睡前贵方两口子都会讲一会子话，声音很小，我听不清也没兴趣听。只模糊意识到我的到来影响了他们说话；至于夫妻间的房事，他们也要避免声响，则是我没考虑的，我完全是懵懂的，否则，我就不会向余妈提出要求了。我只为夜间小便发愁，贵方夫妇的屙尿声哗哗响，使我很不好意思。

为了不让他俩听见我的"声音"，我夜夜都得拉开余妈的后门，溜到茅缸去小便。

余妈一家忠厚老实，如果说贵方人好，他的妻子更是好人，没有这年轻媳妇的同意，我是不可能得到这个庇护所的。

33. 表哥的回信和"电报"信

我到张港街去打煤油，就便到洪接锋那里坐坐。今天下雨，姐妹俩歇工在家。洪接锋问我病转办得怎样了，我多少有点奇怪："我告诉过你，你当时像没听见似的。"

洪接锋："我当然听到了，要不怎么问你。"

"你也想搞病转？"

洪接锋警惕地望望我，吞吞吐吐："我没有说想啊，现今留下的知青都想病转，招工完全停止了嘛。青青，你晓不晓得梁毅招到张港的百货商店去了？"

"听大队知青说过。"

洪接锋说："梁毅一走。我们公社的武汉知青只剩得 15 个了。"

给表哥的信投进邮筒后，我不曾想到，表哥会这么复信：

亲爱的表妹：

你好。

来信已收到。对于你的处境，我非常同情也非常理解。但是我们要牢记伟大领袖毛主席的教导："我们的同志在困难的时候，要看到成绩，要看到光明，要提高我们的勇气。"我想你毕竟在天门农村锻炼了 4 年，在队里打下了一定的基础；当地农村干部、贫下中农是会关心你爱护你的，只要你坚持不懈地努力，是会有光明的前途和希望的。党对于出身不好的青年的政策历来是:"有成分论,不唯成分论,重在政治表现。"因此,你要相信党,相信党的政策。

我这样说,并不是用大道理说服你。我一向认为,对于你的招工问题我应助你一臂之力,问题是你调到麻城县来插队,一切又要从头开始,不是容易的。因此希望你坚守当地好自为之。

谈到这里,希望我们以后多加联系,在工作中取得更大进步。

祝你

幸福、愉快!

表哥

1973.元月

表哥的复信尽管使我反感,我也还能平静接受。出于对表哥人品的了解,信发出后我就有预感,这事不能抱多大希望。我是有点病急乱投医了,想来个曲线病转,依靠表哥的关系打通麻城县医院的关系,也是受了梁毅就地招工的影响,作万般无奈的退路。但表哥一向是这样的个性,自己不安心在农村,却喜欢对我空讲大道理。

啊,这封信我真不该写!

谁也不能怨,只怨命运太残酷,让我在人世间这么孤零零的。万念俱灰中,想到我将在农村长期待下去了,今冬明春的吃菜问题得有个着落,自留地实在没心思种,菜地边缘逐渐被邻近社员的自留地蚕食着,越来越小。有的社员看不过,总提醒我和高钰、小钰去争自留地,可是我想,要侵占就由他侵占吧,一大块地尽它荒着更难看。

到春荒时队里喂猪的菜也难，决定趁队里萝卜多的时候腌些萝卜。我晒了萝卜条，然后把萝卜条用盐腌了，装了满满一坛子。余妈劝我："青青，你可以用我屋里的晒篝，晒些萝卜丝子，过年带回家去用猪油一烧，太好吃哩。平日在队里，也多一样菜吃。"

赶着大晴天，我切了好些薄片，又切了些细丝。余妈门前的台子扫得干净，我就把萝卜摊在她家门前晒。看着一晒篝的萝卜，心里多少有了些踏实感。贵方媳妇端着碗吃早饭，她笑着："青青姐好心灵，会切怎细的丝子。"这年轻媳妇小我两岁，所以称我为姐。

贵方走来递给我一封信，一看信封上是毛弟的字，血流顿时加速，已有了种预感。当着贵方夫妻的面，我做出漫不经心的样子拆开来，内容好短，像是拍的电报：

青青：

　　家中来了亲戚，不日即走，请速回武汉来相聚一面。

王文玉
1973. 元 .

这不啻是从天而降的喜讯，毛弟没有丢下我不管，没有放弃努力，他肯定是有了新的办法。啊，我没看错他，他是多么聪明啊！简直可以去搞情报工作，这信只让我看得懂，又使我可以凭这信向队里请假，他那女性的名字也多了一层保护色。

我惊喜的样子感染了贵方夫妇，他俩莫名其妙地咧嘴笑了。

我向队长去请假，并把信给他看，队长认真地看了两遍，指着"王文玉"的名字问："这人是你什么人？"

"我的姨妈。"

"你姨妈家来客等你去见？"

"是哪。"

队长竟含有深意地看了我一眼，那深意我明白，他是联想到相亲一类的事上去了。队长大气地说："你就回去吧，现时是农闲时候，过完年你再回哩。"

"好。"

我有些抱歉地想：一年又一年，我总没年货带回家，今年更是空着两手。分红我没分到一个钱，出工太少，能保住我的口粮就算不错了。现在队里还没杀猪，就是分肉也超不过两斤。反正船是明天清早开，还有这半天工夫，我干脆到潜江去买点花生。上回妈妈寄来 15 块钱，还剩 12 块，用来买船票、花生不成问题。

张港码头对面就是潜江地界，两县只隔着一道窄窄的汉江。在这隆冬季节，汉江的水落得很浅，被水浪冲刷出的泥沙，堆得一层一层的。

花 5 分钱乘木划子到了对岸，两脚在绵软的沙里跋涉，上到高坡，又走了一段路，看见几个农民守着花生在卖。张港的知青爱到潜江来买花生，带回家过年。潜江产花生，壳薄粒大，但也要 5 角钱一斤，我买了 10 斤，装了大半旅行包。坐划子赶回队里时，太阳已落下地平线。

第六章

34. 拐　　子

　　船抵达永宁巷码头，已是晚 8 点钟。汉江码头并非闹市区，但在我眼里这灯火是如此辉煌，辉煌得使我的头眩晕。短暂的张皇失措后，我明白了，这是在农村习惯了黑暗的缘故。每次回武汉，都会出现这种反应，大脑旋即兴奋了：啊！武汉，我又见到了你。

　　这一次，等待我的又是什么？也许，命运的冥冥之手，这回真的会宽容我……

　　妈妈想不到我回来了，望着她消瘦的脸，我才明白，县医院的失败对她的打击之重。我把毛弟的"电报信"悄悄给妈妈看，妈妈枯瘦的手捏着信，像捏着救命符。她已不再嫌弃毛弟，连声要我把花生全部送给毛弟家，但我还是给家里留下了一点。

　　毛弟家里，毛弟正和一个外号叫"小白脸"的木工，还有一个技校毕业的叫"瞎子"的青工在吞云吐雾地闲谈。毛弟侧头望我一眼，笑笑："你先坐一下。"小白脸也只笑笑，并不和我打招呼。我坐在一把矮椅上，身旁搁着带来的花生，心里不由生出自卑来，我这是乡里人进了城。

青工们没有家务之累，8小时之外是神仙。小白脸说："你妈的，黑脸、白脸，许世友的脸是青的。南京军区冇得哪个不怕他。张春桥当了南京军区政委，第一天走马上任，老许带着他的一帮子人开车去打猎，来你妈的个避而不见，老张碰了一鼻子灰，气得大骂许世友是你妈个和尚，灰不溜秋地回了上海。你妈的，这个头一开，连老毛也不好再把中央'文革'的人塞到其他军区了。'文革'小组想插手军队只好到此为止。"

我骇然望着小白脸，这种腔调我闻所未闻。连伟大的领袖他都敢直呼"老毛"，这汉口巷子里的人确实跟工厂不一样。

穿着棉袄的瞎子说："你妈的，还有神的事咧。老许办公室桌上随时不离枪，不管是军长还是警卫员，进门都要喊报告，哪个不记得就该哪个背时。老许的老婆心想，我跟他是夫妻伙的，用不着喊报告吧？当真冇喊报告就进了门，你妈的，老许听得门口有动静，眼皮子都冇抬，反手就是一枪，他老婆应声倒地，老许这才晓得打死的是老婆，二话冇说，青着脸命令警卫员'给我抬下去。'"说完，青工悠悠地喷了一口烟。

毛弟听着笑着，不插话。他确实比这两个青工谨慎。跟着转了个话题问："张××（湖北省某领导）得的么病，要到北京去住院？"

小白脸："肿瘤。"

"有没有危险？"

"他这样人物，享受的是特殊规格的医疗待遇，一时半刻还死得了?"

瞎子要走,小白脸说:"我们一起走。"

毛弟说:"再抽一支。"

两人都不抽烟,不经意似的瞟了我一眼,相跟着出了门。我明白,这两人是因为我的缘故,要提前走。毛弟照例是送到楼梯口。

我不在的时候,毛弟就是这样打发日子的。日光灯亮如白昼,屋子里干净温暖,这和农村的夜晚多么不同。白炽的灯光使我生出些许陌生感。

毛弟返身带上门,笑嘻嘻地注视着我:"让我看看,唔,你没变什么,还挺得住,这就好。"

我脸发热了,想起了县医院的一败涂地,心里一阵痉挛。我掩饰地转过脸,问:"王妈妈呢?"

"她累了,在阁楼上睡觉。"

毛弟给我倒了杯茶:"我的信你收到了?"

"就是收到你的信回来的。"

"之所以给你写那样的一封信,就是不让那些乡里土蛤蟆晓得你为什么回来,病转张扬了总是不好,凡事都要留有退路。行百里,九十九里则半,你记住。"毛弟一脸严肃。

我"唔"了一声。毛弟把农村人比作土蛤蟆,使我有些不舒服,又不便说什么。

"你母亲来找过我母亲,真是可怜天下父母心哪。天门县没得法,这回,"毛弟又燃起支烟,"打算给你另辟一径……"

阁楼上传出苍老的咳嗽声,过了一会,毛弟妈慢慢地爬下来:"青青回了,我叫毛弟打信你的。"

"王妈妈，您家的颈椎病好些没有？"我走了一个多月，见了毛弟妈还是有些亲切感。这种感情又是爱屋及乌的，她是毛弟的妈妈呀。我忙拿出旅行包里的花生："王妈妈，我回来没有什么带，10斤花生，自己留了一点，这是给您家的。"

毛弟妈高兴得嘻嘻笑，掂了掂："哟，你给我留这多，怕有七八呢。你娘俩够不够呀？"她又转向毛弟："花生是个好东西，剥一点米，过年煨鸡吃，再炸点花生米、炒点熟花生，好待客。购粮证那一斤花生够什么，还是破壳，有皮味。"

毛弟微微一笑，盯我一眼，那眼光，有点异样……我赶忙避开。

毛弟妈把一套童装抖给我看，问好不好。这是一套深灯芯绒的海军翻领童装，她说12块钱买的。同济医院叶大夫的儿子满周岁，她送的礼。这套童装不便宜，东西是好。我被动地点点头，说好。我晓得毛弟妈离不开叶大夫，她的休息条靠他开。要不然，不会买这么好的衣裳。

毛弟稍稍有点不耐烦地打断母亲："姆妈，您家莫紧扯衣裳的事，我还有话问青青。"

毛弟妈立时反应强烈："见你的鬼，你有话说。还是我催你打信青青的。你这逆种，还冇结婚就先压着娘……"

我的心怦怦乱跳，毛弟妈这话太露骨了。

毛弟立马赔笑："好好，尽您家说。"

"叫我说，我还没有兴头了。我要去烧开水了。"毛弟妈望望我，笑起来，"青青你莫见笑，我是个粗人；不像你的姆妈那样斯文善良样。"

等毛弟妈去了厨房，毛弟接着说："既然黑皮那个县医院关系还够等，我想再问问你，你愿不愿意我给你搞个假证明，还是把那张'建议下汉诊断'的证明配齐，交到管病转的那里，瞒天过海地办回来算了。当然，我会帮你做得天衣无缝。"

原来叫我回来是用这种办法，我失望地望着毛弟——这种话他早就跟我说过了嘛。我摇头："我怕，万一查出来一点补救的办法也没有，病转这条路就堵死了。我想做得保险一点，我现在是有关节炎，抗'0'查出过三回高了。只要能找到熟医生，我可以再去查血，凭查血结果出诊断。"

毛弟仔细地看看我，叹了口气："我曾经探问过你，你拒绝了。这回讲得这清楚，你还是怕。你要晓得，外面还是有人靠这过了关的。当然，风险总是有的。我不掩饰地说，我觉得你太无用也还是因为这点。不过你放心，你不愿用这办法不勉强，明天这个时间你再到我家来，我已替你拜托了人，在武汉搞张诊断书。"说完，毛弟有点不情愿地望着窗外。

啊，叫我回来是这回事。但看到毛弟那不大情愿的样子，我也不敢吭声了。"我走的。"我说。

"才来就慌着走？"

"还才来呀，先头等你们吹牛就等了有半个钟头。"

毛弟笑起来："这都是小时候玩撒撒玩大的朋友，到一起就要吹。小白脸在军区机关当木工，消息神得很。"

毛弟妈在灌开水，她说："那你送送青青。"

毛弟望着窗户："她这么大的人，还怕走不到路。"

"没有事，我自己走。"我晓得，为我不接受他的意见，他见怪了。

　　第二天晚上，我如约到了毛弟家。怎么毛弟家又坐着个青工？看年纪二十七八岁的样子，白皮肤，单眼皮，穿着工作服，皮鞋磨得发白。

　　我跟毛弟妈打了个招呼，跟往常一样坐在矮靠椅上，准备等他们聊完，谁知毛弟妈倒把这人的肩膀一拍，指着我向他介绍："这就是林大夫的外甥女。"

　　青工注意地盯了我一眼："唔，好像林大夫的样子。你的姨在三线还好嗄？我原来总找她看病，林大夫可以说是我的救命恩人了。"

　　救命恩人？我阿姨严格说来不算医生，她当护士长期间只动过一般手术，阑尾炎都算大的了。

　　我心里有些奇怪，嘴上说："好，她现在正在办退休手续，批下来就可以回到武汉了。"

　　青工说："想不到林大夫都要退休了，想文化大革命那阵子，她是个蛮够意思的人。"

　　毛弟不慌不忙开了腔："你既然认为林大夫够意思，帮她外甥女搞张医院证明的事就拜托你了。"

　　"这个自然。"

　　毛弟妈点着青工的额头，要笑不笑地说："牛皮不兴吹的，办不成我人前问你的着（指在人前揭短、问罪），当众掉光底子。"

　　原来毛弟替我找的关系就是这个人。

　　青工头往旁边偏偏，反问："要是办成了呢？"

　　毛弟妈痛快地说："我自然会招呼你。我晓得你个孤魂野鬼，被老婆休掉的男将，板眼还是蛮大的。"

　　"噗。"毛弟烟一喷，居然笑出了声。毛弟妈为自己的话也得意地笑，青工也笑。出于礼貌，我也只好陪着笑。我感觉到，这个青工的日子过得很狼狈，看他那副模样就知道。

毛弟止了笑，一副关心的样子："跟嫂子还不能和解？"

青工："和解？我和她不和。"

毛弟："男子汉大丈夫嘛，提得起放得下，女人面前做得光熨点。"

后一句话听得我脸发臊，这口气完全是个老于世故的男人。

最后毛弟说："伙计，这事全仰仗你了，要一张大医院的诊断证明书，病情是右侧坐骨神经痛。越快越好，人命关天的事，不是闹着玩的。"

青工："个把妈，莫说得唬死人啰。"他同时注意地盯我一眼："就凭跟林大夫的交情，我也要帮这个忙。"

毛弟："那好，说得痛快。哦，我还没跟你介绍，林大夫的外甥女叫林青青，名字好记。"毛弟又转向我："他是牛师傅。"

我正听得发痴，只点点头。

毛弟妈横插一杠子："么事狗屁师傅，做拐子的坯子。毛弟这一排人里，他大两岁，众人就叫他拐子。青青，你也这样叫他就行了。"

拐子并不否认，只对我说："小林，三天后你等我消息。事成之后我还要去拜访你姨林大夫。"

拐子告辞了，甩着手，大摇大摆地走出门。

毛弟去送他。我仍怔怔地坐着，心里一点底也没有，一次又一次的失败，使我不敢相信这个衣着落拓的人。

"才下去个把月又跑回来了，不晓得她娘几遭孽。两个钱尽盘在她身上，不好好劳动，还有希望回来？"汪妈妈压着喉咙跟金姨讲我。我还躺在床上，这话被我听了个清楚，甚至能想象到她正指着我的门。

"独姑娘嘛，起小娇惯了，老娘急死急活，姑娘还是那样不醒事。"金姨的锐嗓子压不住。

屈辱，气恼，我把被子蒙住头。避不及，躲不开，这窒息人的环境呀。

回来后我知道妈妈这一直以来尽吃白菜萝卜，连只蛋都舍不得吃。她的尼龙袜子已破到脚背了，用线织补着穿，也不敢买新的。这半年来搞病转，往返路费、看病诸多花销，全靠妈妈的工资撑着，年前我又两手空空回来。

但汪妈妈、金姨的窃窃议论还是触动了我的良知。没有妈妈生活上的克俭，这半年来病转的消耗是不可想象的。眼泪溢出眼眶，我为自己羞愧不已。

这回，毛弟找的这个拐子能有什么神通？该不是个牛皮吧。拐子说三天后等消息，三天后能有什么消息呢？

第三天中午，毛弟的电话来了，我跑过马路，到传呼站去接。话筒里传来毛弟的男低音："喂，是青青吧？下午三点整你在一医院的门诊部大门口等着，拐子带你去找医生开证明。就这，你准时到。"我握着话筒着急地问："那你去不去？"话筒里停了一下，又传来毛弟的声音："拐子认为不需要我去，到时候你自己放机灵点。"毛弟挂了电话，我也只好挂了，付了 8 分钱传呼费。

准时来到武汉一医院门诊部。下午病人少，我一眼就看到拐子和一个年轻女子站在进门处说话，拐子的手还比比划划的。那女子可能是他碰到的熟人。拐子抬起手腕看表，眼睛对着四周张望。我走到他跟前，喊了声："拐子，让你先等了。"

拐子笑了，指着我对那女子介绍："她就是我跟你讲的林大夫的外甥女，叫个林青青。她现在是你的表妹了，你们是表姊妹关系。"见我迷惑不解，拐子又指着那女的对我说："她叫刘汉娥，是荣华街房管所的房管员，她当你表姐，你的证明要靠她帮忙出。"

那刘汉娥已对我和善地点头招呼，我也忙对她笑笑。拐子又跟刘汉娥讲："汉娥，六七年七二〇事件时，我是厂里钢派的头头，跟厂里的保皇派有冤子，他们带了区工业局的百万雄师，找到厂里跟我算账，幸亏先有防备，我跑了。你晓得我是住厂里宿舍的，跑得了和尚跑不了庙，冇得位置躲，求到林大夫名下，林大夫那时是这个医院的外科医生。她一张入院证救了我，我躲在这医院住了半个月的院。那几天真叫你妈的白色恐怖，幸亏中央表了态，七二〇定成反革命事件，我才敢出院。出院后，医药费、住院费照报，工资照拿。不是靠林大夫，早叫百万雄师捶瘪了。就因这个，你一定要帮青青的忙，医生跟前，你包票打硬点。"

我这才大致弄清怎么回事。刘汉娥注意地看我，点点头。拐子吩咐我："青青，你跟你姐姐讲，你是什么病。"

我说："右侧坐骨神经痛。"

拐子："我们现在进去吧。汉娥，你跟医生提要求，青青讲病。"

原来阿姨还有这些往事，正想着，三人已走进外科诊断室。一间不大的房里坐着个医生，医生看到我们三人，热情地站起来打招呼。这是个年轻的医生，二十六七岁的样子，个子很高。

拐子开口介绍："这就是刘汉娥：荣华街房管所的房管员，这是小刘的姨表妹林青青。吴医生，你跟小刘的妹妹这个忙帮了，房子的事包在她身上。"又转向我和刘汉娥，"这是吴医生，我们是老感情了。"

吴医生客气地点头致意。落座后，刘汉娥说："吴医生，那就太谢谢你了。"

刘汉娥说得有点结巴，吴医生却连连说："谈什么谢，这事容易。"他拉开抽屉，抽出病历，便问姓名、年龄、坐骨神经痛在哪一侧……

刘汉娥代答："是右边。"演得像个姐姐了。

吴医生便刷刷几行字，完成了病历，然后，在一摞诊断证明书上揭下一张，又是刷刷两下，完成了诊断书，递给我。那一刻，我简直不敢相信是真的，诊断书上是："右侧坐骨神经痛，建议避免潮湿劳累，从事轻体力劳动。"

这是一张完完全全的坐骨神经痛的诊断，不同于风湿性坐骨神经炎，绕了一圈子后，我的病又回到了阿姨为我安排的那个起点上——纯粹的坐骨神经痛，而且是外科医生开出的诊断。但吴医生在科别上填的是内科。

这就是4个月来朝思暮想搞到的诊断证明书。这张诊断和县医院"建议下汉诊断"的意见合在一起，就是一份完整的确诊结果，总算可以充作县医院一关的证明了。来得这么容易，我惶惑地看着吴医生，当时的心情无法言说。

吴医生开始和刘汉娥谈房子的事了。我郑重地把诊断书夹在病历里装进书包，高兴得全然不管拐子他们在谈什么，只顾想自己的心事：得赶快把这"宝贝"交到区知青办，算是对区里有了个交代。

好像晓得我的心事似的，吴医生又转向我，说："帮人帮到底。我干脆再给你介绍个天门县的关系，当地的土皇帝，说话顶事。这个人是县公安局刑侦股股长，姓任，四十多岁，是我的一个病人。他到武汉来过两趟，看病住院都是找我帮忙。我给你写封信带去，托他在下面帮你说个话。"

拐子眉开眼笑："有小吴这封信，林青青这事十拿九稳了。等她转上来了，要好好谢你。"

吴医生用空白病历代替信纸，写了封信给任股长。信上说："林青青手续已办到区知青办一级，请你帮忙在区县两级疏通关系，使该青年能顺利转回。"

吴医生把信折好，给我，说："谢什么，互相帮忙嘛。房子的事，以后麻烦小刘的地方多了。我那间房在集家嘴，换到你的辖区内最好。那里环境不错。"说完，脸色有些局促。

拐子说："县官不如县管，汉娥吃的就是管房子这碗饭嘛。"

吴医生又说："任股长这种人是满天飞，不好找的。哪里发案子，都归他跑。照我说，你现在不忙下去，万一找不到他，你又要回来过年，你干脆过完年就去找他，顶好初四去。过了年刚上班，人好碰。"

三人走出医院后，都长舒了一口气。

这回是怎么也想不到的，不到半小时，病情诊断书有了，天门县的关系也有了。恍如置身于梦里，我的惊喜是言语不能形容的。

这个拐子，看不出真是个有神通的人。

快到下班时间了，刘汉娥还得回她的房管所去。拐子提议我们一起陪刘汉娥走走，我们边走边谈，气氛很轻松。今天的天气也格外好，湛蓝的天空飘浮着冬日里少见的白云。我的心也像这白云一样轻柔。我从心底感激眼前这两个人，是他们在我阴霾的生活里投进了阳光。

从拐子口里，才搞清楚：这个吴医生 26 岁，武汉市卫生学校毕业的。分到一医院外科当医士，已有了女朋友，在作结婚的准备。在集家嘴，他有一间 12 平方米的房子，光线很暗，春天很潮，也没厨房。想通过关系将这间房换到离他医院近的荣华村一带；并希望房子的面积扩大一点，光线好一点，最好还能有个小厨房。拐子是吴医生的病人，吴医生托过他。于是拐子就把他的房管员熟人请来，演出了刚才的那幕戏。

拐子和刘汉娥随便聊着。我注意看刘汉娥，她 26 岁年纪，五官端正，比我稍高点，皮肤也还白。猛一看，我们还真能充作姐妹，更不用说是表姐妹了。

再往里拐就是荣华街房管所了，刘汉娥跟我们道了别，径直走了。拐子问我是不是要到毛弟那去，这一下把我问住了，我说："今天不去，改天去。"确实，我是应该回家，首先把这个好消息告诉妈妈。

拐子说："我问你的意思是：你可以跟毛弟讲你搞到了证明，还有天门县的熟人关系，只是不要讲是通过么回事搞到的，不能讲出吴医生的要求，更不能扯出刘汉娥。懂不懂？"

我连连回答："不会说出，保证不会说出。跟我妈妈我也不会讲。"

拐子笑起来："跟你妈妈讲倒冇得关系，但是跟毛弟，不能说得这么过细，这事犯不着去传。毛弟的那个娘，我不说，你也看得出是个么人。"

我脸蓦地红了。其实，毛弟妈是个什么人，跟我什么相干呢，我是想到了毛弟。

35. 阿姨神经了

回家，我把喜讯悄悄告诉了妈妈，但是跟刘汉娥充表姐妹的事没提。对一个爱担惊受怕的母亲，我就不能告诉她这么详细。我只说了拐子在文化大革命时和阿姨的那段交情。妈妈听后自然一番感慨："你阿姨是护士学校毕业的，能混到这样，算是有本事的。你看我这个大学生算是白读了，什么事情都要看成分，看机会，这两样我一样没赶上。"

我扒着饭，不耐烦地说："又来了，我的耳朵都起茧。下面的话我代你说完好不好？阿姨是孤儿院出身，因此四清成了依靠对象。还有，还有……我不停地跟你讲下去，看你受不受得了。"

妈妈不做声了，把菜往我跟前挪挪。

其实，我未尝不理解妈妈的感慨，只是年年月月听伤了。妈妈是暨南大学教育系毕业的，虽是大学生，专业却没读对；偏偏又进了工厂——1953年国家对失业知识分子登记时，把她分到了四棉，所用非所学，再加上她那逃亡台湾丈夫的牵连，她的日子就不得翻身。至今拿个办事员的工资，没有加工资的希望。加级是必须贯彻阶级路线的。

妈妈和阿姨是同父母所生。妈妈六岁时父亲去世，我的外祖母作为基督教徒，受到教会救助，在无锡圣公会办的孤儿院里去做了管理员，阿姨就随外祖母在孤儿院生活。妈妈被准许免费就读教会小学。

由于阿姨是在孤儿院长大的，一向被组织上很看重，在医院这种环境中，阿姨成为依靠对像，四清中工作组还选阿姨上台忆苦思甜。医院开展便民就医服务，开设了简易门诊，阿姨当上了简易门诊的医生。外科的简易门诊设在候诊厅，医生可有一周以内的病休假、处方权，那段时期阿姨结交了不少朋友，有所求的病人都要巴结她。

姐妹俩的工资拉开了很大距离，阿姨每月工资74块钱，妈妈54块。妈妈为此年年月月感叹，阿姨为此而自豪，充满了职业荣誉感。

姐妹俩的性格也截然不同，妈妈懦弱本分，走路都怕踩死蚂蚁；阿姨泼辣大方，场面上的事都来得，从不怯阵。因了她的职业关系，她生活得如鱼得水。

第二天晚上，我一到毛弟家就看见了拐子，拐子脸上放着红光，情绪很好。显然毛弟母子已知道了这个好消息，毛弟妈点着拐子说："你个杂种似的，屋里的本事没有，外头的本事倒强。"

拐子哈哈一笑："伯伯，您家说过，要是办成了自然会招呼我，现在么个打发咧。"

毛弟妈："个杂种似的，过年来舀一餐咧。"拐子一笑，算是默认了。

虽然我讨厌毛弟妈这出口成渣的腔调，可是心里不安，为了我，她要张罗一桌像样的酒菜了。

当着拐子的面，毛弟不和我搭腔，好像他和我并不熟，仅仅因为阿姨托了他，他才转托拐子似的。

等拐子大摇大摆走了以后，毛弟又恢复了往常对我的态度，他拿出一个红纸包的糖，说是车间青工结婚的喜糖。毛弟挑了颗咖啡糖给他妈，非要我吃下一颗奶油糖，我们吃着糖，讲起了方才的事。

毛弟妈小心地问:"这个帮忙的医生几大年纪?"

"听说是 26 岁。"我一是一地回答。但是拐子的交代我却记着,不讲内情。

毛弟皱了皱眉:"但愿你这次能够成功。"

毛弟妈冲着儿子说:"你看拐子,办件事是件事,不像你个杂种,尽尿。你吹的三笔事咧,你成了哪一笔?要让你的娘望到哪年哪月?"

毛弟赔笑道:"姆妈,你急什么,事情都在交叉着办,急不来的。"

毛弟妈:"不急,你跟别个比比看,和你一起技校毕业的同学,有的坐办公室了。你个杂种还在开空压机,倒三班。我要的房子咧?你东看西看,老王择瓜,越择越差。你让老娘睡阁楼睡到几时?"

毛弟:"是叫您家睡房里,我上阁楼的。"

毛弟妈:"款鬼话,你的三朋四友多,老娘睡在房里,还能困安生觉,说困了,我的哈欠就来神。青青,你玩,我上去睡了。"她来不及地爬上了阁楼。

三笔事,毛弟妈开口闭口念叨的三笔事,刚才我又听到她说出了两笔,还有一笔是什么事?我有些奇怪,但决不开口问。这一点,我和妈妈相同,别人家的事从不多嘴,除非人家自己愿意说。

剩下我们俩,话题自然又扯到拐子帮忙的事上。毛弟翻了翻眼睛,神色不自然了。吴医生帮忙帮到这种程度,使毛弟无法理解。毛弟眨眉眨眼,分明认为拐子在背后有着什么交易,毛弟对我说:"青青,你是太单纯幼稚了,有些话我不能跟你说得太透彻。"

我不吭声听着,不能说出吴医生帮忙的原因。我只说:"拐子这人很好，很直爽很仗义的。"

毛弟更皱起了眉头，因为他想靠自己的力量帮我，他劝我干脆搞张假证明就是这样的心情。但结果是依靠了拐子，显出毛弟的不行，所以我对毛弟格外温顺，他说什么我都点头。心想：拐子也是靠你找来的嘛，没有你，我哪里去认识他。我对你只会感激。但毛弟说出这样一番话："青青，人跟人之间是不同的，甚于人与动物的不同；朋友跟朋友之间也有不同，于君子与小人的不同；朋友是分类的，有真正是凭感情相交的，那么这种交往是真诚的；有凭着相互需要相交的，那么这种交往也还说得过去；有凭着个人目的相交的，那么这种交往就不那么光明磊落。今天我的话就只能说到这里。"

我茫然。毛弟说话有很强的逻辑性，分析事情头头是道。但我听出这话是有针对性的，只能对毛弟回以笑容，一言不发；我的看法是拐子帮了这大的忙，我们不应猜测他。

阿姨退休回来了。她对我说："幸亏我支援三线时留下了户口，你表弟在武汉读书，我坚决不肯下户口，这才保住了房子保住了户口，不然我回来就没有退路了。要是在三线那个鬼地方，退休了还要住棚子房，出门满脚泥怎么过！"

这是实情，阿姨自小在大城市里生活惯了，几十岁的人，随全院一锅端去支援三线建设，很不容易。阿姨走的这几年，一家人分到五湖四海。姨父原是省地质局的干部，后来从五七干校被分配到襄樊地质队去了，表哥又被分到麻城县，只剩了表弟到中学去住读。阿姨是办的病退，51 岁，未到法定的退休年龄。可阿姨坚决要回来，除记挂小儿子外，还有工作上的不顺心。阿姨去了三线后，医院的职工大多分在总厂医院，阿姨却被分到分厂的医务室当护士，再也没有处方权了。分厂有不少复员转业军人，他们不是闹市地段的市民，不可能像毛弟、拐子那样和她交往，阿姨很不得志。

我对阿姨讲起了拐子。阿姨想啊想，想起了有这么个人。她很感慨地跟我讲："我的病友多，同事总不服气，但他们拿我没办法。医院搞优质服务评比时，病人投我票的好多哇。不管是当护士长还是当医生，我的工作很负责。"

但阿姨天性爱出风头，"文革"中她参加"红医兵"组织，属造反派。1966 年底，在全院的批斗会上，她上台揪斗了贯彻资产阶级反动路线的院领导。这可使她倒了霉，医院搬迁前夕，被斗领导重新上台工作。到了三线后，阿姨便被贬到分厂当护士了。

阿姨对我回忆过她的往事：她从小胆大，在圣公会孤儿院她带头闹事。她用小锤捶门，抗议教养嬷嬷们虐待孤儿，孤儿们就和她一样捶起门，并在房里来回跺脚、叫喊，那时她才 11 岁。那次"事件"后，我外婆被那些女传教士传去，训斥得不敢抬头。

"我在无锡普仁医院护士班时也很出风头。"阿姨不胜怀念地告诉我，"可惜日本鬼子来了，我只好流亡到了桂林，又去了重庆。抗战胜利后到武汉安了家。我先在汉阳医院上班，医院的工会主席很自私，这么自私的人怎么能当工会主席？1957 年大鸣大放我带头贴他的大字报，同事们都很解气。后来我申请调一医院的调令来了，我走后不几天，反右运动开始了。好险！如果我还在汉阳医院，我肯定要被打成右派分子。"

我问："阿姨，护士也会被打成右派吗？"

阿姨不满地瞅着我："怎么不会，汉阳医院的女出纳就成了右派。

只戴了五个月的帽子，到底算个摘帽右派。"她接着说："我到一医院后就注意了这方面，跟领导关系不错。我当了外科护士长，好多人不服气；后来我提成医生，不容易啊，我还去读过业余大学的。同事嫉妒我，说我搞地下黑医疗站，不就是在家里帮人打过针嘛。到了七〇年，这些对立派的人又开始整我，他们和院长串通一气，把黑手伸到了我分厂医务室，他们否认我当过五年门诊医生，在政治上迫害我。我住的棚子，用白纸糊了墙，可是第二天，那纸被刀子从外面划破了。"

我说："那不可能是政治迫害吧？"

"怎么不可能，他们夜晚偷看了我的房间，看我夜晚在房间里有什么动静，他们还装了窃听器。"

我觉得奇怪："阿姨，哪来的窃听器呢？有那个必要吗？"

"这些对立派什么手段都用，他们和联合国有勾结，和我们这宿舍的居委会有勾结，他们自上而下有一条黑线，非要把我打成反革命分子不可。哼，我偏不倒，总有一天我要把这个案翻过来。谁是忠于毛主席的，谁是反对毛主席的，总有一天会水落石出，大白于天下的。"

我瞠目结舌，打量着阿姨的面部表情，阿姨的神经真有毛病了。自从到三线后，说话颠三倒四，疑心病很重，总怀疑有人要害她。怪不得妈妈也曾经这么说。

妈妈还告诉我，外婆怀着阿姨时精神上受过刺激，阿姨的精神病是在娘胎里就种下根的。1957 年的反右斗争使她惊唬不小，"文革"又进一步刺激了她神经上的这根弦。她一生好出风头，好赢不好输，到了"三线"后她开始急速地走下坡路，精神上就出毛病了。

阿姨的精神病还没等传出去，她却自动上门来"亮相"了。一天黄昏，我正在毛弟家，门外传来敲门声。毛弟妈去开门，想不到是阿姨来了。毛弟妈大喜过望："林大夫，哪阵风把你吹来了，你今天肯到我这里来？"

阿姨一眼见到了我，这是她没想到的。她没接毛弟妈的话，却瞪着我说："你还不快回去，当心你妈妈着急。"说完一屁股坐下来。

毛弟微笑着给阿姨倒了杯茶。我从阿姨的眼神里看出，她后悔当初带我来求毛弟。

阿姨这才回答毛弟妈："我退休了，有了空，来坐坐，想不到你们过马巷的小孩子们见了我又蹦又跳，嘴里'嗬、嗬、嗬'地喊，赶都赶不走，我就干脆让他们跟着跑。我行动光明磊落，我怕什么。不知道过马巷的小孩子对别人是不是也兴这样跟踪？"

我大惊失色，阿姨一开口就露出了病态。所谓小孩跟踪肯定是阿姨的幻觉。

毛弟母子听了却笑起来，他们认为阿姨在说笑话。毛弟妈挨近阿姨坐，亲热地拉着阿姨的衣裳："我的好大夫，你这么早退休了，退了后拿几多钱一个月？"

阿姨坦然说："52块。"

毛弟妈羡慕不已："你是哪世修的福哟，坐在家里拿52块钱一个月；你看我，颈椎越发比先前痛得很，还要转两道车跑月票，一个月才60块钱。"

阿姨关心地问："你颈椎还没有好转？我的颈椎现在倒不痛了。唯一有效办法是在家里安个牵引器，这种疗法可以使肌肉和韧带放松，椎骨之间的间隙增宽，血流通畅。你只要每天早晚牵引两次，牵引一个星期，你的颈椎痛就会减轻。安个牵引器方便得很，你有个能干的儿子嘛。"

"林大夫，我冇得那个精神搞，只想打几天休息，休息一阵就缓过来了。"毛弟妈摸着颈子。

"休息条我可以跟你想办法的。"阿姨答。

"当真?"毛弟妈问。

"怎么不当真，我老林向来心胸坦荡，说一句是一句。"

"那我明天就来找你。"毛弟妈紧紧跟上。

"你慌什么，等我安顿下来着。"

"什么时候可以来找你咧?"

"你找不到我的，我这个人不喜欢哪个跟踪我。"

毛弟妈不吭气了。

毛弟家的客人从来都是由毛弟送，毛弟妈从不送客，这回却是我们三人一起把阿姨送到楼梯口，毛弟妈又把阿姨送下楼，挽着阿姨的手，送出了过马巷。等毛弟妈返回时，我听到她在楼梯口大声跟邻居讲:"刚才我送走了林大夫，你看林大夫几好的福气哟，从三线退了休，坐在家里一个月拿 52 块钱。"那语音不光羡慕阿姨拿钱多，更多的是在炫耀:你们看我的朋友几多，连当医生的都在我这里坐。

可是毛弟妈说变脸就变脸的脾气，我也进一步领教了。

也是一个下午，毛弟中班未回，我帮毛弟妈剥花生。毛弟妈叹息说;"我们娘母子遭孽啊，成分不好受邻居欺负。幸亏我儿子有板眼，喜交朋友，家里客不断，茶不凉，隔壁邻居才有几分畏惧:不然，我真成了她们砧板上的肉，想怎么剁就怎么剁。"

我却在想:这里到底是杂居的居民区，各种成分复杂，没有那么多产业工人，各自的工作单位又不相干，没有那么重的阶级斗争观念。要是我们家在这里就好了，不至于在人前那样抬不起头来。

毛弟妈的处境是痛苦的，本来这幢两层楼的房子都是她家的，"文革"中却被没收了，现在只剩下这一间房。她不服气，不肯低头，吃了脾气的亏。她在厂里很可能是被监督劳动，她说她59岁了，这么大年纪至今还不准退休，拖着颈椎病，跑这远的月票。如果她像我妈妈一样，与世无争，就不会吃这么大的亏了。

毛弟妈看我不吭声，就说："你姨那天说我们这里的小伢围着她蹦蹦跳跳。这话说得蛮有味，蛮逗人的。"

我低下头，不好接腔。

忽然，毛弟妈变了语气："你姨这人怎么搞的？起先自个说要跟我打休息条，我真要时，她马上又变了话。把人当耍是不是？还说自己心胸坦荡，说一句是一句。你跟我撮白？你个知识分子，自以为高人一等不是？你去跟你姨说，在我面前少来这些。去访访看，看是你玩得开些还是我玩得开些。我们大老粗心直口快，来不到那些花样。瞧不起我们，就不来往，拉倒算了。"毛弟妈眼瞪着，动了真气。

我可怜巴巴地看着毛弟妈，不能解释。其实，阿姨办事一向爽快，不是那种骗人的人；阿姨现在是真神经了，毛弟母子一时没看出罢了。

36. 无事不登三宝殿

离过年还有10天，现在我一心等着过完年赶到县城去。这段时间里我几乎天天去毛弟家。晚上就从毛弟家走到航空路阿姨家过夜。我跟妈妈讲，阿姨神经了，我多陪陪她，因此，我在家的时间很少，陈苏红和易苹先后来找我玩，都没碰到我。

　　一天晚上，我和毛弟母子闲话，毛弟手里拿着《莎士比亚选集》向我推荐："青青，我给你读读《哈姆雷特》，这是奥菲利娅的父亲送他儿子的一段话，太精辟了，句句都是至理名言，谈的做人的道理啊。"

　　毛弟妈说："跟我遭远点，少卖弄。转眼就过年了，家里扬尘冇打，被子冇洗，到时来客，不惹人耻笑。"

　　毛弟说："您家慌什么，离过年还早哩，洗早了，熬不到年就又脏了。"

　　毛弟抑扬顿挫地念起波洛涅斯的一段长白：

　　　　"好，我为你祝福！还有几句教训，希望你铭记在记忆之中：不要想到什么就说什么，凡事必须三思而行。对人要和气，可是不要过分狎昵。相知有素的朋友，应该用钢圈箍在你的灵魂上；可是不要对每一个泛泛的新知滥施你的交情。留心避免和人争吵，可是万一争端已起，就应该让对方知道你是不可轻侮的。倾听每一个人的意见，可是只对极少数人发表你的意见；接受每一个人的批评，可是保留你自己的判断……"

　　"怎么样，精彩吧？"毛弟颇为自信。

　　波洛涅斯这段话我是见过，《哈姆雷特》从莎士比亚的选集到小人书摊上的书，我看过不止一回，但我并没有留心波洛涅斯这个人，我不喜欢他。"让我自己再读一遍。"我接过他的大部头书，把这段话细读了一遍："唔，是有些道理，可是也过于精明了。这个大臣的话虽然很有见地，但他在国王面前那样阿谀逢迎，这番话说得再好，人不好，实际意义就不大了。"

毛弟定着眼珠子看我，像不认识似的，跟着就摇头："想不到你会持这样的看法。你这个人哪！我看你跟别的姑娘是有些不同。名著里的名言，你还嫌意义不大，那你是追求至高至上的人性境界了？告诉你，青青，这实际上是不可能的，在这个社会里也是行不通的。"

毛弟妈正品尝一颗腌橄榄，不耐烦地打断儿子的话："你少卖弄那些文话，这能当饭吃，当衣穿？书看多了无用，做事吃饭顶好，我只信这点。当初你要读高中，我不准，逼你考了个技校。要不，还有你这一个月 38 块的工资？该应你下农村了。"毛弟妈说到这里，发现说漏了嘴，赶紧望望我。

我知道这句话的内涵：毛弟如果考上高中，就应该是高中 68 届毕业生，必定要下农村。不说他家的资本家成分，就凭他妈在单位被监督劳改这点，他是不可能招上来的。命运真是个不可捉摸的东西。假如我和毛弟对换母亲，我妈妈定会让毛弟读高中。但事实证明，毛弟是幸运的，谁能说毛弟妈的决定是错误的？

在这种场合，我就只能装做漫不经心、似听非听的样子，而不能插嘴。却禁不住浮想连翩。

1966 年秋，初中 66 届的推荐选拔升学被宣布作废。全校同学都在停课闹革命，谁也看不到升学的希望。在这种形势下，有的学生开始顶替父母的岗位进了工矿企业。我曾就读于四棉子弟小学，有两个小学同学约我一道去顶职，以求早日有个工作。纱厂由于其工作性质与别的企业有所不同，允许职工提前退休，让子女顶职。妈妈拒绝了这个机会，她总希望"文革"结束后还会办高中，她太看重我是省重点中学的学生，不愿意我就此当个工人。谁知 1968 年秋天，省革委会下达了上山下乡的文件，规定初中三届、高中三届毕业生无一例外地要下乡。妈妈这才如梦初醒，慌慌张张写了退休顶职申请，却被告知：为落实省革委会的文件，顶职工作一律冻结。

往事不堪回首，现实这般无情，世界上没有后悔药吃。我眼睛和毛弟碰上了，看到他那警惕自尊的眼神。我收住了回忆，长时间的沉默使毛弟不安了，我只能对毛弟报之以温顺的笑容，一时找不出话来说。

毛弟，你是幸运的，你的母亲为你选择了明智的路，但是，毛弟，我不会嫉妒你，不会把心里的想法流露一丝一毫，对你我只有感激……

"笃、笃、笃"，很响的敲门声打破了这难耐的静默。毛弟前去开门，跟着夸张地"哦"了一声："你好，快请坐。"来人笑着，一屁股坐到了毛弟刚才坐过的椅子上。这是个年纪约 30 岁的女人，高挑身材，瓜子形脸，梳着两根长辫。她扫我一眼，我望望她，都没吭声。

瓜子脸只向毛弟妈问了好。开门见山地对毛弟说："无事不登三宝殿，我想请你忙个忙，给我搞一张病情诊断书。"

毛弟说："好说，那你扯什么病咧？"

我一惊，毛弟怎么有这大的口气？不由得注意听着。"唉，我那工作你也晓得，反正，我也不想搞了，我想跳出设备科，换个岗。我说我有肾炎，不适宜在现在岗位上，领导说要有医院证明才能考虑，所以我得找你帮忙。当然我也要依靠老头子，不过有了医院证明，找老头子的理由更充分。偏偏老头子又病了。"瓜子脸似乎有些惘然。

毛弟忙说："这我晓得，你去求你干爹×××，也得有个理由。"

"所以，我要先把你揪着哇。我腰痛，出不得差，生活必须有规律，肾炎才有希望好转。"

毛弟笑起来，瓜子脸也笑，毛弟妈也陪着笑。

我心里纳闷，这是个什么人？她认识省里的大人物，大口大气地把他唤作老头子，看来关系很熟；既然这样，求他打个招呼，问题不就解决了，何需要搞假证明？看她的样子也不大像高干子女，人的样子、脾气倒是很娇，但气质不像。

瓜子脸要走了。毛弟妈说："毛弟，去送九梅。"毛弟不慌不忙地尾随瓜子脸走了。出于礼貌，我本想对瓜子脸点个头，可她只用眼角余光扫扫我，昂然出了门。

我安静地等毛弟回来。等他回来再聊聊，我就该回武昌了，坐着坐着，觉得时间不早了，送个客，需要这么久吗？毛弟过去送我，从没有用这长时间啊。五斗柜上的小闹钟转过了分分秒秒，九点整了。毛弟怎么搞的，他不知道我还等着吗？这不礼貌啊。毛弟妈熬不住，打着哈欠上了阁楼。我孤独地坐在那里，明白了这两人有话要讲，而且要避着我。这个被毛弟妈唤作九梅的人，说话好随便，当着我这生人面就敢说要假证明，这种话是谁都要注意场合的。那么他们在说些什么呢？一种被冷落被防范的滋味啃噬着我，我感到受辱了，想回家。可是毛弟没回，这房里灯大亮，门大开，我怎好就此走掉呢。不由恼怒起来，毛弟和九梅是什么关系，两人说话随便，毛弟开口就是："好说，那你扯什么病咧？"听听，他和九梅是不一般。为我找叶大夫，毛弟碰了那大的钉子，最后还要依靠拐子。难道毛弟还有什么更熟的医生，对我秘而不宣？

　　不会的，毛弟不是那种人。记得叶大夫自食其言，拒绝为我开出正式的诊断书时，毛弟跟我解释的样子几近可怜。

　　那个样子是装不出来的，我释然了。但我决计不等了，再这么泥塑木雕地坐下去，有失身份。我站起身，却见毛弟已进来了，他微笑地望着我："怎么，要走了？再坐一下吧。"

　　我气恼的神色掩饰不住："太晚了，到时搭不上车。"

　　"那我再来送你。"

　　等车时，毛弟仿佛炫耀地说："九梅的爸爸是个老红军，新四军老五师的。是×××的老部下，解放初就病死了。×××是九梅的干爹。"

　　原来如此。可是九梅，一个老红军的后代，为什么换个工种需要用这种手段呢？九梅口口声声说要依靠老头子，凭医院的证明去找老头子，叫人不可理解。但我只听着，不吭声。我不能让毛弟产生看法，"只许帮你青青，不能帮助九梅"。

　　毛弟还在炫耀："九梅是我们食品公司机关的，原来在计划科，为了游山逛水，跳到了设备科，中国的名胜古迹，她逛遍了，现在又……"

　　见我没兴趣听，毛弟转而用一种欣赏语调说："九梅的干爹告诉九梅：'什么叫幸福，跟我走就是幸福。'"毛弟笑起来："你莫看大干部在台上马列主义讲得头头是道，在台下是自由主义。比谁都嚣张放肆，你听听这话：跟我走就是幸福。"毛弟又重复了一遍，"这不是顺我者昌，逆我者亡吗？告诉你，共产党的大干部就是这样的。"

　　我惊疑地听着，说："当领导的会这样说吗？"

　　毛弟说："你太天真了，对老干部不要那么迷信。你把林彪看看，他要平头百姓把老三篇作为座右铭来学，他自己信不信毛泽东思想？这正如老毛自己说的：挟天子以令诸侯罢了。为了一己私利，林秃子愚弄了一国的人。你再看1967年到处贴的××的大字报，揭露了他那多的男女关系，你能说都是无中生有？"

我无话可说，也没心情了解这方面的问题。说实话，我心里的气还没消。毛弟送九梅送了这么长的时间，对我是个刺激。他是巴结大人物的干女儿吧，有什么事要避着我嘀咕那么久？我心里升起难以抑制的妒意。

电车来了，我上了车。听见毛弟说："明天再来玩啊！"

我只得回了声："再见。"没有表示明天来不来。

37. "供参考"的书

第二天，我真的没去毛弟家，昨晚受到的冷遇，仍然妨碍着我的自尊。下午，陈苏红来约我到文化馆找吴胖子借书，我便欣然同她去了。路上陈苏红小心地用言语套我——这些时你白天晚上不落家，走阿姨家至于这么勤吗？你不是有个表哥吗，病转办得怎么样了？

我心里明镜似的，知道她在怀疑我，是不是同表哥什么的坠入了情网。这使我心里很不舒服，反感这种旁敲侧击的试探。有个表哥就一定会变成恋爱关系吗？在这个问题上，妈妈和阿姨都很先进。听妈妈说过："我在南京汇文女中读书时，有的同学出身达官贵人家庭，长得一表人才，读书脑子好笨，数理化成绩一塌糊涂。他们是表兄妹结婚生下来的后代……"而阿姨、表哥作为医生当然更清楚近亲婚配的危害，何况我自小和表哥是话不投机的。

因此我忍住不快告诉陈苏红，阿姨为我病转帮着忙，已有了医生的诊断书云云。至于陈苏红要探听的，她不明着问，我也决不会说。

陈苏红叹了口气："求人是很难的事，你幸亏有个阿姨。"

我明白陈苏红对求人难发出的感慨是什么，她的父母至今还在"五七干校"受审查。但她无法再忍受纺织女工倒三班的劳动强度。急于调单位、换工种，正在求父母的老战友帮忙，调动只是迟早的问题。内心的不平衡只有自己清楚，瘦死的骆驼比马大，下了台的干部子女依然有办法。当初，四棉招了我的两个高干出身同学，不肯招我，那种难以抑制的痛苦也只有强咽，我不能嫉妒同学，现在也是这样。想到这里，我一下警醒。回城，我一定要病转回城！这是唯一能走的路，我太傻了，为什么要跟毛弟生气。现在我搞到的诊断书，天门县的关系不都亏了毛弟吗？我不能得罪毛弟，也不应猜疑人。连那个九梅自己也说无事不登三宝殿，她是有事才来的，平时没见毛弟和她来往嘛，我心里不免对毛弟涌上歉意。

吴胖子热情地把我们带到里面的图书室。自从文化大革命砸烂"四旧"，这里的藏书就一直没对外开放。他告诉我们，除了组织群众文艺活动，他还负责图书室的工作。现在图书室除了一个老职工，就是他了。许多藏书等待清理审定，决定是否外借，目前还缺乏人手来做这项工作。

对我们来说，就很自由了，我俩可以尽情地浏览各个书架上的藏书。这样的年月，上哪儿能看到这么多的中外名著啊。陈苏红边翻边说："这是上帝看我俩精神生活太贫乏，让你来管图书，让我们近水楼台先得月。"言语迟笨的吴胖子站在一旁搓手，嘿嘿地笑。

没想到文化馆竟有这多的藏书，一排排的大书架，每层摞得满满的，幸而是一楼，如果在二楼，只怕会把地板压塌。我在书的海洋里徜徉，心里羡慕吴胖子来到了这样的位置上，可惜他偏偏不爱书。

说真的，中学时，我除了在学校办了借书证外，妈妈还以她的名义在武昌工人文化宫图书馆办了借书证，因此寒暑假，我常泡在文化宫阅览室里看书看报。在农村，我和同学交换书看，又接触了一些外国文学名著。

我赶紧搜寻"猎物"，挑了一本鲁迅的《呐喊》，记得我看过《鲁迅先生的故事》，里面有这样一段情节——朋友在鲁迅的母亲面前极力称赞《呐喊》一书写得好。鲁迅母亲戴上老花镜，兴冲冲地说："拿来我看。"鲁迅母亲不知道儿子的笔名，她一口气看完后说："无啥好看。这种事情，我们乡下多得很。"朋友们哄然大笑，鲁迅先生也开怀地笑了。又取下《阿Q正传》，这书我可清楚，是在小人书摊上看的。阿Q糊里糊涂画了押，走向刑场时大喊："20年后又是一条好汉。"当时我害怕得毛骨悚然，心里嘣嘣乱跳。"文革"中，鲁迅先生被"两报一刊"称扬为20世纪30年代的文化旗手，是伟大的共产主义战士。某日我忽然想到，阿Q是个雇农，这小说如果不是鲁迅写的，比方说是周扬或是夏衍写的，只怕要被指控为丑化贫雇农了吧；鲁迅先生活到今天，还能受到这样的尊崇吗？我不敢想下去了。

这儿还有契诃夫的短篇小说集，过去我只看过他的几个短篇，今天终于如愿以偿找到了；还有普希金的《叶甫盖尼·奥涅金》，1967年初夏我偶尔接触到这本书，只翻了几页，就被人要走了。于是我毫不客气地取下了。

在古典文学架上，我又选了王力主编的《诗词格律十讲》，我最喜欢这些精美的诗词格律。

陈苏红过来了，拿着几本书。瞧着我手里的一大摞书，声音有点酸酸地说："怎么，你连《阿Q正传》《呐喊》都没看。"

"看过，现在想细看一遍。"

"你想学诗词格律？"

"我那里懂啊，只不过很喜欢这些代表作品。"

"你呀，真是心比天高，命如纸薄。我看你还是现实点好。"

我把书抱在怀里没吭气。我了解陈苏红，她在任何场合喜欢表现自己见多识广，口气常常是很大的。"心比天高，命比纸薄"分明是奚落我还在农村，竟有闲心欣赏诗词，这和自己的身份太不协调了，这话当然是有些带刺的。

吴胖子踱过来，把《诗词格律十讲》拿过去，翻过封面，指着内封对我们说："这本书可以看。你们看，上面我用笔写着'供参考'，是我们根据图书室重新开放的要求，抽空整理的。毛主席说'古为今用'嘛，要批判地继承古代文化遗产。"

陈苏红和我迅速地交换了目光，我们要说什么也没好说出来。吴胖子的脑子是简单了点，他误解了陈苏红的话，好意为我开脱。陈苏红看着吴胖子的"供参考"三个字，气昂昂地说："吴胖子，你管天管地还管到王力头上了。连这样权威人士的书也要经过你老兄的钦准。我这几本呢，准不准借？"她扬着手里的书逼问吴胖子，吴脸红了脸，什么话也不能说了，只是笑着点头。陈苏红得意地说："今天沾你老兄的光，算是有点收获。"

吴胖子问我："林青青，你的病转怎么样了？"

陈苏红快人快语："难！全指望你这个跟区毕办平起平坐的人物帮忙。"

吴胖子腼腆地笑："等你关系转到了这里，一定，一定。"

38. 洗　被　子

对毛弟的猜疑仅一天，第二天我算着毛弟是早班，晚上又去了他家。毛弟见到我，显得比往常高兴，他从抽屉里拿出应子糖叫我吃。我拈了颗，剥开那层大糖纸，再剥开那层小白纸，慢慢品尝着应子的酸软滋味，随口问："王妈妈呢?"印象里，毛弟妈晚上从不外出。

毛弟说："叶大夫的儿子今天满周岁，他爱人做了几个菜，请几个朋友吃饭，姆妈就去了。"

"你怎么不去呢?"

"等你呀。我也去赶那顿饭，你来了岂不要吃闭门羹。"毛弟笑嘻嘻地说，雪亮的眼睛探究似的望着我。我知道，他是在说笑话，但我还是止不住心跳了，这是好久没有过的感觉了，这次我回来，不知是我还是他，也许两人都这样，我们保持一定的距离，和谐而不炽热，我认为这样很好。上次在县医院一败涂地，我就知道病转是条很艰难的路，自知没有资格去拖着毛弟，让他与我一道沉溺；只要毛弟能够真诚地帮助我，不放弃努力，我就感恩不尽了。这一次是怎么了，为什么我变得慌乱了?我侧过脸："你肯定是有事不能出去。"

毛弟笑出了声，算是默认了。毛弟的笑总是不出声的，即使大笑我也没听过他发出洪亮的声音，我猜他心情很好。

门一下子推开，毛弟妈进来了，手上捏着个空包，那包先是装了童装的。毛弟妈看着我们，又看看果盘里的东西，冲着毛弟大喊起来："个畜生养的，这样自在，该你去吃的饭要老娘去顶，你倒好生快活。我问你，今天去办的事咧，办了没有?马上过年，屋里的扬尘你扫了?被子洗了?钢精锅擦了?没孝心的东西，老娘看到一屋颠倒的样子就来气。"

我变了脸色，毛弟妈当我的面破口骂儿子，不顾一点场合，不讲一点修养。但我不敢吭声，只紧张地望着毛弟。毛弟笑笑："姆妈，过年还有一个星期嘛，这两天晴，被子来得及拆洗，打扬尘要抽星期天时间，您家不急，我心里晓得。"

"晓得，晓得个屁。过年来客了，尽人耻笑。我就说，我有养个好儿子，凡事指望娘，娘又做不动了。"

我听不下去了，定定情绪，柔声对毛弟妈说："王妈妈，我来洗被子，扬尘我也会打。还有擦钢精锅，您准备点碱、糠壳子，擦起来才亮。我明天上午来。"

毛弟妈立时转怒为喜："那怎么好意思？看你这样子，你姆妈是把你养得蛮娇的，想不到你还样样拿得起。"

我强充好汉地说："您家不晓得我是下了几年农村的，什么事没做过？"

毛弟妈："那好，那好，我是前世修来的福。"

我好气又好笑，这个毛弟妈，说风就是雨。我清楚刚才她是吼给我听的，觉得我应该帮帮她的忙。帮忙是应该的，毛弟帮了我这大的忙，洗个被子还不该？就是你不该用这种吼叫的方式。毛弟摊上这样一个妈妈，怎么长大的？我不禁又怀疑，毛弟是他妈亲生的吗？他在他妈面前从来都是恭恭顺顺的，骂不还嘴，还赔笑。亲生的母亲对子女不会这样，如果我妈妈这样说我一句，我会暴怒起来。妈妈多数时间是哄着我的。还有，他妈妈60岁了，毛弟才24岁，36岁生他，刚好生一个？母子俩长得一点也不像，只不过都瘦罢了。

毛弟妈告诉儿子："那几个菜真叫难吃。叶大夫讨的这个女人真是，光有脸面不会做家，那藕夹、夹干肉怪味道，白糟蹋了油。"

毛弟笑起来："怪不得，姆妈冇吃好，火特别冲些。"

毛弟妈啐了儿子一口："个杂种，我是欠吃发火？我是恨这趟路跑得冤枉，几多的累。"

毛弟心疼妈："那您家去了，不顺便跟叶大夫要假条子？"

"还等你来问，这不是？三天的。"毛弟妈从提包里摸出病假条。

毛弟接过："明天我还是早班，条子叫后头住的七毛带到你厂里去吧，您家就好生地歇三天。"

我不由得同情起毛弟妈来："您家明天什么都不动，只歇着，我上午赶来洗被子。"

毛弟妈笑了，她坐在矮椅上，双脚并拢，做出一动不动的样子说："你要我歇着，像这样，那不难过？歇，是歇不住的。我不像你姆妈，可以百事不动。青青，你屋里过年都是你忙吧？"

我不好意思地说："妈妈把年看得很淡，我们除了阿姨家，再没别的亲戚，过年只我到阿姨家去，我家的房子太窄了，阿姨一家不来的。"

毛弟妈："那怎么行。我一年到头跑月票，过年就想歇个腰，人来客往的，图个热闹，讨个吉利。太冷清了不行的。哟，青青，你总说你家房子小，我还冇去过，这回我定要到你家去拜访你妈妈。"

我为难地低了头，想起了我那7平方米的小黑屋子，很自卑。还有，毛弟妈出言毫不忌讳，隔壁左右都是"耳朵"，怎么办。我镇定了一下，强笑着："您家愿意去，欢迎，只是没有好招待。"

毛弟妈："哟，真的，你娘俩过年只一斤肉票。毛弟，你帮青青家搞点肉。上回你帮我们厂里医生搞了一个猪头，帮你的班长搞了猪爪，也跟青青想个法。"

毛弟不以为然："您家替古人担忧，青青家比你会安排。"

毛弟妈叫起来："我怎么不会安排，你倒说说看。个杂种，媳妇还冇接，倒嫌起老娘来了。青青家遭孽，你真个帮忙搞点。"

毛弟笑笑，不应声。

我心里忽然难过起来，当月的肉票妈妈已买给我吃了。这个春节，母女俩只能指望妈妈的那一斤肉、一斤鱼、半斤蛋的春节计划了。顶多到工厂前的餐馆去排队买点方块肉，不知到时还好不好买。家里冷冷清清，完全没个过年的准备。妈妈说了，一切财力都要用在病转上，这回准备给 20 块钱，初四我就要赶到县城去，一想到这，我心里就打哆嗦。

毛弟妈忽然想起："你今天不跟我去吃饭，那对调的房子看了?"

毛弟说："当然去看了，位置就在六渡桥百货公司紧旁边，站在跟前看还马马虎虎，隔条马路看显得好寒酸，是个过街楼，空间也低。房屋互换嘛，双方都想占点便宜的。"

毛弟妈不耐烦："么事跟前看马路看，我是问里边怎么样，是不是真有两间房?"

毛弟说："您家等我说完。那是个过街房，靠马路的一间房是木板墙，另一间靠巷子的房倒是砖墙，可惜是个黑房，没有厨房，要在楼梯转角烧饭。"毛弟妈就泄了气："板子房怎么行? 说个话一点音不隔，把我憋死。这种房冬天好冷，最易着火，不过到底可以不共厨房了。住在这里我屈死啊，这幢房子原是你老子划到我名下的，现今的住户要把我踩死。"毛弟迅速地瞟了我一眼，板着脸一声不吭。他不愿他妈在我面前抖老底。

毛弟妈问:"我问你咧,这房子到底么样?"

毛弟不紧不慢:"不能要。过街的房子,有点动静,巷子里传得一清二楚;再说一间房靠着马路,灰好大。汽车的噪音到 10 点钟还有。"

"那就算了,我听不得个吵,你又是倒班,不行。"毛弟妈心疼自己也心疼儿子,就罢了。

9 点了,我站起身,对毛弟母子说:"我该走了,今晚到阿姨家去睡。明天 9 点再过来。"

毛弟妈听我提到阿姨,显出不乐意的神情。但她说:"毛弟,你把她送到林大夫家。"

我们一前一后走出过马巷,到了大街上,自然地并排走了。冬天的夜晚却是车水马龙,街灯明亮,成双成对的恋人在马路上溜达着。我的心情变得很好,这干冷的冬天丝毫也不觉得冷,我把颈上的围巾松了松,让冷风惬意地吹着。城市的夜是这么迷人,她把白日的浮尘、劳碌、喧嚣都安抚下去。脚踏在平坦的马路上,身旁还有毛弟陪伴,我贪婪地吸着城市的夜空气,不忍放快脚步。这里是武胜路,没有人认识我,只有夜色和行人做伴,我没有了白日里低人一等的压抑感。城市真好夜景更美。我一定要转回来,找回城市那本属于我的位置,从此自由自在地在街上走。思绪飞到这里,不由感激地望着毛弟,是他给我带来了这份希望啊!

快到航空路了,过铁路,我就要抄近路到阿姨家去。看来毛弟妈对阿姨有了成见,是不是要对毛弟讲讲阿姨的实况呢,我心里想着。毛弟忽然说话了:"青青。"这柔和的声音激得我心颤。"你看前天来的叫九梅的人有好大年龄?"

毛弟怎么提起了她？我淡淡地："我不会看年龄。"

毛弟还是笑嘻嘻的："你猜一猜嘛。"

"25 岁吧。"我装做不经意的样子说。我故意把九梅的年龄估小，其实心里很想知道九梅的情况。

"错完了，她 29 岁的人了。她的儿子都五岁了，你怎么看人的？"

原来九梅是有孩子的妇女，我心里顿时轻松了，为我起先的妒意惭愧。

见我不说话，毛弟自顾说："九梅的爱人是省体委的干部，有生活作风问题。九梅提起她爱人就咬牙切齿……"

我打断他："我懒得听，这和我不相干。要解决这个问题，得找她的干爹去，你不是说省里的大干部是他的干爹吗？"毛弟不说话了，我们也到了阿姨家门口。毛弟停住脚步，明亮的眼睛望着我，我明白了，毛弟是在作解释，他跟九梅没什么，九梅是个年龄比我大得多的已婚之人。我心里宽慰了，感动地望着毛弟，忽然恳切地对他说："你妈妈对我阿姨见怪了。但你们不知道，我阿姨现在神经有了点毛病。"

"啊?!"毛弟吃惊地望着我。

"是这样，医生诊断她的神经末梢有点问题，我也不懂，还是听阿姨自己说的。"我老老实实把阿姨告诉我的话告诉毛弟，"我看阿姨平时生活还正常，就是有点疑鬼疑神的，再就是说话逻辑有问题。你跟你妈妈讲讲，让她不要记在心里。"

毛弟搓起了手："这，没得么事的。不过你阿姨这个神经末梢的病，要抓紧看看，身体是本钱啊。她退了休，应该安度晚年。"说着，一副很惋惜的样子。月光下，感到毛弟眼里闪着异样的光，热切地望着我。我低下了头，不好意思地对他说："再见，我进去了啊。"

第二天一早，我就赶到毛弟家。毛弟妈正在拆被子，看着地板上的那一大堆，我心里不由发怵。别看我下农村四年了，出工干活还对付，汉北河堤也上过，洗被子、床单却不行。我妈妈洗被子也是手软软的无力，听妈妈说，她自小骨骼软，从小都是让大人背在背上，很晚才走路。那时的人不懂是为什么，现在才知道是严重缺钙，因此她干家务重活特别不行。有回我清理箱子，发现一双已纳了大半的鞋底，这双鞋底比别人家的鞋衬得薄，纳的针脚也松些。用手对折，弯到了底。我记得别人家纳的鞋底又厚又密，用手扳都扳不动。我拿着鞋底质问妈妈："你看看，你纳的底子叫个东西？笑掉人的大牙。"

妈妈气急败坏地把鞋底又放进箱子，说："妈妈不好，你有本事自己做一双。这么大的姑娘了好意思，饭来张口，衣来伸手。你行怎么自己的衣裳不会做，要靠我？"

我嘴里尽管硬着，声气却虚下来。渐渐地我明白了，这和妈妈自小缺钙有关，外表上正常，内里却没有力气。因此妈妈说话的嗓音、气质都比一般人显得斯文些。幸亏她读了书，才避免了体力工作；那些轻巧的活，她却干得很好。做衣裳、钩台布、打毛衣样样来得。母亲的体质不可避免地会遗传给女儿。虽然我比母亲优良点，能和其他同龄小孩一样的速度学步，可我却感到中气短，怕蹲着，一起身就昏晕得不行，像要栽倒。因此我要蹲就非要找凳子坐，没小凳时干脆一屁股坐到地上。我洗棉毛衫裤，用起搓板时，搓着搓着衣裳袖子打了架，搓到一堆去了。因此我家的被子总是两头钉被头，用脏了被头，就拆了接着用，被子也脏了，才洗。基于上述原因，我对即将面临的清洗大战感到畏惧，可我昨天不得不表态，今天不能不干好。我要毛弟妈找点旧报纸把屋里的东西蒙上，要先打扬尘。毛弟妈翻出几张旧报纸，我就把碗柜蒙好。又把拆下来的脏床单蒙住床、五斗柜、桌子，把干净的扫把绑在细篙子上。

这房子的质量很不错，白灰墙虽已发暗，但墙面平整细腻，没有坑凹麻点，灰尘不易在上面落脚，只墙顶上吊着几许黑灰色蛛网，再就是房的四角有一簇簇的蛛灰。我心里有底了。趁毛弟妈到厨房去烧水化碱的功夫，我用绑好的扫把来回几下，屋顶顿时干干净净；又举着"长矛"，对准墙的直角从上到下一拖到底，蛛灰基本消灭了。

毛弟妈提着热水壶进来，看看屋里，不由说："青青，你扫得好快。"

我佯装说："我在家打扬尘也是这样，轻拖轻扫，不然，等下您家抹起灰来不得了。"

毛弟妈灌了水瓶，放心地到厨房去刮锅底油垢了。我依照先前的方法把另三个墙角都解决了。欣赏着我的成绩，顿时松了口气。

再把所有的单子泡进盆里，正要兑上热水搓洗，毛弟妈来了，忙说："青青，要先拿到厨房水池上透一道黑水再搓，不然洗不干净。"我为难地看着这一堆泡了水的单子，有两床被里加一大一小两个床单，把它们从木盆里转出来拎到厨房都够受的，透一道水，该有几大的劳动强度啊！怎么这么麻烦，我们家都是揭下床单就用洗衣粉泡洗，工序少，又快，也洗得很干净。怎么办？若照毛弟妈的意思办可真要命了。但毛弟妈正盯着我，我急中生智，笑说："王妈妈，时间不早了，那就这样吧，在屋里透水，我用脚踩一道水出来，省时间。"

"那不把地板打湿了，浸湿了楼下要骂人的。"

"不会的，我保证不会把水浸到楼下去。"

毛弟妈没话说了，这才想起我会挨冻："青青，这冷的天，裤子湿了怎么办？"

"湿不了，抢时间要紧，不然床单干不了。"我迅速脱掉外裤、毛裤，把贴身的秋裤往上死拉，生怕毛弟妈再罗嗦。

"那就兑点热水踩。"毛弟妈让步了。

我倒进了热水，把厨房的拖把拿来，搁在木盆边吸水，就轻盈地踩起来。嗨，好轻松，这个法子太好了。踩着踩着，倒也踩出好些浑水，趁毛弟妈在房里，我只把踩扁的单子翻到一边用脸盆把浑水舀到桶里，提到水池里倒了。再在单子上兑温水，去向毛弟妈要洗衣粉来搓。

毛弟妈连连摆头："你们兴用洗衣粉？用不得的。洗衣粉会咬坏被子，透不干净的。我们向来只用肥皂搓。"

我无可奈何，把床单搁在搓板上，再打上肥皂来回搓。被单实在太大，我总感到力不从心，就干脆洗被单四周，我发狠地用手搓，豁出去了。

毛弟妈脾气好扭筋哇，她把皂盒里剩下的肥皂碎块抹在新肥皂上，要我用。"不能糟蹋东西，都是钱啊！"她监视着。

忍受着她的刁钻固执，手不敢停一下。这些单子真旧真破啊。除了毛弟用的略像样外，她那阁楼上丢下来的卧单已腐了，补着大块的底子，被里子也磨得毛稀稀的。毛弟母子除了各自一身衣裳说得过去，一人一块手表，其他都是光架子了。他们的钱都用在吃喝上，毛弟的烟也抽得凶，开支一定很大。我不明白，母子俩的钱加起来一百来块，如果买菜自己做饭，怎么也吃不完。小桃园、四季美、冠生园轮流转，钱都被这个骨瘦如柴的老太婆吃下去了，而一点肥皂碎末却舍不得。

　　终于，我气喘吁吁搓完了那些单子的紧要地方，两手皮肤搓得通红，中指还渗出了血。我顾不上怜惜自己，趁毛弟妈去烧开水，忙把床单丢在木盆里又踩起来，这样，那些手没搓到的地方，算是用脚"搓"到了。最后一道工序是把床单端到厨房去清洗。反正厨房里没有人，邻居又上班去了，我把水龙头打大，把木盆歪在水池上，抓起单子搁在搓板上，就着流水猛力搓。利用流水搓洗，又省力又干净，这是我在家里发明的办法。水不停地流到管道里，如果同毛弟家共厨房的人看见了，一定会喊叫起来，今天算是赶了个好机会。

　　我兴奋地端着洗好的单子进了房，喘了几口气，就问毛弟妈怎么晒，毛弟妈打开窗子，拿起架在窗台与天井墙上的篙子，我用湿抹布抹了一遍。毛弟妈又把抹布夺过去，透了遍水，又细细抹篙子。篙头篙尾不留一点灰。

　　我在心里唉声叹气：怎么这么疙瘩，这腐了颜色暗淡的床单还值得讲究？

　　然后她和我一起绞单子，我以为绞得可以了，她偏又有名堂，定要再死绞一道。然后毛弟妈把篙子一头搁窗台，一头她举着，我来晾。我认为晾好了，她偏不可以，又要我来举篙，她又重新抻了一道，才准我举到窗外。我挽着单子，举着竹篙，颤颤巍巍，拼尽了气力才晒出去一床。毛弟妈也看出我的力不从心，说："青青，我看你做事力不够，不算泼辣。"

　　我只苦笑着，累得什么也不想说。终于大大小小的单子一一晾完，已经 12 点 40 分了。毛弟妈端来满满一碗面给我，面上浇着青菜，上面还放着一只荷包蛋，饿疯了的我什么也不顾了，大口大口吞吃着。毛弟妈却慢条斯理地吃，她也有一只蛋。阳光照着她的脸，脸上纵横交错，一缕花白的头发散在额前，使她显得衰老而可怜。她带着几分慈爱的目光看着我吃，不知为什么微微叹了口气。

我对毛弟妈说："您家累了，去睡个午觉吧。"

毛弟妈摇头："没得那个福，睡不着。今天我还算好的，可以坐在屋里不跑月票。我哪有你阿姨那个福气，坐在家里等钱寄来。我老早就该退休了，开年就满六十，厂里不准我退呀！"毛弟妈悲怆地叹气。

我心里也不免可怜起她来，她已超过了法定的退休年龄十岁，厂里却不准她退休。我心里的猜测完全证实了，她是被厂里监督改造的。

"我毛弟在家不喜欢做事，外头还是蛮孝顺娘的。他有心窍，也有办法。他技校同学都分在食品公司下面的厂里，只要有处理的罐头肉、猪下水，他都能想办法搞到。他跟我部门的班长搞过猪耳朵、猪头肉，班长就对我客气些了。同济医院的叶大夫就是毛弟结交上的。我厂里保健站的医生他也码得熟，因此我去看病还能开到两天病假条，免得总是叶大夫的条子别人起怀疑。亏了有这些熟人三不知开点病假条子，我才能轻省点。"

"……六六年破四旧那阵子，红卫兵到处抄家，唬得我睡不着。毛弟什么都不藏，只把两大本影集藏到了朋友家。只过一天，我的家就被抄了，影集算是保住了。我遭孽呀，那毒的 7 月天，红卫兵逼着我穿往日的高领长袖旗袍、高跟鞋，剪了我的头发，挂着黑牌子游街，斗了我一天；回来毛弟打水给我泡脚挑血泡子。不是看着我有这好的儿，我硬是想一头从楼上栽下去算了。"毛弟妈已把我当成了自己人，忆起了伤心的往事。我出神地听着，万幸在"文革"中我的家没抄，也许我家没有什么财产，只有一点生活用品吧。再因为妈妈本人没有任何问题，红卫兵到华福里来抄过资本家和右派的家，我们母女安然无事。

但我家也被抄过，抄家的人却是我。我把妈妈过去的照片放在破脸盆里烧了，边烧边质问妈妈："看看你旧社会过的什么生活？旗袍、高跟鞋，叫人恶心。"经妈妈哀求，我才开恩似的留下 3 张照片，都是她高中、大学毕业照。妈妈说，她历次运动做交代，这照片是个证明。

至于父亲的相片，我从未见过，怕事的妈妈全烧了，一张底片不留……

当年我那么革命，如今却落得这般下场。毛弟这么实际，倒也落得安居乐业。事实证明他是对的。想起那些被我付之一炬的照片，母亲青春的倩影毁于我的手中，心不由发出痛苦的呻吟。也许，我之所以落得这般下场，是我自大愚蠢的性格造成的吧。

听着毛弟妈的叙述，我对毛弟有说不出的钦佩。这样的儿子，是母亲赖以倚靠的大树；母亲在大树的庇护下，享受着绿荫，躲避着烈日。

但是，怎样看待毛弟妈这个人呢？她是这么的招摇、招事，从那柜上不合时宜的太太照可以看得出来。不然，何以 60 岁的人了，还要被监督改造呢？她没文化，也没任何历史问题。

"青青，你还冇看过我的影集吧？你看我现在这副样子，可年轻时谁都说我长得漂亮……"

"那是，王妈妈，我从您家挂的照片看得出来。"

"那是我 27 岁上照的相，我年轻时不晓得几上相。还有好些照片在阁楼上，我拿来你看。"

"王妈妈，时间不早了，我今天回家还有事，我改天来看……"我实在累极了，没有精神看，找个托词，准备回武昌。

39. 成了"土克西"

离春节还剩 5 天，妈妈说："青青，你过年没有新衣裳，去买双麂皮鞋吧。你看那些从天门招到我们厂的青工，都兴穿这种皮鞋。你这么大的姑娘了，跟陈苏红、易苹这些同学来来往往，不能显得太穷相。"

我脚上是双北京的灯心绒大头棉鞋，当年知青时髦的鞋，现在穿得很松垮了。24 岁的大姑娘，春节里总得说得过去。我的两件棉袄罩衣颜色也旧了，但没心思去扯布料做衣裳，也不敢多花钱，初四我就要赶到县城……

我乘车到司门口去买鞋，在中华路站下车时，意外地碰到了先梅。先梅告诉我，她前天才同可可一起回来的。

我问她："马上过年了，你不帮妈妈洗被子？一个人在这里逛什么？"

先梅瞪着金鱼眼："我妈妈说了的，做事该我三个姐姐帮忙做。我在底下，一年才回一次家，还不该歇歇。"她那鼓眼珠很快暗淡下来："一年没有回来了，我真成了'土克西'。看到家里的锅子锅盖筲箕，觉得好小，火钳拿在手里不晓得几轻巧；看到的马路是太干净了，我心里闷，就想出来走动一下。在家门跟前转，怕街坊看笑话，就从粮道街转到中华路来，想到江边去看看长江大桥。《知识青年之歌》里唱这些地方，我心里好想去转一转啊！走，跟我一起去看看大桥。"她不由分说扯着我就走。

我告诉她，只能陪她走一段路，我要去买鞋子，并建议她也逛逛商店。

先梅："商店我肯定是要逛的，留到过年时去逛，热闹些。"分手时，先梅问我："年初三你到我家来玩吧。队里一人分了两斤半肉，我腌了带回来了，一点都没敢动；我还搞了两只鸡子，到时我把可可、还有那个北京人应笙请来，我们这些灾难队伍一起聚一聚，怎么样？先到我家玩，改天再到你家，轮流转着玩……"

我怔怔地望着她，初三我要去买车票，初四到天门，哪能去玩呢？但这事不能告诉她。结果我期期艾艾冒出一句不得体的话："明年再玩吧，今年过年我家就妈妈一斤肉票。"

先梅冷冷地望着我，又别过头去："你反正在办病转嘛，日后要回来的，好年辰在后头哪，今年过年，你娘俩就吃那一斤肉吧。不够，就到馆子里去吃，反正你个独姑娘有的是钱。"说完，径自走了。

我也转身赶路，心里懊恼着不该说肉票的事。

先逛红旗商店，在鞋柜看到了麂皮鞋，这种鞋全是棕黄色，系带高帮轮胎底，是今冬最流行的式样了。看了一下价钱，36码的整10元一双，比那灯心绒棉鞋贵出6块，我舍不得买。这半年搞病转，家中的开支捉襟见肘，可是病转还不知要办到哪一天，妈妈还得为我这个女儿长期耗下去……在武昌商场，又看见同样的麂皮鞋一长溜地码在那儿，我留恋地望望，还是走了。不知不觉从武昌商场转到了杏花天一带，想到马上要到县城去，不禁怆然。过去我极少走到这里，今天却嫌走不够，生怕以后走不成了。走到紫阳路，这一带远没有司门口繁华，百货、副食店的门面都窄，可是在一个小百货店里我发现也摆着几双麂皮鞋，价钱只要 9 块一双，比其他店便宜了一块钱。终于经不起这个价钱的诱惑，爱美的心理占了上风，买了一双。拎着沉甸甸的鞋盒，我带着一丝欣慰：算是可以把这个年打发过去了。

麂皮鞋搁在方桌上，下早班的妈妈看见了，点头赞好。妈妈说："我差点忘记了，你没有回来时，我到永安旧货市场买了一条旧毛哗叽的裤子……"妈妈翻出裤子，抖给我看："这裤子试得很合身，你穿一定好。只要 8 块钱，还有几分新，我又重新翻了个面，等我烫好，上好裤脚，你过年穿吧。毛料裤配皮鞋，顶神气了。"

我的心受着震撼，呆望着妈妈："那你呢，你的裤子衣裳都旧了，过年怎么办？"

"我哪有心思过年，只要你能回来，什么都满足了，真的，青青，你初四赶下去，这回能不能成功？我夜里睡觉，心里儿多惊吓，生怕又……"

我心陡然下沉，勉强安慰妈妈："这次去只是找熟人帮忙说个话，又不是要那刑侦股长开诊断书，不会像上次那样的……这条裤子的裤管我来上，我可以缝得外面看不出针脚来。裤子也让我来烫。"

"你烫得好？裤子的缝要对齐，上面要蒙湿布，烙铁不能烧红，红了就一定要放到退了红才能用。"

"晓得，别这么啰嗦了，没有你，地球就不转了？"

"你总拿这话顶我，你能干怎么到现在还不会针线？一天到晚抱着本书看，针线一点也不肯学，将来我死了你怎么办？这么大的姑娘了，一点事也不懂。"

40. 宝　哥

腊月二十八的上午，我在毛弟家帮忙。毛弟搞来一条大鲤鱼、一个猪肚、一对猪蹄。毛弟妈把过年的计划东西都买来了，其中有两条冰冻小鲢子鱼。毛弟妈戴上老花镜，洗猪肚、猪蹄。我把木盆倒扣着，上面搁上砧板，剖那三条鱼。毛弟是中班，管做饭。毛弟妈俨然把我当成自家人，吩咐我做事，等会还要洗茶具果盘。

突然撞进一个人来，这人肩上对挂着两只旅行包，手上还拎着一个大网袋，进门就叫声"姑妈、毛弟"，然后把网袋掼在地板上。

"宝哥。"毛弟叫了一声，上去帮他卸下旅行包。毛弟妈把眼镜往上抬抬，"阿宝"。她唤着："我算到你最迟不过今天要来。毛弟打给你的信收到了？"

"收到了。"来人简短地回答。

我望着来人，有 40 出头，皮肤黝黑，中等个子，不胖不瘦，非常匀称结实。说话露出一口洁白的牙齿。这个被毛弟称为宝哥的人对我点头微笑，我也对他腼腆地笑笑。我发现宝哥和毛弟妈的轮廓很像。这一比，毛弟就更不像他妈了。

宝哥问毛弟妈："姑妈，您的颈椎最近怎样？"

"有么样咧，头总是罩着，颈子伸不直，伸一下就不舒服。"

"我记着这个事，最近翻书，替您配了几味中药，我守在炉子边，一直等它熬干。您看，"宝哥从旅行包里翻出油纸裹着的一大坨黑膏："您把它盛在瓶子里，饭前半小时刮一匙吃下去，每天吃两次，跟吃中药一样，10 天一个疗程。我把它熬制了，就省了您煎药的麻烦。"

"难为你记得，可我还是相信针灸。趁你回来过年，跟我扎扎针灸吧。"

"那是一定的。针我也随身带来了，书也带来一本。"

毛弟妈不悦："你也不怕重？在乡下天天看书，过年还背回来看。哟，我还有正经事问你呢，毛弟托的关系都托到了，你那里有无动静？"

毛弟凑上来："是啊，我托的关系一直追到县里，他们答复我，说是要核查。"

宝哥自顾自地把旅行包里的东西往外掏，掏出四只退了毛的鸡、一块猪肉、两棵大白菜、鲫鱼，还有糯米、糍粑、花生。这才说："潜江那里比这里冷，早晨的冰结好厚，我生怕误船，把不下蛋的鸡都杀了，路上好拿些；大白菜是我种的，我选了两棵包得紧的，放个把星期坏不了，鲫鱼是队里分的……"宝哥把几尾鲫鱼倒进脸盆里，又对我笑笑："要剖出来，才新鲜。"

毛弟皱起了眉："我问你话，你还没有说。"

宝哥："叫我怎么说，看来你托的人把材料转到了潜江方面，当时我并不知道。总之，等我知道了，他们的调查也完了。对我的结论是一摆头——不老实接受改造。"

毛弟抽起了烟："你怎么认为是在调查你呢，把经过说详细点。"

"我先不晓得是上面来人调查我的表现。那天，我看见有个人在队里晃，实际上可能是照我的面。当时，我正跟队长吵架，队里的猪又跑进我的屋子，把坛子拱倒了；队长说我不该把猪打瘸，我说，你用的什么好饲养员，尽是你们七大姑八大姨的关系，猪总是拱圈，人不守着还行？我已是忍无可忍，这还是客气的，你再不管，我要你的猪丧命。队长转身就走。其实我这话明是说队长，实是说大队副，不该凭关系把他的傻舅爷弄来喂猪。我的住屋离猪圈近，损失最大。后来，那个调查的人找到队长还问了些事情。调查的人好阴，根本不跟我本人谈，只是跟踪。最后一摆手'这人不接受改造，嚣张得很'，这事完了，调查的人也走了。"

毛弟妈着急："毛弟找关系递状纸好不容易，上头下来调查，你就表现好点，遇事忍让。为只猪何必那样子顶牛……"

宝哥说："我跟队长吵的时候，又不知道县里派人来调查我。他们鬼鬼祟祟的，像搞特务活动，完全是戴着墨镜看人，有意找歪。还不止打猪这件事，队长派工不公。他不好派的工，脏的、累的，都该你这右派分子去顶。"

原来这个宝哥是个右派，我的心不由一沉。宝哥的额头、眉宇间都刻着严峻的皱纹，像刀劈斧砍出来的。钢针般竖起的短发里藏着白发。这么冷的腊月天，他竟然不穿棉袄，体质真好。宝哥的形象不像城里人，不像工人，也不像农民。我认识四棉的几个右派，是厂里的医生和技术人员。他们都耷拉着头，整日像哑巴。但他们毕竟还在单位接受改造，没有开除公职。遣送农村的右派我还是第一次见到。我明白了，毛弟妈经常叨念的三笔事，第三笔就是为侄儿宝哥伸冤。猛然醒悟到，毛弟为什么要讨好九梅了，原来是有目的的，九梅有个地位显赫的干爹！宝哥讲的来龙去脉我已大致听懂。心里掠过阴森森的寒流，毛弟家是怎样一个家庭啊！资本家成分、毛弟妈六十岁了还在劳改、毛弟表哥又是遣送改造的右派。这样一个家庭，在社会上如何抬头。毛弟妈和她的侄子宝哥，说话神态之中，处处逞出刚硬之气，是那种胸无城府死不肯低头的人。宝哥才像是毛弟妈的儿子，毛弟不像，从外貌到性格都不像。

可是，毛弟为什么要替表哥翻案呢？就是亲兄弟也没见谁为谁翻案，在无产阶级专政的铁拳下，这么做等于以卵击石啊！

毛弟开了腔："古人云：'小不忍则乱大谋。'宝哥你太陷入小事不能自拔，你一生吃亏就吃在这上头。凡事要三思而行，当忍则忍。当然，据你说的来看，这回吵架，还不足以影响对你案子的复查。我托的关系应该是托到了，春节时间我还是要跑的。还得把小白脸擂紧。"

宝哥说："光找你那两个朋友，我看也难，猴年马月也解决不了，这多年来，我哪一级没递过申诉书？有时我想，古代有拦轿喊冤的，我早就该到中央去。要是我当初想到这一点就好了。现在是晚了，'文革'中的事都管不清，哪还管到右派……"

毛弟妈不耐烦地打断侄儿："阿宝，你还说这现成话，你晓得毛弟怎样在为你跑，亲兄弟也不过如此了。毛弟，快弄饭来，我肚子饿了。"

宝哥出去了，肯定是上厕所。毛弟家的这幢房子没有厕所，原来的厕所被住户改成了住房，因此寒冬腊月里，都得去跑公共厕所。

毛弟妈告诉我：这是她的侄儿，她哥哥早年去世，宝哥是靠着她读了医专的。毕业后分到药材公司，参加工作不到两年就被划成右派。宝哥脾气太臭，跟单位领导关系搞不好，领导串通着，把他打成右派，开除了公职，发配到潜江监督改造。但宝哥没有右派言论，他只是跟单位领导提意见，领导就认定他反党。当时，宝哥年轻气盛，不知大祸将临，他对领导说："我怕什么，我单身一个，一人吃饱了全家吃饱。你指望我向你告饶？你怕是在做梦！"毛弟妈叙述着往事，神情凄楚，她说："我哥哥、嫂子都不在人世了，实指望阿宝大学毕业，成家立业，对我哥嫂有个交代，也不冤枉我培养了他一场，谁知落到这个下场。当时阿宝谈了对象，一见阿宝成了右派，那姑娘就跟他断了……"

毛弟端饭进来，他看着我，一言不发，很沉闷的样子。我只低头抠鱼腮，显出不注意宝哥事情的样子，觉得这样好些。

宝哥回来了，拿毛巾肥皂去水龙头洗了把冷水脸。他冲着我笑："你吃饭吧。"

忽然，我为先头的想法生出愧意，低下头，小声说："你们先吃吧，我把鱼腮抠完了再吃。"

毛弟妈说："青青，趁热吃，免得饭凉了。"

宝哥又冲我笑："哦，你叫青青。"他下意识地望望毛弟，又对我说："快去洗手吧，事情总是做不完的，吃了饭再弄。"

这个宝哥对人很好，他已经对我笑过几回了。他的轮廓、性格脾气很像毛弟妈，但气质跟他姑妈不同，可能他是读书人的原因吧。相形之下，毛弟跟他这位表哥完全不同，毛弟思想深沉，看事情透彻，但说话闪闪烁烁，跟他的年龄不相称。可是一个表弟，多年来坚持不懈地为表哥想办法翻案，的确很少有。我对毛弟又重新有了种新奇钦佩的感觉。

下午告辞时，毛弟妈塞给我一只鸡。我不安地望着宝哥，不好意思拿他的东西。宝哥笑起来："拿着，这不是瘟鸡。我怕活物路上死掉，头天放血宰的。"看到毛弟也对我笑着点头，我就收下了。

41. 毛弟妈要来

妈妈看到毛弟家给的鸡，不高兴了，她悄悄压低声音："我早就跟你讲过，我们除了靠他帮忙，不要拿他家的东西，以后你回来了说不清。"

我不以为然："一只鸡算什么呢，过年我们还不是要买点东西去的。"

"我们是求人家，当然要送点东西，但是跟这家人来往你一定要把握好自己，不要陷进去。毛弟妈那副相我厌恶；还有那个毛弟，指头都是黄的，一副大烟鬼的相，哪里还有个年轻人的样子。"

我一下子语塞，怎么办？今天毛弟妈还说大年初二要上我们家来呢。其实我也怕她来，在这点上，我跟妈妈是一致的。那么干脆不让妈妈和她打照面，反正四棉只放大年三十、初一两天假。初二妈妈就要去加班，毛弟妈来时妈妈正好上早班，基本上可以错开，我告诉了妈妈这一情况，妈妈顿时唉声叹气。我说："也许毛弟妈是随便说说，到时没空来呢，我只多少作点准备就是了。"

"那就作点准备吧，不管怎么说，我初二那天要躲开她，我把饭带到厂里热了吃。"

也只能这样了，我想。要是毛弟妈来，金姨她们会竖起耳朵听，妈妈避开了，金姨她们的猜疑会小些。

除夕，我和妈妈三两下吃完了饭，妈妈对年饭向来不大在意，对过年看得很淡。

当我端上鸡块煮烫饭时，妈妈说："越简单越好，这样的饭又饱又暖和，荤菜也有了。"

隔壁汪妈妈的老伴回来了，这一对孤老夫妻非常讲究过年，汪妈妈老伴一口接一口地喝酒，喉管里发出惬意的声响。金姨过来看我们吃饭，她摇头："太简单了，老林。年三十就是图个吉利，看你娘俩平时汤汤水水，吃得蛮可以，大年三十怎么反而清汤寡水，赶单身汉还不如？"

妈妈笑笑，心里也感激她来看我们，说："旧社会我也颠沛惯了。抗战逃难到后方，哪里有什么年三十，所以我不讲究。照我的意思，年三十吃两个菇就可以了，平时吃好点那是细水常流，身体不能亏，过年不要暴饮暴胀为好。"

金姨连忙做个手势，表情古怪，隔着板壁的汪妈妈夫妇正在暴饮暴胀。我瞪了妈妈一眼，这把年纪的人了，说话也不注意，这是什么环境？板壁顶上都是空的，一点动静都从板壁上飞过去了。

丢下碗，妈妈开始烫那条翻新了的毛哗叽裤。我终于没时间烫，我要到裕华家去。裕华从农村病转回来后，每年的年三十晚上，我们都要相聚一下，她家同我家一样，格外冷清，姐姐在江陵安家后过年基本上不回来。

裕华也是刚丢下饭碗。她麻利地收拾着残羹剩饭，端着一大摞锅碗穿过天井，到大门口檐下的厨房去洗。她爸爸照例饭后半卧在床上听收音机、看报纸，见我来了，把音量调小了一点。一会，裕华收拾完了，忽然到后面房里拿了件新罩衣过来，"啪"地打开圆桌上的灯，又转到她爸爸跟前，关了帐子前的灯。她爸爸嚷了一句："一件衣裳要做到年三十？"

裕华不好意思地对我笑笑："就是年三十夜守岁又怎么样呢，一家只能用一盏灯。我们住的是公房，灯费按度数算。不像你家，灯费是按月扣。你可以白天开灯，夜晚点通宵。"

我说："我宁愿住你这种房子，虽说破点，但有阳光有空气，说话自由；我那屋一个月只扣两角钱电、一角钱水费，可是只有 7 个平方，又黑空气又不好，螺蛳壳里做道场，没有下脚的位置，所以我阿姨过年总不来。"

"那你明天到不到汉口去给你阿姨拜年？"

"当然要去，我姨父、表哥都从外地回来了。"

"正巧，我明天要到六渡桥姑妈那里去拜年，我们一起走。我这就赶着把新衣裳的扣子钉好，快完了。"

我拿过她的新罩衣看，呢布料，红底黑线格，很适合裕华的黑皮肤。我赞了一声："这件衣裳你穿了肯定好看。"

裕华兴致勃勃地说："这是中午休息时我叫人代守一下电话，偷空到百货大楼去扯的布，同去的街里干部非要我扯这种格子的。管它呢，现在每个月到底有 15 块钱，比原来在江陵县强多了。过年总要武装一下。"裕华望望她爸爸的帐子又小声问我："你明天到不到那个毛弟家去？"

我也压低声音："毛弟家近些，先去他家，再到我阿姨家。"关于毛弟的事，我在熟人中只告诉了裕华，目的是要她作参考，听听她的看法。再就是应笙晓得，那是她问出来的。

"那……毛弟到不到你家来拜年？"

"不来，我家那小，说话楼上楼下都听得见。"不知为什么，我没有说出毛弟妈要来。

裕华问："毛弟对你抽不上来的事，表过态没有？"

"没有，我们只是关系好，他帮我搞病转。因为我没转回来，并没有正式确立朋友关系。如果我实在回不来，我也不去连累别人，他是个独儿子。"

"你太傻了，青青，我觉得危难关头，最能考验一个人。他要是对你真心，现在就应该向你表白。这种事上，男同志本来就该主动些，何况他当工人，条件比你好。你没抽上来，心里有自卑感，你怎么先开得出口？可惜我不认识毛弟，不然……"裕华说。

我看出裕华想见见毛弟，我在她面前不止一次提起毛弟，引起她的好奇心。就说："明天我们一起坐车走，你跟我先到毛弟家去吧。见见他，帮我作个参考；我再陪你出来，你接着到六渡桥亲戚家，我再到阿姨家。"

裕华很高兴："好，那我们明天早点动身，9点钟我来约你。不是为了看那个毛弟，我本来要坐船过江的，让我目测一下你的男朋友，看看过不过得了我这一关，如果过得了……我就找机会用话套套他看……"裕华满老练的样子。

我急得拉她，压低声音："你千万别瞎说，那太丢我的面子……"

裕华的声音小不下来："看你急的，你太老实了。要我，哼，就要他这个态度——你有这个意思吧，那我现在没回来，你敢不敢跟我确立关系？我要是一辈子回不来，你敢不敢跟我打结婚证，过穷日子，永不变心？"

我默然了，糟糕，裕华爸爸什么都听到了。

初一，天公不作美，下起了雨，可是人们过年的心劲不是雨水挡得住的，何况初一是新春第一天。四棉的职工过完了初一，初二就要去加班。于是该拜年的拜年，该接客的接客。金姨的三丫头和一群小朋友在巷子里放起了鞭炮，汪妈妈叹息："过年是伢们快活，大人害怕啊，你坐在厨房里好生生的，'啪'地一响，唬人一惊，刚转过神，鞭又连炸直炸，这血压高的人硬是受不了。"

裕华收拾得漂漂亮亮，打着黄油布伞约我来了。

进门她就喊："林妈妈，跟您家拜个新年！"

妈妈高兴地拉着她，打量她那身衣服，赞道："颜色好，样子也做得好。我们青青，总是搞得太素了，不像过年的样子。"

裕华嘻嘻哈哈："青青有青青的味道，我还学不来呢。"她望着我的裤子："咦，你这裤子好笔挺，毛料的，很贵吧？"

我笑望妈妈："是妈妈的，过年我借着穿一穿，还要还她的。"

妈妈也笑了，她是为自己的杰作而高兴，我们不能说破这其中的"奥妙"。

我的情绪被裕华感染得快乐起来。我拿了把黑布伞，和裕华相拥着出门。还没走出华福里大门，就看见厂里的一群干部涌进来，我忙拉拉裕华，闪到一边。我看到了干部中有那个到天门招工的胡科长，血"呼"地涌上了脸，连忙用伞遮住自己。还有保健科的女科长，住我们楼上的检验科冯科长，这群人笑着闹着，拐进华福里的第一幢楼。善于溜须拍马的胡科长大着嗓子："排着队进去，该工会主席打前站，莫搞得像个土匪相。"

"可得。"有人应和着。

这才明白，他们是到厂长家去。厂长的儿子腊月二十八结婚。这些基层干部是既看新房又拜年。

裕华也看出来了，她认识那个保健科长，她问我："这群人到哪个头头家去？"

"别做声。"我毕竟住在这里，怕人听见，更怕招工的胡科长看到我。我们用伞遮住脸，低着头出了华福里。我告诉裕华："这些人去看厂长儿子的新房，我听同屋的金姨说，厂长的儿子结婚，这些中层干部都凑了份子的。"

裕华恨恨地说："这些马屁精，我看见他们就有气。我爸爸解放前当了个法院的书记员，是记录犯人口供的，他妈的，被他们整到十八层地狱。每回招工我的政审就不合格，都是这些害人精整的黑材料。不是靠我姐姐病转回来，老子现在还不是守在农村。青青，你跟这些厂长书记们住在一起，真叫难得过，要我一刻都受不了。"

我什么也说不出，这痛苦不是言语能够表达的。于是王顾左右而言他："你给姑妈带了什么东西去？"脑子里却闪过妈妈的话："我一见到胡科长，心里就发抖。有回看见他在餐馆里吃面，产生了这样的念头，要是我手里有包毒药就好了，趁他不注意，丢到他碗里。想不到我这个连鸡都不敢杀的人，竟起了这样的念头，想想自己都感到奇怪。人哪，不能欺人太甚，'她林青青就是政审不合格'。这叫什么话？这么多年我一老一实在厂里工作，大家有目共睹。"我的心在滴血，四棉对我的做法要比对裕华残酷得多。裕华可以用骂来解恨，她毕竟转回来了；我这回不来的人骂又有什么用？说我住在华福里难得过，妈妈才是真正难得过，平时厂长书记面对面撞见妈妈是睬也不睬，脸板得刀都剁不动的。

妈妈有一回像驼子妈一样，跑到垃圾堆里翻，想找几根鸡毛给我做毽子玩。厂党委书记和军代表走过，书记对妈妈一声断喝："你在这里干什么？!"妈妈被惊得结结巴巴，两句话可以说清楚的事，她却语无伦次。书记看清了妈妈手里捏着的两根鸡毛，才挥挥手不屑于听地走过去了。可他留给我们母女的创口不是挥手就能抹去的。

我跟裕华再好，也无法向她说我看到胡科长时的心情。我的心在发抖，不堪回首的腊月"招工"，不堪回首的天门旅社取行李，不堪回首的随四棉厂招工车回武汉……"几家欢乐几家愁"的歌词也道不尽我们母女俩的凄苦处境。我眼窝热辣辣的，泪就要涌出眼眶，只得用伞遮着。听裕华喊："车来了，快跑两步。"

下车后，我在副食店里挑选了一兜大红苹果，2块8角钱。裕华看看我的一袋苹果，又望望自己背的书包，有点懊恼地说："还是你来得干脆些，我这太啰嗦了。"她包里背着炒南瓜子、红苕干、吊浆粉，这都是她精心准备的。

"我没你那么能干啊。"我由衷说。

"能干？这是逼出来的。你有个妈妈，百事都替你干了，你当然就不会做了；我的老头百事不做，烟酒茶天天离不得，所以我凡事要精打细算地过。莫看你没有回来，你浑身上下这副样子一看就是个享福的人，我这个人一看就是个劳碌命。"

我不由笑起来，望望裕华，她周身洋溢着一股蓬勃健壮的美。

"王妈妈，您家新年好。"进门我就给毛弟妈拜年。毛弟妈勾着颈子笑笑哈哈，毛弟和宝哥都站起身。我把苹果递给毛弟，然后介绍："这是我的好朋友，她从这里转车，等一下还要去看姑妈。我把她拉来坐坐。"

"难得的贵客，请坐，请坐。"毛弟忙端靠椅，宝哥沏茶。裕华礼貌地跟毛弟妈应酬："伯伯，恭喜您家越活越仙健。"

毛弟妈合不拢嘴，拉着裕华左看右看。

我悄声对毛弟说："她就是裕华，我跟你讲过的，从江陵病转回的小学同学，现在在街里接电话。"

毛弟对裕华十分热情:"早就听青青讲过你,今天才得一见,见面就是朋友了。你现在上班的地方不远吧?"

"近得很走 10 分钟就到。"裕华说。

"那是个理想的上班地点啊,能争取在那里转正就好了。女同志搞这个工作很合适。"

"唯愿吧。"裕华不知为什么竟有点不自然。

"让我来比较一下你们两个好朋友,你们的气质这么不同,恰恰又是好朋友,这只怕是刚柔相济的原因吧? 裕华,你现在生活算是相对安定了,青青还不够安定,你多帮助她吧。"

裕华只得笑笑,不知为什么,脸有点红了,她局促地说:"你在这里玩吧,我先走了。"

毛弟说:"过年有过年的规矩嘛。你陪青青多玩一下,等会在我家吃中饭。"

一向泼辣的裕华似乎只有招架之力了,她站起来:"不了,我马上要到姑妈家去。"

毛弟殷勤挽留:"姑妈是至亲,决不会见怪的,下午去吧。如果你就这样走了,不怕我和青青见怪……。"

"不行的,我每年都是初一给姑妈拜年,这是规矩。"裕华执意要走,脸甚至挣红了。

我对毛弟说:"我和裕华一起走,就便把她送出去,我马上还要到阿姨家去拜年。"

毛弟妈说:"你看这是做么事,刚来就要走。毛弟,你送送她俩。"

毛弟殷勤地把我们送出来,对裕华说:"你已经转回来了,时间应该是有的，晓得我家的位置，以后就跟青青来玩吧。"

善于应酬的裕华只红着脸，加快了脚步。到了巷子口，毛弟彬彬有礼地扬起手："再见，裕华。路上滑，你们小心点。"

毛弟能够这样热情地待我的好友，使我很高兴。走到大街上，我问裕华："你怎么坐都不坐一下呢？"

"时间不早了，反正看到毛弟就行了。"

"你对他印象怎么样？"

"什么怎么样？对人很客气吧。"稍停，裕华又主动说，"毛弟的姆妈一看就是汉口闹市区的太婆，在我们武昌少见。她那一口牙像是假的吧？白得不对头。人又瘦得那副样子，叫人看了不舒服。她怕有六十几岁了吧，怎么你说她还在跑月票，是找补差吧？"

裕华的话叫我瞠目结舌，心里咚咚乱跳：可别让裕华看出毛弟妈在监督劳动……我只能勉强笑笑，沉默了。

可裕华又说到宝哥身上："那个四十几岁的男的，总不吭气，当着客人的面，还在看那厚的书，我瞅了一眼，像是医书。过年还兴看书？我看这人要就是太痴了，要就是太做作了。他搞什么工作的？"

我越来越难以招架，后悔带了裕华来，只能编话："那是毛弟的表哥，在省药材公司工作，他是医专毕业的。"我介绍的是表哥原来的工作单位。

"难怪，我看他人倒是个老实相。不过，看他那样子，不像个知识分子……"

在航空路口，我又买了一兜水果，去给阿姨拜年。

阿姨一家人春节终于团聚在一起，姨父、表哥从外地回来了，表弟也放了寒假。由于外地的亲人回来得迟，因此他们初一仍在忙着做菜，清东西。我也不习惯坐着当客人，就拿了盆泡墨鱼，用丝瓜筋擦洗墨鱼上的黑膜。表哥问我："阿姨怎么不跟你一起来？也真是的，一起来聚一下嘛。"表哥说的阿姨就是我妈妈。

"她明天就要上班，累得很，今天要休息一下。"我心想：你眼里有我妈妈，也该像我一样去拜年的。表哥是很少来我家的。

表哥突然问："你还没有转上来？"

我一怔，这是什么话呢，12月份，我写信向你求援，你拒绝了，明知我的事还卡着，偏又这样问。我有气无力地回答："还够没有。就为这事，我初四就要赶到县里去找人。"

表哥冷笑一声："你这是何必呢，搞得自己神魂颠倒，连年都不能好生过。依我看，你还是应该在队里安心出工，等待招工。像你这样等于是两头失踏。只有坚守岗位，才有希望。"

气升上来。表哥不帮忙不说，还装模作样地空谈革命大道理。我能服气？我听阿姨说过这样一件事：别人为他介绍了一个农村民办小学的女教师，是高中毕业生，因家庭出身不好，没考上大学才下农村的。表哥对介绍人断然拒绝："我自己都不想在麻城，再找个民办教师，将来怎么办？"还有，表哥不知从哪里听说，"文革"中毕业的大学生要回母校回炉，忙找母校联系，结果湖北医学院根本不搞回炉。还有，他总想找武汉的大医院进修，巴不得进修个一年半载，好在武汉长住。哼，道貌岸然，虚伪。

于是我冷冷地说："我的情况与别的知识青年不一样，我是独子，这你晓得。"

表哥："湖北省没有独子留城的政策，别的独子也下了农村。"

我更来气了："我没说不该下农村。我是毛主席最高指示发表之前就下了农村的，不存在不愿下农村的问题，但招工，对独生子女就应该照顾。"说完，我自顾端着墨鱼去水池上漂洗。吃饭时，我三两口扒完饭，憋着股气，又去了毛弟家。

42. "五类分子"享不到的尊荣

毛弟家坐着客人，就是同济医院的叶大夫一家。叶大夫的爱人和孩子都衣着一新，很有过年的兴头。叶大夫见了我一怔，似乎明白了我和毛弟之间的关系，多少有点尴尬。他问我："你的事现在办得怎样了？"

我淡淡说："正在办。"

叶大夫扶扶眼镜："自你以后，又有两个知识青年找过我，要求我帮忙，我都一一回绝了，我实在爱莫能助。"

我只笑笑。

叶大夫那漂亮的爱人见状，从果盘里抓了把瓜子给我，并和我有一搭无一搭地聊上几句。毛弟和宝哥在厨房里正忙，毛弟妈又生了一个炉子，提到楼梯口去出烟。直到小白脸来了屋子里才显出些热闹气氛。看小白脸年龄，比毛弟还小一点，在军区大院当木工。因为他生得白，毛弟的一排朋友都喊他小白脸。小白脸对我总装做没看见的，跟叶大夫一下子码熟了，这种功夫，我还是第一次见识。小白脸喷口烟，笑着问叶大夫："请问您家的职业？"

叶大夫："医生。"

小白脸："哦，这是个高尚的职业。"

叶大夫兴奋起来，很有感触地打开了话匣子："嗨，高尚什么，如今知识分子排到了臭老九的位置，吃不开啰；像毛弟当工人才好，响当当、硬邦邦的工人阶级。我们同济医院是由国棉六厂派驻的工宣队，工宣队员才叫吃香，我们只能算是团结教育的对象。"

"话不是这样说，你能叫一个工宣队员去拿手术刀？救死扶伤，发扬革命的人道主义还要靠你们这些人。"

"你这话倒是切中了要害，所以我们这些人在医院里的地位是：不把你当自家人，又还要用你。这上夹板的滋味不好受啊！"

"在我们工人眼里，医院里可以没有工宣队员，不能一天没有医生。"

"唉。"

"医生最高的荣誉是病人和亲属的信赖。"小白脸用指头弹了两个响指，冲着叶大夫的儿子做了个鬼脸，"你说，是不是？"

那孩子被逗得"咯咯"地笑出了声。

医生夫妇对小白脸产生了好感，叶大夫说："我最喜欢跟工人打交道，义气、爽快。不像我们知识分子成堆的地方，你嫉我妒，生怕别人比自己强。就拿小孩来说：明明别人的小孩比你的长得好，却非要在鸡蛋里挑骨头，指出别人孩子的缺点才舒服。"

我坐在矮椅上，一声不响嗑瓜子。我想毛弟的这些朋友都有个特点，喜欢结交医生，那功夫还真有两下子。这个小白脸也许不需要病假条吧，他是码习惯了，只怕是潜意识支配着。还有帮了我大忙的拐子，还有毛弟，他们都巴结医生……叶大夫是下江人，过年没地方去，别人，怎么会初一跑到毛弟家来？我也是没地方去的人，跟表哥话不投机，只有躲开。如果回家，看到的也是楼上楼下，人来人往，独我家冷冷清清，这种强烈的反差使我不得不坐在毛弟家，等着和叶大夫同桌吃饭，其实我并不喜欢和这些人待在一起。想来我是个不懂

278 归来

事的人，只想自己要逃避华福里的环境，没想到妈妈独自一人更加冷清。

终于端上来两盘菜，毛弟妈上了桌，招呼着大家："不必等菜上全，那都冷了，边吃边上。"

毛弟开了葡萄酒、白酒。小白脸要走，毛弟挽留他，对小白脸说："我委托你当陪客，行不行？吃完了饭，我还要就宝哥的事跟你谈。"

小白脸就坐下了。客人们喝酒、吃菜，独毛弟妈和我开始盛饭吃。等菜上齐了，我用眼睛数了数，有 7 个菜哩——木耳荸荠爆鸡丝、白斩鸡、干笋肉丝、广椒肚片、炒菜薹、熏鱼、豆腐烧牛脯。毛弟招待叶大夫一家真舍得。最后藕煨排骨汤上来了，医生妻子首先用筷子尝了块藕，称赞道："好粉的藕！"然后用小勺舀汤喂儿子。

毛弟这才下了围腰，和宝哥上了桌，他对大家说："喝汤要喝现煨的，味才鲜，武汉人煨一大铫子汤吃一个年，并不科学，还败味。大家多喝汤吧，不要剩了……"

我看着毛弟被火烤红的脸想：过年请一次客真不容易，毛弟是有两下子，他的菜不全是下江味道，也融进了湖北风格。

毛弟妈明天会不会真去我家，我准备的菜太可怜了，我的头低了下来。

叶大夫夫妇、小白脸都毫不客气地吃着，享受着难得的美味。毛弟频频劝吃，只有宝哥不说话，我感觉他在注意我，并把他跟前的菜碗移到我面前。

饭吃完，天也黑了。毛弟家陆续来了拜年的人，都是毛弟的朋友，看到叶大夫一家人，也就不多坐。都不外乎是拜年的话：

"伯伯，恭喜您家。"

"恭喜您家越活越仙健。"

"唯愿毛弟的三笔事今年办成。"

"恭喜毛弟找个好对象，您家早抱孙子。"

毛弟妈笑得合不拢嘴，殷勤地劝客人吃瓜子、吃花生。过年图个什么？就是图个热闹。在这 16 平方米的天地里，她是受人尊敬的长辈，是体面的女主人，谁会把她当管制分子看？儿子的朋友多，让她享受到了"五类分子"享受不到的尊荣。在这里，想来连居委会、厂里的专案组也奈何她不得。

我暗暗想：汉口跟我们那儿真是不同，工厂宿舍区的管制分子过年哪敢这样笑语喧哗，满不在乎的呢？

毛弟和小白脸坐在一边，悄声地谈着为宝哥申诉的事。他们的谈话我断续听到，毛弟拜托他找人把材料递到曾思玉手中……天哪，省革委会的主任曾思玉会过问这件事？这一刻，我觉得毛弟不可思议。小白脸，凭他跟叶大夫的谈话，我已认识了他几分，他只是一个木工啊！

之后，又进来一对青年男女，男的是毛弟的技校同学，叫瞎子。那女的羞答答抬不起头，显然是瞎子新谈的对象。叶大夫爱人客气地让出凳子，挤靠着我坐在床沿。

毛弟笑嘻嘻地对瞎子说："怎么不介绍弟媳？"

女的听到"弟媳"一词，脸红得像鸡冠花。

瞎子瞪着近视眼，不满地横了毛弟一眼："介绍什么，她在洪湖，前日才回家过年，见的世面少，胆子小。"

众人不由大惊失色：呀，瞎子找了个知识青年？

瞎子可能觉察了众人的想法，又补上一句："她招到当地的区粮管所了，放晚假。"

于是众人就释然多了。门"咚咚"敲响后，进来一个女人，竟是九梅。毛弟和毛弟妈热情地迎上去，没有椅子坐了，毛弟妈冲着阁楼喊："阿宝，把阁楼上的小凳拿下来吧。"

原来宝哥一人躲到了阁楼上，他不喜欢热闹。宝哥从楼上拿来了小凳，毛弟妈把自个坐的方凳让给九梅，自己坐小凳。

毛弟跟九梅介绍宝哥："这就是我表哥。"

九梅居然对宝哥很客气，她说："大哥，你回来一趟不容易，过年多住些时吧。"

但是九梅对我们所有人目不斜视，浑身上下透着股骄气傲慢。她仍穿着往常的衣裳，只是脖子上围着一条鲜丽的彩条羊毛围巾，这使她显得年轻了。

毛弟又独独把叶大夫介绍给九梅："九梅，你不是说腰痛吗，这里坐着一位呱呱叫的叶大夫，几时去找他检查一下，开点好药。"

九梅转而热情地向叶大夫致意。毛弟又对叶大夫说："九梅是食品公司的干部，您要啤酒、要汽水尽管找她，保证是批发价。"

叶大夫："没问题，过完年来找我看病吧。"

九梅认出了我，显出不乐意的样子。上回她要毛弟给她搞诊断书，我在场，今天她向叶大夫套近乎，我又在场。这么多人的场合，九梅掏出身上的指甲钳，旁若无人地修起了指甲。

我看出九梅并不愉快，她显得有心思。凝眸时，眼神似乎有些阴郁。我想：大年初一，她竟丢下儿子跑来拜年，也许是和毛弟约好，特地来碰叶大夫的。我有些明白了，毛弟与九梅在搞交易，毛弟可能求她把申请书递到她干爹手上，九梅则利用毛弟为她搞诊断书。难道叶大夫肯为她出肾炎的诊断书？

叶大夫显得很兴奋，大概是酒精的作用力，他起劲地喊起来："这里坐着好几位年轻女同志，不来点什么，就辜负了这新春佳节。"

毛弟拍了一下掌，定要九梅响应叶大夫的号召，他说："九梅是我们公司著名的独唱演员，该九梅先来一个。"

九梅哂笑地望着毛弟："我是后到的，按先来后到的顺序吧。"

于是大家鼓掌要瞎子的女朋友唱，女朋友羞臊得说什么也不肯唱。

毛弟替她解围，非要瞎子代替。瞎子被逼不过，唱起《智取威虎山》"朔风吹，林涛吼……"才开了个头，那音就接不上去了，笑倒了众人。

大家又一致要九梅唱，九梅推辞了一下，询问似的望着毛弟，毛弟说："拣你拿手的来。"

九梅这才亮开歌喉："九九那个艳阳天哪哎哟……"她是女中音，嗓音不错。

后来叶大夫竟哼起了越剧……

小白脸不会唱歌，被毛弟揪着罚学公鸡叫……

毛弟竟唱起了《何日君再来》"好花不常开，好景不常在……"这首黄色歌曲被他唱得缠绵哀婉，与他那男低音很相投。

最后连叶大夫的爱人也唱了。但没有人请我和宝哥表演，在座的几乎都知道我是个知识青年。我悄悄坐在床尾。毛弟并不和我多说话，这样才好。欢乐的气氛对我感染不大，我心事重重，想着毛弟妈明天要去我家……后天我得排队买车票，初四就得走了……

宝哥坐在门口，表情漠然，像个不相干的人。这种场面对他来说是个负担，欢乐不属于他。

43. 一袋葡萄糖粉

初二上午，我一人在家清理衣物，东西尽量少带，到县城去找熟人，行李拖拖沓沓的不好。只带些必要的衣物和书，我还要回队里住一段时间。在不知舍弃中，我心里充满悲伤，恨不能哭一场，此去如何？我害怕极了。上回在县医院的遭遇，至今想起来都发抖，这次又被迫下去，而且是在万家欢乐的新年，我找不到借以支撑的力量。一上午，我凄凄惶惶，不知所从，终于还是强制着自己，把东西收拾好，赶在妈妈吃中饭前，不然她顾虑更多。

中饭母女俩下面条吃，荤菜一样不敢动，毛弟妈下午才来，是她昨晚告诉我的。吃完饭，妈妈又要赶到厂里去，她只嘱咐我："你拿20块钱去吧，不够你再写信来，我关饷就寄来。"下面的情况她一无所知，只知道我应多带钱。似乎带足钱，事情就好办了，我心里愈加凄然。

我悄悄对妈妈耳语："毛弟妈下午要来，下早班后，你就别回了，晚饭就在食堂里买着吃，没地方去你就到招待所的同乡那里去坐坐。你又嫌她，避一避算了。"

妈妈连连点头，她捂着嘴对我说："你也不要得罪毛弟妈，好好招待，等你转回来了再跟他们断绝关系。"

我强迫自己看书，哪里看得进去，心里乱麻麻的，我知道我在等毛弟妈，如果不是为这，我就去裕华那儿坐坐了。

"请问这屋里有一家姓林的吧？"我听到毛弟妈在问金姨的三丫

头。我忙奔出房间，笑着说："您家来了……"话没说完，我看见了随后进来的毛弟，感到一股热浪滚过脸颊，毛弟没说要来呀。我慌乱地说："你们进来坐吧。"我家破天荒地来了这样的客人，引得汪妈妈出来不住地打量毛弟母子。屋里就两张椅子，我请他们落座，毛弟执意坐剩下的矮凳子，让他妈和我坐高的。毛弟冲着我微笑，很规矩地坐在他妈身边。毛弟妈上下打量屋里，问："你姆妈过年出去了？"

我说："加班，全厂初二开始上班。纱厂比别的厂忙，逢年过节总要加班。"我给他们泡上茶，端出糖、花生、京果。

毛弟妈问："你家也喜欢吃这？"

我只好说："有点喜欢吃。"其实这是为毛弟妈准备的，我不好意思说罢了。

毛弟妈叹息着："难为你们娘俩，收捡得这般干净。家当也清爽，要是家当不清爽，这小的房间，不知摊成么样了。"她又解嘲地说："要是我住在这里，我的瓶子罐子只有顶在头上了……这屋里空气怎不通？说起来开着窗户，开在过道里，白天也要开灯，要我一刻也住不惯。"我只有赔笑听着，本来就是这样嘛。

毛弟笑着提醒他妈："您家怎么这多话。"

毛弟妈笑起来："我这人天生话多，一张敞嘴，不像你姆妈。"她的话题引到妈妈身上："我今日来主要是看望你姆妈的，她几点下班？"

我只能骗她："我妈妈上中班，10点才下班。当班吃饭时间只有半小时，赶不回来，就在厂里吃。"其实在这时间里妈妈总是回家吃，很少留在厂里。我骗她的目的是怕她等我妈妈。

毛弟妈哪会等呢，她隔江隔水地赶来，是想看看我家的环境、家底。此时她已乏了，她捶着颈子对我说："等你姆妈下了班，你替我告诉她，正月二十是我 60 岁生日。想来你姆妈也没有哪里去得，我想接她去玩一次。"后一句话说得是诚恳的。

我忙说："等妈妈回来我肯定跟她讲，王妈妈您家吃这颗糖，我马上去做饭，让你们早点吃晚饭。"可是毛弟妈已站起了身，连日来的劳乏使她急欲回去休息。毛弟笑微微的，也站起来，这一下我真急了，怎么能让他们空着肚子走呢？我声音就大了："一定吃了饭再走，我们家的菜没有你们的好，可也是现成的。"

毛弟笑了起来："不了，早点回去，晚上有朋友来玩。我们本来没打算吃饭。"

看看无法挽回，我只好换一种方式："那就下面吃吧，快得很。"

"面也不吃。"毛弟说着从提包里拿出一袋葡萄糖粉，搁在桌子上。

毛弟妈说："这是给你姆妈的。"

我慌忙说："谢谢，怎么好意思。"

母子俩走出了过道，我扶着过道门框对他们说："那你们路上小心，春节人很挤。"我不敢送毛弟母子，生怕华福里的人看见，我返身看到那袋葡萄糖粉，500 克一袋的。我估得到他们是从医院开出来的。可是我心里也漾起一丝快乐："终于过年有人来看我们了，并且还带了东西来。"

下午我去了裕华家，明天要去买车票，初四一早就要走。走前我想让裕华帮我分析一下此去的把握，从她那里借点"胆子"。我还想听听裕华对毛弟的印象。

　　坐下后，我忧心忡忡告诉裕华："我心里一点底也没有。后天就要走了，我真怕下去。别人都在热热闹闹地过年，我却要孤单单地赶到县城，还不知县公安局的那个刑侦股长是个什么样的人。"

　　裕华说："什么样子，两个眼睛一个鼻子，还能吃了你？"

　　"可是上回……"我吞吞吐吐，脑子里浮现出县医院的白脸和红脸医生。

　　"你不要那样想。"裕华会意："人跟人不一样，男的跟女的到底不同。万一那公安局的人不肯帮忙，你求不到官还有秀才在。吴医生不是跟你出了诊断书嘛。你把它交到区里，死摞区里往上转。你一口咬定：我在县医院检查了的，是县里要我回武汉来诊断的嘛。确诊的结果在这里。你们凭什么不放人？把我这有病的人留着做什么？一天不走一天是队里的包袱……"

　　"唔，你的话有道理，我心定了好多。"我羡慕地看着裕华，她3岁不到母亲去世，生活磨练得她特别能干，说话行事很有一股决断的气魄。

　　"咯、咯、咯"，裕华爸爸咳了一阵，带着痰音隔帐对我说："青青，不怕的。人不求人一般高，你求人不是为别个，是为自己，为了解决自身的问题。话慢慢说，一定要说到。不要慌，你一想到是求自己就不会害怕了。"

　　我感动地说："伯伯，我记住您家的话。"

　　我们又聊了一阵别的，裕华小声告诉我：自她转回，班上有两个男同学先后来找她玩，有那个意思。

　　"这两个人怎么样，都抽上来了？"我问。

　　"当然是上来了，都抽到工厂，出身都好。"裕华说。

"那你有没有看得上的一个?"

裕华一摆头:"我一个也看不上。哼,我先回不来的时候,他们当上了工人阶级,找过我没有?要是那时,我倒会考虑。现在只能说明他们是软骨头。我没那苕,不等到街里分配正式工作我不谈。"

"为什么呢?"我奇怪了,"你24岁了,比我还大5个月。"

"那又怎么样,主要是我看不上他们。没有男子气,吃了饭碗一丢,百事不做。我从小没得娘,我找对象,就要找个能干的,关键时刻有个男人的样子。找那种软骨头男人,不是害自己?"

软骨头,害不害自己,我倒没想过,我衡量人的标准是:在我最困难的时候,谁帮助了我。估计裕华爸爸睡了,我悄声问:"昨天你看到了毛弟,觉得怎么样?"

裕华反问我:"你看中他哪点?"

"我跟你讲过的。"

"那,我说不上来,我当时只坐了一下。"

"总有个初步印象。"我希望能听到关于毛弟的好话。

裕华说了:"照我看,你不用跟毛弟来往。"

"啊!为什么?"我一惊。

"你不是说,到现在你们还没有说破这层关系么?"裕华反问。

"那是因为我没回来,我不能害别人。"我解释。

"那才巧,要是毛弟说他爱你,你可以用这话回答他。我问你,他说过他爱你没有?"

"没有。"我老实告诉她。

"问题就在这里,他没说,是因为你现在回不回得来还是个未知数,他不想找一个农村户口的人。他到现在不吐一个字。你连想说一句'毛弟，我还没有回来，不能害你'的话都不能说。不是你不说，是他根本不给你表白的机会。"

我懵了，毛弟是裕华说的那种人吗？我这回回来，搞到了诊断书，病转又有了希望，都是靠的他呀。毛弟是个感情深沉的人，不像裕华的同学。我为毛弟辩解："我觉得毛弟还是有诚心的。他妈说要到我家来，我还以为是他妈一个人的意思呢。结果今天他和他妈一起来了。"

"唔，"裕华问，"毛弟说了什么话？"

"什么话也没说。"

裕华问："他们送了东西来吧？"

"送了一袋葡萄糖粉。"

裕华嘴一撇："搞半天一袋葡萄糖。我姐姐、姐夫经常给病人开这种东西，容易得很，有单位的联单记账，又不要自己掏腰包。如果毛弟真想和你好，第一次登你家的门，这种不花钱的东西是拿不出手的，莫说还是过年登门。你妈妈也是老实人，要把别的丈母娘，早翻脸了：'你把我姑娘看成什么样的人？'"

我惊慌起来，裕华的话无可辩驳。葡萄糖粉一定是毛弟妈的主意，毛弟一个男人，不会管这些小事。我有气无力地说："肯定是毛弟妈的主意。我妈妈上班去了，没有碰到他们。"

"反正呀，青青，我总觉得你小说看多了，看迂了，一点社会经验都没有。我真替你担心，你这样下去会吃亏的。我们是从小一起长大的朋友，我得提醒你，那个毛弟，凭他那双眼睛，就不是个简单的角色。哈哈，我说得太直了，你莫告诉毛弟，万一你真的跟他好了，他不恨死我？"

"不会的，我决不会告诉他。"我保证。

"那，等你回队后，你干脆主动把话跟他挑明了，看他怎么回答。你就应该争他这个态度。不过，我真心劝你，你就是回来了，也不要跟毛弟好，资本家家庭里出来的人，难得缠。你的条件很好嘛，一个独姑娘，还怕找不到个对象？"

我心事重重地回到家里，妈妈已经把晚饭端上来了。我问："妈妈，你没有在厂里吃饭？"

"我又不上中班，过年在厂里吃晚饭，旁人不奇怪？我在招待所里坐了半天，估计毛弟姆妈不会在我们家吃饭，拖到现在才回来的。"

"你怎么晓得毛弟妈不会吃饭？"

"她第一次来，我们又没邀请她，怎么会吃饭？何况我不在家，顶多吃碗面罢了。"

"连面都不肯吃。毛弟陪他姆妈一起来的。"

"这是他们带来的东西吧？"妈妈望着桌上的葡萄糖粉，小声问。

"唔。"

"你看，资本家就是这样，悭得出奇，把人当傻瓜，亏她想得出。跟这样的人家来往你要有个头脑，等你关系转回武汉，我们就不怕了。来，你多吃点蛋饺……"

我们吃的是年饭。为了接待毛弟妈，从大年三十到初二中午我们没吃过正餐。今晚妈妈把所有的菜都端上了桌；她不停地给我夹菜，我也不停地让给妈妈吃。明天就要离开家了，发车地点在汉口，我买了票再到毛弟家去道个别，晚上到阿姨家去睡，后天一早走。

晚间，我像个顺从的小孩，一声不吭地挨着妈妈的脚睡下了，感到妈妈的身子好温暖，后来干脆抱着妈妈的双腿，像个依恋母亲的婴儿一般。我内心无比凄惶。"妈妈，"我心里呻吟着，"我怕到县城去呀，厂里招工的情景，红脸、白脸医生凶狠的样子……我不想离开你，不想离开家！

可是妈妈好像睡着了。屋外墨云翻滚，朔风从门缝里挤进来，天气奇冷，整个宇宙像是沉寂了，没有谁知道一个弱小的人物在哀吟。

早晨，妈妈跟我说："昨天还剩了些菜，给你装一瓶子带去吧。你回到队里还是过年的时间，不能没有菜吃。"

我摇摇头："得先到公安局找人，不能搞得拖拖拉拉的。倒是过年找别人，要带点东西去才好。"

"那买什么，公安局的人怕要抽烟。我再给 3 块钱你，买条香烟去。"妈妈忙掏钱。

我又摇头："钱够了，带多了不安全。送条烟目标大；新年里，还是带点吃的给他好些，我到汉口去买。"

母女俩悄无声息地吃了早饭，我催妈妈快去上班。妈妈难过地摇摇头："我跟同事打了招呼，晚一点去不要紧，让我送你到车站。这一去还不知怎么样……"妈妈掏出了手绢。

我双手按住妈妈，坚持不让她送，我不想让汪妈妈、辜奶奶看到我初三就要走。看准了过道、巷子里没人，我拿起提袋，背上书包。妈妈只能送到过道门口。我走到华福里大门口时，又回过头，看到妈妈正倚着门框，神情凄楚地望着我，我的泪呼地涌出来，一扭头，大步走了。

44. "最后的晚餐"

到阿姨家,我把东西搁下,匆匆奔去买票。

汉口客运站售票大厅里人声鼎沸,人头攒动。我问到去天门的排队窗口,排了两个小时的队,才买到车票,一张票 4 元 7 角。明天早晨 6 点半发车,如果行车正常,11 点就可到达县城了。我把车票小心翼翼地揣在贴身棉袄口袋里,走出售票大厅,已经快 12 点钟了。

肚子早就饿了,不想再去麻烦阿姨,我决定去吃点东西。天气变得更阴霾,北风呼呼地叫,我想,等会求表哥给我写张近期的病历,以证明我的坐骨神经痛一直未见好。至于阿姨,她的笔迹已落在一医院的老病历上,不能再叫她写了。对于这些细枝末节的问题,我很小心,生怕万一出点纰漏,以致前功尽弃。还算有一位表哥,他恰是内科医生,还可以利用这点关系。

我就近进了万松园餐馆。馆子里顾客很少,可惜没有汤粉水饺卖,只有饭菜。就买个我喜欢的红烧肚片吧,今天还是初三呀。吃着饭,忽然想起了先梅的话,"反正你娘俩有钱,过年可以到餐馆去吃。"现在我真的来餐馆过年了。但我的感觉就像是吃着"最后的晚餐"——并没有人出卖我,充塞着我心的是无依无助的飘零感,更兼被城市文明遗弃了的痛苦。

饭后,我走到航空路一侧的实验副食品商店,在柜台前徘徊了一会,买了两盒麻烘糕,一盒果脯,一斤巧克力糖要营业员包扎好后拎在手上,觉得有点气派了。

我在商店里来回地遛着,注意玻璃柜里的各色副食,一时竟不想走开——我是在追寻童年的记忆:小时候,我寄住在阿姨家,休息日，妈妈常常带我光顾这家副食店。这店建于 50 年代后期，所以取名实验副食品商店，在汉口颇有名气。三年困难时期，主食不够果腹，副食奇缺，这家店里却摆着高级糖果点心，标明是议价食品。1961 年的一天，妈妈带着我逛进来，我盯着那喜饼不眨眼。喜饼用的是精细白面，上面刻着立体花纹，花纹下隐隐透出里面的果馅。妈妈连忙掏钱包，喜饼 6 角钱一个，还不到一两。我小心地捏着喜饼，坐在店堂附设的圆桌前，不一会吃了个精光。妈妈看我没解馋的样子，又想再给我买块蛋糕，也要 4 角 2 分钱一块。可我还望着喜饼，妈妈又毫不犹豫地掏钱买了，两个饼吃进肚里，妈妈竟没尝一口。

我怕回忆往事，往事与现实对照只会使人更加痛苦。我想，将来一定要报答妈妈的恩情，可是我这次又失败了怎么办？我不敢想下去了……

阿姨和姨父出门去了，表哥一人在家。他劈头问我："你买票怎么去这长时间？买这多东西干什么？还没吃中饭吧？"

我高兴地告诉他，已在外面吃了中饭，东西是送给县里人的。

表哥听了一声冷笑："你看、你看，我们还等你回来吃中饭呢，你居然在外面吃了。吃的什么好东西呀？"

我不敢跟他说实话，心里的想法是不能告诉这位仁兄的，就说："就吃的馄饨。"

表哥又冷笑一声："年初三在外面吃馄饨，亏你说得出来。明明是过年，明明我家就在跟前，过年又不是没有吃的，偏要到外头吃。亲戚之间分得这样清，连外人都不如。"

我被表哥这番话挖苦得难受极了，分辩道："我买到票快 12 点了，到你这里还要够走，当然凑合吃了，这又有什么不可以的？用得着说这些话。"

"光是这样吗？我看你没有把这里当自己的家，总把自己摆在一个外人的位置上。哼，你看，你宁可吃馄饨也不上我们家来。"

我气得说不出话来，只差眼泪没落下来。明天一早我就要走了，内心的凄凉你知道吗？新年本是快乐的时辰，我凭什么要被你这样挖苦？一刻也待不下去了，干脆走！我拿起提袋，颤声对表哥说："我还有事没办完，要赶回去。"我决定到毛弟家去住一晚。但过了航空路铁路桥，我才想起，本来要求表哥写病历的。我把头一昂，管它呢，不要算了，如果求他写病历，还不定要听多少尖酸刻薄的话呢。怪不得妈妈也不喜欢他。但凡我妈妈说话，说一句他必反驳一句，少有尊重礼貌的。

毛弟家，毛弟正和小白脸谈宝哥的事。宝哥倒像不相干的人，和毛弟妈在炸鱼块。我坐在一旁听着，小白脸讲到，军区后勤部有一个股长和曾思玉的警卫员是老乡。部队的行情和地方不同，部队最讲老乡关系，一大堆公章抵不上半个老乡。毛弟就拱拱手，郑重其事地拜托小白脸。

小白脸告辞后，我告诉毛弟妈，已买好票，明早 6 点半钟的车，原打算在阿姨家挤一晚，谁知阿姨家来了客人，没法住，想在您这里挤一晚，不知挤不挤得下。毛弟妈便说，"哪会挤不下。你上阁楼挨我睡，保你不挤，我睡的是大床；阿宝是男的，就无法子，夜夜打地铺，好在是地板。"

毛弟有点惊奇地望望我的提袋："你就带这点东西下去？"

"要先到公安局去找人，不能搞得大包小包的。"我没告诉毛弟，提袋里还有契诃夫3本小说集，我要靠它伴随我消磨农村的长夜呢。

我心里胆怯，忍不住对毛弟说："我心里好虚。上次裕华姐夫那么熟的关系条子，结果搞得一败涂地，这次……"我顿住了。

毛弟皱着眉，转了转眼珠："不怕它，怕也是要去的。如果那个公安局的股长问你和吴医生是什么关系，你不要苫里苫气地直说。最好把这种关系说得暧昧一点，含糊一点，懂吧？这样，别人反而不敢马虎你。"我听懂了毛弟的意思，感到为难地点点头。

毛弟鼓励我："放勇敢点。我赠你一句话：成功往往在于明知不可为而为之。你为了，毕竟有希望；你不为，就永远不会成功。"

我似乎明白了一些，仍忧心忡忡："我总怕病转最终办不成，招工又没希望，我这一生……"我说不下去了，我难以自制。刚才表哥对我的挖苦、奚落，使我的感情变得更脆弱了。妈妈的话，裕华的话，我不会不记得。可临走的前夜，在这痛苦的人生命运中，我还是本能地乞求毛弟母子给我以庇护，我仍把毛弟母子当成亲人。毛弟妈重重地叹了一口气："你自然要尽最大的力去办。实在回不来，那是没办法的事。"她的话音里透着绝望。我的心更加慌乱了。

毛弟忙岔开他妈："姆妈，天都黑了，我们快吃饭吧。"等毛弟妈去端饭，毛弟端详了我一会，笑起来："不要紧，吉人自有天相。你的样子是个有福之相，你会成功的。"

吃饭时，宝哥注意地看我，闷头笑了一下。他把那碗鱼推到我跟前："青青，你吃这菜。"这个宝哥，从开始到现在，我都感到他待我特别好。灯光下，看得出他钢针般的发桩里掺了白发。他脸上的表情和皱纹，透着一种严峻，充满刚强之气。40多岁了还没成家。我心里叹息着，想来他是有冤情，不肯低头，不屈不挠地坚持上诉，就很说明问题。想到还有比我更不幸的人，我感到不能再多诉苦了。

毛弟妈瞪了儿子一眼："今日都初三了，正月二十就是我六十大寿，我把话跟你讲到，不先作准备老娘是不依的。"

毛弟笑笑："您家急么事，都在我心里放着。有我和宝哥两个扛着，您家百事不用操心，到时享现成的。"

毛弟妈小孩般地笑起来："我不提个醒，怕你到时忘记了，惹我生气。"

宝哥也说："姑妈，该办的事我们都会办到，该请的客一定请，一定办得热热闹闹的，让您家高兴。"

毛弟妈忽地又说："我想生日那天，楼上楼下一家送一碗长寿面……"

毛弟忙忙打断母亲："姆妈，那又何必呢，你家是个好心，可是在别人眼里，还以为您家是抛砖引玉。"

毛弟妈方不言语了。她看看我，没说什么。我也不好说什么，正月二十我很难赶回来。我妈妈是不会来的，我们家不讲这一套。我暗想：一个戴帽子的"五类分子"，还有这大的兴头庆寿？还要到处送面，多张扬啊！不怕居委会和厂里说你不老实，想翻天？太不识时务了。毛弟用"抛砖引玉"劝住了她，其实毛弟心里明白，一个受管制的人，怎能到处送寿面呢。

吃完饭，宝哥提来一大壶热水，毛弟妈示意我提上阁楼去洗脚。我这是第一次上她家阁楼，阁楼上竖着一扇不大的天窗，阁楼里铺着一张大床。毛弟妈叹息："阁楼上自在倒还自在，可是我有颈椎炎，勾着头上上下下蛮难。"

我说："您家可以让毛弟上面睡，您睡下面。"

毛弟妈："那哪行，毛弟朋友多，我是个说困就要困的人，楼上睡着安逸。我这就要睡了，青青，你还下不下楼？跟毛弟说话玩吧。我毛弟爱看书，天上地下的事都懂得。"

我忙说："不了，我跟你一起睡下，免得等下吵您的瞌睡。我5点前要起床，不能误点。"

毛弟妈冲着梯子喊："毛弟，我们睡了，你把闹钟上好，5点喊我们。"她睡在被里叹道："毛弟明天上早班，后天我也要上班了。这个年怎么这么快，说完就完了。"

听毛弟妈那语气，她过年的心劲还没收呢。我在毛弟妈的脚边躺下了，两人合盖着被子。阁楼比下面房冷，可我尽量与毛弟妈保持着距离，我是不习惯和外人睡的。模糊中，听得宝哥在下面搭地铺，两兄弟开着灯，他们还在讲申诉上的事情。

天窗外漆黑一团，我已醒了。不敢惊动毛弟妈，只得一动不动地躺着。后来听到阁楼的梯子被拍得"啪啪"响，毛弟唤着："青青，快起来，5点钟了。"

我一跃身起来，毛弟妈也醒了，我们下了梯子。宝哥的地铺也收起来了。我抱歉地对宝哥说："害得你也睡不成了。"

宝哥爽朗地笑起来："没有关系，我一向起得早。"

外面风雨大作，黄黄的路灯下，雨水流成了道道小溪。吃过毛弟妈下的面，毛弟举着伞，帮我提着袋，很快到了候车厅。大厅里黄灯刺目，今天挤着更多的人，走的和送行的在互相话别，等候着开车的时间。这情形一下子镇住我，我畏怯地低下了头，想到毛弟就要去上早班了，我像被抛到冰窖里，一直冷到心底，连根救命草也看不到。偏偏毛弟很快把手提袋给我，皱着眉对我说："青青，你就在这里站着吧，我去上班了。啊？"没一句鼓励的话，难道毛弟看不出我害怕得难以自制吗？

我发不出声来，只顺从地点点头，眼睁睁看着毛弟挤出人群，钻入夜雨中。剩我一人孤零零地站着，周围到处是三三两两在谈话的人，闹哄哄的。

第七章

45. 二赴县城投下阴影

汽车终于驶进天门县城,问身旁乘客,才知道 10 点 50 分了。我麻木的神经陡然紧张,拎起提袋,下车,出汽车站。雨又下得像先头那般大了,我顾不得脚上的麂皮鞋,踩着水逢人就问公安局方向。心想:必须赶在公安局下班前找到吴医生的熟人。我发疯般地连走带跑,裤脚湿透了也顾不得,终于来到县公安局。但见高高的围墙围着一幢平房,我停住步,避到大门旁,镇定一下情绪,对自己说:总是要进去的,抢的就是这个初四。我按按书包里的东西,迈进大门,看到有间房门上挂着刑侦股的牌子,就过去。刑侦室开着一丝缝,从门缝里觑了一下,里面生着火炉,只一个人坐那看报,我轻轻推开门,那人抬起了头。

"同志,请问这里有个任股长吧?"我怯声问。

那人说:"你有什么事?"

　　原来他就是任股长。正如吴医生说的，这人四十多岁。看脸上气色不好，烟缸里满是烟灰。任股长没叫我坐下，我只得结结巴巴地开了口："我是下在张港区的知青。我有病，正在办病转……"后面的话就难以启齿了。

　　任股长皱起了眉："那你找我做什么？"

　　这劈头一句我就慌了，什么也说不出来，只好从包里拿出吴医生的信递给他。任股长认真看完，拧起了眉头，审视着我："你要病转可以直接找医院嘛。你和吴医生是什么关系？我不是管病转的，能帮你什么忙？"

　　任股长的语气使我胆寒，慌乱中我记起毛弟的话，急中生智："我有风湿性坐骨神经痛的病，因为病转规定要有县医院证明，县医院又缺乏查风湿的设备，就建议我到武汉确诊。现在我有了确诊结果。吴医生是我姐姐的朋友，他看我在病转，所以他写了这封信，想请你帮我在区知青办和县知青办催一下，手续就会办得快一些。吴医生再三跟我姐姐讲：放心，任股长办事很认真，是个说话顶用的人。"

　　任股长板着的脸这才缓和了一些："唔，那你姐姐是做什么事的？跟吴医生是恋爱关系啰。"

　　我含糊地告诉他："我姐姐在房管所工作，和吴医生是别人介绍认识的，他们很合得来。"

　　任股长说："把你的证明给我看。"我从包里抽出厚厚一叠病历、检验单。任股长到底是刑侦出身，他一页页地翻着，最后看到吴医生写的病历、诊断书，紧紧地拧起了浓眉。

　　我心里突突乱跳："糟了，他肯定认为吴医生在弄虚作假……"

　　任股长把病历推给我，忽然警觉地问："我们县走了好多武汉知青，你怎么没有招工？你什么家庭出身？你父亲是干什么的？"

我一下懵了。老老实实招供着："我家庭出身是旧官吏，我父亲逃到台湾去了。"说完，屈辱的泪就涌上眼眶。

任股长听到"台湾"两个字后，重重地"哦"了一声。"那你就想了这条门路？"他严厉地问。

"不，我确实是有病才要转回去的。不信你可以到我们小队去调查，队长总是派我做轻活。你可以写信去问。"眼泪已经溢出来。

"笑话，我哪有空去问你们队里。下面的人我还不清楚？都是护着自己队里人的。"任股长又摇摇头，"这个吴医生啊，不是我说他，真胆大妄为，怎么能直接给姨妹出证明？"

天哪，任股长居然称我为吴医生的姨妹了，他相信我编造的这套话。他接着说："信放在我这里，关于你说的情况，我会调查的。核实了再答复你，你先走吧。"

我忍着羞耻说："那谢谢了，您快给吴医生写信。年后，我们区就要讨论一批人的病转了。"

"我自会安排。"任股长把信塞进了抽屉。

我从提包里拿出礼品："这是吴医生托我带给你的。"

任股长扫一眼，挥挥手烦躁地说："你收起来吧，搞这一套做什么？"

我只得嗫嗫嚅嚅地收起了东西，出门时，听得任股长不满地自语："头天上班就碰上……"下面的字没吐出来，可能他觉得这还是过年，要忌讳一点才是。

出了公安局，我漫无目的地往前走，心里的慌乱久久不能平息。一直走到四周没人了，我也觉得累了，就靠着一根电线杆歇息，心想：神经该松弛下来了，我毕竟在春节顺利地找到了任股长，就像打仗一样，现在战斗结束了。想归想，我仍然无法让自己放松，仍像是透不过气来……

风雨住了，人又累又饿。因为春节，县城餐馆像武汉一样都关着门，我慌忙去寻找小食铺。

在县汽车客运站，我掏出1元钱递进小窗口："同志，买一张明天去张港区的车票。"

售票员是个中年妇女，她从窗口里注意地望望我："春节去张港？我看你不像是去张港的人。你再看看站牌，免得搞错了。"售票员好意地提醒我。

我凄然地笑笑，售票员只看到我的外表，哪晓得我是个疲于逃命的知青。我说："没搞错，我要到张港区。"

售票员不再说话，递出票来。我又去找旅社过夜，三转两转，不觉猛一下子站到了天门延河旅社前。我提着袋子愣愣地望着这家旅社，整整两年了，往事历历，我不想进去、不敢进去。七〇年底我从汉北河堤上下来，就是寻到这家旅社，找到四棉招工组的，当时招工的胡科长说可以招我，并让我到县医院做了体检，招工师傅叫我把上堤的行李留在招工组，回队去等通知。

命运太捉弄人，今天，我又丧魂失魄地站到了延河旅社。希望何在？为什么我就该背负着父亲的罪孽永世不得翻身？假如我得替父亲偿还孽债，我想，至少在我降临人世的时候，能得见父亲一面，哪怕襁褓里的我不会留下印象，那我也会甘心一些。父亲在我出世前4个月就逃往台湾，母亲在孤苦无依的境况下生下了我；"肃反"中由于害怕，母亲把父亲的照片也烧了，至今我脑子里不知父亲为何样子。

妈妈也没有留下他片言只语的字迹和一件遗物，父亲的概念在我脑海里永远是一片空白……

往事不堪回首，我被牢牢地划到血统株连的另册里。无论我走到何处，都无法逃遁这强烈的耻辱感；无论我怎样地挣扎，也挣脱不了这张无形的巨网。想到这里，我不由泪如泉涌。

尽管如此，回城的本能促使我总结今天的得失。我太老实了，任股长这个搞公安的一诈一唬，我就全盘招供了家底。病转就是病转，和家庭出身有什么关系？任股长这种人阶级斗争的弦绷得紧，我为什么要跟他说实话，弄得他那么紧张？话既已出口，后悔也没用。任股长不是说要找吴医生核实了再答复我么，他还是看在吴医生的份上没把话说死，他以后到武汉看病总还要求吴医生的。仿佛海边天际间露出了一点桅杆，我看到了一线生的希望。啊，我得赶快给毛弟写信，报告今天遇到的。

我不可能再住延河旅社，两年前那痛苦的情景至今令我战栗。我转过身，拖着疲惫的腿再去寻找旅社。昏黄的路灯照着坑坑洼洼满是积水的街面，鞭炮声零零落落，县城的人还在过春节，"独在异乡为异客"，天门县城，你总在我心里一次一次地投下阴影。

46. 生死嫁娶的两出戏

初五上午，我到了张港区，下车后便直奔邮电所，把写给毛弟的信发出去。像上次县医院失败那样，危急时刻，我能找的只有毛弟。昨晚在旅社，我给毛弟写下长信，把事情的经过详细地告诉毛弟，要他务必快去找拐子，要拐子去找吴医生，要吴医生应承下我是他女朋友的"妹妹"这种关系，亲自给任股长写信，再次拜托姓任的帮忙，我知道得抢在任股长的前面，让吴医生及时了解情况，不至于弄出破绽。

估计最迟初八毛弟会收到信。然后我又直奔张港区革委会。这回碰得准，团委书记小黄正在区知青办，可是她黄脸板着对我说："你过年跑来做什格？"

我赶紧把县医院的转院证明、吴医生的诊断证明书拿出来，堆出笑容，告诉她："我一直在武汉病着，这是我的近期病情诊断，特来交给你，请你根据我的情况，让我转回去。"

小黄不耐烦："你有没有县医院的诊断书？这是高头的规定。"

我镇定了一下，说："是这回事，我去了县医院要求诊断的，县医院没有查风湿病的设备，无法确诊，就出了'建议下汉诊断'的证明，我在武汉经过多次检查，已确诊为坐骨神经痛。这，你看，武汉医院的诊断。"在小黄面前，我的胆子壮了些，相信她是个不懂医的外行。

小黄扫了一眼诊断书，有点疑惑："你把证明先放在这里，能不能行，我还不知道，到时一起讨论，不由我个人说了算。"

一股寒气冷到脊梁骨，本来心虚的我就更心虚了，看来小黄虽是外行心里却有数。

我低声下气地问："你们什么时候能讨论我的事？"

小黄的忍耐仿佛到了极限："你问我，我问哪个？还是过年哩，你咋这缠人？我又管全区团的工作，又要管你们知识青年的事。我有四个手膀子哩？"

"你们知识青年"，好大的口气，好像她长我一辈似的。这个黄脸，不过25岁的样子，她从区农机站调到区里，坐上了这把全区青年头领的交椅，已染上职业病了。她肯定认为过年才上班，就遇到我这个知青，不让她自在。

我心虚气短，只能讷讷地说："那我走了，给你添麻烦了。"小黄没应声，她头扭着。

哼！脸黄心也黄！我生气地想。

回队路上，我碰上了响兰和她新婚的丈夫显方。

我回家不过一个月，想不到显方复了员，这么快又结婚了，余妈的二儿子显方成了响兰家的上门女婿。显方未开口先就冲着我笑，然后喊了一声："青青姐，4 年没见你了。"

我克制住内心的激动，定睛看着显方，没错，4 年了，显方对我的态度一如我初下乡时一样。而昨天到今天，这一路的遭遇，使我自卑到极点。意识里，我已是一个下作的、任人践踏的人。但显方与响兰真诚的笑容、恭敬的态度，使我重新感受到做人的尊严。一股热浪从心头涌过。啊！一声"青青姐"，使我体会到，无论我被作践到什么地步，在农民眼里，我仍是当年的知识青年。

我因为感激，而说不出话来。

当兵 4 年了，显方还是过去的样子。

响兰下穿蓝华达料子裤，上身枣红灯心绒大襟罩衣，短发的右角用一根鲜红的绒线束着发。这一身嫁装背衬着公路两边绿油油的麦苗，显得很新艳。可是响兰一开口竟露出了一颗金牙，这是新婚镶上去的，金亮亮的牙把纯真朴实的美破坏了。响兰幸福地笑着，邀我去她家看新房。显方这个新郎官穿着崭新的军装，扎着军用腰带，模样有点像英雄刘英俊。

分手后，响兰又叫住我，有点神秘地告诉我："青青姐，你头里回汉口了，竹姐生了个儿。"

"啊！"我不禁为秦书记高兴。

"哪些晓得，后来伢儿拉稀屎，腊月二十八里丢了。"

"啊?!"秦书记儿子的来和去，让我发出了两声惊叹。

"青青姐，我怕你不晓得，告诉你。见着竹姐说话注意着。"

队里人没想到我会初五返队，他们和我打招呼："青青，哪怎早回来哒？"

"你妈舍得让你初五就来哒？她怕是要汪哩。"

只得故意用平淡的口气回答他们："家去住长了就想早点来。"……"我妈不汪，武汉过年不像你们这哒，春节一共才4天假，年都过完了。"

这里的规矩是不过完十五不出工的，家家户户仍在你来我往地走亲戚，吃长伙。

打开了破泥屋，我忙着清扫收拾。

然后又去看余妈给我的拖檐子。拖檐子里，胶鞋、木屐、塑料布、斗笠胡乱地扔着。刚从武汉来的我尤其觉得恶心，可是我不能表露，这是余妈好意借给我住的屋呢。我把旮旮旯旯里扫干净，把杂物清好；打开小窗通风，再把铺盖抖干净，八仙桌上的物品拭净，算是给自己挤出了一方整齐的角落。

余妈看了笑："青青一来，屋子就干净了。"

我拿出些巧克力和两盒麻烘糕给了余妈，心想："要不是姓任的不肯收下，我还拿不出什么东西来呢。"

余妈却拿出一大包干萝卜丝、萝卜片，原来是我年前走时丢下来的，余妈帮我晒好了。余妈留我吃晚饭，张伯的位置上摆着一小杯白酒，他过年喜欢喝一点。初五里已没有什么新鲜荤菜，一条筷子长的腊鱼干缩缩的，这是余妈已摆了好多回的菜，取个年年有鱼（余）的吉利。看我来了才决定吃的。

我问余妈："显方怎这快跟响兰完了婚呢？"

余妈噘起了嘴："还快哩，儿子淘气，我里外不是人哩。"

咦，响兰和显方不是很幸福的样子吗？没几天，我从社员们口里知道，我回家的这段时间里，显方跟响兰的婚事闹得天翻地覆。

原来显方年前复员后，响兰妈提出，两人的年龄老大不小了，春节前完婚，反正一切都是现成的。谁知显方一蹦老高，坚决要退婚，显方是我下乡一个月后参军走的，整 4 年了，他进的是炮兵部队，还当上了副班长，遗憾的是没能入党。但部队的多年熏陶使他确认婚事上有政治。响兰的大大（父亲）解放前当过土匪排长，还当过甲长，因此他坚决不肯到这样的人家去当上门女婿。张伯余妈都反对他的做法，况且余妈是喜欢响兰的。余妈为人温厚，不急不恼，她想儿子闹几天自然要回头。儿子就在本队当上门女婿多好，再到哪去花钱重订媳妇重娶亲来？谁知响兰妈拍手跌足地痛哭，求告队干、乡亲们主持公道。顿时，显方的脊梁骨被众人指穿。响兰妈又怪上余妈袒护儿子，弄得余妈赌气不管了。我早听说显方参军前已和响兰有过关系。农民不管你政治不政治，路线不路线，他们只认准一条，响兰是个好"坛子"，况且已是显方的人了，显方有悖千年道德圣人古训。房东会计指着显方骂："你个鬼鸡巴日的不是人，吃了 4 年军队饭，想不认这门亲？有本事你招工招干走掉，你不还要和我们一道捏锄头把哩？"

老辈人怒目而视："鬼鸡巴日的，穿一身绿褂子回来，连声气都变了，想当陈世美哩？"

妇联反应更强烈，大脚婶拍着腿喊："显方抽了鸡巴不认人哩，要我是响兰，端碗农药睡到他床上去，看他敢不要我。"

响兰脸色黄黄，低眉低眼，好像听凭显方发落。

看看火候差不多了，正好喜添贵子的秦书记同着大队长登门了。秦书记慢声细语，以理服人，你显方讲政治，我就跟你摆政治。秦书记摆了党的一贯的阶级路线，摆了毛主席要"要团结一切可以团结的力量"的教导，举了出身不由己、道路可选择的例子。最后说响兰是个共青团员，大队的五好社员。响兰家成分是高了，但还不是"五类分子"。她的大大又没"戴帽子"，最后暗示：中国的成分只看男的不看女的；你显方的后代将来填表都是照你的填，你怕个什格哩？你的成分又不会变，只要你回队好好干，入党、招工、提干不会受影响。

显方早已不硬，他其实已转过弯来了，众怒难犯嘛。他只咕噜了一句："这是要上门哩。"

大队长不耐烦了，拳头一擂桌子："不讲了，完婚，马上给我完婚。"

响兰妈乐得涕泪交流。响兰同显方腊月十八里完了婚，大队长、秦书记坐了喜宴上席。可响兰妈却恼着余妈，按她要求，余妈对于儿子的悔亲自当披头散发，拉着儿子去滚河才是。

我在油灯下伏案，连夜给妈妈写信，话往轻里说，报喜不报忧。母女间通信向来写得长，妈妈的封封来信有嘱咐不完的话，她爱把信写在生产记录表上，拆开来就是长长一满张，有时两张，为此，秦书记打趣说："青青妈的信写得最长，像开会作报告的，长篇大论。"

初六上午，我候在横野桥边，托路过的邮递员把信带走，剩下的事是专等毛弟回信。才离开武汉，已感到家书抵万金了。

新生儿的夭折，对秦书记夫妇的打击太大了。

据传，婴儿即将降临时，秦书记表情古怪。竹姐痛得汗珠子直滚，大队接生婆来了，秦书记也被大丫头喊回了。可他像个不相干的人，蹲在屋前台子上，接生婆叫他去烧水，他不动弹。接生婆只好叫他的大丫头去烧水。突然，一声啼哭，一个红通通的生命落生。接生婆马上告诉竹姐："生了个带茶壶嘴子的。"竹姐就歇斯底里地唤丈夫："根廷，快过来，你看生了个什格哩！"

秦书记站起身，斜着眼要动不动的。直到接生婆大呼小唤地叫书记，他才蹭进来。当确认婴儿双腿间有个茶壶嘴子，秦书记一下子蹲下身，轻轻地拢住儿子，生怕伤着了这个肉红红的小生命。

谁知还没等满月，孩子就蹬腿走了。起因于抽搐腹泻，竟没来得及送县里抢救，竹姐哭得要死要活；可怜这个男婴出世就被整个大队传得沸沸扬扬，他的离去又被整个大队经久不息地道论着。

我胆怯地走进秦书记的家，竹姐看见我，眼里忽地浮上泪水，喉腔里发出压抑的哀鸣。往日里的精明强悍之气全不见了。5 个小姑娘齐齐坐在堂屋里，显得比往常安静。这情形使我很难受，我最不善于在这方面安慰人，就拿出那盒果脯，叫小姑娘们分着吃，5 个小姑娘规规矩矩一人拈了块果脯，慢慢地咀嚼着。

竹姐以为我又要找秦书记谈事，对着里屋唤："根廷，青青来哒。"秦书记从里面出来："青青来哒，回来好早。"天哪，秦书记眼圈红红的，难怪他一直躲在里屋，他的笑很勉强。看着这对被悲哀压垮的夫妇，我不好再坐下去了，搭讪了两句，借故要去响兰家，就出来了。

想不到我回武汉仅仅一个月，横野一队就演绎了生死嫁娶的两出戏。

我没有去看响兰、显方的新房，在显方面前我受着尴尬自卑的挤压。4年前，我们4个武汉姑娘来到横野一队，显方成了全组知青最早交上的朋友。那时，队里还没有给我们盖房子，我们就住在我现在占着的破泥屋里，跟余妈是隔壁。显方每晚总过来玩，他一来，他的弟弟汉明、其他男青年也拢来了，知青组就很热闹，我们互相取笑着攻击着。那时显方正报名应征入伍，他对大城市来的知青，对外面的天地很感新奇。全队的男青年里头，我们也看重他些，都觉得显方幽默，谈吐超过一般青年，他是高小毕业的文化程度呢。冬日里天短，余妈家的饭还没好，我们也关起门来烧火，这时大门上的搭扣会"哐、哐"两下，那是显方特有的敲门声，我们就赶紧去开门。显方自己搬个条凳坐下，看我们忙晚饭，就唤："青青姐，高钰姐，你们来说点什格呀，做饭要4个人？我说你们知识青年没得用哩，你们还不承认。"

他的话招来我们的抗议，我们操着刚刚学来的天门话回敬他。

高钰说："显方，你和你哥的名，是'四旧'的名字，该改哩。"

显方憨笑："爹妈起的么。我说你们知识青年说话没得个高低上下哩，这不是。"

"哄"，那笑声怕要把屋顶的黑布瓦震破了。

余妈做好了饭，头抵着门缝轻声唤："显方，回屋吃饭哩。"

显方就起身去吃饭，丢了饭碗又踅过来了。

"显方，新社会怎么订娃娃亲。你姓张，响兰也姓张，张家的男的嫁给张家的女的……"话未完，更大的哄笑声爆发，引得姑娘、学生们来看热闹。

显方和响兰虽是同姓，但两家并不同宗。响兰的大大早年在天门芦市一带闯荡，当过土匪排长，后来就傍着这张家台子定居下来了；而响兰本是逃荒人家的女儿，因响兰妈无生育，就把她抱回来养大了。这两门张姓没有血缘关系，故此两家结了亲。

显方马上要走了，军装已穿在身，他和我们相处了一个月时间却结下了值得回味的友谊。我们送了他《毛主席语录》和一个日记本。并在日记上赠言：读毛主席的书，听毛主席的话，做毛主席的好战士。

走那天，显方郑重其事过来和我们道别，并从村尾一直走到村头，跟乡亲们招手再见。我们4个知青一直把显方送过了横野桥。

现在显方回来了，我们原先的4人知青组已招走了两人；1970年插到我们组的杜蓉子又招到了医院，同样是1970年插到我们组的小钰和姐姐高钰一样走不了。4年的变化真大，我和高钰小钰遭受同样的命运，并且还要反目。我又回到知青的破泥屋，并且还要到显方家的拖檐子里栖身。显方原来尊敬的青青姐、高钰姐的形象已不复存在，我还有什么脸去看他的新房。

47. 太平洋的警察

公社的知青们都还未回队，我没地方可去，也没工可出。

盼到初十，毛弟的信来了。我迫不及待地拆开，又是那恢弘的字体，信首摘抄了一首诗：

人生到处知何似，应是飞鸿踏雪泥。

泥上偶然留指爪，鸿飞那复计东西。

信的内容是：

青青：

你好。初四那天，我送别你后，一路默念着：但愿你此行顺利。不料，情况比我想象的严峻。又正如你说的，希望也并非没有，那就让我们两地共同努力吧！

我及时将你的信转给了拐子，要他速去找吴医生。拐子答应得很爽快，一再保证要让吴医生与你的口径一致，促使姓任的帮你这个忙。我想拐子应能做到，他自己也说过，他是林大夫的朋友嘛。

因此我也劝你，不必那么忧虑。要知道冬天来了，春天还会远吗？就为这一点，我抄录苏轼的这首诗赠你，愿你心情开朗起来，耐心等待转机。

因家事忙，匆匆写就于此。

祝你

成功！

王文玉

1973 年 2 月

我把信看了又看，再看苏轼的诗。毛弟这是用飞鸿的形象鼓励我，要我乐观并无所畏惧……我稍稍安心了。正如毛弟自己说的，他事情忙，肯定是为宝哥的事奔波，也许还在筹备他妈的生日，又要管我的事，不容易啊！一缕温情在心中荡漾着，每次在我最困难的时候，都是毛弟伸出手来，扯着我向前走。我身处这种境地，得遇这样一个人，我愿用自己的终身来报答他。

马上给毛弟回了信，第二天拿到张港街去发了。

正月十五那天，我独自坐在灶前吃晚饭。有煮大白菜、粟米稀饭外加锅里烤着的一张粟米锅巴。这时大门搭子"哐、哐"响了两下。我开了门，想不到竟是显方。"青青姐，吃饭哩。"说着显方自己搬个条凳靠厨房门口坐下了。

我有些窘迫，讷讷地说："显方，这些时没顾上去看你新房，偏偏我人不舒服……"

显方脸上透着复杂的表情，甚至有些悲戚。他开口道："青青姐，我将一复员回来，就想找你们知识青年玩，哪知你们走的走了，分家的分家了，你和高钰姐为什事要分家？"显方的神色激动了："你记不记得，你们刚来时就住在这屋里，我每天来玩。你们好个团结，气势好个威武。我从心里敬重你们知识青年，你们送的东西我一直保存着；那本《毛主席语录》是你个人送我的吧？我看见上面有你的名字。你现在生活上啷搞的怎个悲惨样子？"

我像受审判似的听着，感到无地自容，等到他说我生活悲惨，我有些诧异："你说什么，我生活悲惨？"

显方说："我一回来我妈就说我的屋住不成了，青青住着在。叫我跟汉明睡一屋，我才晓得你们分了家。照我认为，你是悲惨。你要分家，一个人住破屋，又害怕，躲进我家里。我说这话并不是嫌你，你在我家随你住多久，我大大、我妈都不会嫌你；就是有一天他们嫌你了，我也不叫他们赶你走。可这不是长久的法子，我弟弟汉明 12 岁了，他将来要成家，那时你到哪里去住？"

我脱口说："那我还回隔壁破屋。"

显方倒笑了："青青姐，你别气，我是为你好哩。你还是跟高钰姐讲和吧，还是搬回你们知青屋去住。那房子又新又出样子，几多好。"

我愣住了，显方确实跟一般农村青年不同，他是个理想主义者。4 年前我们与他结下的友谊，竟在他脑子里留下这样深的印记，他还在寻找当年青青姐、高钰姐的形象，还想继续留住我们小组无忧无虑欢声笑语的日子。也许，就因为显方理想化的追求才导致了他的"婚变"风波吧。跟这样一位心地单纯的农村青年，我无法解释：为什么我们不再是原来的青青姐、高钰姐，我只能维护眼前的"自由"，让显方断了讲和的想法。

我笑得很勉强："显方，谢谢你的关心，你的心真好。你觉得我处境悲惨，我一点也不这样看，我分家出来，要的就是不再受气地自在生活。原先我们是四个人，后来高钰的妹妹插进组里就分了派，现在只剩了三个人，两个对一个，经常吵，怎么过下去？"

显方不气馁，待高钰姐妹返队后，又去找了高钰。也是天黑时分，高钰舀了米刚要淘，听显方说明来意，她把瓦钵往桌上一搁，激动地说："当初不是我赶她走，是她闹得要分家，还好意思哭呢，败坏我们的名誉。你晓得不，她这种卑鄙的做法，对我们两姊妹的招工产生了直接的影响。去年夏天协和医院来招工，她林青青躲在武汉歇六月，害在我们身上，大队公社都没有推荐我们姊妹俩，都是她闹分家造成的影响。"

显方眨巴着眼，努力听明白了来龙去脉，问："青青姐不是也没推荐哩？"

"那怪她自己要躲到武汉去玩，留在队里，推荐起来还不是要跑到我们头里。回回推荐，她总占先。哼，就是推荐了她，谅她也走不成！连她妈妈厂里都嫌她这人，不肯招她。她现在又想病转。哼，我们小组，算她身体最好，没病装病，可耻……"

显方说："好啦，有些事已经过去了，你们都要朝前看，不要让外人看笑话，你们都是大城市来的有文化的人。还是让青青姐回来住哩，她现在住那破屋，不是个事。"

小钰双手叉腰，冷冷地"哼"了一声："自找的。"

高钰说："当初是她自己要走，分开后，我们说话吃饭还自由一些，不要说你劝我们，就是大队干部来劝，我也不想和，打碎的镜子，合拢来照样有裂缝。"

显方说："人咋跟镜子一样哩？这样吧，你们实在不愿合，谁个也不敢勉强。只是应该让青青姐回来住，你们可以各自起伙。"

高钰沉默了，她不能反驳，房子是我们每人 220 元的安家费盖的，我也有份。

小钰实在不耐烦了，她不大认得显方，觉得这个复员军人像个太平洋的警察——管得宽。她阴着脸吼姐姐："姐，什么时候了你不晓得？你不饿我还饿呢，还不快淘米。"说完，小钰眼里迸射出阴森森的寒光，笔直地射向显方。

显方一个激灵：高钰的妹子咋这样一双眼呢？

显方回去跟响兰提起，响兰哧哧地笑："1队的人都不会管这个闲事，你就是把她们搞一堆了，还是要打架嚷息马哩。收工回屋，累了，不想说话，又是什格脸色不好看哩。做事，又是什格你做多了，我做少了，三个和尚没得水吃。原来在一起，青青老受姊妹的气。所以她宁愿住破屋，也要出来哩。你像是个队长哩，要你怎费心。"

显方又说："高钰的妹子，一双眼睛好凶哩。"

响兰说："她那眼睛，个个都怕，你碰上她眼睛，有理也盯成个无理，把自个的心倒搞虚了。"

48. 知恩图报

大队的知青陆续返队了，先梅、可可是一起回来的，先梅仍当她的代课老师，可可、一撮毛也出了工。

我去找先梅坐坐，谁知先梅不满地横着我："难怪你过年不肯到我家来玩，你初五就回队了，好积极呀，你的手续办好了？"

我尴尬地说："没有……"

先梅："初三那天可可、应笙在我家玩了一天，应笙还问起你怎么不来，我说：'请不来嘛，青青跟我们不一条心了。'这不是，你今天才来登我的门。"

心里不是滋味，初五回队后，我就盼着大队知青快回来。今天还是我主动来找她，却受到冷嘲热讽，我只好不做声。

先梅告诉我："可可的男朋友参军后，到现在没来信，有一个月了。我们一回队，可可就去医疗站问信。"

"什么，可可的朋友参军了？"

"就是元月份走的。你先回武汉了，所以不晓得。她男朋友走之

前还来跟可可玩过，两个又睡了一次。后来那男的从武汉出发，可可
要跟去送他，他不让。我看那男的肯定是甩了可可。"先梅唇边露出
冷笑。

原来可可那个水手不安心拖驳上飘来荡去的生活，报名应征入伍
了。行前，他还与可可发生了关系。可是，可可与他相恋的 5 个月
里，他竟没给可可留下他家的地址，当然也不会带可可在父母面前公
开，仅仅把可可当作他乡间的情人来消遣。这下可可就惨了，水手消
失得无影无踪。

第二天晚上，沿着横野大队的渠堤，我抄近路到 5 队看可可。可
可脸色有些黄，衣着也不像先前那么抻展，其他，倒也看不出她有什
么伤心的地方。

我问她："那个水手来信没有？"

可可摇头："他走了这多天了，没有音讯。"

"那你吃的亏太大了。"我义愤填膺，"他这种行为是流氓行为。
你把他的地址打听到，写信到部队去告他。"我的激愤，出于同病相
怜。难道我们抽不上去，就该被流氓这样耍弄？人，不是东西，不能
想要就要，不要就扔。这种人还配穿军装？

看我这种态度，可可也附和："是的，应该告他。"

"你告到他部队上去，让组织教育他。"

"他又不是在部队跟我谈的对象，如果他不承认，部队上听他的
一面之词怎么办？"

"你还怕这，你们的关系，拖驳上，5 队哪个不晓得？你如果怕，
我帮你证明这件事。"

可可点点头，一会又说："你证明什么呢，他船上的人，我们队

里人晓得什么？就只晓得是朋友，我跟他之间真的什么事也没有。"

从可可的话里，我体会到一层意思，可可对男友的变心已有准备。她想捂住这桩事，把苦水悄悄咽下去。

我盯着可可，叹息她的窝囊：这个被侮辱被损害的人，太可悲了。最后可可说："再等一段时间，如果他真的不来信，就好告一些。"

"青青你的信。"小队会计抱着他的算盘、账本子进来了，他要在他的老屋，这个破泥屋里办公。会计的办公室有两处，仓库和破泥屋。今天不知怎的，他要在这里算账。一看没了桌子，才想起我把他的八仙桌搬到了余妈家的拖檐子里。"这，啷格搞法？"会计挠挠头皮，这人脾气出奇的好。

我飞快地跑到余妈家，把余妈家的小饭桌搬到破泥屋里，又拿了张小凳，权充会计的办公桌椅。饭桌上散着中饭的残渣，我抓起扫把扫了两下，会计惬意地打开了账本子。

哦，毛弟的第二封信来了。开篇写着：

> "心，我的心，不要悲伤。相信吧，严寒的日子就会过去，冬天里你失去的，春天将加倍地偿还你。"

我的脸蓦地滚过热浪，赶快看下面的内容：

青青：

接读来信，我很忧虑，不仅是为你病转，更是为你自身。困难的时候你要挺住，请记住鲁迅先生的话："希望是本无所谓有无所谓无的。这正如地上的路，走的人多了，也便成了路。"请你相信，在这条路上，并不是你一个人在跋涉呢，我不是也加入其间了吗？因此你要相信，美好的明天是属于我们共同的。

我催问过拐子，他表示已去找过吴医生，吴医生一定会帮忙的，你再耐心等待。

祝你

春天里快乐！

王文玉

1973 年 2 月 ✕ 日

幸福的感觉溢满全身心。会计望望我，好似漫不经心地问："是对象打来的信吧？"农民自有农民的狡黠。

我说："是女同学来的信。"

会计意味深长地笑。

农民对知青有没有对象有着浓厚的兴趣，初来队里时我很鄙视这一点："农村人哪，脑子里只装这件事，真是庸俗。"因此，初来乍到时队里人都认为我这人架子大，难接近。甚至连知青们都对我产生了这种看法。可我却清楚，我内心是怎样憧憬神圣的爱情。四年的插队生活，退掉了混沌天真，我已经是 24 岁的大姑娘了。抽上去的知青普遍在谈恋爱，开始了人生又一绚烂的阶段。留在乡下的知青备添压力，谁敢要一个失去城市户口的知青？要了，将来的生活出路在哪？没有谁规定知青不准恋爱结婚，事实上我们却被剥夺了这种资格。

如今，危难之际我也获得了美好的爱情。毛弟终于向我巧妙地表达了他的感情。我把信看了看，信首的那段话我确信毛弟是写给我的，他把我唤作"心，我的心"，这意思不是既含蓄又明显吗？

毛弟对我敞开了心扉，我还犹豫什么呢？这不就是我梦寐以求的结果吗？想到这里，感情的闸门再也无法封闭，我愿把整个的心献给他。我立即拿起笔回信，但想到了毛弟妈，想到妈妈对毛弟妈的看法。心想：怎么我的想法和妈妈的一样呢？我以前也这样想，等我回来后就可以避开毛弟妈了。现在，如果我和毛弟确立了关系，不和毛弟妈来往是不可能的，为了毛弟，我必须接受毛弟妈。仔细一想，毛弟妈也坏不到哪里去，她说话不拐弯，对人没心计，就是言语粗俗，在儿子面前不讲理。可能就是吃了脾气的亏，所以被戴上帽子劳改。其实她不会去搞破坏活动，她的破坏全在她嘴上，就像人不能选择出身一样，人也不能选择父母的好坏。这么一想，心中的别扭放下了。我把煤油灯扭亮一点，连夜给毛弟回信。我写道：

　　毛弟：

　　　　你可知道，当我收到你的信，内心掀起多么剧烈的风暴。我把你的信看了又看，可是，我这封信该从何写起？我觉得，没有任何合适的语言能够表达我此刻的心情，表达我对你的无比感激之情。命运让我有幸遇到了你，是你向我伸出了有力的手，让我在绝望中看到了希望，从此我不幸的生活中吹进和煦的春风。

　　　　我感激你，由衷地感激你，忘不了我病转的每一步，每一道关口都是你带着我向前闯。每当我感到悲观、力不从心时，你没有放弃努力，总是一边鼓励一边为我奔走，让那山重水复疑无路的绝处，化为柳暗花明又一村的佳境。

　　我了解，你的生活也不容易，从你身上我看到了作为男子汉的分量，为母亲、为宝哥你是怎样担起了生活的重荷啊！可是我的病转，在你的双肩上无疑又添了一副沉重的担子，你没有退缩，而是仗义相助。我该怎样报答你呢？这种回报不是金钱与物质能相抵的，可是我一无所有。如果说有，那就是我仅有一颗知恩图报的心。这颗心在追随你并悄悄爱慕你，它已经属于你了。如果你真心愿意，我将它完全奉献给你。我愿永远和你在一起，一直走到我生命的终点。

　　在这远离武汉的偏僻乡村里，夜已深深，屋外北风飕飕，屋内油灯如豆。可是我还要向王妈妈说几句话：王妈妈，在您六十岁寿辰来临之际，请原谅我不能来参加您的寿庆了。但我恭祝您生日快乐！身体健康！

　　暂搁笔，再见。

青青

1973 年 2 月 ✕ 日

　　早晨，我又候在横野桥边，等路过的邮递员。心里忐忑不安，这信发不发出去呢？一个女孩子，平生第一次向恋人袒露自己的情怀，特别羞涩。最终裕华、应笙对我的劝告起了作用：爱是不讲条件的，我是知恩图报，让毛弟来决定这事吧。

　　啊，挂着邮包的信使远远地骑来了，我鼓起勇气，迎上前去……

49.《契诃夫札记》

之后我的心归于宁静，便把契诃夫的《邻居集》拿出来阅读，打发漫长的时光。第一目次的《契诃夫札记》里，收着一段段前后毫无关系的话，我猜测，可能是契诃夫想到什么就随手记录下来的。是为了什么呢？也许他是为了收集素材，不放弃那稍纵即逝的思想火花。

作者对人生对生活的领悟，令我由衷惊叹，多么深刻的哲理啊！我从箱子里翻出久违的笔记本，把喜爱的句子摘抄下来：

> "我们凭了活动的目的来判断人的活动，凡是目的伟大的那活动才伟大。"
>
> "他的灵魂里没有别的，只有他做小学生时候的回忆。"

这句话恰恰映照出我的灵魂，小学时代的美好回忆永远占据我的灵魂。那时我漂亮，衣着出众，成绩好，戴过两道杠。老师看重我。最重要的是：那时没怎么讲阶级路线，我过着无忧无虑的日子。中学时代本应是金色的岁月，可是，1964年开始搞"四清"，我那逃亡父亲的问题被提得很醒目。从此我在人前抬不起头。跟着又强调革命化运动，讲突出政治，要出身不好的同学与父母划清界线；一再批判白专道路，提倡中学毕业生到边疆去，到农村去，到祖国最需要的地方去。事实证明那是带强制性的，是要出身不好的同学到边疆去，到农村去。出身不好的学生是不能进入大学的。在那种形势下，我真心实意地按革命化的标准要求自己，改掉了吃零食的习惯，衣裳裤子打起了大补丁，并积极靠拢团组织，与母亲划清界线。自然，我的本性也深感压抑，良心深受谴责，但我没有能力分析行动的对与否，我狂热地向往着成为革命营垒的一员。从理智上说，我不能不这样做，我得入团，入不了团将来就不能升高中。我从初一开始争取入团，一直到初三上学期，团组织才接受了我。与此同时，我精神上也备感痛苦，一种巨大无形的力量钳制着我的思想，迫使我背离本性，违心地貌似革命地活着。

　　"越是高尚，就越不幸福。"

　　高尚的人就是正直的人，这样的人必定曲高和寡。不被人理解是痛苦的事，哪里还有幸福可言？高尚的人有强烈的责任心，他就总要受苦受难，就像耶稣一样。

　　"一个民族的力量和救星在它的知识分子身上，在那些正直的、有感情的、善于工作的知识分子身上。"
　　"有一个聪明人，就有一千个糊涂虫，有一个清楚的字眼，就有一千个模糊的字眼，一千个压倒一个，这就是为什么城市和乡村进步得这么慢的缘故了。大多数群众，永远是愚蠢的；它永远占优势；聪明人应该放弃教育群众，把群众提到自己的水平上来的希望。他顶好是求助于物质的力量，修铁路、电报、电话——照这样办，他就会步步胜利，推动生活前进了。"

　　这段话激起了我强烈的共鸣：有知识、有头脑的人是少数，而无知识、愚昧的人是绝大多数，他们占了压倒的优势。于是优秀分子便会感到窒息般的痛苦，社会的进步也被严重地阻碍着。在乡村由于文化落后，交通闭塞，农民见的世面太少了，女社员更可怜。夏天薅草时，响兰妈、竹姐在田里津津有味地讲起：有次她们去了张港堤，看见武汉的驳船泊在那里，几个妇联去那驳船上玩，看见船上有铜的小龙头，她们不知那是什么东西，竹姐上去拧那龙头，铜口里"哗"地流出一股细细的水，把几个妇联吓了一跳。

响兰妈问我："青青，你们武汉人都是用的铜口子水？"

我说："那叫自来水，龙头一拧就出水。水是经过自来水厂过滤后通过管道送出来的。我们用的自来水龙头比你们看到的要大些。"她们啧啧称奇，感叹自己枉到人世一遭。

大脚婶发话了："我见张港街上妇联，夜里总要用个腰子脚盆，把屁股忽哩忽哩地一洗，才上床睡哩。你们知识青年也是这样洗哩？"

我说："我们也洗，不过我们用的是搪瓷盆。"

响兰妈问："青青，你们知识青年啷每天要洗口？那刷子不把嘴里的皮肉刷破哩。未必你们吃的是邑邑东西，要怎个洗法？你们吃的是干净饭菜哩。"

我望着响兰妈的牙齿，那上面结着厚厚的垢，我什么话也说不出来，心里充满愤世嫉俗的悲哀，我感到自己的渺小软弱。毛主席说："农村是一个广阔的天地，在那里是可以大有作为的。"可是现实生活的体验中，我看不到怎样才能有作为。在愚昧落后的现状中，我有一种窒息的感觉，我们不但改变不了农民，自己都恨不得快快离开农村。当时我发狠地想：插队落户可以，但我永远不会在农村安家。

契诃夫说得多好啊！他认为应当放弃把群众的水平提到自己的水平上来的希望，应该求助于物质的力量。他首先提到铁路。铁路是太重要了，如果张港区与武汉连着铁路，张港的文化要发达得多。

思维越来越活跃，情绪越来越亢奋，我注视着面前的油灯，它只有一支蜡烛的光焰，玻璃罩聚拢了这一支光，因此八仙桌的桌面还亮堂。我想应当像契诃夫这位批判现实主义作家一样，搞本札记，把自己随时随地的见闻、转瞬即逝的思想记录下来，注明日期，将来会有益处的。我是这么喜欢契诃夫的选集和俄国批判现实主义的小说，它远远超过八个样板戏以及《金光大道》《欧阳海之歌》《青松岭》这些作品。但我无法说出这是为什么。

脑袋开始发胀，人朦朦胧胧地睡去了。

50. 小阳终于走了

第二天，我决定再去区里催问我病转的事。

昨夜可可又没睡好。那水手仍无来信，她终于醒悟，水手甩了她了。这事实让她辗转反侧，就是在这张单铺床上，水手每回靠岸来都会迫不及待地把她按倒，两个肉体绞缠成一堆，难分难舍，如胶似漆……她心里抹不去水手这个人，毕竟是她的初恋，她献出了也获取过。万般无奈中，只有自己宽慰自己：和水手发生那多回关系，幸亏我没有怀孕……我今后还要再找人，青青要我去告他，还说要帮我证明，这不是出我的丑嘛；她不会自作主张去告吧？天一亮我非去找她……

刚过横野桥就和可可碰到了。可可急急慌慌："青青，你到哪里去？我特地来找你的。"

"找我什么事？这一清早的。"可不能让可可也跟到区知青办，犹豫了一下我扯个谎："我本来要到洪接锋那里去玩的。"可可一听来了精神："那我跟你一起去吧。"

只得同她一起走。可可的喘气有点急促："青青，你千万莫去部队告小龙，我就怕你去告了，才来找你。"

"为什么不该告？"我奇怪地问。

"反正你别告，告了也没用，小龙可以说恋爱自由，想谈就谈，不想谈可以吹。你凭什么告？搞不好还以为……"下面的话可可不好说了，她眼巴巴地盯着我。

看这神情，我明白了。我更奇怪地问："我连小龙的部队在东南西北都不晓得，到哪里去告，上回是我气不过，说帮你当个证明人，我一个局外人凭什么告？"

可可恍然大悟，轻松地笑了。

我打量可可，她脸发黄，眼皮泡肿。"哀其不幸，怒其不争"，我想起了这句话。

洪接锋对我们较往日热情。趁可可去蹲茅坑，洪接锋问我："你病转办到哪一层了？"

我告诉她："在区知青办搁着。"

洪接锋说："我的病转才交上去，在公社搁着。"

我吃一惊："你也办病转？办得好快，什么病？县医院证明呢？"我问到这个最关键的问题。

洪接锋神色戒备地望着我，像是要看穿我的五脏六腑，最后平静地说："我有肾炎，当然有县医院的证明，不然凭什么转。"

她接着告诉我："徐玲也在搞病转，她的材料也转到区里来了。"

"哦，那恐怕要和我的做一批讨论。"我说。心里暗暗吃惊洪接锋哪来这样的神通，竟然能在县医院搞出肾炎的证明书。她肯定有得力的路子，徐玲在县医院有熟人，这我知道。洪接锋就不同了，机关藏得很深。但从她那故作平静的语气，警觉的神色，我可以肯定她是搞的假。这真是八仙过海，各显神通！

我真诚地说："你抓紧撞公社，快点转到区里来。最好我们三个同学同步速度，可以互通消息，互相帮忙。"

洪接锋先有狐疑之色，尔后露出笑容，表情松弛下来。

可可进了房，不知高低地问："你妹妹出工了？你最舍不得误工的人，今天怎么舍得留在屋里？"

洪接锋脸微微红了："我怎么舍不得？我腰痛狠了，就要休息。"她话题一转："高钰也在办病转，现在上面有规定：父母户口不在武汉的知青，不能转回武汉，子女的户口是随父母的。高钰恰好被这一关卡得不能动，所以她只好回队了。"

又是一个新消息，我和高钰已是相逢不相识，这消息竟来自洪接锋。洪接锋区里公社都已闹得很熟，什么事不知道哇！

洪接锋又说："青青，徐玲的男朋友你晓得吧？会拉小提琴的，到萍乡煤矿当矿工去了。走前，徐玲和男朋友来我这里借住了一晚。

想不到，和徐玲难分难舍的小阳，终于去了江西。

我问起应笙回队没有。

"没有。小学早开学了，应笙请了假，陈豁小学只好又换了个老师。"

"为什么？"我问。

"那我怎么晓得。"洪接锋说。

我心里一直不自在，想到区知青办去，又碍于可可在跟前，催病转是决不可带可可的。想我这人性格还是太软弱了一点，遇事抹不开情面，缺乏先梅的决断，她要拉下脸立马就可以拉下脸。洪接锋也是很有主见的，别人很难左右她。留下的知青多不看重几个工分，有知青来访，都会误工招待。生活这么苦闷谁会拒绝友谊呢？洪接锋却总是不冷不热地把知青们拒之门外从不愿为朋友误工，即使招待人也很勉强。洪接锋看重工分，硬是靠日日出工，在土里刨食，与妹妹自食其力，不靠父母。这使公社干部看重她，成为留下知青的榜样。

洪接锋今天是破例留我们吃中饭。现在她是一门心思搞病转，不再那么顾及表现。病转造成的心虚使她待人周到了。我和洪接锋心下都明白，在病转这条路上，同班同学，只能携起手来互相支持。

收工回来的洪珍睁大了眼，奇怪姐姐怎么会招待同学。桌上有大白菜、腌菜。洪接锋很自得："腌菜是我腌的。"

我和可可都没客气，吃了一顿饱饭。

我终于没去成区知青办。

洪接锋的消息不假，小阳是春节前去萍乡煤矿当矿工了。如果年前不去报到，招工指标将要作废。为了他和徐玲的爱情，他一直犹豫着不肯去江西，苦苦相持了两年，眼看招工已全部冻结，自己也拖到26岁了，煤矿是艰苦，这一去就要下到井下当矿工，但毕竟有了工作单位。他陪徐玲死守农村，一点出路都看不到。小阳的父母也来信不断催促，但真正促使小阳下决心走的原因，还在于徐玲已在办病转，县医院有熟医生，事情进展顺利。既然这样，还有什么可犹豫的；徐玲转走是分离，自己先走一步也是分离。徐玲对小阳说："只要我的户口转回去了，什么都好办，我妈妈的弯子也好转些，将来我们再想办法。"

徐玲在武汉的日子里，只有小阳和严楚珍在一起过日子。每天都是严楚珍做饭；严楚珍没有烦言，觉得女的做饭是天经地义。小阳通情达理，行事大方，挑水抱柴、加工粮食，这些重活累活都承担下来了。

严楚珍有时会想：如果这个组没有徐玲，只她和小阳还和顺些；徐玲和小阳的恋人关系，常使她感到孤独、不自在。严楚珍不喜欢徐玲跟小阳亲热得没个回避。"你虽长得俏皮，可是轻浮。"这是严楚珍背后的评价。

小阳要走了，徐玲也回队了。徐玲回来是办下面的病转手续，顺带为小阳收拾行李，然后准备一起坐船回武汉，徐玲回家过年，小阳从武汉再转道江西。

小阳拿出 10 块钱，徐玲、严楚珍去买了一只鸡，猪肉罐头、鸡蛋、还有烧酒。她们把大队剩下的几个武汉知青喊来，吃了一餐告别宴。知青们团坐一桌，都喝了酒。有个叫瑶瑶的女知青还流下了眼泪："我们的队伍里又少了一个，留下的更是孤魂野鬼了。"

小阳即兴拉起了小提琴《拉兹之歌》，严楚珍和着旋律唱：

"到处流浪，命运唤我奔向远方……"

大家一起加入合唱，她们唱《三套车》《草原之夜》《莫斯科郊外的晚上》《花儿为什么这样红》，都是文革前中学生普遍喜爱的歌。

在"文革"中有的判成了毒草，有的无形中被禁锢了；在这广阔的
天地里，知青们却纵情地歌唱着。

徐玲建议唱《知识青年之歌》，小阳开始伴奏，知青们齐声唱
起来：

一

蓝蓝的天上白云在飘荡，

美丽的扬子江畔，

是可爱的武汉我的故乡，

告别了故乡告别了妈妈，

吻别了心爱的姑娘，

我将要去到那遥远的地方。

二

生活的道路多么艰难多么漫长，

双脚跋涉在偏僻的异乡，

随着太阳起伴着月亮归，

修理地球是我神圣的天职，

……

歌声凄凉，哀婉，知青们眼里饱含泪水……

正是晚饭时间，歌声招来了队里的男男女女，都知道小阳明早要
走了；老老少少议论着："这琴子割得真好听，我们听最后一回哩。"
"往后听不到小阳割琴子的声气，我们还不习惯哩。"

小阳就给他们拉样板戏，拉他们熟悉的天门民歌，还拉他们爱听

的《洪湖水，浪打浪》。他拉得那样专注、投入，把社员们当成他的观众。徐玲在旁暗自嗟叹：当初招工的要你到张港旅社去表演，你硬是不去，假使当初能把今天的劲头拿出来一半也好啊！

下乡4年整，小阳并没有适应农村，他干活不出众，又是近视眼，薅草时往往薅掉一条条棉苗、粟苗，以后遇到要薅草的活，他干脆不出工，就在屋里练琴。他没能和贫下中农打成一片，也不屑于去巴结农村干部，寡言、独立不苟的性格使得社员们对他评价不高。

同大队的那个女知青瑶瑶喝多了酒，醉了，睡在严楚珍的床上。

小阳屋里燃着灯，一对恋人仍在喁喁私语。等小阳走后，徐玲准备将自己的东西搬进小阳的房，然后锁上，坐守武汉搞病转。反正县里、公社都有熟人帮她催办，她才不打算跟严楚珍在队里出工哩，搞病转怎么好出工呢。徐玲深情地望着小阳，4年了，这是他俩农村的最后一晚。

小阳抚着徐玲的秀发，很是内疚。4年了，他最终没能挣脱命运的桎梏，只有去江西了；他收获了爱情，这爱情美好却又苦涩。1970年大招工过后，两人精神备觉压抑，小阳常感对不住徐玲，他走不出自我的性格，画地为牢，守株待兔，最终毫无希望招回武汉。现在他要走了，撂下徐玲天各一方。小阳想起徐玲妈斩钉截铁的话："凭徐玲的容貌，我也能找个女婿把她弄回武汉……"他不敢想下去。

小阳的沉默引起徐玲的不满，她目光灼灼地偎向他，她的娇嗔激起了他火山喷发的欲望，这对知青再次忘却了一切，万籁俱寂的乡村只剩下他俩，其灵魂和肉体不顾一切地投向对方，似以往的情景，不，这次更猛烈。这是最后的结合，最后的爱……从今后他们将各自东西，他们完完全全化为了一体。

油灯摇曳，他们不敢熄灯，对面房里，睡着严楚珍和醉酒的瑶瑶呢。

瑶瑶睡得早，也醒得早，她要起夜，绊动了严楚珍，瑶瑶瞄到小阳房里有光射出，她耸耸楚珍："你看对面，没结婚的两个人没得声气。"

瑶瑶蹑手蹑脚，走过堂屋，贴着门缝望，油灯太暗，看不清里面，只听得木板床的响动，还有徐玲压抑的呻吟。瑶瑶轻手轻脚回房，嘴对着严楚珍耳朵："徐玲真不要脸……"

严楚珍冷冷一笑："你才晓得？"她马上住了口，自觉说漏了。自己又是怎么晓得的呢？这两个女知青再也睡不着，怀着一种复杂的心绪，在黑暗中睁着眼。

第二天，队里派牛车把小阳的行李拖到张港码头。小阳和徐玲要将行李寄存码头，乘明早的船走。

严楚珍和大队知青把小阳送到村子外，直到牛车渐远，严楚珍才一人回到空荡荡的知青屋，不知为什么，她扑倒在床上，尽情地哭了一场。

51. 痛苦交加的日子

想不到，正月十五后，显方和大队的另一个复员军人被招到襄樊的军工厂去了。显方当上了公家人吃上商品粮，使响兰一家子无比自豪。队里人议论："响兰憨人憨福，显方要是从部队直接招到工厂，他怕真要跟响兰退婚。亏了先回队，完了婚才招工。"其实，这看法是不了解显方的思想，显方并不是"陈世美"，当兵 4 年，在部队这所毛泽东思想的大熔炉里，他的思想已正统化了。不肯去当土匪家的上门女婿，也是很自然的表现。

显方走后，我才到响兰家去看了他们的新房。响兰妈乐颠颠地搬个小凳坐进新房里，听我们的闲话。我称赞响兰新房的摆设好。的确，响兰的铺盖家当在队里是数得着的，比贵方夫妇屋里气派。雕花的硬木床，大木箱上码着红红绿绿的绸缎被面。响兰家境好，一家子三个强劳力哩。

响兰妈对我说："青青，你怕是 25 岁了不？这样年纪在我们这里伢儿都生了两个哒。回不去就在我们这哒找个人家，省得你一个酒坛子在队里受苦。你看响兰跟显方完婚，两人在屋里歇了一个月，我什事都没让他们做，两人蓄得好白净。"

这种话是不能接嘴的，可是响兰的大大不知什么时候坐进来了，这个土匪排长抽着烟卷，竟也点点头，似乎很同意响兰妈的话。

走时，响兰抓了一碗腌菜给我："青青姐，你端去。"这碗腌菜可以管我吃个 3 天。

扳着手指算，发给毛弟的信有 4 天了，他肯定看到了我的信，再过几天，我该收到回信了，想到这里，心跳不已。

今天我决定再去区里催问病转的事，还没出门，偏偏队长来了，他拉了张条凳一屁股坐下，开门见山地问："青青，你怎么不出工？"

我低了头，一时不知该怎么回答。

队长见我这样，口气缓和了一点："你初五就回了队，队里老少对你的说法不错；你没出工，我也没说你什格。现在已经正月十九了，男劳力都上了铁路，地里的活只有靠妇联了，所以你们 3 个知青应当出工才是。"

我还是说不出话，心里的话不敢出口：我在病转，怎好出工……

队长说："青青，明天出工去吧，你要考虑影响问题。你看，大队长在后头，把秦书记都说哒，说他丢了伢儿连大队的会都不参加哒，是革命意志衰退的表现。整个大队，就我们队的 3 个知识青年不出工，我这队长难办哩。我不光说你，也说了高钰姊妹两个，她两个现看着你哩，我现在就跟你做工作，希望你带个头。"

我仍低着头，双脚在泥地上磨蹭："各人管各人，凭什么跟我拼。她们是两个人嘛，两个人拼一个人？我有病。"说不出口的话在气急下说出来了。

队长说："高钰也说她有病，现在活路不重，我安排你跟高钰到老年组去择棉籽，小钰还到妇联组去出工，这该可以了不？"

没退路了，我只能点点头。

想不到大队长背后这么损秦书记，连书记都遭了风凉话，万一我转不走，这队里的影响不能不顾。

我背着沉重的思想包袱，无可奈何地来到仓库，坐到了婆婆堆里。我把筲箕里的棉籽一堆一堆地扒拉着，挑出瘪籽、烂籽、小籽，留下粒大饱满坚硬的做种子。

如芒刺在背，感觉极不安，第六感官告诉我，高钰在盯着我。我们的目光终于相撞了，高钰的三角眼尖利地向我一射，我不觉低下了头，脸上旋即红涨起来。我和她好长时间没照面了，更没在一起出工，自从分家后，相互碰着了便各自别过头。

高钰身体结实，但她以腰肌劳损为由搞病转，开初在武汉倒也搞到了医院证明，谁知她爸爸的户口迁到了随县，她已没希望转回武汉了。她对我的病转心里没好气。显方的调解更使她认定，我在队里散布了她什么话，宿怨新仇，涌在她心上。刚才的感觉是真实的，高钰一直在盯着我。偏偏五保户婆婆问高钰："高钰，咹没见你妹妹小钰？"

高钰说："小钰在妇联组哩。"

五保户婆婆："那不是把你两姊妹分开哒？"

高钰："分开怕什么？当分开就分开。我们投不到这些机，又要装病，又要赚工分。"

血冲上太阳穴，我激动得手发抖，分家8个月了，我没说过一句话，今天你一开口就是寻衅滋事，究竟你想要怎样？我气愤地想：有本事你就不装病，你和我一样要病转，一样出了工。这口气实在难得咽下去，当人前吵架，我又不会；不做声，高钰更以为我怕她、心虚。高钰和小钰不同，小钰是目光凶，高钰是嘴巴损。我努力搜寻回击她的字眼，最后连声调都在发颤："投不投机各人心里明白，自己做过的事就不够资格说别人。"

五保户婆婆见我们神色言语不对，忙忙劝解："你两个到一起就要嚷，已经分开了么。以后等你们都回了老屋，就好哒。"

高钰的三角眼愤怒地横着。

我想说：第一次招工，你竟然跑到大队去破坏我的推荐；现在我病转，丝毫也不妨碍你，你还不依不饶，你的嫉妒心太可怕，你的人格太卑下。嘴唇翕动着，要说的话终于不能说出，我强自把怒火咽了下去。太撕破脸不是好事，谁要我在病转呢。我对她的所为早已领教过了，我必须防备……

出工后的第三天傍晚，我正在煮晚饭，汉明同几个小孩又是蹦又是笑地跑来告诉我："青青姐，刚才小钰打了她姐哩，好戏文哩。"他们绘声绘色告诉我刚才发生的事：高钰和小钰不知为什么吵起来，高钰脱口骂道："你妈的✕。"小钰柳眉倒竖，上前抓住姐姐的手腕：

"你再说一声看。"当着几个小孩子,高钰无法服软,她又骂:"就说了,你妈的×。"小钰立马把姐姐的一支胳膊反扭到背后,高钰尖叫着:"哎哟,你把我的膀子要掰断了,爸爸不在跟前你就可以行凶啊!你个……"话未完,外钰又抓住她另一支手腕,又一个反扭。高钰痛得哭起来:"哎哟!你要行凶哇,你个没有王法的东西。"小钰凶神恶煞:"就行你的凶!你要讨饶我才松手。"高钰的身子就势倒向床上,两只粗腿乱蹬,嘴巴仍不肯软下来:"哎哟,我的膀子不得了哇。我偏要说:'你妈的。'"但高钰已不敢说出最后那个字。小钰曲起膝盖,对着姐姐的屁股一阵猛撞。高钰的声音终于低下来了,身子软弱地抽搐着,嘴里哭哭唧唧:"呜呜,我非告爸爸呀。你妈的,偏说你妈的。"

汉明他们都笑起来:"两姊妹打架哩,姐姐打不赢在汪哩。"

小钰看到小孩们笑,才松了手。她一屁股坐下,愤愤然望着姐姐:"看到你个肥猪样子,我就来气。一张嘴巴这样臭,我恨不得杀了你。"小钰复又凶煞煞地瞪着小孩们:"有什么好看的?滚!"

小孩们吓得一溜烟跑了。

听完汉明的叙述,我没说什么,我庆幸和她们分开了。小钰打高钰,已不是一天两天的事。以前小组有六个人时,姐妹之间也常吵。妹妹性子上来,会把姐姐一推一个趔趄。但对外人,两人又互相偏袒。小钰脾气暴烈,大家已见怪不怪了。不想,现在剩了姐妹俩单过,小钰的霸道会发展到这样。如果我没和她们分家,有个外人在眼前,小钰对姐姐,不至于动辄大打出手吧。但小钰整个心态都已经是扭曲的,凭着力气大,对姐姐动不动就搞武力解决。

高钰和小钰的相貌也很相像,但姐姐的身材不如妹妹,高钰体形肥胖，双腿又粗又短，小钰却身量苗条匀称。好比洪接锋之于妹妹洪珍，是粗模子与细模子的区别。但洪珍事事听姐姐的，姐妹感情很好。小钰却总要与高钰分庭抗礼，互不相让，姐妹俩起争执是家常便饭。

　　发给毛弟的信已有 8 天，没有回信，心想：明天应该有信来了。

　　第 9 天、第 10 天过去了，还是没见信来。不回信是不合情理的，男人再忙，对一个姑娘表达的爱意不能不给予答复，除非是他病了，再或是毛弟妈突然病了……

　　我惊慌地想到，我早该去区里打听病转通过没有。该死！这是天大的事，我怎能尽等毛弟的信。我太老实了，因为怕队长，我出了一个星期的工。今天已是三月一日了，我再也顾不得队长会说什么，心急火燎，一早上了路。

　　我站在区革委会斜对面候着。区里干部们推着车子陆续进了门，吊在老槐树上的钢板"钟"敲过了，怎么没看见黄种团委书记进去呢？该不是她到下面办事了？等到大门口再没有人了，我心慌意乱地进去。转到知青办，门关着，没落锁，我轻轻敲了两下，里面没有回应。我推开了门，原来黄种人在里面。她不满地瞪我一眼："你有什么事？"说完自管抹桌椅。我愣了一下，强笑着说："想问问我病转的事。有这长时间了，你们讨论了没有？"

　　黄种人吼开了："一大清早，就是问这。你只记得你自个的事，我要管的是全区的青年，是你个人的事重要还是全区青年的事重要？"一阵雷霆把我击蒙了，我连连说："当然是全区青年的事重要，我晓得你的工作不容易。"这话自己听着都感到耻辱，太卑恭了。黄种人坐下了，埋头在抽屉里清理着，看样子她不想回答我什么了。我害怕地望着这个团委书记，但我不能走。天天为病转的事悬着心，天天想来天天怕来，我隔了这么久才来问，也是怕她嫌我。如果我就此走了，回了队又不知该这么懊丧了。这个门槛是我集聚了许久的勇气才敢踏的啊！我小心翼翼地凑到黄种人跟前，低声下气地对她说："那我们这一批知青病转的申请讨论了没有？"

"还没有。"黄种人生硬地说。她从书包里掏出用报纸裹着的卤猪心卤猪肝、两个油墩子，当着我的面大吃大嚼起来。

不得不继续追问："那你们什么时候可以讨论呢？"

"我嘟晓得。"黄种人嫌恶地横着我，起身倒了杯开水，坐下，又大吃大嚼起来。想不到这个肤色黄黄、嘴唇发乌的团委书记竟有这样好的胃口，一堆猪内脏，转瞬消灭了不少。见我还待在跟前，她找了一句："该转的我们都会转，像你这样一趟趟来问，我看你没得什么病么。"说完，她背对着我，下决心不睬我了。

黄种人的话也许是无意的，可我本来心虚，像被击中了要害，我吓得心头乱跳，竟不敢接她的话。我慌慌张张地对着她的背影说："对不起，一早晨打扰你了。"

垂着头回队，心里的懊恼不用提："我太笨了，黄种人说我没有病，我竟然都不敢解释一句，便像个贼似的溜走了，岂不是让她看出了破绽。到讨论病转的那天，她可能会据此卡我的。"我越想越害怕。

因为怕，我企望赶快抓住一个"救生圈"。我先去大队部，盼望着这个时候正好接到毛弟的信。我再次失望了，连妈妈的信也没有。

大队长叫住了我，问："青青，秦书记躲在屋里做什格？在当抱鸡婆哩？"语调里不无讥讽。

"不知道，我这两天到别的知青那里去了。"

大队长打量我一眼："你怎么不出工？要注意影响。下面有反映，说你出工不积极。"

我只得含糊地"唔"了一声，正要走，看到大队长跟大队会计摇着头："我说，老秦这人太不值，不就丢了一个伢儿哩。"

我回到余妈的拖檐子里，趴在八仙桌上无声地哭了，后来双肩耸动，泪如泉涌，喉腔里发出阵阵抑制不住的抽泣声。拖檐子的门随便搭着，我顾不得去插上。政审、阶级路线、台湾关系，招工不要我，病转又被卡住……妈妈，我们的出路何在？我没有办法回到你的身边啊！老天、老天！你为什么让我这般痛苦地活着？

昏沉里，听到余妈一家人在堂屋里吃中饭，但不知余妈进我这拖檐子打米没有？我挣扎着想止住哭泣，用手捂住嘴，鼻腔里就发出一种"唔、唔"的怪声。

听到余妈在堂屋里收拾碗筷，张伯咳嗽，贵方呵斥着汉明。

我倒在床上，不吃不喝。暮色降临，怕余妈看到我红肿的眼，我不敢起来。

耐心地等余妈一家子去歇息，我好摸到破泥屋去……

听到高钰、小钰在挑水，是小钰命令的声音："姐，你还不快停下来？"

高钰似乎在台子前停下扁担，听到她对小钰说："怕要下雨。我们换着多挑两担吧，把缸装满。"

自从和我分了家，高钰，小钰挑水都是搞接力赛，两人一起去挑。知青屋离水渠远，总是姐姐挑一段路，妹妹再接着挑。还是有兄弟姐妹的好啊，吵架归吵架，一家人总归是一家人。尽管回不去，姐妹相互还有个照应。独我孤苦零丁一人，我不觉又泪流满面。

一会儿，静静的夜空里飘来小提琴的声音，琴声断断续续，仍然是不连贯缺乏节奏感，可练琴人却坚持不懈。我曾不止一次听到晚风中飘来的琴声，难道小钰还想通过提琴去招工？我平静地听着，心生羡慕，小钰毕竟有个目标，也有恒心。唯独我，什么也没有了。

在我这段痛苦交加的日子里，妈妈更是陷在绝望的境地里。

我住的是18号门，但17号里，有一对江苏常熟籍的夫妇，和妈妈算是同乡。这对夫妇，男的是厂里食堂管理员，女的在裁缝店工作，他们生有4个儿女。当中的一对儿女是初中老三届的。夫妇俩将这对儿女送到江苏常熟乡下投亲靠友。在常熟，两个子女没办法招工，夫妇俩遂后悔不该让子女去了常熟，就求告四棉接收他们的儿女。这事拖到1972年底，厂里同意了接收这两个子女。春节前夕，由厂里将他们的户口弄回了武汉。但厂里没让他们马上上班，因为年前就上班舆论太大，职工们的各届下到各地的子女们都回来过年了。过了正月十五，这一对子女出人意料地在厂里出现了，于是在职工中引起了不小的喧哗。

目睹了这个事实，妈妈再次受到沉重的打击。偏偏多事的下江同乡在妈妈面前极力怂恿，要她去找田副厂长。田副厂长是分管劳资工作的，就住在华福里14号门，与我家仅隔着4个单元。

妈妈为了我，鼓起最大勇气，登了田副厂长的家门。田副厂长皱着浓眉，不耐烦地听妈妈站着申诉，连个座都没让。这人是个南下干部，平时见了妈妈，脸总是板得刀都剁不动。但我们必须与他同一个巷子里进出，我对这位副厂长非常害怕，老远见了他，我就会畏怯地低下头。

可想而知，妈妈的哀求会有什么结果。副厂长的老婆，一个河南女人，很不耐烦，口里呼哧呼哧地喘气，她嫌来找丈夫的人太多，而我妈妈，这个反革命家属竟也不识趣地来打扰她的男人。

田副厂长这么反驳了妈妈："招谁进厂不由我定，是厂领导班子集体讨论的。你说你的女儿报名下乡，名字登在光荣榜上，这件事可能吗？"他脸上挂着轻蔑，意思很明显：这种出身还够资格上光荣榜！

求告不成，反受了一场轻侮。可妈妈谈的是事实。由于我是1968年12月15日下的乡，在学校登载的上山下乡光荣榜上确有我的名字，但那不算什么，登在光荣榜上的名字有几百个呢。可妈妈不知道后面的事——凡报名下乡的同学，除了不是黑五类出身，不是黑帮子女，不是高级知识分子的子女，都享受了由学校敲锣打鼓上门送喜报和大红花的荣誉。我们家当然被排除在外，但这事我始终瞒了妈妈，怕她伤心。我只告诉她，我的名字上了学校的集体光荣榜。

因此，妈妈刚刚提到我名字上了光荣榜，副厂长认为她骗人，毫不客气地把妈妈顶回来了。

副厂长老婆带着呼隆呼隆的痰音不耐烦地下逐客令："你找厂长没有用的。你男人在台湾，全厂谁个不知道？这事没有办法。"

妈妈退回自家的黑屋子里，痛哭了一场。楼上楼下的人不免来瞧个究竟。一听是在田副厂长家受了气，辜奶奶吓得缩回自己的楼上。汪妈妈也不敢多言语。这回金姨还算不错，她下力地劝了妈妈一番，当然其中也夹有一些革命理论。有几句话道出金姨的内心："老林，我不晓得你会去找田厂长。要是晓得，我就挡着你不讨这场气了。你晓得隔壁这对常熟夫妻在田厂长身上下了几多工夫？那个男的，总帮田厂长买排骨。田厂长一家的衣服差不多由女裁缝包做了。上个月，田厂长的小儿子10岁生日，他们还送了一双白回力球鞋。只有我们这些拍不到马屁的老百姓，儿子才回不了武汉，只招到个鄂城钢厂。婊子养的，开后门的不得好死！"

这桩事对妈妈的打击太大，她整个人的精神都已经崩溃了，神情凄惨，人消瘦得厉害。妈妈的这副神情，在职工中引起极大的同情。职工们很不满：现在招工停了，怎么厂里会时不时地塞进一两个人来？除了这对常熟夫妇的子女，还有一些是外厂的，纺管局的关系进来的。

在这种形势下，那些往日是农民，现在是领导干部的人，把毛主席关于"接受贫下中农的再教育，很有必要"的指示并不放在眼里。他们把农村看成火坑，迫不及待地要把他们的五亲六戚搞上来，共享城市安逸，免遭皮肉之苦。

52. 希　望

几天后，我心情逐步平静，一切听天由命吧，我对病转只能这样想了。我去找了队长，说我不想在老年组了，我还是回响兰的妇联组去。队长把我安排到响兰组去撒饼肥。

我端着个大筲箕，将饼肥左一把右一把地抛撒在麦田里。没有看到小钰出工，这让我心情轻松了一些。可我马上听到了一个震动性的消息：显方居然不肯当工人，自个从襄樊跑回来了。但和显方一同招去的另一个复员军人却没回。

歇息时，妇联们围着响兰关切地问候。大脚婶说："可惜哒，显方当兵 4 年，脱不掉一身泥巴。当个公家人吃国家粮几多好。"

"你怎放他回哩？众人问。

响兰笑得很勉强："腿子长在他身上，那是他个人的事。"

显方怎么会要回来呢？军工厂是国家大型保密企业，是我们留下的知青想都不敢想的好单位。在农村青年里头，显方高小毕业，算是个有追求的人，这不符合他的性格呀。我先是奇怪，再看响兰的表情，我慢慢回过点味来了——是不是响兰爸的问题连累了他？他是土匪排长的上门女婿呀。显方在部队 4 年，当了副班长却最终没能入党就很能说明问题。于是我联想到"政审"这个令人生畏的词，对此，我是非常敏感的，心中暗想，进行得真快，显方走了也不过 20 来天……这真是个蹊跷而又无法去弄清的问题。

难怪我看到余妈噘着嘴进进出出，张伯闷着头抽烟，一直抽到大声地呛咳起来。

中午收工后，我经过知青屋，见大门落着锁，只有社员家的黑狗趴在门前屋檐下，懒懒地舔着痒，檐下堆的棉梗散落在地上，高钰小钰不知又窜到哪里去了。大脚婶走过知青屋时迅速地偷了几枝棉梗，折断，用胳膊夹着，改道从队里的菜地回屋去了。顺手牵羊是大脚婶的习惯，几枝棉梗虽不能煮顿饭，但可以烧热一锅水。

高钰的自留地大部分荒着。只有靠里的一小块地方，长着点瘦瘦的莴苣，我记起是见小钰浇过肥。等天气转暖，我也得种点菜了。

我去渠边淘米、提水，顺着渠的上端不经意地望去，却看见了显方，他不再穿军装了，一身黑裤褂，挑着一担水慌慌张张地爬坡子。一定是他先看见了我，有意加快了脚步的。

我在绝望的心情下捱着日子。但这天午饭后，却听见会计大声喊我："青青，你的信来哒。"

我慌慌张张跑到门前，会计递给我一封信，封面上是陌生的字迹，下面的地址竟是天门县公安局任缄。身上掠过一阵痉挛，我马上省悟过来怎么回事。我含糊地应付了会计两句，忙忙进屋里拆看，先看落款，真是任股长的。他写道：

小林：

你好。今来信特告诉你知道，你们张港区革委会的罗特派员与我是老关系，我今托罗特派员为你病转的事情在区里帮忙说话，使你的材料能顺利地转到县里来。信附在后面，由你当面交给他。罗特派员的家就在张港街上。

任成望
1973 年 3 月 ╳ 日

啊，我苦苦等待的消息终于来了。我却像傻了似的，不敢相信眼前的事实。但任股长拜托罗特派员的信分明写着：

老罗：

你好，近来全家身体安康，工作忙不忙？我今由知识青年林青青面交一信，特有一事相求：林青青同志是贵公社的武汉知识青年。她正在办理病转回武汉手续，现在手续办到区知青办了，因此烦请你在区知青办这一级，为林青青想法子，使她的手续能顺利地转到县里来，以后面谢。

致以无产阶级文化大革命的敬礼！

任成望

1973 年 3 月 ✕ 日

我对任股长算是了解了一点，他看起来很威严，很难讲话，一旦答应帮忙，说话还是算数的。这好消息来得好迟，但它终于来了，我僵死的心灵即刻复苏，决定马上去找罗特派员。我迅速脱掉出工的衣服，换上干净衣裳，把信揣在口袋里，往张港街去。

我先去找杜蓉子的姨父，正巧司机夫妇都在家。司机刚从沙市出车回来，在家歇着。我向他们讲述了这段时间的病转经过，告诉他们我马上要去找罗特派员。

司机说："只要罗特派员帮你说话，事情就好办多了。罗特派员是个讲交情的人，你初次登他家的门，买点东西去为好，罗特派员家大口阔，生活上过得很紧。罗家就住在这条街上，在土产店的后面。你明天过了 12 点的样子去，他一家人将吃了中饭，那时进去了好说话些。"我又陪着蓉子的小姨讲了会话，才回队。

我究竟是个没用的人，心理存不住事，第二天上午 10 点，就慌着出发了，一小时后来到张港街。我在副食门市部左看右看，不知该买什么好。这里的点心糖果都很粗糙。犹像了一会，我买了一斤硬糖、一斤粗饼干。营业员用两张比马粪纸强不了多少的黄纸，把两样东西包成两个大三角形。我装进了书包里。

罗特派员刚撂下碗。我满脸通红地站在他面前，递上任股长的信。罗特派员注意地看完信，我把两包东西递给他老母亲。特派员瞧见了，不自然地一挥手："你这是做什么？"

我更不自然地说:"给你的小孩吃。"

罗特派员说:"现在管你们知识青年的是小黄。等我找她说说看,不当紧的。"

我一直憋着气息,怕他查问起我的家庭成分,谁知竟是这样快的答复。但我还是艰难地启齿了:"谢谢您了。区知青办现在积了不少的病转证明,要统一讨论。可能快了……"

下面的话我不好说出来——请您快点去跟小黄讲。

罗特派员只点点头。

再也没话可讲了,带着逃也似的心情,我告辞出来了。

自感这事做得丑。一边送上礼品,一边求人帮忙,太赤裸裸了。因此罗特派员不自然的样子使我很羞愧。按道理应该是等罗特派员跟小黄打了招呼,我再送礼。我怪自己弄得一个大男人不好意思。但我知道这是没办法的事,蓉子姨父叫我这么做我就必得这么做,我得把自己的事情办成哪!

走过了区革委会,心理的不安才慢慢退去,不管怎么说,我今天办完了一件天大的事。我的心情轻松起来,我应该赶快写信告诉妈妈,让她宽心。毛弟还没有回信来,已经过了 20 天了……我心头掠过一片阴云。

但病转的希望已经看得见了,我的心情毕竟是愉快的。今天的天气也不错,多云的天空,太阳蒙在云层里艰难地向大地透射出光芒。望不到边的田里,苗壮的麦苗绿油油地在风中舞动。田垄边冒出细尖尖的嫩草,不知不觉中,春天悄悄来临了。

愉快的心情维持了三天,我出了三天工。到了第四天,我又按捺不住,决定再去罗特派员那里问一下,他帮我说了话没有?我不问个踏实，实在不放心呀。

春雨淅淅沥沥下个不停，一早我撑着伞，泥里水里赶到区里，谁知罗特派员不在。到隔壁办公室打听，才知道他要去县里学习一个星期，今早走的。

我着了慌，忽然想起，到县里的班车要 9 点才到，现在还早呢。我急忙奔向张港汽车站，在油毡搭的棚子里，我看到高个的特派员正和一些人站在那里等车。我收了伞，喘着气喊："特派员。"

罗特派员望了望周围，皱起了眉："你嘟到这里来哒？"

我胸脯起伏不停，说："听说您要去学习，我就赶来了，想问问……"

罗特派员压低声音说："我已经跟小黄打了招呼，你慌什格哩？"

我如释负重，顿觉浑身轻松，说："那谢谢您了。"转身出了车棚。

特派员目光里的责备使我羞愧，可我又不能不盯紧。我明白区知青办的一关有把握了。

抄近路到了尹沟 2 队。下雨歇工，洪接锋两姐妹都在屋里。洪珍在补裤子，洪接锋在拆破衣裳。她把一件破腐了的衬衣分割剪下，袖归袖，领归领，前后衣片放一堆。我问她这是干什么，她坦然说："袖筒子拆了做抹布，前面的衣片缝在洗脸毛巾上，后面的整块衣片准备以后衬在枕巾反面。"

"那不牢啊。"

"都是腐家伙，腐的连腐的，正好。洗脸毛巾上不能衬新的，洗起来不舒服。"

"你真是过日子的一把好手。"

"怎么办？我们两姊妹都丢在农村。妈妈没有工作，爸爸一个月才赚 58 块钱，不能跟你比。"

这是实话，是洪接锋吃苦耐劳的动力。她艰苦朴素的作风是有几分像雷锋，难怪在文化大革命初她选中了"接锋"这个名字，要接过雷锋的枪，说明又一个雷锋在成长。问题是，雷锋精神的实质是全心全意为人民服务，洪接锋钻进牛角尖里，死抠硬攒，是为自己。做过了头，让知青们瞧不起。其实，她自力更生，不向父母伸手，比我强多了。

我转了话题："喂，你的病转从公社转到区里没有？"

洪叹口气："哪有这快。我打听了，从公社到区县的病转申请，都要压上一段时间，这种事你急别个不急。唉，我想赶在你和徐玲这一批，快点转到区里去。我打听了的，春节后区知青办还没有讨论过你们的申请，恐怕要等些时一起讨论。"

"你真有本事，了解得这么清楚。"我由衷地佩服。

天气转晴了，太阳一早就从地平线上蹦出来。我把被子、床垫抱出来搭在余妈的篱子上晒，然后决定去买返销粮。我找张伯借了辆翻斗车，推着车来到张港街的区粮站买米。我有 42 斤返销粮条子呢。棉产区的口粮不够吃，而且全是杂粮，要靠国家配给大米补充，社员自己掏钱上粮站买，这就是返销粮。

排了好一阵队，才把我的大米称了，装在箩筐里显得浅浅的。一个中年农民望着我，"哧"地笑了一声："这么卡卡米，还推个车子哩。"

我非常难堪地把箩筐搁在翻斗车里，推着车快快离开。那个多嘴的农民还在背后说："怕是队里只剩得她一个知识青年了哩，可怜。"

推着车经过农机站时，我看见外面停着一辆大卡车，车门上标着"湖北拖拉机厂"。一个老司机正在跟修理工说话，一口武汉音。听到熟悉的乡音，看到武汉的人，顿时有了一种亲切感。我上前问老司机："师傅，您这车是不是到武汉去的？"

老司机说："是到武汉。"他望望翻斗车里的大米，问："你是个知识青年吧？这米用车子推，路蛮远吧？"

"要走 10 里路，来去 20 里。您这车什么时候开？我想搭您的便车，回武汉去看看我妈妈。我回队去放下翻斗车，马上赶来，行不行？"

司机很爽快："可以，车马上修好，加了油，我吃了饭就要走。你回队去再赶来，赶不赶得赢？"

我兴奋地说："赶得赢，农机站离我队里只有 6 里路了。"

"那好，你快去快来，车不等人的。"

我一阵狂喜，推起车就走，后来干脆把车反转过来拉着跑，也顾不得路上的人会怎么看我。心里乐滋滋地想：从春节初四离开武汉，到今天 3 月 22 日，我离开家一个半月了，真想家啊！现在不花一分钱，晚上就可以回到武汉了。

我把箩筐里的米扛到破泥屋里搁着。又三下两下，把晒着的被子床垫抱回摔到床上，都来不及叠。再把换洗衣服、书、钢笔塞进书包。余妈还没有收工，我把翻斗车送到仓库，告诉张伯，我搭便车回武汉了。然后，我锁了破泥屋的门，从后屋冲下了台坡。我望了望田里，心想实在来不及告诉队长了，无论如何，这趟车不能错过。我咬着嘴唇，下定了决心，在公路上飞跑起来。

热汗涔涔地赶到农机站，司机正在太阳下抽烟。他说："就等着你。"

我敏捷地爬上了高高的驾驶室，卡车开始在公路上奔驰，不一会来到了横野大队的地界。我看见了横野桥，看见了收工的社员们。显方跟队长走在一起，他俩望望这辆卡车，当然不可能望到我坐在驾驶室里。我告诉司机，这就是我的生产队。老司机注意地看看："好地方，房前屋后都是树，渠里的水好清亮。比我儿子下放的位置强。我儿子下在黄梅县独山，抽到郧阳三线工厂'二汽'去了，成了个外地工人。"

老司机听说我是一个人过时，非常同情："地方再好，一个姑娘伢丢在这里，靠土里刨食，不是个事啊！回不去的知识青年遭孽哟。"

说着话，卡车到了县城。老司机要去办点事，正好我可以利用这点时间去找任股长。我一路跑着到了县公安局，可巧任股长正在办公室，他这回态度明显客气多了。我告诉他，我找到了罗特派员，罗特派员答应帮忙。任股长听了倒也高兴。走时，他还把我送出大院。我很想对任股长说，等病转关系到了县知青办，还要靠他帮忙，但我终于没有勇气开口。我想，还是到了武汉求拐子跟吴医生讲这事吧。

当晚到了武汉，老司机的车停在大东门有事。我下了车，对他说："师傅，谢谢您，让我这么快就回家了。"

老司机豪爽地一摆手："谢什么，我的车经常带知识青年。"

第八章

53. 痴情换来的是亵渎

望着大东门铁桥上驶过的火车，恍如隔世一般，一时无比亲切。为了省下 8 分钱，逛逛这既熟悉又陌生的大街，我以步代车，从大东门走到司门口，再乘车回到家，天已黑下来。

看到妈妈，我一愣，想不到妈妈会这么消瘦。可我们来不及细谈，妈妈悄声地迫不及待地问起病转的事，我把嘴对着她的耳朵，悄悄告诉她，区里一关不成问题了，县里一关还要继续与任股长联系，妈妈脸上漾出惊喜之色。

妈妈听说我是一个人搭便车回的，又不无担心："你这个丫头胆子贼大，要是碰上个坏司机，在半路上害你怎么办？"

我反问："害了没有呢？事实证明没有问题。不要把人想得那么坏。"

下乡以来，我不止一次搭便车，但像这样单枪匹马，还是第一次。

妈妈望望我，压低声音说："你回来得正好，有些话，我信上不好告诉你。毛弟姆妈前些时到你阿姨那去了。一去就说：'林大夫，恭喜你了，你外甥女跟我毛弟谈朋友了，你要请糖哟。'你阿姨眉头皱老高，不耐烦地说：'青青跟哪个好是她的事，该我请什么糖？'你看看，毛弟姆妈行事像不像个人？这种不三不四的人，你定要有头脑，慢慢与毛弟断脱来往；还有，你阿姨告诉我，你要是回来了，阿姨跟你有话讲。"

我的心咚咚乱跳，这个毛弟妈，说话真混账。从毛弟妈的话里，我估计毛弟确凿无疑收到了我的信，他一直没回信给我……阿姨的话使我心中一动，也许她晓得毛弟的什么事，拐子不是早说，要去看阿姨吗？

汪妈妈进了我们的屋，汪妈妈问："青青回来了，你病转办好了吧，你这来来去去的，要花不少盘缠吧？"

"我是搭便车回来的，没花一分钱。病转……现在卡得很严，试试看，办不成算了。"病转这事不宜让外人知道，我只能这样告诉汪妈妈。

谁知汪妈妈态度认真："你这伢，还是要攒把劲，想办法办回来。不然，你妈妈会神经了的，我不是故意唬你。"

妈妈慌慌张张地对汪妈妈摆手。

汪妈妈不理会妈妈，继续说："你不晓得你的娘有几可怜，你就是为了你的娘，也要转回来。"

我点点头，表示知道了。汪妈妈的丈夫是技术员，不算"红五类"。正因为这一点，她不像金姨那么左，对我们还是表示出了同情。

妈妈一早给我买来了油饼。今天是厂休日，母女俩可以待在一起，从容地说话。回家是愉快的，想起我春节离开妈妈时的那副凄惶样子，觉得眼前的一切那么珍贵。我吃着早点，忽然想起了昨天汪妈妈的话，见汪妈妈的房门关着，肯定她买菜去了，我就问："妈妈，昨天汪妈妈跟我说话，你为什么要对她摆手?"

妈妈没法，只得把她到田副厂长家求情的事讲了。讲着，妈妈自己也感到气愤："田厂长不帮忙不说，还说你的名字上光荣榜是不可能的，真是欺人太甚。天无绝人之路，你病转总算有了希望。青青，你不要为这事生气，这个老粗，不值得我们为他生气。"

我已吃不下早点了，田厂长的话太刺激我的神经。趁着楼下没人，我逼到妈妈跟前，气势汹汹地说："你什么时候能够正常一点，像别人的妈妈一样? 我已落到这个地步，你还嫌不够，还要把我脸上的最后一层皮剥去，你叫我怎么活下去? 告诉你，我本来不想病转的，一切都是为了你，为了你神经兮兮的性格。人，要有骨气。你去求他们这种人干什么? 你在周围邻居面前嚎什么? 有泪要往肚子里流，牙齿打落了要吞下去，你懂不懂? 你懂不懂呀!"我双手捏住妈妈的手，像疯了一样。

妈妈叫着："放开，你放开我。我有罪，我不该生下你，你认为妈妈丢了你的脸，我就去死好了。你说怎么个死法，告诉我，我照你的意思办。"

我颓然松开手，把门一甩，走了。愤恨、羞耻的心理，像火烤一般，我独自转到武昌发电厂的江堤边，倚在堤墙上呆呆地望着浑浊的江水，也不知过了多久，我终于感到羞愧。每当我神经不堪重负时，就向妈妈发泄，也不知道这是第几回了。妈妈向谁发泄呢？她也是个可怜的人，她是为了我才变成这个样子的，但我认为自己没有错，我含着泪想：我是个极要面子的人，为什么我越是要面子，生活偏偏要把我的面皮剥个精光？

摆在面前的事实更清楚了，我的病转已没退路，只能成功不能失败！

第二天，我去了阿姨家，见阿姨神态还正常，就放心了。阿姨忙告诉我一些情况：毛弟妈六十大寿时，邀请她去赴席，阿姨回绝了。

拐子到阿姨家来坐过两回，他跟阿姨讲，他很为我可惜，一个蛮好的姑娘为什么会看上毛弟。假如我回来了，他有些情况要告诉我。

我呆住了，难道毛弟有什么不好的事？我不敢往下想，心里七上八下的。我帮阿姨做好午饭，等表弟放学回来一起吃了，饭后，阿姨照例要睡个午觉，表弟上学去了。我一人独坐，不知做什么好，要在以往，我会到毛弟家去，可是现在我不想去，我向毛弟袒露了爱，他却没答复，我当然不能再去了，对了，我不是知道拐子在新光印刷厂么，干脆到传呼站打个电话试试看，把病转的进展告诉他，求他再找吴医生……好让任股长在县里帮忙。

走到传呼站，刚取下电话号码簿，忽然看见旁边的巷子里走来一男一女，不想那男的正是拐子。我扔下电话簿，跑出来喊："拐子。"拐子也很快认出我来，说："青青，你几时回来的，你在打电话？"

我不好意思说我正在跟他打电话，就说："跟同学打电话。"

那个女的一直在打量我。拐子跟那个女的说："她就是林大夫的外甥女。"又对我说："这是我爱人的同学。"

那女的亲热地拉住我的手说："我跟拐子到林大夫家去过，我叫占斯琴，早就晓得你叫林青青了。"

我不习惯她这种亲昵，慢慢抽出手来。

拐子说："小占也在办病转，我正要带她去求林大夫写病历。"

原来是和我一样的人，我这才高兴地说："那走吧。"

占斯琴的手又挽住我的胳膊，那样子像是我久别重逢的朋友。我注意地打量她：高高个子，肩很宽，身上却很瘦，脸成菜色，一双丹凤眼顾盼灵活，满月脸上挂着甜甜的笑，显出是个机灵人。

拐子问我下面的关系办得怎样了，我简单地告诉了他，由衷说："亏了你和刘汉娥，区里一关有些把握了。县里的一关还要靠你们找吴医生帮忙。"

拐子一口答应："没有问题，我明天带你去见刘汉娥，让你跟她取得联系。"拐子马上不无得意地告诉我："你问小占，是我一手跟她帮的忙。她下在武昌县，病转也是扯的坐骨神经痛，比你办得晚多了，她现在大医院的证明有了，县医院的证明也有了，手续转到区里了，跟你一样，再只等往县里转了。"

我不由望望小占，这个小占，真是神了。我搞了这么长时间病转，耗尽九牛二虎之力，最终在县医院也没搞到张正规证明。不由对小占生出一丝反感。

小占却对我粲然一笑："多亏了林大夫帮忙，她给我写了一次病历，我这又要去麻烦她给我写最近的病历。"

她总主动跟我说话，对我极其亲热，我心里不由热乎了；其实我也是很喜欢和人交往的。

小占见了阿姨，又是一番亲热，并照我的称呼，一口一声喊

"阿姨"了。阿姨满面笑容,她退了休,本来也寂寞,有这样乖巧的女孩哄着她,自然满心欢喜了。

阿姨就在里面房给小占写病历,我和拐子坐在外面房。拐子偷眼看看我,侧过头去说:"你走后,这一个月里,毛弟和九梅敲上了。"

心头突地一阵悸动,我下意识地把眼睛朝向窗外,两手交握,自己摸到手掌是潮热的。

听拐子继续说:"为了这事,毛弟妈跟毛弟吵过;宝哥回潜江前还留下一封信,规劝他回头是岸。但据我看,九梅跟毛弟鬼搞并不是看上毛弟这个人,她主要是为了报复自己的男将。你还不晓得她的男人吧,那男的先跟别的女人发生了关系。你莫看九梅长得有副样子,她吃起醋来那个泼呀,打到女方单位,当众把那女的内裤扯破了。可她自己做的事像不像人做的?你和毛弟的关系,她不是不知道,她哪像你,你是个老实人。"

里屋里,阿姨已给小占写完病历,小占连连夸阿姨字写得好:"有的医生的字又差又草,看不清写的是什么东西,像鬼打架。阿姨,您家的字写得又快又有体,很少见像您家这样的大夫。"

我的注意力不由被吸引了。这个小占,嘴够甜了,说话却没水平,奉承人也太明显了。阿姨被捧得很舒服。她说:"我在无锡普仁医院护士班读书时就注意练字,同学们都说我的一手字像男的写的。青青的妈妈,莫看是个大学生,字就比不上我。"

小占又称赞阿姨床上的绷套好看,说:"连您家用的床都格外不同些。"

我听了越发有些瞧不起小占,可我现在呢,我苦笑了一下,够丢人的了,病转仍搁在区一级,先走的比不上这个后爬的。而我曾依靠帮忙的毛弟，又是那样不齿。这话从拐子嘴里出来，那小占肯定知道，我有什么资格瞧不起人呢！我开始镇定下来，自尊心告诉我：这无所谓，毛弟要跟九梅鬼混，跟我一点关系也没有，我没有任何损失。说也奇怪，这么想着的时候，心里真平定不少。我努力做出微笑的表情，对拐子说："那是毛弟的事，跟我毫不相干。"

拐子有些意外地看着我，接着笑起来："你年前帮毛弟家洗了两床被子吧？搞得毛弟姆妈动了心，她威胁我：'九梅的事你不许告诉青青，否则我不依你。'"

拐子叙述得这么明白，我想躲开与毛弟的瓜葛也不行了。我的脸发烫了，有点无地自容。我看着内房，阿姨拿着一件正在织的毛背心对小占起劲地讲着。小占边听边偷眼看我们这边，她什么都知道了，我只好苦笑起来，我是面子上下不了台，心里还是很想听到关于我走后毛弟的情况。

拐子说："照道理这话我不当告诉你，我跟毛弟毕竟是多年的朋友，不过有一阵子也断了来往。年前，我爱人跟我吵得死人翻船，过年我只好回了武昌县老家亲戚那里。我老家跟小占插队的纸坊公社很近。到春节初四我才回，家里冷火秋烟，爱人回了娘家，我只好跑到毛弟家去吃饭。之后，毛弟姆妈六十岁生日请我，我推辞不去。毛弟讲：'非来不可，我以后还要求你。'我这才去了。毛弟摆了一桌酒，除了同济医院叶大夫一家，另外就是几个朋友，大家都送了礼，堆在床上。最后又来一个人，你猜是谁？——九梅。她和我一样是空着手来的。毛弟一家也不敢得罪九梅，宝哥上诉的事要求她，毛弟侍候九梅吃喝像侍候爹一样。你看我这话说得太直了吧？"

我一声不吭听着，凉森森的寒意浸过我全身。拐子说完了，那寒意也渐渐退去，我还是我。我看着拐子，这些话不可能是他编出来的。我对他说："我不会再到毛弟那里去了。"

小占和阿姨谈完了，阿姨那件未了的毛背心转到小占手上。听到阿姨说："你比青青强，青青到现在还不会动针线。"

小占和阿姨来到外屋，我们聊了一阵天。从谈话中我得知小占原是初中 65 届生，高我一届，初中毕业后，她进了"共大"。1968 年底，共大生被规定和老三届一起要上山下乡。武汉共产主义劳动大学我知道，1965 年才开办的，市长刘惠农还当了共大的名誉校长呢。当时《武汉晚报》大肆报道过一阵子。其实，"共大"的学生绝大部分都是出身不好的。"文革"中这所学校被指责为"黑五类"子女的窝子，小占肯定是因为出身不好回不来。

小占和拐子要走了，拐子嘱咐我："青青，明天上午 10 点钟在荣华村路口等我，我带你去刘汉娥那里。"

阿姨对小占说："毛背心就麻烦你了，我真不过意。以后你常来玩。"

小占笑嘻嘻的："青青的阿姨就是我的阿姨，我哪会不来。"

我也站起身，跟阿姨说："我来这半天了，也想回武昌了。"

我们三人一起出了门。小占告诉我她住在武昌积玉桥的衙门巷，正好和我同路。拐子把我们送到航空路的汽车站，甩开手走了，仍旧是那样大摇大摆神气活现的步伐。

上了车，我要替小占买票，小占附耳告诉我："我有月票，是我姐姐的。"我就只买了自己的。

"那你姐姐不上班？"我悄声问。

她神秘地看看周围，说："我姐姐跑熟了上班的路，售票员都认得她了，只要跟售票员打个招呼，说月票忘在家了，就行。我要出来跑，都用姐姐的月票。你办病转肯定要花不少的车钱。"

"不光车钱，其他费用更大。"

"我没你那个条件，你是独姑娘，你妈妈有工作。我办病转花的钱很少，都是拐子帮我忙。"

我想：这个小占把我什么都打听了，什么独姑娘的，毛弟的事她肯定晓得了。于是，我把话题转到她身上："你和拐子的爱人是同学？拐子跟他爱人真要离婚？"

小占机灵地瞟了我一眼，笑了笑，那笑容很生动，她说："拐子爱人和我在'共大'是同班同寝室。拐子的爱人长得蛮漂亮，也是家庭出身不好。他们1968年春节结的婚，所以他爱人没下农村。开始，两人的关系可以，生了个姑娘，后来就扯皮打架了。我帮着调解他俩的关系，拐子就帮我搞病转，会不会离婚还很难说。"

小占说话好圆泛，回答我的问题时又解释了自己与拐子的关系，使我不对她有猜疑。

从武昌桥头下来，我俩又转车。小占热情地告诉我她家的方向，要我有空去玩，然后在积玉桥下了车。

汽车继续前行。这时，我才开始想毛弟的事，难怪毛弟不答复我的信，但我给毛弟的那封信是认真的，我倾注了真挚的情感，获得的却是羞辱。这结果是我无论如何料想不到的，但我并不感觉特别伤心；更奇怪的是，我肩上仿佛卸下一件沉重的东西。这使我从另一个方面得到解脱。我明白了，我为能从此离开毛弟的妈妈而庆幸。

回到家，我又呆呆地继续想，忘了做饭。毛弟跟九梅有关系，拐子怎么会晓得？但这话又是不能编造的。

　　妈妈过来摸摸我的额头，问是不是不舒服，我推开了她的手。出了会神：今天幸好碰上拐子，和他联系上了。就让这桩事过去吧。

　　晚饭后，妈妈提议出去走走。母女沿着四棉走到五棉，再到江边，我告诉妈妈：再不消为我担心了，病转已经很有希望了，所以可以不求毛弟，可以不来往了。

　　妈妈脸上露出惊喜，小心地问我："你阿姨告诉我，你初三晚上是住在毛弟家，我还以为你是住在阿姨家，毛弟不会有……"下面的话她不好说了。

　　我笑起来："妈妈，如果有什么，我还去住？你也别把毛弟看得那样坏，你不相信自己的女儿？"

　　妈妈点着头："我当然相信你。你阿姨也是听毛弟姆妈说的，才告诉了我。我当时就说过：'不会有什么，青青下农村几年胆子也练大了。她是为了赶初四一早的车，不是去专门住，就不会出事。'不过，你以后也要注意，像这样随便住别人家，搭便车到底不好。"

　　不好？我心里嘲笑着，我还住在农民家呢，出了什么事没有？妈妈只知道我分了家，以为还住在知青屋，不知道我住了破泥屋，又住进了农民的拖檐子。跟妈妈是用不着说得那么清楚的，我们母女之间，总像是雾里看花，隔着点什么。我没耐心向她把自己展示得清清楚楚。母亲供我吃穿，不能帮我抵挡危难，关键时刻，都得靠自己。

　　妈妈开口就是毛弟姆："那个毛弟的姆妈，把我当个没有知觉的耷，当她的佣人。当初我真替你担惊受怕，怕你跟毛弟好起来。这种人家你凭什么看得上？有其母必有其子，资本家家庭出来的。"

　　"那我这出身还不如资本家，资本家算做民族资产阶级，是人民内部矛盾。不像我们：海外关系、逃台分子家属，说不清，道不明，叫人害怕。"我反驳妈妈。

"我不是指出身成分，我是说资本家都精明，父母的为人对子女是有影响的。毛弟姆妈那副样子，她的儿子会是老实人?"

妈妈这句话终于说进我心里。我默默地走着，默默想着和毛弟这一年的交往。我醒悟过来，毛弟其实总跟我保持距离，没有主动，没有承诺，更没有那种倾心相爱、不计后果的痴情。好几次了，我以为捕捉到了爱，战栗地渴盼着将会发生什么，可是毛弟每次轻轻滑过了，吝啬到连手指都不曾碰我一下。但我对毛弟的爱可以不顾一切。

我看过一些中外名著，知道男子汉在爱情面前应该是什么样子。一腔痴情，换来的是无情的亵渎，我麻木的心灵这时开始疼痛。我猜测：可能毛弟一开始就没有看上我，我不合他的意，那就怨不得他。那为什么他要同他妈到我家来？为什么要抄那样的诗，还把我称作"心"？好多次了，他望着我的眼神不是很热烈么，那里面还是有燃烧的火焰的。

我对毛弟没有怨恨，我期望他知道我回来了，对我有点解释。

事实又令我失望了。第二天，我如约赶到荣华村路口，拐子在那里站着抽烟。他看见我，神色有些沮丧，就地蹲下来说："时间还早，等下再去房管所。"又狠狠吸了口烟，把烟头一丢，告诉我："我昨天到毛弟家去了，毛弟听说你回来了暴跳起来质问我：'为什么青青回来不露面了？一定是你跟她说了什么事。'毛弟姆妈也跟着说我，娘母子夹磨了我半天。毛弟说：'你肯定编造了我跟九梅的事。你要达到什么目的？事实不是你说的那样，那是表象。我们还是朋友啊?!'"说到这里拐子抱住了头。

我不觉笑起来，拐子怎么这种性格，不像个男子汉嘛。我对拐子的敬畏不觉消失了。

听说毛弟反应强烈，我心里感到一丝安慰。想：毛弟说拐子看到的不是事实，是表象，指的什么呢？我就说："喂，拐子，你后悔是不是？觉得不该告诉我。不过，我是感谢你的，你那些话不是编出来的。"

拐子抬起头，脸有些发红。他说："当然不是编的，毛弟这个人算是厉害角色，他交朋友都是互相利用。实话告诉你，我这方面的刘汉娥、吴医生这两个关系我不想让他插手，所以我嘱咐你不要跟毛弟说实话，你也当真没有讲。凭这点，我对你印象不错，所以我告诉你实情——"

初七下午，拐子有事找毛弟，谁知九梅也在。那天宝哥陪毛弟妈出去了，屋里很安静。当着拐子的面，毛弟和九梅在研究一张由叶大夫开出的病休证明。

证明上写：

韩九梅　　女　29　岁
慢性肾炎
血尿++
建议休息一周

毛弟把这张证明在手上颠来倒去地看，然后用褪色精把"建议休息一周"中的"一周"两个字褪去，倒一杯热水，把褪了字的证明围在杯子周围烘了一下，纸干后，他用另一张素白纸在上面模仿叶大夫的笔迹，反复写着："轻微劳动"几个字，最后在诊断书上正式下笔。叶大夫也许做梦也不会想到，他的"建议休息一周"的证明书，被偷梁换柱，改造成"建议休息，轻微劳动"。写完后毛弟又用杯子的余温把证明书烘一下，这样新旧字迹便分辨不出，浑然一体了。

毛弟用胳膊肘碰了一下九梅："怎么样，这手字可以乱真吧？没问题了。"

九梅报以嫣然一笑，站了起来，将身子压到毛弟的背上，两人细细观赏这一"杰作"，又得意又兴奋。

拐子看到两人关系暧昧，就试探地问："伙计，你既有这手绝招，当初怎么不帮青青的忙弄一个，要求到我的名下？"

毛弟摇头，长叹了一声："不提了。我曾试探地问过青青，那丫头胆子怎小。提起这，我还真有点瞧她不起。"

拐子说："也难怪青青，病转不同一般，户口问题假不得。不像九梅，你只不过换个岗，容易蒙得过，查出来也不怕。"

九梅说："哼，毛弟帮那个乡里丫头的忙，就搞真的。对我，只会来假的。"说毕，手指狠戳一下毛弟的额头。

毛弟小心在意地赔着笑。

毛弟与九梅的关系很快暴露。两人下班后同逛滨江公园，九梅倒在毛弟的怀里，两人公开亲吻，被九梅单位的同事发现，事情在食品公司传开。九梅倒不畏惧，她自称是为了报复丈夫，因为丈夫首先伤了她的心；至于毛弟，就凭他那出身，她九梅也不会看中他。由于九梅的来头，领导采取不告不管的态度。九梅马上调到另一个公司，这也亏了那纸"诊断书"做铺垫。

这件事，毛弟的技校同学都晓得了，拐子也晓得了。拐子当面问毛弟，毛弟说："那是别有用心的人在搞九梅，当然也是别有用心破坏×××的形象，九梅是他的干女儿嘛。而我为九梅搞医院证明，纯是为了宝哥，宝哥上告须走大人物的门路。"

可是宝哥在毛弟妈六十寿庆后就回了潜江，临走，给毛弟留下一封信，规劝毛弟不要和九梅鬼混下去，要珍惜与青青的感情。毛弟妈把信给小白脸、瞎子这些人看过，意思也要他们劝毛弟。她担心九梅跟她儿子弄假成真。

趁毛弟不在家，拐子直截了当问毛弟妈，她竟说："这事怪不得我毛弟，是九梅送上门来要他享受的。送上门来的女人，毛弟一个男人家怎会不享受。这事你不准告诉青青，我晓得你这张嘴巴不牢。你讲出去了，老娘从今后不许你登门。告诉你，青青初四一早从我家走的，头天在我家过的夜。"她这意思是警告拐子，青青跟我儿子不一般了，你告诉她也是枉然。

这就是毛弟妈的嘴巴！

毛弟则对拐子说："伙计，我把样东西你看。"他拿出了我的信，有声有色地读给毛弟听。读完后好得意，那意思明摆着：你不消搞鬼得，我不在乎青青，是青青在追求我。

拐子问毛弟："青青对你表白了，你是怎么回信的？"

"还没有回……"

"你们关系不一般了，她走之前在你这里过的夜。"

毛弟正色道："伙计，这话不能乱说。她住在我家不假，跟我姆妈睡的阁楼。闹人的药不吃，犯法的事不做。青青的父亲在台湾，她这种出身招工是招不回的。话又说回来，她还是个知青，女知青的人身受国家特级保护，跟军婚一样，我不会去惹那个麻烦。这跟九梅的事不同。不过，关于九梅我再次申明，纯是无聊的人捕风捉影。"

"照你的意思，你还怕青青的出身？"

"那倒不至于。不过，我要愿意找知青的话，找个出身比青青强的我也找得到。要说青青，也算得上是有德有貌。可是将来，我得准备去过一种困苦的生活……"毛弟灵光的舌头有点续不下去了，长长地"唉"了一声。

毛弟妈唉声叹气："唉，晓得青青转不转得上来，她这种条件，含在嘴里是块骨头，吐出来是块肉。我毛弟也是不好办得呀。"

毛弟连忙说："姆妈，您家这叫个什么话。"

拐子最后总结说："毛弟母子就是这种缺德人。毛弟要是真心待你，就不会把你的信念给外人听。我也是过来人，懂得这种事。哪个谈恋爱的人会把女朋友的信这样念出来？"

寒意忽地包围了我，冷得整个人似乎冻结了。好一会儿，我努力克制着内心的颤抖，却无法维护自己的尊严了。为了这，我也恨拐子。我尽量用平静的口气问他："你为什么要把毛弟的话告诉我？"

拐子望望我，搔了搔头皮笑了："毛弟配不上你，你太单纯了。毛弟是个情场上的老杆子，我怕你受骗才告诉你。我们现在去找刘汉娥吧。"拐子站起身，他根本没有注意到我的脸面下不下得来。

54."姐姐"刘汉娥

刘汉娥正在办公室里，看见我们，站了起来。拐子大大咧咧地对她说："你妹妹是搭便车回来的。"

这话太不注意场合了，我担心地望望刘汉娥。刘汉娥显然也感到了这一点，她要我们到小会议室去坐。拐子肯定常来这里，他带头大摇大摆地进了会议室。

刘汉娥问我几时回的，问我病转办得怎么样了。我一一告诉了她，最后腼腆地说："刘汉娥，真感谢你了。我原来并不认识你，你却为我的事去找吴医生，才使区里一关有了点把握。县知青办一关还要你帮忙。可是……"我迟疑地顿住了。我想说的是：吴医生帮我是为了调房子，刘汉娥你怎么办呢？

拐子明白我的意思，他满不在乎："汉娥当你的姐姐会当到底的，你放心，吴医生的房子她会管的。你应该喊她姐姐才是。"

刘汉娥和我都笑起来，刘汉娥问我："你是哪年生的？"

"1949 年 12 月。"

"你比我小一岁，比我妹妹大半岁。我妹妹下在荆州县，位置很偏僻。七〇年开始招工，招工单位都不肯去她的区。拖到七一年底，我妹妹才招到武钢，在乡里整整守了三年。比起你来，她还是走运的。"刘汉娥眼里露出真切的同情。

拐子插进来说："你恐怕还不晓得，青青是个独姑娘，独一无二的独种。为她抽不回，她姆妈不晓得几伤心。"

我垂下了头，眼里热辣辣的，但我拼命控制住情绪，旁人的同情是有辱自尊的，可我拿拐子毫无办法，他肯定是听我阿姨讲的。

刘汉娥有点意外地"哦"了一声，眼神再次流露出同情。

拐子说："莫看汉娥只大你一岁，她的儿子都 3 岁了。"转而对刘汉娥说："当初你不肯跟我嘛，你跟了我，说不准是一儿一女一枝花，生两个了。我的丫头都 4 岁了。"我骇然地望着拐子，他跷着二郎腿，叼着烟猛吸一口。刘汉娥抿嘴笑笑，不接他的话。

我问起吴医生是怎么又托了任股长的。拐子说："毛弟拿你的信找了我，从信上看出你唬得不轻，经不起事情。我就把情况告诉刘汉娥，同她一起去求吴医生。正好任股长来了信，吴医生把信给我看了，信上是开玩笑的语气，说吴医生和林青青的姐姐谈恋爱。骨子里是在问吴医生：是不是真有林青青这个姨妹？我当时擂着吴医生回信，吴医生二话不说，用病历纸写了回信，承认得痛快，要姓任的一定帮忙。任股长肯定因为这样才帮了你的忙。"

拐子问我："你回来了，去不去找吴医生？"

"肯定要找的。"我说，"我想过两天再去找，我不想把人盯得太紧。"

"那就这样了，青青一个人不好去找吴医生，汉娥你陪她去，戏要演得真，我们告辞了。"刘汉娥把我们送出房管所。我想对她道声谢谢，终于没有说出口。

路上，拐子告诉我：刘汉娥以前是他的女朋友。真的?! 那怎么又吹了呢？看我疑惑的眼神，拐子不无留恋地向我叙述了那浪漫的往事。

1967 年初夏，刘汉娥还是建筑技校的学生。一天傍晚，她在汉水桥下被两个流氓挡住了，流氓要她跟他们走，刘汉娥吓呆了，僵在那里，流氓开始动手动脚。正好拐子从巷子里出来，见这情景亮开喉咙大喊："来人哪，捉强盗！"并冲上前飞起一脚，踢倒一个流氓；另一个流氓照拐子的鼻子就是一拳，拐子口鼻顿时鲜血直流。听到喊声的居民赶来了，两个家伙见事不妙，慌忙逃窜了。

拐子用袖管抹衣襟揩，糊得满身是血。就是这样，他还护送刘汉娥回了家，刘汉娥一家自然感谢不已，还下了一碗粉条汤给拐子吃。后来拐子到技校找刘汉娥，还送她回家。两人很快热恋上了，刘汉娥把拐子当救命恩人。可是汉娥的爸爸不同意这桩事。汉娥的爸爸是个老工人，他有他的一套观点：你救过我姑娘，当报答我还是报答，只是不能拿姑娘的终身许配。他嫌拐子只有小学毕业，自己的姑娘是个技校生；拐子的厂又是个集体小厂，总之是不般配。拐子毫不掩饰地告诉我："那是老头子扯的由头，主要是我这个人不中他的意。"

刘汉娥性格软弱，被爸爸逼着和拐子断了感情。拐子一气之下又找了一个，这个就是正和拐子闹离婚的妻子，当时是武汉共大的学生。

听到这里，我不由打量一下拐子：仗义救人符合他的性格。就是他这个人，怎么说呢，通过两天的接触，我看出他和一般男的是不同，嘴巴太敞了，热心得过头，坐没个坐相，走没个走相。也许因为这，刘汉娥的爸爸看不中吧，我暗想。不知不觉中，我和他谈话很随便了。

拐子接着告诉我："汉娥算是长相不差，我现在的爱人比她漂亮多了。我想，我非找一个更清爽的给你看。我跟爱人是 1968 年春节结的婚，先就怀上了毛毛。是我找熟医生开的体检证明，拿到了结婚证。"

我听了嗤嗤地笑起来："你说这些，不晓得丑？"

拐子挠挠头，也笑了，笑得脸皮发红。

"后来你怎么又跟刘汉娥联系上了？刘汉娥的爱人是干什么的？"我好奇地问。

"朋友不成感情在。"拐子说，"汉娥见我和爱人闹到这一步，总觉得对不住我，是她害的我。所以我找她办事，她都不驳我面子。要说，她爱人还不是个工人大老粗？当钳工，复员军人，算是个党员。

我到她家去玩过，她爱人心眼窄，见不得别的男人跟老婆来往。我就再也不去了，有事到单位找。这种男人，我看不上，屁眼大的肚量。"拐子傲然说。

我当然同情拐子。他跟刘汉娥说话很随便，但没有什么不正常。拐子要回厂了，他的家已容不下他，他住在厂里的单人宿舍里。他问我明天过来不？我说："后天来，反正我没事。"

拐子说："那我也到林大夫家来坐坐。"我点点头。

拐子走后，毛弟给我造成的痛苦又在刺激我。他竟把我表白爱情的信念给拐子听，就凭这一点，我无法原谅他。我怎会爱上这样一个人？又写了那样一封信？屈辱和羞耻啃啮着我的心……

回到家，我给洪接锋写了封信。讲了搭便车回来的经过，并托她在区里为我打听病转通过没有。我又给秦书记、队长各写了封短信，告诉他们我要在武汉看病，向他们请假。

我叫妈妈不要跟陈苏红讲我回来了。毛弟的事扰得我心情还没归于平静，我一时不想见人。

55. 和拐子共设圈套的姑娘

第三天，我如约到了阿姨家，拐子还没来。我问阿姨："这个拐子，怎么有这多时间在外面混，他不上班？"

阿姨说："拐子这人很灵光，总有熟医生给他开假条，反正病假工资照拿。他原来在我手上，三天、一周的也都开过。我这人喜欢结交，工厂里的人也都很义气的。"

正说着，拐子晃着手走来了，阿姨却要出门去，有人介绍她到居委会的红医站找补差,她马上要去洽谈。阿姨对拐子说:"你随便坐吧,我有点事就来。那个小占今天来不来?"

拐子说:"看等一下她来不来。"阿姨走后,拐子和我聊起来,他说,昨天毛弟打电话召他,见面就对他说:"那天我也是冲动了一点。这样吧,青青这一页就算翻过去了。你要卫护青青,我不怪你,可以了吧?我们朋友还是朋友。换房子的事还望你替我揽紧点,还有江汉路那个伙计,你能不能直接引见一下?"

我听了无疑又遭到一击,我在毛弟眼里是这么无足轻重,他伤害了我,并且还表示无所谓。我以前怎么把他当作了救命恩人呢?我怨艾地横了拐子一眼,他这样直不笼统地告诉我,很伤我的自尊心。拐子感到了我的情绪,他说:"青青,我这人嘴蛮敞,但没得坏心,你莫见怪。毛弟跟我求和是因为他有事求我;我敢把他的屄屄油抖给你,也是仗的这点,我不怕他。"

"那,"我想了想说,"我有两张照片还在他家玻璃板底下。我想把它要回来。"

"我可以转告他,既然他说这一页算翻过去了,就犯不着扣你的照片。"

"毛弟求你帮他换房,那不是要找刘汉娥?江汉路的那人,是个什么人?"

"汉娥算一个,但我不会让毛弟直接认识汉娥,我要捏他一把。江汉路那人是粮食学校管人事的,毛弟想调到粮食学校去当采购员,拿钱买东西,快活神仙一个。图个不倒班还有寒暑假。"

我又问:"毛弟是这么个人,你为什么愿意和他来往,还帮他忙?"

　　拐子笑了："莫看你下了几年农村，在这点上你还像个与世隔绝的人。也难怪，你们武昌的人是老实些。汉口是商业区，老住户多，人和人的关系也复杂多了。我也算在武胜路这一带混了多年。总还晓得，人生在世，各种朋友都少不得。毛弟和我，只是面子上的朋友。他利用我，我也利用过他。我对他的态度是，你莫犯到我名下，帮不帮忙看你怎么招呼我。"

　　"可我没有招呼你呀，你为什么愿意帮我？"

　　"毛弟招呼了的，我不是在他那里喝了两次酒？"

　　"可是以后再没有毛弟的面子了，你还愿意帮助我吗？"

　　"你说哪里话，林大夫不是我的长辈朋友？就是没有林大夫，我也一定帮你。"说完，拐子挠着头，笑起来。

　　我忽然问："那，小占是你才认识的吧，她怎么才病转？"

　　"小占下到武昌县纸坊公社，跟我老家挨得很近。这多年来，我跟她并没有打交道。她的老头解放前是警察局的一个处长，肃反时被镇压了。你想，这样的出身么样回得来？春节前我回乡，碰到了她，她问起我爱人，知道了我爱人要跟我离婚。小占主动跟我说，她去找我爱人做点工作，让我们和好，免得小伢遭罪。我一看，这人还够意思，会为人。自己落到这个地步还记着旁人。我就问她：你出不来，为什么不想点法子，死守在乡里？小占眼圈当时就红了，说她身体不好，想搞病转就是没路子。她弟弟也跟她下在一起，不守在队里不行，家里养不活她。我就着手替她想法子，先想把她介绍给我的一个朋友谈对象，这人在市委机关开小车，有些门路，哪晓得别人嫌她在农村，家庭条件又差，懒得讨那麻烦事。那就只有搞病转这条路。为这，我还专门问了你姨林大夫，林大夫说，坐骨神经痛痛死人，又没得仪器能查。就帮她办了个坐骨神经痛，跟你的病一样。"

"那医生证明呢？县医院顶不好办呀？"我瞪大了眼睛，在我眼里，县医院可怕极了。

拐子呵呵笑起来，笑得脸发红。他"嚓"地点燃一根烟，猛吸一口："事在人为。我先跟她办的武汉证明，有了武汉大医院的证明在先，就不怕你县医院不承认。"

"那，武汉的医院证明在哪个医院开的？"

"协和医院。"

"医生肯开？"

拐子不答，侧过脸去笑，笑了好一会才说："这我不能讲，天机不可泄露，我只能跟你讲县医院的证明是怎么来的……"

春节后，拐子先找阿姨给小占写了病历，又找吴医生顺着写了。然后在协和医院开到了正式诊断书。做了这些铺垫后，他随小占来到武昌县纸坊公社插队的地方，小占给队长老婆送了酥糖、京果各一包，拐子向生产队长递了烟，假称自己是小占的姐夫，要队长相机帮点忙。然后，小占"坐骨神经痛"发作，队长派了辆板车，由队长、拐子、小占弟弟连夜送到县医院。值班医生接诊后，看了以往病历、诊断书，开始作检查，医生在病历上刚刚写下："左侧坐骨神经痛……"

拐子就乘机要医生开诊断书。队长从旁证明：小占因腿痛，这一年来出不得工，成了队里的包袱。医生仍然不肯，说不能根据一次发作就出诊断证明书，这种病没有仪器可查。拐子顿时眼露凶光，霍地一拳砸在桌上："你病历上承认我妹妹有坐骨神经痛，你诊断书又不肯开，是么样个讲究？今天我把病人就丢在这里了，等你几时想转了几时出证明！"

小占弟弟不声不响逼近医生，其高壮的身躯足以令人胆寒。

医生是个外地中年人，夜阑人静的内科诊断室，只他一人当班，看这伙亡命之徒的来势，内心由不得打哆嗦。好汉休吃眼前亏，中年医生乖乖地出具了诊断书。

凯旋回队的路上，小占姐弟有说有笑，兴奋不已。当着队长的面，竟说漏了嘴，他们真心称赞拐子，比自家的姐夫强远了。

然后，小占拿着这些材料逐层盖章，公社一级相当顺利，现在只等下面区知青办通过了。

我听后，一句话也说不出来。从某种意义上讲，我踩出来的脚印，成了小占的路，使她少走了弯路，怪不得办得这样快，而事前我不认识她。这使我心里很不舒服。好一会，我才说："要是我早认识你就好了，你也有办法帮我打通县医院这一关吧？"

拐子："要看是么情况，恰好武昌县是我老家，小占的队离县城只几里路，地方熟，办起来有把握些。你的事不怕，我会叫汉娥把吴医生摅紧些。"

还在沿着我的思路说："毛弟为什么不早点找你呢？"

拐子注意地看我一眼："你是不是对毛弟还有好感？毛弟这家伙不是好东西，肠子弯，对你并不真心，你给他的信不答复就是个证明。他那肠子里装的什么屎我都清楚，他跟你的关系成不成，是要看你到底转不转得回来。为什么毛弟敢跟九梅那样鬼搞？其实他名声早就出去了。1967年那阵子，毛弟跟一个姑娘谈得火热。姑娘长得不差，身体也很结实，洗起被子来好轻松的样子。"

我猛然记起，我帮毛弟妈洗被子时，毛弟妈曾轻轻叹了口气。当时我就有个感觉，她好像觉得我洗东西比不上谁似的。难怪，那姑娘已成了毛弟妈心目中做事的标准。

拐子接着说："后来，毛弟跟那姑娘有了关系，被居委会的太婆们撞进去看见，当场捉了奸。太婆们训了他们，说两人太不像话，都还是学生，怎么做出了这种丑事。太婆们把这件事告到毛弟的技校，算是毛弟有运气，1967年夏天，正是七·二〇事件之前，武汉到处在搞武斗，好些单位发生了抢枪的事，毛弟的学校没有人来管这件事。不过，毛弟的名声是传出去了。后来，听到北京上海的中学生都要上山下乡，那姑娘怕下农村，央求毛弟跟她结婚。毛弟说：'结婚？我不是结婚的人，你要等得，就等下去，等不得，可以另找人。'那姑娘后来还是下了农村，在底下熬不住，又跟了个男知青。"

拐子讲这些事，同时注意地看着我。我显然被毛弟的行为震惊着，那时，毛弟还只18岁，还是个技校生呀。

我气愤地问："那姑娘为什么不去告他？"

拐子笑起来："你这人有点特别，怎么想到告？告了对那姑娘有什么好处？"

我省悟过来，拐子讲述毛弟的行为，同时也在审视我的表情，看来他对我在毛弟家过夜是有猜测的，我的激愤无意间洗脱了自己，这却使我心里隐隐不快，生出了对拐子的反感。不管我这人清白与否，由我自己负责，他人无权旁敲侧击或窥探。

但我相信拐子的话不是编造。去年秋天，我坐在毛弟家，居委会的老太婆不是突然推门而入吗？难怪婆婆们怀疑什么，原来毛弟早有前科。

幸亏小占来了，算是打断了拐子的话。我有点奇怪，小占怎么知道拐子在这里？

小占笑对拐子说："跟你打电话，想把新情况告诉你，门房说你出去了。我估计你到这里来了。"

拐子说："要是我不在这里呢？"

小占说："那我就陪阿姨、青青说话。哟，阿姨出去了？"

"就回的。"我说。

小占一五一十地向拐子禀报："我昨天找你爱人，她回娘家了，我又赶到她娘家。她硬是不松口，在分居阶段要你每月出 15 块钱养小伢。你爱人还哭了，她每月才拿 24 块钱，房租水电带开伙不够，总靠娘家不是个事。你岳母也在旁帮腔，说再不给就找到你厂里来。"

拐子一下子蔫了："是她要离婚，不是我要离。我住在厂里难得开伙，靠食堂餐馆混日子。我一个月才 36 块 5 角钱，每月拿出 15 块怎么够。"

我笑了："还要抽烟，更不够了。你以前给小孩多少？"

"不定。"拐子说。

小占意味深长朝我笑笑，又对拐子说："你爱人反正已上法院起诉了，就是法院以后判了，你还不是要出抚养费。我看你只当是法院规定要交的，好不好？我跟你打个折中，12 块钱，你看怎么样？你同意了，我再去跟她说。"

拐子猛抽烟，好一阵才说："只能给 8 块，多的没有。"

我们俩都笑了，这真是英雄气短呀。别看拐子点子多，门路活络，钱上面却撑不起腰杆。

小占收住笑："拐子，你准备怎么个给法？"

"按月，每月发工资我送到自己屋。"

"要是她不在呢，她老住娘家。"

"我不管，我只管送到自己屋，她不在就莫怪我不给。我的伢我每月还是有权利看到吧？"

"那是，这又该我去传话了。你爱人是想由组织上每月从你工资里扣，关饷时她到你厂里来拿，每月一次。"

拐子眼里闪出愤怒的光："还冇到那个时辰，法院不判决，厂里凭什么扣钱？我们还是名正言顺的夫妻，看哪个有胆量扣老子的钱。"

小占瞅瞅拐子，欲言又止，不吭声了。

我心想：这小占真精。她做拐子夫妻调解人，拐子帮她病转。看来是互相帮忙，实际上完全不对等。调解这事我也会做，可我不能帮谁病转。而且，一个未婚姑娘当调解人，会遭人非议。小占为了病转，真的豁出去了。我心里便混杂着对小占既蔑视又怜悯的情绪，同时也怜悯自己。

阿姨回来了，手里还拎着菜。看见小占，眉眼都是笑。她留他俩吃饭，我就去厨房帮忙。饭好了，小占不好意思地对我说："又吃阿姨的饭了。你不晓得，你在队里时，我和拐子吃过阿姨两回饭了。"言语中颇为不安。

拐子倒不推让，大大方方就坐了。表弟放学回来，看见正在吃饭的拐子和小占，眼里闪着不情愿的神色，表弟三两下扒完饭，碗一丢，不望他俩，进了里间房。这使我心里非常不安，我知道，阿姨一次次请他俩吃饭，并不是精神正常的表现。可是阿姨毫不注意小儿子的神态，继续谈笑风生："熟人介绍的红医站在古田一路，挨近汉江了。下车还要走好远，每月才 20 块钱，小儿子的中饭也成了问题，我只想在近处找个单位做。这里居委会的人专门整我，他们在背后串通好了，不准人请我。"

我惊惶地看看拐子和小占，阿姨的话不正常。可两人谦恭地听着，竟很理解似的点着头。

"喂，拐子，你帮我留心一下，看哪里差医生。卫生院我不想去，太累了，像工厂医务室就好。"

拐子说："林大夫的话我一定放在心里。"

我的烦恼也只能对裕华诉说。星期天上午，我去裕华家。裕华星期天照样忙，正在天井里洗被子，双手像毫不费力，只用手掌推，厚实的被里，在搓板上一上一下地摆动，那姿势很健美很吸引人。我一向爱看她搓衣服，从小学到现在。她一边搓一边和我谈天，我谈起毛弟的事。裕华头往上一仰，再直起腰："你这个人哪，为什么非要别人告诉你才明白？那个毛弟，我一看就不是个简单人，你当我是事后诸葛亮？你不信去问我对门的。"她用嘴努努胖女人那屋。"她可以证明，年初一从毛弟家出来，你不是一再问我毛弟这人怎么样，我说过他好没有？我只推说不晓得。后来我就跟对门胖子讲了，青青真遭孽，为了病转遇到这样一个人，毛弟一双眼睛望女同志那个望法，像勾子一样，当时他那样望我，我连坐都不想坐，连忙要走。你该记得。"

我连句整话都说不出来了，这评价比拐子讲的事还可怕。拐子举的是事实，裕华凭的是感觉，天哪！

裕华把被里子绞了，丢到脸盆里，再去揉被面，三把两掀，又丢到盆里。她又说:"毛弟家是怎么对你的?一袋葡萄糖。你再算是看清楚了吧。"

我怔怔地看着裕华,想:幸亏她不知道我给毛弟写了那样一封信,不然,她又该跟那隔壁女人讲了。

又一周,我收到洪接锋的信,她报告了一个令人兴奋的消息。信中说:"我(指洪接锋)的病转关系,已从公社转到区知青办,刚刚赶上区知青办这次讨论。那天,我恰好拉着梁毅赶到区里,梁毅算够意思,她求原来管我们的老金帮忙问一下,老金就带我们到区知青办,这才晓得我的病转通过了。在通过的病转名单中,也有你和徐玲。我亲眼看到你的材料被装进档案袋,寄往县知青办去了。青青,这下你该放心了吧……"

啊!张港区的这一关终于过了。要再过了县里一关,武昌区毕办我是有信心闯过去的,吴胖子可以跟我帮点忙。

妈妈下班回来了,我迫不及待地把信给她看,妈妈脸上现出难得的笑容。

我要妈妈明天叫陈苏红、易苹来玩。我给任股长写了封信,告诉他病转关系转到县知青办来了,感谢他的相助,并请求他在县知青办为我帮忙。

我常和拐子、小占、刘汉娥碰头。小占对我尤其亲热,看来她是真心想和我做个朋友。我感到生活里有了阳光,往日沉重的心情变得轻松了。在这里,我接触到又一个天地,又一类人。

这些人和华福里人大不相同,拐子、刘汉娥都是苦大仇深的出身,但跟他们在一起,我感到与他们是平等的。出身给他们带来的优越感很淡，就像队里的贫下中农那样，就凭这一点，我也乐意和他们来往。

小占来过我家，我也去过她家。我和她遭遇相同，这又多了一层亲近感。

小占的家很宽敞，红砖平房带个小院，坐落在衙门巷散居的民房中。据她讲，这沾了姐姐、姐夫单位的光。姐夫从单位拖回一车车破砖，都是施工后拆围墙剩下来的，价格极便宜。有时数量少，干脆不要钱。门窗的木料也是便宜价格。她家原来的破房子拆了后又利用了一些旧料，这样，小占家就有了一幢舒服的住所。可惜房里还是泥巴地，不过还算平整。

小占告诉我，她妈妈以前是个小学教师。解放后，她的父亲被镇压了，她妈妈生了弟弟以后便失去了工作，学校不敢要一个"杀关管"的家属当教师。小占姐姐只好 15 岁时参加了工作，当了一名建筑工人。

第一次去小占家是她妈妈开的门，看到小占妈，我不禁呆住了，小占妈蓬着头，身着大襟衫，还补着补丁，四月里竟光着脚穿一双破鞋。我对她说要找小占，她妈挤着眼笑，一双眼红兮兮的满是眼屎。这就是昔日的小学教师？实在叫人难以相信。

在这病转的等待阶段，我跟小占有足够的时间闲聊。我们交流病转的"经验"，小占告诉我，她在武汉的医院是怎样搞到医生证明的——拐子结识了协和医院的一位医生，是个部队军医，军医是来协和医院内科进修的，他 28 岁了，很想在武汉找个对象，把家安在大城市。可惜他脸上有麻子，以至于高不成低不就。拐子利用这点，适时地把小占介绍给军医，当然不能讲小占的真实身份。拐子把小占带到内科诊断室让麻子跟她既相面又看病。

拐子低声说:"她叫占斯琴,是从农村抽到宝丰路菜场卖菜的。菜场又脏又累,一个年轻的姑娘一直搞下去不是个事。她又有坐骨神经痛的病,你能不能帮她出个诊断证明?让她好调个单位。"

麻子军医笑了,对小占说:"卖菜也是革命工作的需要,并不低人一等嘛。你好好干,争取解决组织问题,照样有前途。为什么一定要调单位呢?"小占红着脸,用事前准备好的话说:"菜场领导要我踩三轮车出去跑货,我坐骨神经痛,踩不动三轮车。领导说了,必须有医生证明才行。如果有了医生证明,领导同意调我到调料柜台去,专卖酱油、榨菜这些东西,工作轻松些。"

麻子打量着小占,颇为动容:这么漂亮的女孩蹬三轮车,也是说不过去,当即给她开了诊断证明书。

小占讲完,我大笑起来:"那个麻子肯定看中了你,他要提出跟你约会怎么办呢?"

小占凝视远处,似笑非笑地说:"头次见面嘛,我也可以说我看不中他,不想再接触。我没有这样做,还去医院找过他,要他接着给我写病历。我的病历太少了,要多攒点才行,那麻子都写了。后来麻子约我到中山公园玩,我去了,我对他讲了我的真实身份。军医脸上的麻子颗颗变得通红,他对我说:'你还算诚实,我给你开的诊断书只当我做了件好事。拐子这人不是好东西。你年纪轻轻,不要和这种人来往,搞坏了自己的名声。'"

我笑不起来了,麻子是个知识分子,这种愚弄是过分了,不道德。

我问:"那你为什么要去跟麻子讲明呢?"

小占不做声，菜色的脸上慢慢透出了红云。我进一步探究："后来这事拐子知不知道？"

小占："我跟拐子讲过一点，只不像跟你讲得这样清楚。我只说：'麻子发觉我不在菜场上班。'拐子就哈哈一笑。我告诉拐子是怕他碰到麻子，惹出麻烦事。"

话题又转到各人的家庭。小占说："我不像你，有这好的经济条件，你办病转，花得起钱，我就不行。我姐姐、姐夫都是二级工，建筑行业的二级工工资比轻工业高点。两人加起来77块4角钱。我姐夫骑自行车上班，为的是有4块钱的自行车补助费。我姆妈没有工作，加我和弟弟，还有外甥，6个人就靠80大点钱吃饭。姐姐个子比我小，我还要拣她的旧衣服穿，反正我瘦，穿得下。"

果真是这样，我看见小占只有一件一字领的春装还可以，其他衣裳又旧又短，吊在腰部，倒是把她的身材显得修长了。

"我办病转不像你这么花费大。我找你阿姨、找麻子写病历、开诊断书都没花一分钱。我跟拐子打电话，是到跟前副食品商店去打，我初中同学的爸爸是商店经理。拐子帮我这大的忙，我只能尽心尽力，劝他爱人莫离婚，给拐子一个改错和好的机会。我不但没钱感谢拐子，在外头跑病转时他还请我吃过一回热干面。只是拐子带我到县医院办证明时，我跟弟弟在队里请他吃过两顿饭。"

"你姐姐、姐夫对你怎么样？"

小占平静地说："姐姐还好，就是姐夫，说起来不怕你笑话，他是搞建筑出身的，人还有些二流子习气。有次下班回来，闻到我妈把饭烧煳了，他端起饭锅，朝院子里煤堆上一泼，我妈妈当时就哭起来。夏天，我跟弟弟从农村回来多住几天，姐夫就不高兴。所以，我和弟弟总不回来。现在搞病转是没得法子，只有住在家里。反正妈妈、弟弟、我都是自家人，姐夫平常也不敢怎么样。你的条件几好啊！"小占看定我，说出一句叫我大吃一惊的话："人就是没有抽回来，也还是享福的。"

小占又议论到毛弟，显然她知道毛弟和我的关系，她说："毛弟一个没结婚的人，和九梅那样的嫂子鬼搞，名声传出去，将来是难得找对象的。这事吃亏的是毛弟不是九梅，但对你青青是个好事，你正可以就此脱身。"

我心里隐隐生出不快，关于毛弟和九梅的事，我已不想再听了，这一切和我没有关系了。可是我不能制止小占的议论。

小占显得更贴心的样子，继续说："拐子说你回农村的头天是在毛弟家住的，他为你可惜……"

我的不快变成恼怒，说："住了一晚怎么样？我不需要解释，我只对自己负责，他人的可惜、猜疑都是多余。"

小占笑了："你莫急，我跟拐子谈过我的看法。我说：'青青在别人家过夜，一个人搭便车回家，看起来胆子蛮大，生活随便，其实不是这样。她这个人只怕有些书呆子气，不晓得世事的险恶。'不过我劝你，我们女孩子的名誉是顶重要的，你到毛弟家去住，要是毛弟那晚害你怎么办？幸亏毛弟的表哥在家里。但如果毛弟非要和你谈朋友，在外面咬你一口，说你住过他家了，你跳到黄河也洗不清。"

我只有默不做声，这些事都没有发生，我不知道该说些什么。而我心里的想法，此刻也没理出个头绪来……

小占还在说："我搞病转就抱着这个宗旨，我既要利用别人，又要保护自己的清白。我利用了麻子军医，那不怪我，怪社会对我太不公平了。假如麻子想在我身上打歪主意，我决不会答应。我为什么又要跟麻子去坦白？那是因为我良心上过不去，觉得自己做了亏心事。还有……"小占顿住了，脸又有些红，终于没有说出来。

我开始悟过来，她的另一层意思是：她向麻子说清了，如果麻子还是愿意和她交朋友，她是乐意的。为什么不呢？麻子是个有身份的人，只不过脸上有些麻子；小占各方面条件都差，正需要依靠。我思索着小占这番心事，不觉提出一个最敏感的问题："麻子是个军人，部队要政审……"

小占急急打断我的话："我没旁的意思，我是说……不过，军医可以转业嘛。"

我沉默了。

其实，小占说要保护自己的清白，她护得了身，护不了别人的嘴。麻子军医是这样——他不会要一个和拐子共设圈套的姑娘，我表哥也是这样。小占去阿姨家比我还勤，有一回她又和拐子同去，并带去织好的毛背心。表哥正好又护送病人来武汉转院，小占便请求表哥为她写张近期的病历，表哥看在毛背心的面上，就给她写了。等小占他们走后，阿姨跟表哥谈起小占的情况，阿姨已相中了小占，问表哥中不中意。表哥勃然变色："她靠拐子这种不三不四的人搞回来，会是个好货？只怕早就和拐子有男女关系了。妈妈，您的脑子有毛病吧？"

后来阿姨跟我讲起这事，我轻蔑地笑了，表哥不配这样说话。假如他落到小占这地步，他就会通情达理些。小占，正是个守身如玉的姑娘啊！表哥能得到小占，那倒是他的福气。

事情还不止这样，拐子是有妇之夫，又正闹离婚，小占和他来往，自然会引起非议。灵光的小占防备着这一层，她从来不让拐子去她家，怕引起邻里的猜疑。可是，她受恩于拐子，总得寻思报答一二。她看拐子穿得实在太邋遢，工作服油腻腻的，袜子露着破洞，便到拐子的单人宿舍去帮他洗被洗衣。拐子吸着烟，坐在床上看她洗。

拐子住的单人宿舍不是国营大厂那种单人宿舍，他的宿舍在食堂楼上，离生产车间不过两步路。这件事马上在厂里炸开了，当班的职工们关了机床涌到单人宿舍，拐子那间房的窗口、门道挤满看稀奇的人。这些人嬉笑着，毫无顾忌地议论：

"拐子的板眼蛮大嘛，婚还有离脱又找了这清爽的一个。"

"看样子还是个姑娘。"

"巧话，不是个姑娘还是个大娘？"

"这女的我见过，跟拐子在路上逛过的。"

"难怪拐子要打脱离，想换堂客了。"

小占再老练，也受不了这场面。她垂着双眼，犯人般地忍受着各种难听的话，打肥皂的手在哆嗦。

拐子挠着头，干笑着，驱赶看热闹的人："有么事好看的？是你们不帮我洗嘛，我才喊了亲戚来帮个忙。"

这事眨眼传到拐子老婆耳朵里，老婆跟拐子抓打起来，并找到厂领导，说小占的出身如何如何，拐子还为这种人搞病转。嘴里皮绊、婊子的乱骂，口口声声非离婚不可，扬言要抽小占的脸。

小占这个调解人顷刻间成了是非人。领导找拐子谈了话，狠狠训了他一顿，说他不该为一个镇压分子的女儿搞病转。幸亏拐子的出身好，才不至于惹下大麻烦，领导并且不准拐子打病假，拐子只好乖乖地上班了。以后他与我和小占联系的时间，转到两班倒之外。

我想，拐子帮了我这大的忙，理当感谢。小占没那个力量，我这方面就应该主动些。我买了一条白金龙的烟给拐子，拐子拿着烟笑逐颜开，他用鼻子满意地嗅了嗅，又用手拍了拍，没有客套，收下了。

56. 结束了，屈辱的爱

原以为照片的事很好解决，只要毛弟把照片交给拐子就行了，谁知碰了个硬钉子。毛弟恶狠狠地对拐子说："哪个要你来要照片的？你不够资格管这事，欺人太甚！照片是在这里，不过，我没有找青青要过照片，是我母亲要的；青青她要讨回，该向我母亲去讨。"

拐子向我转达了这话，我没了主意。毛弟这话叫人无缝可钻，分明让人感到他的刻薄。现在只有两条路，一是干脆不要照片算了，二是到毛弟家去见毛弟妈。我无论如何不愿放弃照片。我在毛弟家住了一晚，就是毛弟妈传出去的，现在照片留在她家，天知道她那嘴还会胡说八道什么。总之照片不能落在她家。我又实在不想见这母子俩，拐子见我发呆，就豪气地说："还是由我来要吧。我有办法帮你要回，毛弟三笔事有两笔事求着我。"

我觉得不妥，毛弟总算帮过我，我现在不登他家门了，但并没有翻脸。如果靠拐子要挟毛弟交出到底不好，而且，毛弟会吃这一套吗？我说："还是我自己去吧，不过我想请你一起去，不知毛弟明天上什么班？"

"夜班。"

"那好，我们明天上午 11 点钟到他家，你有没有时间？"

"有。我叫人顶一下班，溜出来一下问题不大。"

第二天，我同拐子准时赶到毛弟家。门虚掩着，拐子只一推，我们就进去了。毛弟还在床上睡觉，没见毛弟妈，我松了一口气。拐子上前推毛弟，毛弟嘴里不情愿地哼着，翻了个身，挣扎一会才起来。

毛弟揉着惺忪的眼，一下子看见了我，脸部表情似乎凝固了。他背过身去，套上外套，说："青青，你坐吧，我去洗把脸。"

我没坐，眼睛在五斗柜上寻觅，看到我的两张照片还压在玻璃板下。我求援地望拐子，拐子却不见了。我止住心跳，上前轻轻掀起玻璃板的一角，迅速取出那两张照片，顿时松了一大口气。

毛弟进来了，在五斗柜边挂毛巾时瞥到玻璃板下的照片没了，身子不由一颤。

我尽量用平静的口吻说："毛弟，我本来想直接找王妈妈要照片的，谁知不在家，就自己取出来了。"

毛弟没做声。

沉默了一下，我说："我走了。"

毛弟突然开口了："青青，看来你恨我，不然你不会要照片，可你是不是有点意气用事？你太无知了，你不该相信那恶意的中伤，以至于我没有机会向你解释。你应该呼唤一下你的理智。刚才，是拐子和你一起进来的，假如我像你，该怎么看待这事？"

血冲到我脸上，呼吸变得急促，存于胸中的激愤爆发了："你应该看得清楚，拐子是你请来帮我忙的，我把他当作一个侠义的朋友。他帮我的忙，没有个人目的，也不图回报，更不会说出'含在嘴里是块骨头，吐出来是块肉'这样的话。"

毛弟浑身一震，眼里闪现着愤怒的、又极痛苦的神色。突然，他背过身，牙缝里挤出一句话："那你好走吧。"

　　我快步下了楼，拐子正在楼下等我。"你肯定说了毛弟的?"他问。

　　我说："我没说他，自己取出了照片。不过你当心，我点了毛弟的妈了。你不怕他找你吧?"

　　拐子有点沮丧地低了头，只一会，他的豪气上来了："老子不得怕他个杂种。是他在求我，我不靠他哪点。"

　　忍不住，我实在是忍不住，对毛弟妈的憎厌使我终于爆发出来!

　　拐子和小占的试探让我想了很多，他们哪里会知道我和毛弟始终连手都不曾碰过。尽管毛弟的品行不堪，但事实就是这样。毛弟用文学，用隐讳的语言来引逗我的感情，他那恩人的形象，让我一步步走向他，主动向他献出一颗心……但毛弟已不是 18 岁时的那个毛弟，女人神秘的禁区他早就闯荡过了。他决不会有初恋男子的纯真，也不会有爱的激情。他在待价而沽，他清醒地注意到我难以转回来这个事实。还有我的出身将使他的家庭在社会上更难抬头。出身好的驼子、拐子不在乎女方的出身，出身差的毛弟希望女方的成分能给他补偿一二。拐子向我传递的那些话，确是毛弟的真实内心。

　　因此，毛弟挑逗我的感情，又在我与他之间设置了界限。他甚至比他妈更坏，毛弟妈到底还直爽点。可是我在向毛弟献出爱的同时，又是个自我封闭的女孩。

　　学校的正统教育禁锢了我的勇气，我的外在表现像个不食人间烟火的姑娘，我看过一些爱情著作，它们令我心荡神驰。但我渴望得多厉害也就封闭得多严密。这也许使我获得了安全，可是也只有自己知道我渴望爱的甘霖，而决不仅仅是柏拉图式的爱情，处于社会底层的女知青却是一个爱情至上者……我不是旧式女子，把贞操看得那么重要。我不太在乎这些，只珍视自己的感情。假如我真的和毛弟结合了，又发现毛弟品行不端，我不会痛不欲生，流着泪哀求他回头，我理所当然要与毛弟分道扬镳。

使我痛苦的是把我抛弃在农村，并宣判我不够资格回城。因为这种压迫我的力量太大了——它是自上而下、全社会性的。在这泰山压顶的重力下，我才会屈下膝盖，哀哀哭泣。可是情感、家庭是属于我个人的，知青的地位限制了我爱的权利，但不能限制我的情感自由，在这个空间里，我不缺乏娜拉的勇气和行动的力量。

我十分庆幸，同学和邻居都不知道毛弟，否则我将无地自容。我的处境要比可可好得多。但我明白了，一个女知青，要想在城市寻到爱情是不可能的，就是徐玲和小阳那样的知青结合，也是没有出路的。城市户口是一个人的根本——存在决定意识，谁也无法超越这铁定的城乡界限。我一定要转回来，无论如何要闯过县里这一关。

结束了，令我屈辱的爱。

5月里，洪接锋也回武汉了。她到我家来，带来了新的消息。

我、洪接锋、徐玲的病转关系同时搁在县知青办。现在搞病转跟下乡的头两年不同了，那时的手续好办，转到哪一级都是当时盖到章，一般不需要专门讨论，也不要县医院出证明；现在手续正规，层次繁多，知识青年要病转的也空前多。所以现在各级都是累积了一批知青的申请后再定期讨论，这个时间总是拖得很长，也许我们的病转要拖到6月份去了。

洪接锋显得不以为然："徐玲好像很有把握，说她的材料转到武昌区毕办没有问题。这话有点张扬。"

我不由说:"严楚珍一个人还守在队里干什么,为什么不想想办法?"

洪接锋警觉地望望我家的板壁,隔着板壁住着汪妈妈,她端坐在屋里静听哩。

"想什么办法?非得真有病才行。"洪接锋赶快截断我的话,眼神里见了怪。

我马上不吭气了,这种话是不能公开说的,洪接锋比我老练得多。

她接着告诉我:"应笙在武汉住了很长时间,4月中旬才回队,白白把代课老师的工作丢了。陈谿小学换了个知青在代课,应笙现在只能去出工了。"

也许?我敏感地联想到应笙要搞病转了。去年,应笙不是仔细地向我打听过病转吗?

"你不晓得吧?可可合到先梅那个组了。可可一个人在队里,险点出了事的……"

洪接锋的新闻不假,但这事说起来话长。

可可的5队有个男社员,此人生得高大英俊,嗓子也不错,一曲《十想郎》可以唱得非常缠绵哀婉。夏日在田里薅粟草,姑娘媳妇们穿着飘飘然的红衣绿裤,握着长长的薅锄,一字排开,边薅草边竞歌时,妇联们会怂着这个男人来上一曲。待到一曲终罢,妇联们便叽叽嘎嘎大笑不止。此人为此十分骄傲,吹嘘自己有周恩来的口才,金日成的相貌,朱德的威武神气。仗着这些"条件",他和队里几个女人都有一手,还猥亵诱奸过几个姑娘,风流故事涉及外小队。据他自己吹嘘,女将们上他手的有一个排。可能是夸张,但妇联中确有为他争风吃醋打架的事发生。

这人无疑是条"色狼"。

1968 年底，色狼的小队来了包括可可在内的 6 个女知青，色狼就在地里毫无顾忌地议论她们："我一老注意，知识青年的'妈'（乳房）不同，好看，原来有捆'妈'的布带子（胸罩）。不像我们这哒的妇联嘎，'妈'在胸面前乱颤蹦哩。"

可可走路的姿态有点不同，她的两边屁股生得紧，走起路来两边屁股互相摩擦，像两只球在争着滚动。色狼说："可可的屁股我看不够，看得心里痒痒神。"

话传到可可耳里，可可气得眼冒金星。但色狼尽管垂涎这些武汉来的洋学生，却无法下手。

知青组剩得可可一人了，但可可有水手男友，色狼不敢轻举妄动。现在看水手不来了，色狼就再也按捺不住，一双色眼专盯着可可，寻找机会。

这天，可可去渠里透衣裳，色狼迅速挑起水桶跟来。四周很幽静，可可无力地摆着衣裳，心情忧伤：水手的事全队都知道了，他却无情地抛她而去。糟糕的是，水手带给她的创伤不仅是心理上的，还有生理上的，夜阑人静的孤独，使她特别难熬，她眷恋曾和水手销魂蚀魄的良辰美景。这时一双有力的手从后面搂住了可可，可可一阵颤栗、惬意，她以为是自己的梦幻，她习惯了水手这动作；等到那双手伸进可可的乳罩里，可可悚然惊觉，她看到一双充满欲望的眼睛。可可"嗷"地一声惊叫，跳起来："你这个色狼，我们知青不是好欺负的。"

色狼喘息着："好可可，不汪，我是心疼你哩。"

可可真的不敢汪了，她怕色狼的事说不清，那污水还要泼到身上来，她抓起衣裳要走，色狼上前一把抱住可可，可可喘气挣扎，随之，她的力量减弱，身子越来越乏力，色狼的手乘势探进可可的小腹，停住了，他怕有人来，又想吊吊可可的胃口。这是色狼惯用的伎俩，他勾引女人有一套，并非强奸得手。他不由分说对可可耳语："晚上不兴闩门哩，我来挨你睡。"色狼挑起水桶走了。可可惊得心头乱颤，回到屋里流下了泪水，她感到自己并不恨色狼，体内不安分地骚动着。"可他是什么东西，那是只狼啊！"理智战胜了耻辱的渴望，她清楚，一个女知青背上个"破鞋"的名声意味着什么。

可可跑到先梅处，讲了色狼的不轨。物伤己类，先梅急冲冲找到大队长，讲了可可的处境。大队党支部为此碰了头，深感问题的严重，女知青被害不是闹着玩的，对此事的处理一般都很重，执法部门要下来开宣判会，还会判个 10 年 8 年徒刑。

大队长主张"引蛇出洞"，派民兵埋伏在可可的住处，现场捉奸。

秦书记慢吞吞地剔着牙花子表示了否决，他主张把可可转到 3 队先梅组去。书记的意见获得多数通过。农民自有农民的道德准则：乡里乡亲的，总不能叫色狼一家落到孤儿寡母的下场。

于是，大队部做出了可可与先梅合组的决定。

57. 武汉"共大"生

小占自被拐子的爱人横搅一通，就格外注意，但她病转还得仰赖拐子，她得继续与拐子保持联系。她总是拉着我去与拐子碰头，以此避嫌。拐子却不怕，照他的话说是"心中无鬼不怕鬼"。拐子仍想充当我俩的保护神；他为小占在武昌县找熟人打通了县知青办这一关，又领我去找吴医生写了近期病历。吴医生是个爽快人，三两下笔走龙蛇地写了，并不催问房子的事。越是这样，我心里越不安。对这位热心医生，我实在说不出口："请你帮我继续托任股长。"

对拐子讲了我的担忧，拐子邀我星期三下午到刘汉娥家去坐坐。

刘汉娥也是刚下班，手里拿着一段白底蓝格的布料。她告诉我们，这是削价布，布边上印掉了格子。准备给儿子做夏天的裤子。拐子连连感叹："贤妻良母啊！我那爱人抵不到你一个指头。"

刘汉娥瞅了他一眼，脸上浮着淡淡的苦笑。

我转开话题："刘汉娥，你下班很早啊，儿子呢？"

刘汉娥："儿子在幼儿园，等一下去接。"她告诉我们，她不在房管所办公室了，已下到工地挑土，原因是文化大革命中站错了队。新任房管所党支部书记是保守组织"百万雄师"的人，刘汉娥是造反派组织"钢工总"的。这个书记一当权，就搞顺我者昌、逆我者亡的套路，排挤对立派。刘汉娥吃了这个亏，成了干部轮流劳动幌子下的首批对象。

拐子说："你算个什么对立派，一般群众一个。还是在小厂自在，冇得这些鬼板眼。要像你们单位，那我不是该去扫地了？我是厂里造反派的2号头头。"

刘汉娥："所里领导存心要整人，基层领导的派性重得很，不同观点的群众也要排挤。"

我说出了心中的担忧："那你不当房管员了，吴医生调房子的事怎么办呢？"

拐子开腔了："汉娥，你这挑土要挑到几时？"

刘汉娥："说是先劳动 3 个月，这话你抓不到领导的把柄，说起来是实行干部轮流劳动制。领导眼里的红人现在都还没有轮流。还说 3 个月后再根据个人表现、工作需要分配工作。可能回办公室，还当房管员，也可能分配到别处打杂。"

拐子说："那干脆这样，吴医生那头瞒倒不讲，这 3 个月很重要，青青的病转还差县知青办这一关，这一关还要靠吴医生的那个熟人帮忙。汉娥，你挑土归挑土，照样可以帮吴医生的忙，托你办公室的同事就行了。"

也只好这样了，我求援地望着刘汉娥，刘汉娥点点头，没有说话。

拐子说："汉娥，罚你去挑泥巴，你老公没有跟领导搞起来?"

"他有那个本事就好了，老实人一个，只会自己生闷气。"

拐子说："只怪你当初不坚定。要是跟了我，包你吃不了那个亏。"

刘汉娥说："莫有得话找话说哟。"

但随着时间的推移，我对拐子也感到难以容忍了。他带着小占去跑病转关系，到了吃中饭时间，小占不过意，要请拐子吃饭，拐子知道小占窘迫，便提出由他请客。两人捏着钱和粮票推来搡去。后来拐子说："算了，我们两个谁也不请谁，干脆到林大夫家去吃。"

看到他俩在吃饭时间跑来，阿姨预先没有准备，我只得帮阿姨临时加菜，打蛋花汤凑合。隔三差五，表弟放学回来就遇见拐子和小占，对于这经常不请自来的两个人，表弟的眼神里流露出嫌恶。他已 15 岁，有了个性。

而拐子照样潇洒地谈笑不止。阿姨欢迎他们，认为拐子连接着她过去的辉煌；退了休的人，昔日的病友这样看重她，是她的荣耀。她常跟拐子、小占摆：居委会的人在暗中监视她，有人密谋偷她的钱财。拐子听后就会慷慨激昂，要对这些人迎头痛击。

拐子、小占也到我家来玩。拐子别的话不扯，偏又讲起毛弟，他鄙夷地说："毛弟仗着写得一手好字，算是捏圆了九梅那块粑粑，我们大老粗不兴这一套，要搞诊断书就真刀真枪地来，能从医生手里搞到证明才算本事。毛弟玩的那套把戏，要是一封检举信到了九梅公司，公司追查起来，九梅那事就尿了。"

偏偏小占对九梅的事也感兴趣，她问："拐子，据你看，九梅是不是真的有个干爹在省委？如果真的话，九梅犯不着求毛弟去做这样的假啊！"

真是糟糕，此刻金姨虽然上班去了，但汪妈妈在板壁那头。我家轻易不见男同志，今天来了个嘴巴这么敞的男人，汪妈妈岂能不静听，还有楼上辜奶奶的耳朵也不聋。

拐子说："捕风捉影的事，这话也只有毛弟相信。"

小占在看我的脸色哩，我不好保持沉默，只得也说："毛弟当你的面帮九梅改诊断书，不怕你传出去？"

拐子说："传什么？传给你听，那不要紧。只要不传到公检法机关，传到九梅单位。这是我们朋友间的界线。管他是真朋友、假朋友，这条界线不会过。"

又一次是晚上，拐子小占又相约到我家碰头，妈妈上中班。拐子端过我给他泡的茶，跷着二郎腿，大大咧咧地开了腔："我说青青，你太没有头脑了，怎么会看中毛弟，毛弟是个麵包，上个楼梯直喘。"

我不知所措看着拐子，这话叫楼上楼下的人听见怎么办，毛弟有哮喘病，我确实不知道。

果然，没两天，汪妈妈对妈妈讲："你青青是不是在外头谈朋友了？老林你也该管管她，不能由着她的性子来。姑娘伢的名誉是顶要紧的，你该叫她回乡去，好好劳动才有出路。"

妈妈转告了这些话，什么也没说，只要我以后小心，不要让拐子再来了。妈妈见过拐子，对拐子是放心的，并怀着感恩的心情。妈妈却喜欢小占，赞赏她的乖巧能干。"青青，你太老实了，多跟裕华、小占这样的人交往，向她们学习社会经验，会少吃一点亏的。"

有一天，拐子告诉我，原来给他爱人出具婚检证明的女医生从新加坡探亲回来了。他可以带我去求那医生写一回病历，免得我上医院看病要花钱，写得也不符合病转要求，我高兴地同意了。我们到医生家时，女医生仰靠在铺上休息。拐子一坐下来就谈爱人和他闹离婚的事，那女医生说："当初你们没结婚就怀了毛毛，你苦恼得那样，再三求我，为了顾全你们的脸面，我担着不是，给你们出了婚检证明。可是现在又闹离婚，叫我怎么好说呢。"说完就注意地打量我。

拐子忙介绍："她叫林青青，是个知识青年，下乡几年了，还没有抽回；她正在办病转，麻烦您家给她写个最近的病历，不需要开诊断书，这已经有了。"

女医生无可奈何地叹口气，似要起身。谁知里面的套间冲出她的丈夫，他也是一个医生，那男的斩钉截铁："这是违法的事，不能写。"男的望定我，又说："我们和你素不相识，总不能为你犯错误吧？"说完，眼里流露出讽刺的光，那潜台词是：你为了回来，竟搭上拐子这种人，破坏他人家庭啊。

我霍地站起来说:"那我们走吧。"

拐子讪讪地随我走出来,不好意思地察看着我的脸色。走了好长一段路,我的脑壳还气得发昏;但我只能在心里与那男医生抗争:你不写就算了,凭什么以小人之心猜度人?

小占和我都看到,再和拐子来往下去,会坏了自己的名声。

促使我疏远拐子的还是吴医生。我买了两张一等的电影票,送给吴医生,让他和女友看。我想我在欺骗吴医生,我又没什么可报答的,只能花5角钱买两张电影票表示点心意。吴医生收下了,还说:"小林,你以后要找我就单独来,不要和拐子一起来,他这个人哪,每次来我这里仰进仰出,大口大气的,我们科室的人都讨嫌他,说他不是个正经人。"

我自然很难为情,嘴里支吾着,逃一般地走了。出来又后悔了,我本想求吴医生继续托任股长在县里帮忙的,竟没能说出。

就这样,一段时间我没到阿姨家去,和拐子的来往中断了。

小占来我家,要我陪她到硚口区毕办去,打听她的病转关系转上来没有,如果转上来了,再打听复查的日期。我见她翻出病历,那上面填的是26岁。惊讶地问:"你没有26岁呀,1949年出生的,至多只能写成25岁。"

小占诡秘一笑:"年龄写大点,别人会同情些。青青,你看这张昨天的病历,是我求一个退休的熟医生照先头的病历重抄的。"

我说:"太雷同了,就怕万一被发现。"

"不会的,我打听过,区毕办只看县医院证明和指定医院的复查结果,病历是个参考,反正坐骨神经痛没有仪器可查,参考依据就看病历的堆头厚不厚，说明你是不是一直在生病。区毕办没有那个精神去调查你的病历是真是假，就是医生的正式诊断书要真，武汉的也好，县里的也好，不能假。"

我垂下头，那张"建议下汉诊断"的证明使我心虚。我们在航空路下车后，小占提议到实验副食品商店去坐坐，她说："我们一人吃一碗西米糊吧，今天风大，吃点热的胃里舒服些。"而我对实验副食品商店有怀旧感情，就同意了。牌子上标着 6 分钱一碗，我要掏钱，被小占劈手挡住，执意她来买。知青对吃喝上的事本来就随便，就随她买了。小占三口两口把自己碗里的糊呼噜个精光，那勺子还在碗里一点一点地刮着。我一下子反应过来，真不该同意吃西米糊的，她那钱多么不容易，她是因为劳动了我而请客的，我想小占完全把我理解错了。

到了硚口区毕办，小占缩到暗处，由我进去问。我对区毕办的一个干部报了小占的名字，问病转证明转上来没有？那人说没有，最近武昌县没有送过病转证明来。那干部问我和小占是什么关系，我很自然地说："我是占斯琴的同学，家住航空路，占斯琴的坐骨神经病很严重，痛得走不了路，我才帮她来打听的。"

那干部流露出同情的神色。

回武昌的路上，我感慨地说："小占，我代问你的事很自然，装得很像。到了我自己身上，我一点用都没有了。"

小占一脸严肃："那不行。你必须想到你现在落到了是死是活的关键时刻，你就不怕了，你也装得出来。我为什么要你进区毕办去打听？我不能让那些人看到我走路好生生的样子。我想好了，到了复查那天，让我姐姐搀着我去，我一定要舍得做，跛着腿走路，装得像真的。这一关我一定要闯过。"

我望着小占，她抿着嘴，眼睛里闪着冷酷的光，全没有了平时的温柔随和；可是我怎么办呢？妈妈是装得出这种样子的人？我又没兄弟姐妹陪我去，我垂下了头，心中不由得恐慌起来。

小占瞄瞄我，"青青，"她用郑重其事的口吻说，"我跟你说的都是知心话，我是把心都掏出来了，因为我俩也算是患难之交。我告诉你的，你不要对任何人说，这个世道，我算是看透了，你不晓得，我们共大的学生落到了什么地步。"

于是我知道了共大学生的状况。

武汉共产主义劳动大学是学习江西共大的成功经验而创办的。当时升学要贯彻阶级路线，出身不好的学生，初中毕业升不了高中，高中毕业生升不了大学，国家对这样的学生实行支农支边的政策，带有强制性。而这样的学生到了农村后，虽有一定的文化知识，但并无学以致用的专长。武汉共大在这样的形势下诞生，其办学宗旨是面向农村，培养农业基层人才。学校实行半农半读，设有林业、兽医、农机、农经等专业。占斯琴就是学林业的，虽然这些黑五类子女毕业后的命运仍是到农村，但能获得大专文凭，担任农村基层技术员，算是国家正式干部。共大的创立无疑是给黑五类子女一个出路，受到这些学生的欢迎，引起社会各阶层的注意。

使共大学生引以为自豪的是市长刘惠农当了共大的名誉校长。但"文革"一来，共大的办学方针就受到批判，批判的焦点问题是：共大的"杀关管"子女占了80%以上，共大被认为是黑五类子女的庇护所，执行了"反革命修正主义"教育路线。这所学校被彻底否定。

1968年深秋，省革委会对在校中学生实行上山下乡政策，但在全省所有的大学、中专、技校学生中，只有武汉共大被规定为上山下乡的对象，这实际上否定了共大和共大生毕业后的待遇，共大学生当然进行反抗；僵持到后来，共大生被强行下了户口，几乎是押着下了乡。反正共大生的户口在学校，迁户口由学校工宣队说了算。自1970年夏季开始招工至今，共大的学生几乎都过不了政审这一关，抽上来的寥寥无几，这更使共大学生看清楚了，当初之所以强迫他们下乡，就是歧视他们的出身，政府对他们实行的是劳动改造政策。

这当中有路子、脑子活络的共大生通过办病转回了城。成功者的经验引得其他同学盯向了病转，占斯琴就是一个。显然，这是曲线回城的好办法。但办病转也要有本事，再就是除非你真有病。有的求告无门又无病的学生，就采取了残忍的自残手段。一个共大生本是近视眼，偏偏又达不到病转规定的近视度数，他强自戴上了800度的近视眼镜，进而戴到1000度，不达目的誓不罢休！

还有个男生决定铤而走险，把自己弄成骨折。他邀来了知心好友，然后趴在板子上，要求好友举起石磨子的上半部对着自己的尾椎骨部位砸下去，但同伴临阵手软，迟迟不敢下手，趴在板子上的男生失常地吼叫："你妈的，快点给老子来一下！快！"

好友由于不忍心，错过了机会。事情却在不经意的小道上传了开去，要砸断尾椎骨的男生被公社大会点名批判，"病残生"没当上，反弄得臭名远扬。

当初那些抗拒下乡的共大生并没有停止行动，虽然他们入了另册，但认定死理不肯就范，这些人集结起来逐级上访申诉，要求承认共大生的专业和学历。

有关部门则认为他们对上山下乡不满，干扰毛主席的伟大战略部署，拒绝接受再教育，扰乱城市秩序，公安局曾拘留过为首的学生。拘留期满后，这些学生仍然不屈不挠地抗争，抗争的规模有扩大之势。共大生们推举了自己的代表，决心越级上访，到首都北京去，向党中央、毛主席、国务院反映共大生的问题，为全体同学讨回公道。没有上访的经费，共大生们一角、二角、五角地凑钱，其中有个上访的男生甚至没有鞋穿，那同学竟光着脚随上访同学们出发了。上访的队伍全是买不起车票的，他们采用红卫兵大串联时的做法——扒车，后来这些学生在郑州被查出无票撵下了车，上访代表干脆沿着京汉铁路线走，他们决心走到北京去。

谁知北京上访也没结果，国务院信访办将此事转回地方部门来过问。1971 年底，尼克松将要访华，访华代表团的先遣组来到武汉，市公安局为了防止共大生造成政治影响，出动警察将上访的学生抓起来关押着，直到先遣组回国，才将他们放出。迄今为止，共大的那些学生还在以不同的形式活动着。我听后心情不能平静，我问小占："你没有参与进去？这是正当的。"

小占摇头："我是个女孩，怎么闹？闹的都是男生；再说我也怕，个人闹得过组织？无产阶级专政的天下，谁闹得赢？如果公安部门给我戴顶帽子，我连病转也莫想搞了。我只求能够转回来，把自己救出来算了。"

我有些鄙夷地看着小占，她的那些同学，不仅仅是救自己啊！

那么，我们这些丢在农村的老三届生呢，谁闹？谁敢闹？以什么名义闹？我们比共大生更不幸，共大生师出有名，老三届却是师出无名啊！

58. 一个焦雷

不知不觉间，我回来三个月了。气候日甚一日地变暖变热，衣着逐渐地递减到单薄，春天竟悄悄地过去，初夏六月来临了。城市的春色本来就不易感到，从华福里到四棉，尽为水泥路面覆盖。只有喧嚣的街市，大江上常鸣的汽笛，才构成城市的主旋律。

这三个月间，妈妈每月 27 斤的粮食定量不够两人吃。幸亏阿姨分两次给了 35 斤粮票。妈妈跟我讲，她想托人帮忙买点黑市粮票，买一斤要两角五分钱，为的是支撑这场旷日持久的病转。我点点头，坐在那里发起呆来。口袋里塞着一封信，我没让妈妈知道，那是秦书记寄来的。信中说：以前我在队里表现好，社员们对我的评价都不错；但现在我老住在武汉不回去劳动，队里人都有了看法，因此希望我快回队……看来书记犯了难。但办病转是不能出工的，我不可能在这种时刻回队去。同时，这段时间里，我的意志变得更软弱，不敢想象再回到余妈的拖檐子里去，再过那种流放般的日子。

陈苏红、易苹来到我家，这个星期她俩恰恰碰到一起上早班，因此下早班后相约到我家来坐坐，好像知道我的困境似的，她俩给我带来 25 斤粮票。这年头粮票用处大，我知道汪妈妈常用粮票换肉票，5 斤换 1 斤；10 斤粮票能换 10 个皮蛋呢，至于省粮票，就更值钱了。妈妈默默地看着我收下，暂时可以不用买黑市粮票了。她不善于说感谢的话，不声不响地出了房间，坐到过道里，让我们三个同学自由地说话。

我们谈起李庆霖上书毛主席告"御状"的事。李庆霖是福建农村的小学教员，他有两个儿子在福建最贫穷的山区插队，一年出工下来，收入甚微，连理发都理不起。走投无路的情况下，李庆霖写了封信给毛主席，反映了子女的情况和家中经济困境。毛主席亲笔回了信，还寄给他 300 元钱，让他"聊补无米之炊"。一时间，李庆霖成了知青家长心目中敢于反映民意的英雄。

车间的工人对妈妈说："好了，毛主席开始管知识青年的问题了，你丫头问题会解决的。"一般群众对回城无路的知青更加同情，我也对李庆霖的信寄托很大的希望。

陈苏红的分析比我敏锐得多，她认为决不可能因为李庆霖一封信就让全国知青都抽回城市；知识青年上山下乡是个大方向问题，是始终要坚持的。湖北省的招工规模最大的了，大多数知青已得到了解决，总不能说知青是全部下去，全部抽回。如果这样，上山下乡的大方向靠谁来坚持？陈苏红肯定地说："青青，你的出路只有一条，病转回来，不惜一切代价地转回来。"

易苹突然说起："你们晓不晓得，高二（4）班那个从北京转来的女生？我以前还以为她是干部子女呢，哪晓得她也没抽上来，她下在你们张港区。"

我接过话："她叫应笙，跟我同一个公社。"

易苹说："是听说姓应，你说的肯定是她了。应笙的男朋友小邓就住在我家隔壁，是原来高二（1）班的，跟应笙是一个知青组，抽到了造船厂。我看到应笙到小邓家来，听小邓家里讲，应笙正在办病转，他们到处想办法。"

和我猜想的一样，应笙果然开始行动了。

怪不得应笙过完年迟迟没回队，并且宁可丢掉代课教师的工作。那么应笙的男朋友可能是幕后策划人了。

我好奇地问易苹："应笙的男朋友很像样吧?"

易苹却答不出什么来："那小邓个子很高，长相可以，家里是一般职工。我们家和隔壁家是后来才做邻居的。"

易苹确实对邻居不大清楚，她家原来是独家小院，父亲被揪出来定成叛徒后，她们一家被赶到了一般职工宿舍。

这段时间，我还去协和医院找过杜蓉子。她变得苍白清瘦，额上爬着蜿蜒的青筋，配着满身的药水味，很像一个医务工作者了。蓉子惊喜地叫我："青青，好久没见到你了，你求我姨爹搞病转，偏偏不肯找我玩，想起来我都有气；今天你来了，我的气又平了。"

我不好意思地说："前段时候，确实没心思来找你，今天不是来了吗? 你的变化真大。"

蓉子招上来一年了，她不由感慨道："过去在农村吃粟米，糁米茶，我的体重长得最快。现在我连90斤都不到，一起招上来的同事都喊我'壳子'。"

话题转到和蓉子一起招上来的张港知青，我问起她们分到哪里去了。

蓉子说："各科室都有。我分到药剂科，算是我们这批人中分得最好的岗位，差的要算放射科了，分到放射科的知青，还哭了鼻子。"

蓉子是我们知青组中最灵活的一个，听听她告诉我的话就知道了："青青，你当我这药剂员的位置是靠碰运气来的呀，完全是我这三寸不烂之舌的功劳。招工的工宣队冯师傅带我们新工人劳动三个月，我晓得我们的生杀大权握在她手心，我天天跟冯师傅码关系，她喜欢听好话，我就不停地加工高帽子，一顶顶地往她头上戴，反正不花一分钱；看看火候差不多了，我才跟冯师傅半真半假地说着玩："冯师傅，您家要是把我的工作分差了，我是不得去的，到时候我就去坐到你家里哭。"

我听得目瞪口呆，分别一年的蓉子，又令人刮目相看。我说："你说的那个冯师傅我见过，后来她到我们张港区去扫尾招工，跑到可可那里又吃又喝，最后又不招她。我在张港旅社见过她，很看不惯她。陈鹢大队舒曼玉的爸爸有现行经济问题，还没定案，倒被这冯师傅招上来了。"

蓉子拍了一下掌："哦，是的，舒曼玉分在供应室，等一下你可以看到她。她抽上来倒不完全怪冯师傅，你晓得舒曼玉几厉害啊，10个像你青青这样的人，也抵不上她……"

曾经令应笙百思不得其解的舒曼玉的招工，想不到在蓉子这里解开了疑团。原来，工宣队冯师傅拿了一批知青推荐表回武汉政审，舒曼玉也当即乘船回到家。她找到爸爸学校政工组组长，求他在出具政审材料时，不要写她父亲的经济问题未定案，政工组先予以拒绝，舒曼玉苦苦哀求，痛哭失声："我爸爸有再大的错误，也是经济问题，不是政治问题。等将来定了案，我的招工机会就错过了。我现在面临的问题，您也知道，不是政审合不合格，而是爸爸未定案。您马上召开会，给他定了案吧。把我爸爸定成坏分子、贪污分子都可以。那不是政治问题，我的招工政审就可以过关了。就是不要悬而不绝。您不是拖我父亲，是在拖我呀。"

政工组长说："这是不可能说定就定的。"

舒曼玉："既然这样，您就不要写上这一条。不是我爸爸拖不得，是我的年龄拖不得。你只当是为我做件好事，我求你了。""扑通"一声，她的双膝跪了下来。

这一跪终于感动了"上帝"。

舒曼玉如愿以偿地回来了，这使有的新工人颇不服，医院招的这批人中，光张港区就有 17 个，大家都知道，舒曼玉每次招工都因政审不合格走不成；大家都觉得奇怪，医院属上层建筑领域，这批新工人绝大部分出身红五类，舒曼玉居然过了政审这一关？而且年龄最大，其他都是初中生，就她一个高中生。世上没有不透风的墙，舒曼玉下跪跪回来的事传出来了。这使招工科长和工宣队冯师傅很恼火。可木已成舟，人已回来，总不能把她再退回农村吧。并且事情不宜扩大，舒曼玉怎么钻的空子？送礼拉关系是不能端到桌面上来的。

招工科长和女工宣队员冷着脸不理舒曼玉，三个月劳动完毕后，舒曼玉被分到供应室洗瓶子消毒器械，她背着人大哭了一场后，不声不响地干起这一工作。她买了一台半导体收音机，开始跟着广播学习业余英语讲座。在一同招来的知青中，竭力装出一副不屑的模样。

蓉子对我总结这事："不管怎么说，舒曼玉是太划得来了，人反正是上来了，有户口，有工作。洗瓶子又怎么样，她那样灵光的人不会洗一辈子的。要是我，只怕也会下跪的。青青，这样说来你太吃亏了。在这个社会里，人不能太老实。"

我一声不吭，心里充塞着不平，为自己，更为应笙。去年秋天，舒曼玉招走了，留下一间空荡荡的屋子，让应笙痛苦不已，是我陪她度过了那个难眠的夜。应笙的怀疑在蓉子这里找到了答案。

舒曼玉的收获是最实际的，我内心对舒曼玉有说不出的嫉妒，我恨我没有下跪的本领。

蓉子问："青青，你今天怎么舍得来医院找我玩？一定是你的病转快办成了，我听姨爹讲过的。"

我说："哪会这么快，我一点都不敢乐观，县里的一关还没有过呢。说起来，能办到这一步，还多亏了你姨爹帮忙，我一辈子都不会忘记。"

蓉子受到感染，她热诚地说："那是应该的。就凭着我们原来在农村的关系，姨爹、小姨也不会袖手旁观。"

我被蓉子的话启发，想了想说："我想在你们这里看个病，你有没有认识的熟医生？帮我开三天病假，写张病历。我需要作积累，以后我的关系转到武昌区毕办，这些近期病历都是可作病转参考的。"

蓉子说："可以，过两天你来拿休息条。"

快到中饭时间，蓉子非要留我吃饭，她找同事借了搪瓷碗、匙子，挽着我就走："我们早点到食堂排队，看有什么好菜。"

蓉子带着我故意从舒曼玉的供应室经过，然后用肘碰碰我，我一下子看到了舒曼玉，她刚从瓶子堆里站起身，开始脱手套。我和她的眼睛碰了个正着，彼此对视了一下。舒曼玉的目光赶快转了向，头故意侧着，侧得很厉害，坚决不望我。但我已把她看了个清楚，我心里说："其实我多么眼红你，我在地狱，你在天堂啊！你还能够跪回来，我连跪都跪不回。"

蓉子悄声问："看到了吧？她这人，嘴蛮伶俐，一手钢笔字哪个都比不上；可是我们都不喜欢她，嫌她精过了头。"

走过住院部，我才注意到这是一所规模很大、中西合璧建筑风格的医院。院内花木葱茏，曲径通幽，亭台、飞檐、小池点缀其间，是个疗养的好去处。我不由偷觑蓉子一眼，她是多么幸福啊！

她和我一道在农村滚过泥巴，如今两人天隔地远，命运啊！你是多么不公平。这一切反差只源于我俩出身血统的差别，蓉子的父亲是店员工人成分。

蓉子不会看不到我的表情，饭间她什么也不问，把大半饭菜赶到我碗里，排骨几乎全堆在我饭上，她只吃炸青椒。蓉子真诚地要我吃完，她同情的目光更使我难以下咽，这顿饭吃得好艰窘。

蓉子轻轻一句："青青，你反正快回来了，以后是不愁的。"

见我实在吃不下，蓉子体谅地把剩下的饭菜泼掉了。我们聊起天来，蓉子一一问起队里的人，又问了先梅可可的近况。我告诉蓉子："小钰差点招到你们医院的。"

蓉子说："这事我听工宣队的冯师傅说过。设身处地一想，也觉得小钰可怜，她到底是没有经验，特长是那么容易冒充的？舒曼玉就比小钰精多了，牛皮按着点吹，只说自己会朗诵，会排节目，所以她混上来了。"

分手时，我俩言明三天后拿病假条时再见。

三天后，怀着感激的心情去找蓉子，蓉子的神情却淡淡的。她没有食言，把病历和三天的病假证明给了我。

蓉子对我说，昨天她姨爹出车到武汉，顺便到医院来看她，听说了蓉子找医生给我帮忙的事，当时就一脸严肃训她："你还没有满学徒，就怎大的胆子？青青的老子在台湾。去年秋天，她站在我屋前等我回来，我看她那样子可怜，才转着弯子帮她寻个法子。我帮她忙不当紧，我几十岁的人哩，事情穿了，大不了批评我立场不稳；你做这违法的事还要不要你的前途了？青青寻着法子到处找人，想把搞的证明拿去抵着，你担得起这后果？"

司机气得瞪着外甥女，蓉子吓得连连说："姨爹，这只是三天的病假，先答应了青青的，只好给她，以后我再不管了。"蓉子复述完，紧张地看着我："青青，这病历和病假条，你会不会像我姨爹说的……"

受到这意想不到的一击，我好半晌才说出话来："我不会拿你开的病假证明去玩花样，只想证明我平时也在休息治病。蓉子，我以后保证不麻烦你了。"

蓉子说："要只是你说的这样，我就放心了。"

脸在发烧，手却紧紧攥着病历。自尊抵不上病历的重要，我还能上哪儿去搞到这样的病历呢！我向蓉子道了别，怅然走出药房。

"等一下，青青。"蓉子喊着追上来，"你别见我的怪啊！这是几斤粮票，我把钱包里的都清出来了，你坐在家里办病转，没有粮票不行。"

我想推辞不收，手却不由自主接住了。谢过蓉子，出医院大门，我泪水夺眶而出，觉得自己太卑下。但我把粮票塞进钱包时竟然还点了一下：共五斤三两。

回家后，我木然地在黑屋里坐了许久，蓉子姨爹的话给我很大刺激。原来是这样，我在他们心目中的身份是这么可怕。逃台分子的子女是搞不得假病转的，一旦发现，就会和那可怕的台湾关系纠结在一起，叫帮忙的人脱不了干系。难怪连毛弟、任股长也怕我这出身。毛弟一边为我帮忙，一边保持着清醒的头脑，在两人关系的发展上决不越雷池。

当清楚了自己的处境，我的反抗精神也迅速地萌生，我对自己说："我一定要转回来！一定要重新成为武汉市人！为了这，我要不惜一切代价。什么手段能使我回来，我就用什么手段。如果县知青办不转我的关系，我第一个步骤是用冷水泡关节得上风湿病；这样还不行的话，我就回队去，用队里的石磨砸断一条腿，那样总可以够条件回了吧？我宁可断腿，也要回来！想到这里，顿觉天地宽阔，为我这绝计而宽慰。

西落的阳光透过汪妈妈家厨房，微弱地反射进黑屋里，我看到了窗玻璃上的我，表情可怕，眼睛里迸出决绝的、冷酷的光。

趁星期二四棉休息，我约陈苏红去徐玲家玩，顺便打听我病转关系从县里转上来没有。徐玲家离武昌区毕办近，这事我和洪接锋都托过她。

谁知一到徐玲家，徐玲就迫不及待告诉我，她今天上午去了武昌区毕办，打听到她和洪接锋的病转材料已于昨天从县里转到区毕办来了。"当时我还连忙问区毕办的人，从天门县转上来的名单中有没有一个叫林青青的病残生？""区毕办的人帮我查了，肯定地说，没有这个名字，也许下一批县里会给你转上来的。"徐玲这么补充。

犹如一个焦雷，我一句话也说不出来，跌坐在徐玲的床沿上，浑身发冷，颈项里、额头上却有虚虚的汗意。

徐玲转移了话题，她告诉陈苏红："最近我妈妈给公社帮了很大的忙，公社需要轴承、马达，这些属于国家计划物资，轻易买不到，是我妈妈找熟人帮公社买到的。公社领导表态说以后招工，一定让我上来。我现在做了两种准备，万一病转不成，就靠招工回。"

徐玲妈从外边回来，见到我们情绪很好："哟，你们是难得的稀客，苏红，你当工人把徐玲忘记了吧？只有我这当妈的，为我二丫头操碎了心。"

能言善辩的陈苏红，在徐玲妈面前也有点口舌不灵便了："哪里，徐妈妈，我不敢忘了徐玲，但一倒班就把人倒糊涂了。"

徐玲妈说："那纱厂的事不是人搞的，但愿徐玲回来后有个好工种。"言语间已颇有把握，徐玲回来是肯定的了。

我不知是怎么随陈苏红出了徐玲家的，只想着："完了！在武汉白等了这么长时间，这事肯定坏在'建议下汉诊断'上。县不比区，县医院就在跟前，把关肯定是严的。

路上，陈苏红问："你准备怎么办？"

我竭力克制着内心的怯弱："没法子，我只有到县里去一趟。"

我苦苦想着病转被卡住的事，终于慢慢悟出点道理来：前段时间，我无论如何也该去县城一趟，直接与县知青办的人接触，使他们对我有个具体印象，反正是死是活总是这一遭。皆因我曾在县医院一败涂地，搞得我谈"县"色变。我总指望那个土皇帝任股长能动用他的关系，帮我过这一关。现在看来任股长并没有在县里帮忙。吴医生换房子的事一直没兑现，我就不敢催吴医生再托任股长。时间久了，事情只会越拖越疲，结果自然落空。

我实在像裕华说的，太老实了。在任股长帮我过了区知青办一关时，就应该果断地买酒买烟送给他。蓉子的姨爹不是提醒我这样去找过罗特派员吗？我怕丑，总认为送烟送酒是赤裸裸的交易，除非事成之后送，就像我曾对拐子那样，否则就是对他人格的亵渎。而我这样做时还犹抱琵琶半遮面，只敢送糖果。从送礼的性质上讲，糖果和烟酒是一码事。怪只怪我这人点不透，死要面子，前怕狼后怕虎，最后坐失良机。

　　我告诉妈妈，我要去县里催病转，其他绝口不提。妈妈给了我12块钱，问够不够？可是我说："妈妈，干脆想办法再借个10块钱吧。万一我去县城没碰到要找的人，就暂时回到队里，过些时再去县城找人。"我这样说确实是作了回队准备的。一方面，我要安定妈妈的心，在我走后不至再发生去求裕华或者田副厂长这样的事；另一方面，万一县知青办坚持说我不够病转条件，我决心回队去自残，或把自己搞成真正的风湿病，或把自己的腿弄残。到了这一步不进则退，我一定要闯过县知青办这一关。这么筹划着的时候，心里升起了悲壮的胜利的预感。

　　也许是夏日里炎热的气候，灿烂的阳光会给人壮胆，这次走我倒不甚害怕了。风潇潇兮易水寒，当我怀着出征的心情上路时，我悄声交代妈妈："金姨她们问起我时，你就说到阿姨家去住几天。"我走得很从容的样子，华福里的人看见我，还以为我去街上逛，我只背一个黄书包。

第九章

59. 三赴县城（否定老师灌输的知识）

在天门县城，我在上次住过的小旅社先安顿下来，然后来到县百货大楼。副食柜摆着各色香烟，好烟却要凭票供应，我没票，只能买酒。总而言之，要吸取上次的教训，任股长是不要糖果的。我看中了武汉产的特制汉汾酒，一块八一瓶，买了两瓶，让营业员捆扎好勉强塞进书包。

下午两点，当我畏缩地走进县公安局刑侦股时，却被告知，任股长出差到外地去了，问什么时候回来，办公室的人却不肯回答。我极度失望地出了县公安局，对包里的两瓶酒不知所措了，我马上要去县知青办，不能背着这沉甸甸东西，只有去退货了。便又折回百货大楼，找到卖酒的男青年，说我没碰到人，要求退货。

男青年不理我，他接待一个又一个顾客，好像我不存在一样。我忍着耻辱坚持不肯走，这三块六角钱不能白丢。好容易等到那男青年空下来，我又移到他跟前说："同志，麻烦你了，我实在没遇到人，这酒可以退的。"

男青年阴着脸："卖出的东西一概不许退，这是规定。"

我有些绝望了："你不退，那我只能丢掉了，这酒和别的副食不同，完全可以退的呀。"

男青年："我一天要接待好多顾客，个个都像你，我这事还做不做？"

一个妇女要买东西，男青年又去招呼，再不肯理我了。

一开始事情就这么糟，我懊丧极了，头脑怎这么简单，应该先去公安局门房打听，任股长在不在，然后再买东西。怎么办？这三块六角钱不能白白扔掉。县知青办这一关过不了，我就得回队去，生活用度少不了这几块钱。眼前现出妈妈那补了又补的尼龙袜，我泪水涌出来。

有个中年女营业员已看了我一会，现在走过来："到底为什么事？"

男青年："叫她自己说，才买的酒，又要退，神经病。"

我一句话也说不出来，只不停地揩泪。

中年妇女："你买酒送人？"

我哽咽说："我不是故意要退货的，我是个知识青年，有病，要转回去，到县城来找熟人帮忙，谁知熟人出差了。我没有多的钱了，你们行点好，你们也有兄弟姐妹当知识青年的呀。"

中年妇女充满同情地看着我，对那男的说："武汉的知识青年，人生地不熟，退了算哒。"说完把两瓶酒放到货柜上，男青年这才退了 3 块 6 角钱。

蚊子般地哼了声"谢谢"，我揣着钱逃也似的离开了。

　　我垂着头，漫无目的地走着，很是绝望。怎么办，这副哭相，怎么去县知青办？我清楚自己的模样，只要一哭，眼睛就通红，好半天复不了原。前面竟是一片荷塘，我本能地朝那里躲去。夏日的荷塘泛着清香，荷叶荷花绵延起伏，我缩在塘边的柳树阴下，让羞耻、懊恼的心情慢慢平复。忽然，我望到荷塘旁边有条斜道，正通向县医院。哦，原来我来过这里的，那是去年初冬，荷塘里一片肃杀颓败，那回县医院的红脸、白脸医生把我整得多惨！这次又是出师不利。不，我决不能退缩，真正的战斗还没开始，无论如何今天得去县知青办。想到这里，我急忙掏出手绢，弯腰到塘边洗脸，用湿手绢蒙住双眼，如是几番再擦净脸，探身往塘里照照面容，觉得恢复得差不多了，就朝县革委会方向疾步走去。

　　县知青办设在一个平房里，四周杂草丛生。也许一周前已转上去一批病残知青的材料，我去时没见什么人，只碰到一个瘦得丝瓜条似的中年男人，可能他嫌热，背着手站在廊下。我镇定一下，上前问他我的病转申请怎么不能通过？而我的两个同学，上个星期却转到武昌区毕办了。

　　那"丝瓜"打着官腔："是这样，我们讨论病残知青能不能转走，主要看病情。通过和没通过的都属于正常情况，这并不是说你没有病。我们只掌握一条，这个知青是否适合农村生产。比方说风湿病，虽说不是丧失了劳力，也没有办法再搞农活了。"

　　我说："我就是风湿性坐骨神经痛，一痛起来我只能弓着腰跛着走。看，这是我的病历。您别看我现在像个好人站在这里，我发病的时候根本不能到县城来。"

　　"丝瓜"上下打量我一番："唔，看你的精神是不好。你县医院的诊断书是怎么个结果？风湿到什么程度？我们讨论主要是根据县医院的证明。"心"突"地提起来，终于问到这个不能回避的节骨眼上了，躲是躲不了的，我迎着"丝瓜"的目光："下乡前，我就患有这个病，这几年逐渐加重了，去年一年，我出不了工，根本养不活自己，所以我只有申请转回去。我到县医院来过两次，县医院的医生在诊断书上写着'右腿疼痛，建议下汉诊断'。我拿着转院证明，又在武汉医院确诊了是坐骨神经痛。您看，我这种情况如果不转回去，真是无路可走了。"说到这里，我激动了，被自己的推理所感动，我进入了角色，说："这事您看怎么办？可以查的病，县医院又没有设备，医生把我推到武汉，武汉查出的结果你们又不通过，这真叫我无路可走。"

　　在张港区知青办，我从来不敢正面提及那纸"建议下汉诊断"，我小心翼翼地回避着，把希望寄托在吴医生、任股长、罗特派员身上。现在这些关系都没了，我只有豁出去了，是死是活就这一遭。于是，我情绪激昂，眼泪直掉。

　　一瞥眼，见旁边立着个姑娘，看那样子，就知道也是个知青。女知青一声不吭，似很有同感。

　　"丝瓜"听我讲完，才说："这是由知青办一起讨论的，不由我个人决定，这样吧，你说的情况我都了解了，下次再研究吧。"他转向那女知青："你是哪里的？"

　　女知青显然也没经验，她有点失措："我是下在横林区横林公社的，想来问问我病转……"

　　"丝瓜"问："你什么病啊？"

　　"腰椎间盘突出症。"说完，她神色不自然地望望我。

"丝瓜"却说:"就这样吧,你们都回去,我还有事。"他转身进去了。丢下我和横林区的女知青,横林区的女知青突然说:"我认识你,我和你一起搭过便车;那回你晕车,非要在汉川下车,对不对?事后我好为你担心。"

同是天涯沦落人,相逢曾是相识人。我俩很快交谈起来,就在那杂草地上坐下。女知青告诉我,她是39女中初中67届的,她的小组原有四人,都是同班女生,那三人一个个抽走了,现在只有她一人。

我打量她:苗条而肤色健康,人很文静。腰椎间盘突出症,可能要拍片子吧,记得我为病转翻遍农村医生手册,这病是归在骨关节一节里。想来她肯定有县医院证明。我眼窝仍热辣辣的,还陷在刚才表演的情绪里。39中的女知青也许相信了我的陈述,在我面前显得很恭顺,也有点心虚。这却使我羞愧。我知道,关于她的"病"是不能深问的,各人只能心领神会。我只问:"你一个人在队里生活怕不怕?"

"当然怕,全组剩我一人后,我夜夜睡觉都用大杠子顶住门。"

天色不早了,我们一起走出院子。

"你住在旅社里?"我问。

"不,一个熟人家。"那女知青说。

我似乎找到了答案:她县城有熟人,难怪过得了县医院这一关。

39中知青问我:"你还来不来这里?"

我态度坚决:"来,多来两趟,让这个干部加深印象。"

"就是,猴子不上树,多敲两遍锣。我们明天下午再来。"

"几点?"

"两点钟。"

"好，一言为定。人多力量大。"

走过县革委会，我们分手了。顺着她的视线，我看到 39 中知青在张望，接着一个男青年从旁边的房子那里闪出来，两人相隔着走了十来步，就走到一起了。

"哦，她后面有人。"我痴痴地望着，认出了那个男青年。去年，我在汉川晕车时，他也在那辆车上。

第二天下午，我如约来到县知青办，见一个女孩也姗姗走来，正是 39 中的。我们相逢一笑就商量：今天我们要使这个"丝瓜"干部记住我们的名字，并且告诉他，不通过我们的病转，我们俩还要长长远远地来找他。

"丝瓜"却没有昨天那样客气了，他说："你两个知青倒串到一堆了，前日你们不是找过我，要说的都说了，今天还有什么话？"

我俩迅速交换了一下眼神，倒不知该说什么了。还是 39 中的开了腔："我不放心，不能来一次就走，到底哪一天可以讨论我们的事呢？"

"丝瓜"想了想："七月底，一般都是月底办一批。"

我说："到七月底还有二十几天，上次你们没通过我的，那这回能不能通过呢？"

"丝瓜"说："这个话我不能答复你，我们是集体讨论。你们武汉知青咋怎缠人。关键是看手续齐不齐，有没有县医院的证明。够条件转，我们一定通过；条件不够的，也不能没个原则吧？"

我俩又对视一眼，39 中的眼里闪现出欣慰的光，她的县医院证明肯定是过硬的；我心里却发虚，"丝瓜"干部是不是忘记了我昨天的陈述？心中虚，就再也说不出话来。

"丝瓜"要去开会，我们只得出了院子。我问 39 中的："你明天还来不来？"

"来！我的公社离这里有 60 里路哩，来回 120 里不容易。我要让他记牢我这个人，月底讨论时我就不再来了，我回武汉去等消息。"

"那好，我也来。还是这个时间吗？"

"干脆早一点吧，两点以前来，免得他又以开会的理由抽身。"

我们已经看出来了，县知青办大概就是"丝瓜"一人在管，我们必须抓住他。

在县革委会的岔道口分手时，我又看到 39 中的放慢了脚步，一个瘦长的影子从房屋后窜出，尾随女友走一段路后，就并排同行了。

难怪她这么坚决，后面有人撑着呢。

来天门两天了，事情没什么进展。39 中的知青有本事搞到县医院证明，还有男友做后盾。我什么都没有了，连为了病转而结识的毛弟、拐子也断了交，现在是孤零零一人了。

我同 39 中的约好明天再去，她只是为了在"丝瓜"面前加深印象，其他无须过虑。可我怎么办？一个始终不敢正视的问题一下子变得清晰起来——按道理，在蓉子姨爹搞的"右腿疼痛，建议下汉诊断"有了诊断结果之后，就应该找到开出转院证明的县医院医生，把武汉的确诊结果给医生看，让医生在这个结果上再写个意见，这才是一套完整的手续。可是蓉子姨爹帮的这个忙是不能对证的，天哪，这个问题是很难躲过去的，县不比区，县医院就在县知青办跟前呀。

自从上面规定了要县医院的证明，我总是想绕过县医院，不敢正视现实，因此我过每道关时都底气不足，心中有"鬼"。我把希望全寄托在任股长身上，最后这个问题还是不可回避地摆在面前。看来，我的证明之所以不能转到武昌区毕办，就是因为这个瞒天过海的环节有欠缺。如果七月底的讨论又现出这个漏洞怎么办？我越想越怕。

成败的关键就在这次了，而可怜的妈妈又是怎样在翘盼着我的消息呢。

忽然起了个念头：趁县医院还没下班，干脆去挂个号看次病吧，查个血沉，碰碰我的运气。记得我的血沉高过一回的，这次权当个有无。这么一想，我竟没有以前对县医院的恐惧，径直向县医院走去，心想，假如碰到血红脸、苍白脸医生，我决心不怕她们，我找其他医生看病！

我挂了个内科号，来到内科诊断室，里面就两个医生，全是男的，太好了。我在一个年轻的男医生桌前坐下，递上病历，然后自我介绍说："双腿最近酸痛得很，是不是关节炎又发了。"男医生说："那要查抗"0"、血沉。"

我惊讶地望着医生："但这里没有查抗'0'设备呀？"

医生说："有了，今年春上添的，你要不要查个抗'0'？"

我按捺住激动的心跳，装做漫不经心地说："那就查一个吧，看看是怎么回事。"

男医生开了两张化验单，化验室里坐着个更年轻的人，他告诉我，查抗"0"要明早空腹来查。

我说："这我晓得。不过，你们这查抗'0'设备是新置的，准不准确呀？"

化验员生了气："你这叫什么话？"

我知道这是迷了心窍失言了，赶快转身走了。

第二天，那心情像出征一般。我空腹抽了血，化验员说 11 点半钟前可拿到结果。我就出医院去吃早点，买了两个油墩子慢慢咀嚼着，一边在县城的街面上溜达，我忍着心慌强迫自己遛了一趟又一趟，回来干脆转到县百货大楼《大批判专栏》前，看批林批孔的大字报。

估计时间差不多了，这才走进医院直奔化验室。抗"0"、血沉的结果都出来了，接过化验员递过来的化验单，我一看，啊！抗"0" 650 单位，血沉 16 毫米/小时。

我手打着哆嗦，心里激动得难以名状，对化验员说："感谢你，真太感谢你了。"弄得那化验员莫名其妙，恐怕他从没见过这么向他道谢的病人。我却转身就走。走到内科门口，我迟疑了，就凭抗"0"单位高，医生肯出证明吗？假如医生咬定我抗"0"只是偏高，血沉正常，还不足以说明有关节炎怎么办？想着想着，回到了旅社。我翻来覆去地看手中那血沉 16 毫米/小时的单子，就是这个数字低了一点，血沉 20 以上才算高呢。我注意到"16"中的那个"1"字，写得较短，我决定冒险一试，把 1 改为 2。我跑到街上文具店买了块橡皮，返身回到旅社。整个旅社静悄悄的，同房的人也在午睡，我把方凳当桌子，倒下一只凳子坐着，拿出我的钢笔动手做起"手术"来，我用橡皮在那"1"竖的上端下端轻轻擦着，渐渐地"1"字变短了变淡了，可是橡皮擦得"1"字周边有点发毛，我把钢笔帽拔下，再仔细看化验单的纸纹，顺着纸纹用笔帽轻轻地来回滚磨，纸变光滑了。我拿起化验单对着亮处透视，还好，"1"竖周围的纸稍薄了一点，但不对着亮处透视是看不出来的，我松了一口气。再拿钢笔在纸上划划，墨水的颜色与化验单上的很一致，都是蓝黑墨水。于是我用笔尖对着那个又短又浅的"1"字，悬腕在空中改划了两次"2"

字，觉得有把握了，就一笔将那"1"竖描成个"2"字。啊，成功了！血沉16变成26。我把两张化验单连同病历小心翼翼地叠好。

才下午一点钟，我来到内科诊断室，想趁此时看病的人少好行事。正好，昨天让我查抗"0"的年轻医生在值班，我把两种查血结果放在他面前，医生看了一眼："唔，你是有关节炎，吃点药吧。"

我镇定一下说："可以，你给我开点药；我还要你给我开个病情诊断证明。"这是医生没想到的。他问："你要证明干什么？是不是想开病假条？"

我说："我是个知识青年，关节炎得了很长时间了。请你证明我有风湿性关节炎，我要办病转回武汉。"

年轻医生听懂了，显得有点失措："可你这病不算重啊，还不能说不能干农活。"

"我也没有认为这病就不能动了，但你是医生，应该晓得，我的抗'0'、血沉都高，说明我确实有关节炎。我不要你证明我是不是丧失了劳动力，只要你实事求是地证明我的病情。"由于心情紧张，情绪激动，我大有一种鱼死网破的决绝。我的声音一定很大，竟然使其他诊室的人围上来了。天哪！我看见给我查血的化验员也拢来看热闹，他的眼睛望着化验单，"可不能让他看到血沉。"我顺手把化验单抓起，这样，化验员就不会看到被我涂改的血沉数字。我拿着化验单，质问医生："你能说抗'0'650是正常的？既然你说有关节炎，我再次要求，请你实事求是给我出证明。"

年轻医生说："这我不能决定，我叫人去把主任请来，看主任的意见。"

"好吧，你快请。"我生硬地别转头。

一会儿，内科主任来了，他进来时还匆匆地套着白大褂，显然他已知道了我的要求，旁边一个医护人员说："你看我们主任正在午休，为你的事赶来了。"

人已散去，化验员也走了。主任坐下问："你要求出诊断证明？"主任操江浙口音。看来他对知识青年要求病转的事是熟悉的。

我说："唔，我的抗'0'、血沉都高，正在办病转，知青办要有县医院的证明才行。我从书包里抽出一摞病历："这都是我在武汉检查的结果。"

主任翻着看了看，又看了我今天查血的结果，最后说："这样吧，诊断证明可以出，但我只能证明你有风湿性关节炎。把你的抗'0'、血沉数字写上，至于你这种情况够不够条件转回去，由上面决定。"

我说："可以，我本来就是这样要求的。"

主任不再说话，他在病历上接着写上检查结果，最后在那张小小的病情诊断证明书上写下了：

　　林青青　女　24 岁
　　风湿性关节炎
　　抗'0'650 单位　　血沉 26 毫米/小时

主任把诊断书给了我。

我飞快地看了一眼，说："这样证明就可以了，谢谢您。"

主任转身走了，年轻医生似有点抱歉地对我说："你到挂号室去盖个章。"

我对他也说了声："谢谢你了。"

盖了章后，我走到院外一个无人处，把那一纸小小的诊断证明书看了又看，简直不敢相信眼前的事实。为了闯过县医院这一关，从去年10月到现在，整整9个月，我为它疲于奔命，受尽磨难，可是今天，得来这么迅速，这么出乎意料。我终于成功了，我胜利了！我侥幸不已：真好，赶在医生中午值班的时候搞到了诊断书，没惹出节外生枝的事来。看来，医院的医生并不都那么坏，像这个内科主任和年轻医生，我能感觉出来，他们是正派人。

我紧接着朝县知青办赶，却在半道上碰见了39中的往回走，她埋怨我："你怎么才来？我等了好一阵子。那个瘦子干部还问起你呢，说：'啷搞的，昨天那个知青娃没来？'"

看来"丝瓜"对我已有了个印象，这是好兆头。告别39中的后，我奔到县知青办，见办公室的门锁上了，正奇怪着，就看到"丝瓜"端个脸盆往院子外去，脸盆里是毛巾肥皂和换洗衣服，看样子准备去洗澡的。

我连忙喊："喂，您慢点走！"

"丝瓜"开口问："你这时来做什么？"

我连忙掏出诊断书，来不及地递给他："我今天到县医院去作了检查，这是检查结果，医生给我出了风湿性关节炎的诊断书。麻烦您把它和我原来的证明放在一起，讨论时您好作个参考。"

"丝瓜"把诊断书装进西装短裤里，说声"要得"，就准备走。

我却像失落了贵重物品一样，突然高声地叫住他："慢点！那您放在裤子里忘记了，等下洗裤子，把诊断书洗碎了怎么办？"

"丝瓜"生了气："你这是什么话！"

"我不放心。明天就要走了，要是弄丢了，我又得从武汉赶来，重新抽血检查，那时还不知结果怎么样。"

"丝瓜"无可奈何："好了，你这个知青娃，我保证不跟你弄丢，行不行？"

"那感谢您了，再见。"我诚心诚意地向他道别。

终于长长地舒了口气。想我既有坐骨神经痛，又有风湿性关节炎，两病相加，县的一关没问题了。

看看西斜的太阳，估计天时还早，县医院旁的荷塘吸引着我，又来到塘边，垂柳投下斜斜的荫，知了高声鸣唱。我坐在柳树下，痴痴望着满塘荷景。浓绿的荷叶千姿百态，粉色的荷花亭亭玉立，那浮动的暗香令我陶醉不已。

还清晰地记得语文老师声情并茂地朗诵："予独爱莲之出淤泥而不染，濯清涟而不妖，中通外直……"老师点明文章是以花喻人。

其实荷花就是荷花，文人骚客非要把它联想为人的风骨，愿望虽好，现实里却行不通。谁若不信，请你也去办一场病转吧，譬如我今天的所为。

这一切都在否定老师向我们灌输的知识，否定正统的思想理论，不是带有嘲讽意味吗？

第十章

60. 如果时光能倒流

一离开家就是 4 天，妈妈的担忧可想而知，过道里，妈妈正和汪妈妈说话，见了我就变脸变色："你去得怎么样了？"

我说："还好，阿姨病了两天，这两天好些了。"

这样的障眼法是再好不过了。

进到屋里，我悄声告诉妈妈，我顺利地开到了医生证明，全凭我抗"0"、血沉高，这回县里肯定能通过。关于那张血沉 26 毫米的来历对妈妈绝口不提，我了解她的懦弱。

到八月初，估计县里把我的病转证明转上来了，我决定去武昌区毕办问问。谁知在毕办竟看到墙上贴着一则通知，通知说：凡因病、因残要求将户口转回武汉市的知青，经下乡所在县的县级医院出具过病情诊断证明书，该生办理病转的同时，就地在农村看病治疗，病情未见好转，又持有下乡所在县医院近期病情诊断证明书，可视为复查结果，不须再到指定医院复查。通知规定从 1973 年 7 月 1 日起执行。

这消息太意外了，实在太好了，简直是专门为我制定的，我不是才获得县医院诊断书吗？这就可以免掉三医院的复查关了。

从中我嗅到当前病转的知青之多，毕办人员工作量之大的动态，否则，用不着这样决定。我得赶时间、争取主动。于是，心情紧张地走进办公室。

毕办里面围着比以往更多的男女知青，他们向工作人员了解门口的通知。我在一旁焦急地等着，好不容易瞅个空当，开口就问："老师，我想问问我的病转证明从县里转上来没有？"

那人朝楼上一指："上楼去查。"

跑到楼上，区毕办主任正坐在桌前，隔了这么久，她已记不得我了。我提起吴胖子，主任一下子想起来。她从抽屉里拿出名册，在荆州地区天门县病残知青名单里，我看到了"林青青"的名字，病因是：风湿性关节炎。

那是怎样的一种狂喜，病转关系终于到了武昌区！

但我不露声色，小心翼翼问区毕办主任："7 月份我又在县医院检查了，抗'0'、血沉都高，医生给我出了诊断书。像我这种情况可免予复查了吧？"

毕办主任说："你可以暂不复查。但毕办最后决定时，要看你病情够上病残生标准没有，到时有医生参加讨论，如果通不过，你就得去三医院再复查。"她想了想又说："你既然有县医院的近期诊断，那就到学校去找原班主任开个证明，证明你下乡前就患有关节炎；如果学校不能证实这一点，我们不可能通过你病转。"

回家路上，我欣欣然：今天收获不小，县医院的复查可以代替三医院的复查。我数着指头：武汉的诊断书、小、大队、公社、区知青办、县知青办、县医院……十一个章子，我盖了八个了，我明天就去跑第九个章子，到学校去！

想不到我的病转又和徐玲、洪接锋同速了，也不知她俩到三医院去复查没有。

凤凰山中学坐落在武昌凤凰山下，这是一所有 70 年历史的老校，"文革"前的省重点中学。暑假期间，离别 5 年的母校显得荒凉颓败。校园里好安静，四周不见一个人影。我站在操场上，面向中区的两层楼房，注视了一会儿，我们原来初三（3）班的教室就在一楼中间，往昔的岁月鲜明地浮现在眼前，令我激动、惆怅不已。我向凤凰山上走去，我的班主任兼历史老师住在半山腰的平房里，盛夏的凤凰山依然静静地卧在那里，满山都披着苍绿的浓荫。

老师正在洗衣裳。"吕老师。"我恭恭敬敬叫了一声。

老师抬起头："林青青，你来有什么事？"

老师也老了，脸面浮肿，体形发胖。1963 年夏，新生入学第一天，吕老师登上讲台作自我介绍，那时他才 27 岁，是本校高中毕业留校的，高中时入的党，一个被公认为政治上过得硬的老师。

吕老师揩干净手，站了起来。我告诉他我要病转，并掏出一叠病历给他看，然后鼓足勇气说："吕老师，区毕办有规定，病转需要班主任出具证明，证明下乡前我就患有风湿性关节炎。"

吕老师："这个，你不是已经有了医院证明，区毕办会根据你的情况考虑的，至于我的证明不一定要出吧？"

我明白了老师的意思，我在学校时没听说有关节炎，这个证明他不好写。可是，到现在才病转的知青，有几个在学校就患着病的？办到这一层，我明白了，这繁复的手续后面，责任也同时让一级级部门分担了，班主任证明只是个过场。

心里生出几分悲哀，学校动员学生上山下乡，其实是强制性的。关节炎在农村最容易患上，甚至可以导致瘫痪，转回来的条件却必须在学校就有。

可是，这些话不能向老师说，我焦急的心情却表露出来："吕老师，整个病转的手续中，学校的证明是规定的手续之一。如果学校不能证明，区毕办就不会通过我病转了。"

吕老师不再言语，拿出材料纸，出具了证明，并对我说："你拿到教导处盖章，有人值班。"

"谢谢吕老师了。"

师生之间一时无话可说。吕老师当班主任时，就是个拘谨的人，他经常下班来，也乐意把时间花在同学们身上，但班上同学对他却敬而远之。老师思想很正统，课内课外的语言都是标准革命化的，他的思维已成了一部标准的机器；使我疏远老师的原因还有一个，他对家长泾渭分明的态度，他见了成分不好的家长冷若冰霜，对于身份是革命干部的家长，老师会用双手接受对方的握手，腰也弯至几近 90 度。这曾使班上多数同学的感情受到伤害；而学校的几个摘帽右派分子，见到他犹如老鼠见了猫。

但我不能拿着证明就离去，我主动向老师问起徐玲、洪接锋找老师开过病情证明没有？

吕老师简洁地说："两个都来找过我，我也给她们出了证明。"

这使我对老师增加了好感，老师其实人不坏，为难之中他也还得为我们写出证明，没有哪一个学生的病转会被班主任卡住。

一下子又冷了场，我没话找话，忽然问（其实是下意识的支配）："吕老师，凤凰山中学的工宣队还是武汉印染厂的吗?"

吕老师有点意外地望望我："还是这个厂的。"

"那，当初安置我们老三届下乡的工宣队员还在吗?"

"换了，连指挥长也换了，他们一般只搞两年。"

我垂下了头，那个和吕老师一道到我家来做动员工作，答应下乡后还要定期来看我们的工宣队员，其实是个一般工人，早走得无影无踪了。妈妈却为他那句话认定了，我下了乡后还是学校的人，学校将来会对我们升学、招工管到底的。一个天真、懦弱的家长！可就是这样一个母亲，她向自己信赖的学校，交出了自己的独生女儿，连获得一张喜报的资格都没有。

吕老师显得很尴尬，他到我家做过动员工作，当时工宣队员说的话他一清二楚，显然老师已从我的问话里悟到了什么。但老师并无责任，他也是身不由己。见此情景，我忙对老师道了别，然后去教导处盖了章。

在怀旧心情的驱使下，我从教导处斜穿过操场，在沙坑旁的一棵老槐树下，我怔怔地站住了。1968年12月15日，好多辆大卡车停在操场上，同学们围在车旁，与送行的亲人好友话别；我一个人哭凄凄地躲在这棵树下，右手夹着一只铝壳小热水瓶，那是早上告别妈妈时，妈妈硬塞给我的，那天，我不准妈妈到学校送我，因为同学们都知道我的出身，我争取入团时曾与妈妈划清过界限。离校时我不能让同学们看到我对妈妈割舍不掉的感情，我得保持既往的形象；而且吕老师对黑五类的家长是不会搭理的，因此，自尊心也不允许我让妈妈到学校来。亲情、人性被我强自地压抑着，这却更加重了我内心的痛苦。我凄凄惶惶，像掉了魂，偌大的操场上，我没有赖以支撑的力量，一个人缩在这棵大树后，眼睛盯着将要乘坐的汽车，怀里紧紧夹着铝壳小热水瓶，水瓶上仿佛还留有妈妈的气息，我终于不能自制地哭了。

我怕回忆，回忆对我是折磨。但重临其境，对往事的回忆偏偏抑制不住，而且格外清晰。我记得那是一个奇冷的冬天，凤凰山上积着未融的雪。卡车终于启动了，校园里顿时锣鼓喧天、红旗飞扬，但车上车下一片哭泣声，只有少数高中生豪迈地挥动着毛主席语录本，欢笑着向老师、同学们告别。我记得清楚，应笙就在那不多的人堆里。

如果时光能倒流，应笙还会那么豪迈地挥动语录本、欢笑着奔赴农村吗？

卡车载着我渐渐远离母校，我哭得很伤心，不知道前面等待我的是什么。今天重返母校，我才真正明白，当年推荐选拔的落选，不配获得的喜报，都印证着我的招工必然不被录取。这些先先后后的事是在一条线上贯彻始终的，我的命运只配留在农村。5 年了，无望的插队生涯、沉重的体力负荷，是对心灵长久的摧残。你愈是单纯、愈是书生气，这种摧残愈显得残酷。

我庆幸，我终于找到了一条拯救自己的路……

61. 要见到真佛

在区毕办讨论之前，我得先去找吴胖子。我叫妈妈带口信，约陈苏红到文化馆去借点书。

吴胖子热情地把我们引到图书室。他因为家在郊区，连星期天也待在文化馆里，有足够的时间陪同学，我跟吴胖子提到区毕办门口那个通知，要他去找毕办主任讲讲，我有县医院近期诊断证明，根据通知精神，毕办可直接依据县医院的诊断通过了。

吴胖子想了想说："薛主任是军人出身，办事比较果断。有的知青为了转回来，托人求她帮忙，她也敢担担子。知青送给她香肠、水果、肉票什么的她都收下。为这，她前些时挨了批评，幸亏她有后台，不能把她怎么样，只内部谈话批评了一顿。现在，她变谨慎了，怕再被人抓辫子。听说现在讨论知青的病转，主要听取医生的意见。毕办从中学借调了两个校医。薛主任全权下放了。"

怪不得，那天我在区毕办，见有些知青围着毕办的人，毕办主任却在楼上冷清地坐着。我问吴胖子："你认不认识毕办的医生？"

"我和他们都在文教局食堂吃饭，只是面熟，没打过交道。"

除了诗词书，我把上回借的几本书还了，只借了一套《悲惨世界》，陈苏红借了两本外国小说。临走，陈苏红说："吴胖子，青青的事交给你了，你可要办好，不然我不依的。"

吴胖子照例搓着手，红着脸笑。

这一天，我又来到区毕办。自从县医院的复查可以免去武汉三医院复查的通知下来后，病转的知青都关注着这件事。今天，又是好些人围着毕办的医生们询问情况，医生们应接不暇，简直不知回答谁的好。看看实在插不上去，我还是去找了毕办主任，刚刚提起我的事，薛主任就点点头，表示知道了，说："不过，你的抗'0'、血沉都属偏高。医生懂专业，掌握病残的标准。我们是一起讨论，不由个人说了算。"

主任当初那种颐指气使的派头减弱了，她不想给人留下把柄。从薛主任的话里，我了解到毕办医生举足轻重的作用，这提醒了我，得找毕办医生谈谈我的事，可是医生跟前围满了病转的知青，我决定改天再来。

在毕办院子门口，我和刚刚来的应笙碰了个正着，我惊喜地叫："应笙，大半年没见你了，想不到在这里碰到你，我听别人说过，你正在办病转。"

应笙的神色陡地变了，她左右看看，小声问："青青，你听谁说我在办病转？"

应笙问得这么小心，让我也有点紧张了，我说："听同学说的呀。"

如果应笙不这么认真，也许我会不经意说出易苹的名字来。可是我这没城府的人，竟又说了句不合适宜的话："你是以什么病转的？"

应笙皱起了眉，显得拿我毫无办法。她匆匆说："以后再谈吧，我要进去了。"

我怏怏地出了门。照我的本意，是想随她进去，或在门口等她，我们应该聊聊，在剩下的知青里，我只和应笙合得来些，可我连应笙穿的什么衣裳都没看清，就这样分了手。

回到家，想不到洪接锋正在等我。她紧张地问我拿到复查通知单没有，复查日期定在哪一天。我向她做个手势，示意她说话注意。然后凑着耳朵告诉她，我到县里去盯病转时，干脆到县医院作了个检查，谁知查出的抗"0"、血沉都高，医生就给我出了诊断书，诊断书的日期在7月，正好和区毕办的通知吻合，可以不用复查了。

洪接锋的眼瞪圆了，眼睛里是毫无遮掩的羡慕和嫉妒；她的表情里还有一层内容，她开始相信我有关节炎了。她畏怯地叹口气，哭丧着脸，说她 7 月中旬没复查成，而 8 月 15 日非去复查不可了。

已到中饭时间，我留洪接锋吃饭，洪为复查的事乱了方寸，哪有心思吃饭。走时她告诉我："可可回来了，你晓不晓得？"

晚上我去找可可玩。可可家在武昌楚南街宿舍。我去时，可可惬意地躺在走廊的竹床上，见我来了，她一个鲤鱼打挺起来，我们坐在竹床上聊起来。可可讲起她合组的原委，说："都是色狼害人，到了新的队，在社员面前得重新表现，就像我们刚下乡时一样，不然站不住脚。青青，你看，我落到这一步，哪有表现的动力？"

我同情地点点头，不难想象，在这骄阳似火的酷暑天，可可不得不到田里去表现，是怎样一种沉重的负荷。

我问她跟先梅过不过得来？

可可有点勉强地说："还可以，不过先梅这人个性很强，恨心又特别重，连一撮毛都怕她。我告诉你件事，你莫对别人说。"

"一撮毛有阵子爱跟社员打牌，回来很晚。我反正无所谓，只要他不吵醒我；先梅就不依，她硬是咬牙切齿说要整一撮毛。有回我和先梅准备睡觉，睡之前先梅把门闩插了，我们俩醒着等一撮毛。深夜一撮毛回来推不开门，才晓得门闩插了，急得大叫：'先梅开门，先梅开门。'叫了好长时间，我们都装睡。最后一撮毛对着门又捶又踢。我想去开，先梅在黑里说：'你敢去！'我就不做声了。后来一撮毛的声音里带哭腔，先梅硬是不睬，最后一撮毛到社员家去挤了一夜。第二天，他见了先梅，嘴直瘪，像要哭的样子，从那以后，一撮毛再也不敢回晚了。"

"我觉得先梅这一点很要不得，最先下乡时，先梅组里共 7 个人，个个尝过她的辣汤辣水。她搞起人来，总把旁边的人抓住，扎起耙子来搞一个人。我反正晓得她的个性，又是求到她名下的，只有事事让着她，算是还可以。"

我说："不过，你为什么不把色狼的事先告诉大队，让大队来决定，你何必先去求先梅？以后要是有矛盾，她会说是你求她合组的。"

可可低了头："当时只晓得怕，怕色狼反咬我一口，浑身是嘴都说不清；再说，这种事，我一个女知青怎么跟大队说得出口。"

我问起可可打算在武汉住多久。

可可："你当我是回来歇六月的啊？我没那好的福气。是因为哥哥要结婚了才回来的。这一说又扯到先梅，先梅心眼儿窄哦！我准备回来住 20 天，她不准我带这 20 天的口粮，只准我带一点面粉。什么事都她说了算，她说要到过年才能拿粮食回。我哥哥明天就要结婚了，我妈妈把那半间房给了我哥哥，我回来帮着粉刷屋子，给家具上油漆。"

"这事你哥哥你妈妈不能做？"

"我哥哥在武昌乌龙泉矿当医生，离家太远了；我妈妈又有病，做的是临时工，工作丢不得。当然我也想趁机回来躲躲热天，毒太阳下出工太难熬了。"

我进到屋里，看她哥哥的新房。墙粉得雪白，东西摆放齐整，床上用品簇新得叫人不敢触摸，家具刷的是国漆，泛着黑亮的光。新娘新郎不知忙什么去了。大房里摆着几碗荤菜，卤香味在夜空里飘散着。这肯定是明天喜宴上的主菜了。可可妈对我笑笑，手拿一把蕉扇，扇那桌菜，许是怕馊了，又怕苍蝇飞蛾。

可可感慨："当老大的还是划得来些，起码还继承了一套家具。爸爸妈妈的家具都让给了哥哥。到了下面的弟弟结婚，还有什么东西好接？"我一瞧，的确，大房里只剩下没有床架子的大床，一张小木板床，一口木箱外加那个方桌，再也没有任何家具了。可可曾自豪地对我说过，她妈妈是武汉大学经济系毕业的，但可可妈现在穿件碎布拼接的圆领衫，很像个家庭妇女。再看看新房的家具，全仗油漆光亮，式样早过时了。可见可可家里很穷。可可爸爸还在劳改，连大儿子结婚都不能回来祝贺，一切都靠可可妈独立撑着。

可可从新房里拈了块水果糖给我，然后送我下楼。

等公共汽车时，我吃了那块糖，糖有点化了，吃在嘴里不脆，武汉的夏天实在太热了。

一周后，我又赶到区毕办，仍是那么多病转知青围着区毕办医生，我等着与校医说话的机会，可是两个校医，各自被病转的知青围着问长问短，我实在插不上话。

八月的武汉热浪灼人，人们一般都缩在室内，街上行人稀少。区毕办却别是一番景观，显得忙碌热闹。由于招工全部冻结，回不来的知青不得不投向病转这条渠道。可以肯定，1973年是武汉知青办病转的高峰年。搞病转的知青们在这里进进出出，打探消息，查看"行情"，这些从武昌区各中学下到农村的老三届生，下乡已达5年，个个神色憔悴心有创伤，病转是他们重获新生的希望。希望中更见惶恐不宁，深知命运到了生死攸关之时，因此，他们心情紧张，小心翼翼地与毕办的人打交道，介绍自己病情，以期在毕办的人眼里加深印象，在最后的讨论中得以通过。

看看仍不能跟校医插上话，我来到院子外，不想看到一个熟人，就是在县城邂逅的 39 中的女知青，她自然也看见了我，却顾不上跟我打招呼，正跟一个瘦高个的男青年说话。瘦高个正是她的男友，瘦高个在说："千真万确，下个星期就要讨论你们这批人了，误了这批又要拖一个月，干脆把那个王校医叫出来谈？"

"你别……怕到时不好。"39 中的有些紧张。

"不怕，我装成个外人来证明。"瘦高个窜到院子里。

39 中的这才朝我羞赧地笑笑，她告诉我："听说校医的意见顶关键……"

我问她："你去三医院复查了？"

39 中的："复查了。"

哦，39 中的通过了。我心里暗暗纳罕，这对恋人的神通真大。我记得她是腰椎间盘突出症，三医院复查要拍片的，她是找谁去 X 光室冒名顶替了？复查只有这条路走哇。

果然，瘦高个扯着校医的手出来了，居然还有两个男知青相跟着。在校医面前，这对恋人又变成了同公社的"战友"关系，像演戏一样，3 个男知青一起帮 39 中的说开了。

"王医生，这个女同学叫王慧，跟您家是一个家门，我和她是下在一个公社的，她的病是腰椎间盘突出症，复查时拍了片子的；这一年多了，她的症状都不见好……"

39 中叫王慧的坐在院墙边的废砖上，叫人看不出她腰部的症状怎样。

"王医生，我和王慧是街坊，我见过她发病的样子，完全是一跛一跛地走不动路，我提供这个证明让您家参考……"

"王医生，听说下星期要讨论王慧这一批了，王慧是个老实人，不敢直接找您家谈，所以……"

"王医生……"

王医生置于三个男知青的包围中，他点点头，用手帕拂了拂脸上的汗。我注意看这个王校医，40来岁，戴副白边眼镜，给人文质彬彬的印象。我多少有点奇怪，这样一个人怎么会到中学当了校医，印象中校医都是女的。

王医生开腔了："哦，你们这样关心这位同学，你们谈的情况我初步了解了，问题是，讨论是根据诊断……"

瘦高个赶忙接过话："那是当然，找您家来谈就因为您家是秉公办事的人。主要是王慧不善表达自己的心情，她胆子小，我们了解她才帮她说话……"

王校医又点头，并笑："因为你转回来了，就想帮同学的忙……"

想不到王慧的男友，也是病转回来的，难怪富有经验。

我望着王慧，她脸红红的，手里绞着块花手绢，眼望着王医生，带着羞涩的企盼的笑容。我又羡慕又嫉妒地望着这场面，觉得三个男知青的表演并不高明，帮人说话说得过头，太急于求成。王医生最后答复三个男知青："你们摆的情况我知道了，到时我们会根据王慧同学的复查结果、病史讨论……"

"那太感谢您家了。"王慧的男友居然和王校医握了一下手。

王校医并没有答应王慧的事，但我相信，讨论王慧的病转时，王校医是会点头的。

而后王慧又和这三个男知青嘀咕了一阵，一高两矮三个男知青又窜进院子，许是又去活动新目标吧。王慧这才转向我，脸上布着兴奋的红晕。

我好奇地问:"他们三个都是病残生?"

"你猜对了,他们都是武昌实验中学初中 66 届的。那个高的投亲靠友下到我们天门,跟我同在横林公社,他是今年春上转回来的。那两个下到潜江,也在办病转,还等着复查……"

实验中学,是武昌区著名的省重点学校。"文革"前,小学生报考这所学校,成绩得百里挑一。如果不是"文革"、不讲高考中的阶级路线,实验中学曾是一所大学生的摇篮。今天,这三个实验中学知青的市井表演,令我悲哀,办一场病转下来,人性扭曲如此,竟然还沾沾自得。也令我恐慌,这么多人在办病转,同校同学还有同一对的,这种现象不正常啊。假作真时真亦假,长此下去,定会出现病转"决堤",公安部门会容忍吗?

39 中的王慧走了,我还在原地待着。只有我,是太孤独了,妈妈只能在经济上支撑我,病转的道道关卡全靠我自己闯。偏偏吴胖子认识的毕办主任说话又不硬了。我拖着机械的步子离开了区毕办,来时鼓的勇气全没了。

求助的心理让我晚上去找裕华,她办过病转,有主见,我现在只有女朋友可以商量了。

裕华在马路边搁了张竹床,床下泼了水,显得好凉快。我们蹬掉塑料凉鞋,坐在竹床上,边乘凉边说话。听完我叙述,裕华毫不客气地指出:"你太迂腐了,当时你等别人说完后,就该上去扯住校医再嚼你的事。"

我摇头,在那种情形下我做不出来。

"还有,后来你在外面苕站着等什么,你该再进去,看到谁是校医扯住他就谈,谈一个是一个。要让他们记住你这个人,是什么病就行了。你的关节炎程度不算重，就非得个个菩萨拜到不可。"风风火火的裕华分析得头头是道。"依我看，这回你搞到了县医院证明，区毕办没有要你复查，说明火候差不多了；你九十九步路都走过来了，最后一步路随么样也要走过来。干脆，你明天清早到区毕办门口等着，看见王校医你就堵住他，在区毕办讨论之前，无论如何要见到个真佛，总而言之，你明天照我说的去做，不错事的。"

第二天清早，借着裕华鼓足的气，我候在区毕办前面的小巷子里。小巷后有条长长的斜坡，我用书包垫在石级上坐着，居高临下，等着王校医从下面小道上走来上班。从石级上过往的居民都要望望我，我从他们眼神里看到："这姑娘怎么了？大清早坐在这里！"

区毕办的门房师傅打开大门，开始扫地。陆续有人进了区毕办，我的心跳加快了，又从石级上移下来站着，这时我看见王校医推着自行车一步一步走来，我马上向他迎去，说："王医生，我找你有点事。"

埋头推车的王校医一愣，想不到大清早有人堵住他。他打量着我，迟疑地说："你是谁？怎么一清早就站在这里等我？"

没有话可以掩饰，我很窘迫，只得如实说："昨天上午我就想找你谈，看到找你的人太多，一直等到中午下班，我都不敢喊你，可是下星期要讨论我的病转了，所以我……"下面的话越发难说下去了。

王校医明白了："哦，你是要病转的同学，你是担心不认识人，怕通不过吧。你放心，我们讨论一个同学的病转，绝对是根据病情考虑的。"

"可我的病情……"我迟疑着不知该怎么说。

这倒引起王医生的注意："你是患的什么病？"

我说："风湿性关节炎。"

王医生问："复查的抗'0'、血沉是多少?"

我说："我先就有检查证明的，7月份到县里催病转，又去县医院作了个检查，查出抗'0'650、血沉26，医生给我出了诊断证明。材料从县里转来后，我看到你们区毕办门口的通知，说有县医院近期复查结果，可以不再复查。"

王校医点点头："是这么回事。"随后他说："你的抗'0'、血沉都偏高，证明你有风湿性关节炎，至于你的病转能不能通过，还要看区毕办讨论的意见。"

"讨论的意见!"这下我可急了，一急，勇气就上来了。我打开书包，抖出一卷病历，翻着那些抗"0"800、600的数字给王校医看："您看，我为看病查过好多次血了;为了办病转，我去天门县三次。这一次查出来不容易，两项检查都高。假如你们讨论是，说我这抗'0'、血沉的数字达不到病转条件，要我再去三医院复查，要是复查的结果比县医院还低怎么办?因为抗'0'和血沉是不稳定的;我只知道平时去查，确实是抗'0'高。您看，这不是抗'0'有800了。到了正式检查时，抗'0'又降到400了，你是医生，懂得关节炎不是每回都查得出的。"

王医生点点头。

受到这种鼓励我接着说："王医生，我办病转不容易，整整一年了，就是因为抗'0'、血沉反复太大了，光是抽血就好多次，我办病转是靠一管一管的血来……"我哽咽了，又觉得不得体，很羞惭，可是说出去的话收不回了，辛酸的泪汹涌而出。

王校医默默地看着我。看样子被我的叙述打动了，他忽然问:

"你叫什么名字，是哪一届的？"

我用手绢不停地拭泪，不争气的泪却越涌越多。上班的人陆陆续续来了，有人在注意地看着我，我只得转过头抽抽噎噎地说："叫林青青，初中66届的，我下乡5年了。"

王校医说："有话慢慢说，不要这样嘛，你为什么没抽上来呢，你父亲是干什么的？"

我感得自己的脸扭曲了："我没有父亲了，家里只有我和妈妈两个人。"

王校医："没有其他的兄弟姐妹，那你是独生女？"

"是的。"

王校医眼里显露出同情。

我接着说："我出身不好，每次招工政审都通不过，我妈妈哭了好多回……就指望我转回来……我也真有关节炎……"

王校医一直注意地望着我，这时突然说："林青青同学，你这名字好记嘛，你看，我已经记住了；你讲的情况我也了解了。你先回去吧，要相信组织，不要背思想包袱，我得上班了。"

我呆呆地望着王校医，忘了谢他，只觉得我的目光可能像个垂死的人。

独生女，母女俩的无助，一路上的情绪被这些字眼控制着，我不想乘车不想回家，只是下意识地走着，过街、穿古楼洞，转到了昔日辛亥革命的红楼，在那喷水池边的小树林里，我突然哭出了声。四周异常寂静，回想刚才发生的事，我还深陷在与王校医谈话的情绪里，既哀怜自己的身世，又为自己的行为而羞愧；想我怎么这样可耻，振振有辞地说自己真有病，靠眼泪和谎言去博取一个好心人的同情，别人都不像我这样啊！我为自己感到绝望，愈发大哭起来，那长期压抑的痛苦在这里尽情地倾泄着，时间过去了许久许久。

62. "奇迹"的创造

占斯琴来到我家，告诉我，硚口区毕办通过了她的病转，关系转到孝感地区知青办了。

我问她地区知青办这一关还会不会有点什么？小占肯定地说："地区又不搞复查，不会再卡人。我打听了的，纯是个过场的手续了。"

我也谈了我的情况，估计区毕办这道关问题不大了，当然，我隐去了涂改血沉的事，也不敢谈找了王校医后的一场大哭，这话只能锁在自己心中。

我们俩都有相同的感慨，每过一关就像战斗，神经紧张得叫人受不了；当时不顾一切地冲上去了，事后却吃惊自己竟会有那样的勇气。如果不是"扳"户口，这种滋味谁敢去尝？

我好奇地问小占，到指定医院复查时是不是她姐姐搀她去的？

小占深深地瞅着我："那当然，我跟你说过的嘛，不做出这副样子，医生肯出证明？"我钦佩她的勇气和坦率，我俩的友谊在这种坦率中加深了。

小占告诉我："我和拐子断了来往后，拐子很恼火，说我过河拆桥，忘恩负义。可是青青，你站在我的角度设身处地想想，叫我有什么办法？"

我点点头，我有这个体会。

得到我的理解，小占的语调激动了："法院传他们夫妻到庭调解。拐子的老婆用心好毒，为了达到离婚的目的，在法院把我扯出来乱泼脏水，说拐子和我怎样了，拐子就嫌弃了她、虐待她；拐子坚决不承认也不肯离婚。回来后两口子打起来，拐子说她嘴缺德，边打边骂：'占斯琴勾引老子又么样？她就是比你强；老子是嫌弃你了，老子又偏不离，拖死你个婊子……'吼得街坊邻里都听到。青青，你说他们要不要得？我以后还要做人，还要成家啊！他们就这样毁我名誉……"小占的胸脯不停起伏着。

听得心头突突乱跳，幸亏我及时远离了拐子，我在华福里的环境生活，比占斯琴艰难多了。我问："你和拐子没了来往，怎么会晓得这事？"

小占说："你不晓得拐子的老婆是我同学？不是她传出去的？"

哦，真叫人后怕。我劝慰小占："你反正快转回了，怕什么，身正不怕影子斜。这是命运逼使的，事实终归是事实。"

小占很感宽慰地露出笑容，告诉我，熟人替她介绍了个代课教师的工作，在汉阳罗湖中学，准备开学就去。

我惊讶地问："你还没最后回来呀，敢去代课？传出去会不会影响病转？"

小占嫣然一笑："不会的，学校位置偏远，又是秋季才开学，那时只怕户口都回来了。我的家境你晓得，姐夫又是那副样子；托人找个事不容易，我又喜欢这个工作，还巴不得明天就去学校呢，等我有了收入，妈妈和弟弟的处境会好点。"

说得我都眼热了。

我找到吴胖子，托他去打听病转通过了没有。第三天中午，我坐在过道里，拆一件旧毛背心，看见吴出现在门口，我知道有好消息，便示意他进屋里坐。吴坐下后说："林青青，你现在可以放心了，区毕办通过了你的病转，关系已报到荆州地区去审批了。"

尽管在意料中，猛一听还是有些意外，我一句话也说不出来，直到吴胖子要赶到文化馆去上班。我把他送到过道门口，又踅回屋里发了好一阵呆，后来才确信我的户口将要回到武汉了，我又将成为武汉人了！

想必徐玲的病转和我是一批讨论的，自然也通过了。第二天我去了徐玲家，想和她聊聊。我们闯过区毕办这一关，多么值得庆幸啊！

万万想不到徐玲的病转被人告发了，她已回了生产队。

徐玲妈告诉我，就在徐玲去区毕办拿复查通知时，毕办人却一脸严肃告诉她，他们收到了检举信，有人揭发她的肾炎是伪装的，出诊断书的县医院医生是她的熟人。为此，检举人要求组织上秉公查实，信尾的署名是"一革命群众"。

徐玲猝不及防，当场就蔫了，这无疑承认了自己确是假病。退一步说，徐玲不承认也不行，那就来个现场尿检吧，显微镜下见分晓！

区毕办将检举信和徐玲的诊断书退回天门县知青办，要县知青办查实此事。

自然，徐玲的病转完蛋了。

徐玲妈说："这件事肯定是严楚珍干的。她和徐玲一个知青组，两人关系仇得很那。我那丫头也太老实，当着区毕办的人，吓得说不出句整话来。"

我迟疑地说："不会吧，严楚珍这样做犯不着呀。"

"当然是她，自己没办法回来，嫉妒心所致。"

"那徐玲回队去有什么用？"

"病转这着棋，算是走丢了，徐玲还要顾及队里的影响，只有先回队再说。"

徐玲妈的话音里，虽有气愤，却并不沮丧；给我留下这样一种感觉：她们还有其他的希望可以争取。

洪接锋的复查诊断也在区毕办通过，和我一批转到荆州地区知青办去了，洪接锋的高兴劲头自不待说。她特地上我家来玩，这个颇有心计的同学善于把持自己，尽量显得不动声色，眼睛里的欣慰却是最真实的。

见面她就问我："徐玲的病转通过没有？我向区毕办的人问起她，毕办的人不肯讲。"

我讲了徐玲的情况，洪接锋大惊失色，眼珠子盯着我，察看我的表情。

尽管不敢完全相信是严楚珍所为，但我仍表示了对严楚珍的义愤。

洪接锋一句也不接我的腔。

我最后说："徐玲是个直爽的人，太没心计了，嘴太敞，要是……"

话没完，洪接锋骤然变色。

我不免后悔自己把不住话头，这不等于是说，洪接锋是个不直爽、有心计、嘴巴紧的人？要知道，洪接锋和徐玲搞的都是"肾炎"啊。肾炎最容易被戳穿，难怪洪接锋听到徐玲的事这么惊骇。

心里暗暗纳罕，洪接锋是怎么闯过三医院保健科一关的呢？要知道，复查之前她是那样恐惧。

可以肯定的是，为了重返城市，知青和他们的父母、亲友调动出的能量可想而知。没有病可以创造出"病"，而平时没有在意的慢性疾病可以转化为"重症病"，一切必须做得天衣无缝。只要有了人，一切人间奇迹都可以创造出来。

洪接锋的"奇迹"究竟是怎样创造的呢？

洪接锋决定以肾炎搞病转也有一个契机。她家住汉口北京路，有个女邻居年龄和她妈一般大，患有慢性肾炎，每次做尿检，总有血尿加号。

眼看招工完全停了，回城无望，有的知青通过病转顺利地回了武汉，这情形不能不触动洪接锋。去年 12 月，洪接锋回了家，她要来女邻居的病历，经过一番变更加工，女邻居病历上的名字变成洪接锋。而后，洪用女邻居的尿，拿到附近的市二医院去化验，顺利地搞到了诊断证明。她又央求女邻居留了泡晨尿，如捧着救命神水一般，坐长途汽车赶到县医院。但路上 5 小时的耽搁，尿已变质，化验不出来了。

洪接锋一度陷入绝境，在县城忧心如焚。几年农村的磨炼使她不会轻易退缩，父母双亲在家中盼着她的消息呢。突然，脑瓜里如电光火击一般，她想到了县医院的住院部，住院部里，必定会住着各种病人。洪接锋来到内科病房，天公作美，她果然了解到正有一个 10 岁男孩因肾炎住院，男孩尿检的结果已出来，血尿有三个加号呢。洪喜之不尽，她把男孩的父亲（一个农民）扯到一边讲："我奶奶病了，请中医开了药方。中医说要用肾病童子的尿作引子，说是以毒攻毒，您做件好事，把儿子的尿给我奶奶，借我奶奶的寿，您儿子的病会好得快些。"

老实巴交的农民信了这番胡扯，何况是一文不值的尿。农民叫出儿子对着尿瓶屙了尿递给洪接锋。如获至宝，她拿着尿再去门诊部复查，病孩的尿终于使洪接锋如愿以偿，顺利地搞到了县医院的诊断书。

因此洪接锋病转起步比我晚，办得却比我快。凭她过人的机警，使人发怵的县医院证明竟也轻易到手，但她内心的包袱比我更重，肾炎容易找人冒名顶替，也最容易叫人识破。洪接锋日夜为着复查提心吊胆。

复查的期限日日逼近，7月的复查日，洪决定放弃这次复查，干脆拖到8月再去查，这一次先去实地探探情况，她打定了主意。

在三医院保健科，洪接锋看到一个46中的女知青也是因肾炎在病转。她递上尿检结果，化验单上竟是血尿四个加号。医生起了疑心，这个女知青有四个加号的血尿，脸上、腿上却并无浮肿。医生把女知青带到另一间房，要她当场解个小便，再作一道尿检。女知青一副哭腔，推说自己一时解不出来……

目睹了这场景后，洪接锋悄悄离开了。她摸到了保健科医生的底——接尿时，医生不跟到厕所，没有故意刁难人。除非你做过了头、太假，引起了医生的怀疑。

到8月中旬的复查日，洪反复操作，精心准备的血尿是两个加号，既不那么打眼，又必须过得了关。利用女邻居的尿，洪最终通过了复查。她捏着三医院保健科的复查诊断书，后怕得额上沁出冷汗又庆幸不已。

洪接锋有了番深切体会，医生们大权在握，倒也并没有把知青当敌人袭击，肾炎的复查竟然跟门诊看病差不多。关键在于保健科的医生们是按什么尺度处理，有没有网开一面的怜悯心，"难怪那么多知青都过了关，没听说有退回去的人，徐玲是因为遭了严楚珍暗算，可我跟严楚珍无冤无仇。"洪接锋侥幸地对自己说，

洪接锋并没满足在自己的成功里。

自从在区毕办通过了病转之后，她就想到了妹妹洪珍，病转的路数已摸熟，何不乘机为妹妹想个法子。她先是想把自己的"病"转嫁于妹妹，因为那些现成的病历和患肾炎的女邻居都可以利用。但徐玲的教训使她多了个心眼——这事再也做不得。姐妹俩不能同一种病回来，否则连自己也会暴露。于是洪接锋翻遍医书，为妹妹寻找"疾病"，终于她了解到吃一种叫麻黄素的药，可以使人心跳加快，血压升高。洪珍长得高大丰满，爱生冻疮的脸使她夏日里看上去也红得发紫，倒有几分像个高血压患者。说干就干，洪接锋拿自己的身体先做试验，她吃下一粒麻黄素不久，心脏"扑通、扑通"地跳快了，简直像要从胸腔里蹦出来一般，洪接锋头重脑胀，才感到这种试验不是好玩的。可见姐姐对妹妹的情分。洪接锋以身体为代价，反复试验后，每回她的血压都能升高，她打定了主意。

洪接锋的父母胆小怕事，劝她稳妥一点，等她户口转回来再为妹妹办，可洪接锋决心已定。洪接锋在我们班上虽然默默无闻，那是由于家庭出身的限制，其实她数理化成绩不错，脑瓜子很灵，她知道，以她家这种旧军人成分，妹妹很难上来，姐妹俩曾巴心巴肝地挣工分图表现，最终还是没有招工。不搞病转，更待何时。由于招工全部停止，1973 年成了病转的高峰年。她深知必须抓紧机会，终有一天，

病转这条路会被卡紧。

洪接锋送了一包香烟给卫生院当医生的街坊，街坊给她写了两份病历，填上洪珍的姓名、年龄。然后，洪接锋又以洪珍的的名字去市二医院看病，坚持看了两次病后，第三次，医生终于出具了高血压的诊断书。这使洪接锋信心倍增。她带上诊断书和麻黄素片，乘舟离汉，赶回队里。

一进知青屋，洪接锋激动地喊："洪珍，我替你办病转来了。"

谁知，洪珍却捂着只眼："姐，我右眼受了伤，现在越来越严重，不能出工了。"

原来，收小麦时，洪珍的右眼被麦穗戳伤，先时感觉有些睁不开，畏光，洪珍没在意，立夏至小满的半个月里，正是棉区抢收大小麦的忙期，洪珍不能不出工。她只到大队医疗站去要了点眼药水。

洪珍的右眼就这么拖下来了，始终不见好转，而感到更严重的刺激症状，视力减退，看物体模糊。洪珍这才慌了，公社卫生院医生向她介绍，对岸潜江新成立的"五七"油田有好的眼科医生，是从北京调来的。

于是，洪接锋带着妹妹乘划子到对江，油田医生诊断为"角膜溃疡"，医生惋惜地告诉姐妹俩，由于耽误了治疗时机，右眼角膜溃疡已变深，角膜上呈云翳状，必须控制住溃疡的扩展。医生开了药，建议洪珍休息一段时间。

谁知，这姐妹俩首先感到的不是害怕，角膜溃疡使她们看到了返城的希望。洪接锋又带着洪珍急忙赶到县医院看眼科，不是为了看眼睛，而是为了搞张诊断证明书。但是眼科医生只肯给洪珍开出一个月的病休证明，并不是正式的诊断书。回到旅社后，洪接锋果断地让妹妹吞下一片麻黄素,待洪珍感到心慌不适时,又带她去内科检查,量了血压,血压高至 138/90 毫米汞柱,内科医生参看了洪珍在武汉的"诊断结果",给洪珍出具了"进行性高血压"诊断证明书。但没有提出具体的处理意见,如同我的"风湿性关节炎"诊断证明一样,医生把这个问题交由有关方面定夺。

但姐妹俩已很知足,这毕竟是一张正式的诊断证明。洪接锋骂骂咧咧跟妹妹说:"他妈的,真病没有搞到诊断书,假病倒这么顺当,这是逼着人做假啊!"

洪接锋把"角膜溃疡"的病假条附在"高血压"的诊断书后,交到了公社,洪珍开始了病转。姐姐让妹妹回武汉去休息治病,自己守在队里,为妹妹催办病转。

洪珍手续办得一路顺利。可惜角膜病由于未及时治疗,病情继续恶化,最终右眼失明。

徐玲病转失败回队时,徐玲妈是同女儿一起下去的。1973 年招收工农兵学员的工作开始了,今年大学招生由于是全国性质的统一招生,较之以前招工有点不同,对于出身不好的知青,按照"可以教育好的子女"政策,配有少许名额点缀。有几所高校来到张港区招生,其中有华中农学院。徐玲的舅舅毕业于华农并留校工作,他将华农招生情况及时传递给徐玲母女,同时把徐玲的名字及下乡地址写给了华农招生组,重重拜托一番,徐玲母女就是在这样的前提下回的队。

这一年来,公社和大小队需要的轴承、马达、铁丝、圆钉这些紧俏物资,都是靠徐玲妈帮忙买的,其中轴承、马达是买的回收品,价格便宜。徐玲妈交结广熟人多,为公社节省了不少钱,正因为徐玲妈帮了下面这么大的忙，公社对徐玲的招工，早就有过许诺。

徐玲妈登了公社大小队领导的门，递上了烟酒红糖肥皂。在严楚珍面前，尽量不动声色，关于检举信的事，徐玲妈嘱咐女儿一字不提，万不可因小失大，影响眼前的招生机会。

华中农学院招生的干部来到天门后，被分配到张港区的罗桥和周场两个公社招生。为了徐玲，华农招生干部在县里提出和华中师范学院对换公社招生，这样，徐玲所在的杨市公社分得了华农一个工农兵学员名额。

公社领导决定把这个华农名额定给徐玲，把徐玲作为可教育好的子女推荐上去。事情进展顺利，徐玲妈回了武汉。

而我去徐玲家时，徐玲妈也刚从徐玲队里回来，当时她只告诉我徐玲病转被检举了，其他方面并不提及。事实上，我当时的感觉是对的，感到徐玲妈还有其他希望可争取，这其他希望就是大学招生，徐玲妈心里，已在静候女儿的佳音了。

事情的发展是她意想不到的！

徐玲妈来到队里，严楚珍心里惶恐不安。夏天里她一人在队里生活并坚持出工，受到社员们好评。现在看到徐玲这种来头并被推荐了，心中虽然气愤，却又无可奈何。

徐玲是沉不住气的人，待她妈一走，就忍不住和严楚珍吵起来："你为人太阴险了，像个阴蚊子，我办病转碍着你什么了，你凭什么检举我？"

严楚珍断然否定："我并没有检举你，你认为是我检举的，你拿出证据来。"

"你没胆量在检举信上签真名实姓，你就可以抵赖了？我为病转找熟人的事没瞒着你，你一清二楚，这就是证据。其他的人，决不会像你这样卑鄙。"

"谁卑鄙谁心里明白，你要是真有肾炎，你就经得起揭发。现在你又怎么不敢病转了？说到底还是你装的病，既然装了赖，就装到底，凭什么又来活动大学招生？你妈妈搞了些什么活动，当我是个傻瓜！"

话到这个地步，徐玲气得发抖："你混账，害了人还这么恶毒。我们就是搞了活动又怎么样？这一回我走定了，我要当面走给你看！"

可惜徐玲的话说得太早了，她的悲剧也在于太缺心眼。杨市公社是张港区的一个大社，全公社还有二十多个老三届生没招走，加上69、70、71届的后三届生，也有几十号人。知青们都知道，徐玲搞病转一直待在武汉没出工。这种情况怎能作为表现好的知青受到推荐？就有知青吵到公社，说出了这样的话："如果徐玲这回上了大学，我要发动全公社的知青都不出工。"这的确使公社感到难办，但华农的招生干部表示愿意招徐玲。

徐玲队里有个大队贫协主任，参加过抗美援朝，是位见过世面的人，听说徐玲这回要上大学了，贫协主任找到公社领导质问："你们搞推荐走的什格路线？到底是凭表现还是凭关系？照你们这个搞法，老实人就吃亏了，我们队的严楚珍表现就比徐玲好。"

公社领导把责任推到华农招生干部身上，贫协主任不信邪，又找到华农招生干部，又一番质问。贫协主任的话一言九鼎，贫下中农考查知青接受再教育好坏的权利似乎在这里得到了印证。事情很快起了转折，原定的推荐徐玲改为重新凭表现推荐，严楚珍被推荐上去了，这件事很快定了下来，而且毋须考试。张铁生《一封发人深省的答卷》推翻了 1973 年的大学招生考试。严楚珍被招到华中农学院机械系，成为一名工农兵大学生。

事情倒了个头，不是徐玲当面走给严楚珍看，而是严楚珍当面走给徐玲看了。严楚珍并没去刺激徐玲，和徐玲没说一句话，她是垂着头走出知青屋的。

徐玲妈得知她千辛万苦搞来的名额转到严楚珍名下，顿时倒在家里不能动弹。她叫小女儿徐莹赶到乡下去照看徐玲，以防徐玲经受不住这再一次的沉重打击，有个三长两短。

徐玲也在床上倒了两天，严楚珍的走对她打击可想而知。而且严楚珍这个指标完全是徐玲家活动来的啊！如果原定的华中师范学院到徐玲公社招生，是完全不会招严楚珍的，因为华师招的都是知青代课教师。徐玲在知青屋和妹妹过了一周，妹妹走后，她出了工，而且主动要求去打农药，挑棉铃虫。

星期天晚饭后，我和妈妈不约而同想出去散散步，我们快步走过五棉，来到江边。这里地处空旷，环境幽静，我们的脚步放缓了，心情很轻松。这是 5 年来从未有过的。女儿回城指日可待，妈妈的心病摘除了，整个人精神状态自然不同。

我们已走过曾家巷码头，还兴犹未尽，仍继续朝前走。妈妈眼神里充溢着幸福，她说："青青，等你的户口回来，我们就有了粮票、布票、副食品票，我的女儿可以永远留在我身边了。先头我没有告诉你，怕你有包袱，我不知道你病转要拖到什么时候，托同乡买了 30 斤黑市粮票，好贵，两角五分钱一斤，我花了七块五角钱呢。"

我听着，没有吱声，粮票当然重要，我有更深的感受：想我今后不再是一个"黑人"了，在家时间待长一点，就会招来邻里闲话，我将在华福里泰然进出，抬起头来做人。我将成为合法的城市人，不用守在农村等待招工，经历一次次政审，一次次不合格的打击，我解放了。从人生的归宿来讲，一个丢在农村的女知青，将会变成一个地道的农妇，那种命运，我决不愿意接受。我们走到国棉六厂，这里沿江的梧桐树特别粗大，有的要两人合抱才能围住，可见有些年代了。我发现，武昌沿江的景色也很诱人，马路空旷，留给路人很多遐想。临江的厂房、烟囱、趸船、仓库显示着武昌工业区的特色。几座大纱厂都有自己的码头，还是解放前资本家时代的，在六棉临江大门里，一座颇具近代特色的办公楼顶上，还立着一座小钟楼，与对江的江汉关钟楼遥遥相对，给武昌的工业区增添了些许历史的沧桑感。

我们慢慢地溜达着，心里特别踏实、熨帖。我想起了契诃夫《套中人》的一段话：啊，自由啊，自由！只要有一点点自由的影子，只要有可以享受自由的一线希望，人的灵魂就会长出翅膀来。难道这不是实在的吗？

63. 预谋合演的戏

应笙给我来了信，寥寥几行，邀我到她家去玩，这自然叫我高兴。的确，在农村时我们接触较多，建立了相当友谊。在区毕办，我们来不及细谈，我是想到她家去看看，接续我们的友谊。

应笙家在武昌何家垅一幢考究的宿舍楼里。这是个下午，我坐在敞亮的房间里，打量着她家的三间大房，发出由衷的赞叹。应笙一人在家，她给我沏杯茶，说："好什么呀，凑合着呗。这是因为我们家从北京调来，住房上照顾了点。"

我打量应笙，她脸色没有往日好看，随着年岁的增长，青春的红润终究是要褪尽的。

应笙转换话题："你到三医院复查了？"

我愉快地告诉她，我病转已报到地区知青办了。

"太好了，你妈可以放心了。像你这种情况，本来就应该留下来。上海就是这样搞的：两丁抽一，比较合理。"

应笙态度真诚，我感激地望着她。应笙是这样一个人，决不嫉妒朋友，我自然也关心地问起应笙：是因什么病转的，关系到了区毕办没有？

应笙从容地、不动声色地讲了下面的话："癫痫病，想不到吧？"我惊愕地张着嘴，一向健康、思维清晰的应笙怎么可能与癫痫病扯到一起？看到我狐疑的神色，应笙连忙解释："连我自己也没有想到，我会得癫痫病。今年春节我不是在家住得久一些么？2月间，我突然倒地，后脑勺磕在水泥地上，撞成个血包，口里吐出泡沫，手脚痉挛。家里人都慌了，可我醒后没太在意，以为可能是精神压抑、贫血这方面的原因。到医院去瞧，医生说我发病的症状像癫痫。这种病我这个年龄照样可以发生。医生问我以前有没有脑外伤、脑膜炎史，我说小时候得过脑膜炎。医生说脑膜炎就是病因了。后来我在家休养了一阵，4月份才回队，代课的工作也丢了。不久，我在队里又倒了一次，倒在地头，是社员把我抬回来的，我倒下时，自己根本不知道，后来我怎么听见，有人在哭。我睁开眼，才看到跟我要好的姑娘在哭，细哥也站在我床前，这个人你认识，我不是向你介绍过他？"

我点点头，细哥就是应笙队里那个复员军人，大队机房的，我怎么会不记得？他把应笙同组的舒曼玉"推荐"到了医院，这件事印象太深刻了。

应笙接下去说："队里请来了公社医生，细哥在旁边介绍我的症状，公社医生说我是癫痫病，说这种病很危险，没有规律，说倒就倒。要是挑水、摆衣裳倒在塘里就不得了，跟前没人，就会出事。这种病人夜里不能出门，来了月经更要小心，倒在露天里，一个女孩成什么样子。总之有了这病，一个女知青不能在农村独立生活了。当时大队干部也在场，他们听了个一清二楚。都怕我出问题，派人送我到县医院去检查。"

"那县医院出了证明？"这是我最敏感的问题。应笙的脸有点别过去了。小声说："因为公社医生给我出了现场证明，加上武汉医院的诊断，到了县医院，细哥又把情况谈了，县医院就出了诊断书。"

"是细哥陪你去的？"

应笙神色不自然了，勉强地说"大队派的他"。又说："这样我就开始了病转。办得倒也快，关系转到县知青办了。上次在毕办碰到你，就是去问我的关系转上来没有。"

原来如此，我相信了。或者说我不可能不相信应笙。我多少有点担心："应笙，那你以后出门要小心点。"我更为应笙高兴："这是因祸得福的事呀！管它癫痫不癫痫，只要你能转回来。"

应笙默默地看着我，不做声。我就主动把话题引向我们熟悉的事，我谈起在协和医院看到了舒曼玉。

应笙简短地说："她的事我全知道，医院也做得过分了，让她去涮瓶子。我们都有回来的权利。"对这位昔日的对手，应笙的语气变得宽容和谅解了。

我又谈起徐玲的病转被检举了，小阳终于去了江西。

应笙脸上突地漫过一片潮红，眼里掠过惊悸的光，睫毛不安地颤动："严楚珍这不成了小人？我看她那人该不至于呀。徐玲没妨碍她的利益，也许搞错了。"应笙好像不愿再扯这件事，她转过话题："青青，你那位叫毛弟的，你俩怎样了？"应笙显得很关心。

我马上语塞，很别扭又很窘，又不能不回答，就勉强说："我和他的关系从来没明说，后来看到不是一路人，就不来往了。"

许是受我情绪的影响，我们冷了场，一时竟无话可说。

我忽然想告辞了，应笙也不留，送我下了楼梯，又送到大街上："青青，你好走。"

过马路时，我回头看到应笙怔怔地望着我。

等我上了公共汽车，才开始品过一点味来了：我今天来，是为了和应笙的友谊；应笙要我来，是为了解释她的病，这多么像作了准备的。怪不得我要告辞了，有一种潜在的感觉，这是在听特意安排的解释，应笙在防备我。我终于明白了，在区毕办，应笙那样紧张地问我："你听谁说我在病转？"今天却绝口不问；还有应笙只说"青青好走"，没叫我再来玩，也没说到我家去，这说明近段时期她不准备再和我见面。我不免沮丧起来——谁要是走上病转这条路，谁就变了个样。洪接锋更不用说了，那闪烁不定的眼神、滴水不漏的语言，让人跟她磕头都来不及。我恨不能高喊："你放心，我对你的事绝无兴趣，不要把我当贼盯着看。"应笙又变成这样了。为"接见"我，准备得多么周密，严丝不漏。正因为这样，我才分明感到，应笙精神上的包袱很重，她是那么小心翼翼、如履薄冰，唯恐病转会失败。

我感觉到，这幕戏的后面，有一个人在做导演，那一定是应笙的男友。

对了，应笙还提到细哥，我心里就更清楚了，应笙倒在田里，直到醒来，多么像应笙和细哥合演的戏。为什么偏偏是细哥向公社医生介绍应笙"倒地"的症状？偏偏又是细哥陪应笙去县医院？

还是徐玲直爽，算得上心口如一，可是，正因为她的单纯，她付出了多大的代价！

我对应笙男友导演的"癫痫病"的推想是对的，两天后便得到了证实。易苹到我家来的不多，可是这天上中班前，她特意来了。易苹苦恼地说："应笙的男朋友小邓到我家来了，问我对谁说过应笙在办病转，青青，这事我是对你说过，说了后我没在意，忘记了。所以他一问我，我就说：'没有哇，我没对人说。'他就说了：'有个女同学在区毕办当面问应笙病转的事，所以我问问是不是你讲的。这事千万不可讲出去，如果传开，就会影响应笙的病转。要知道，她在农村5年了，假如这条路断了，我真怕她会想不开，出了意外。'"

易苹的眼里现出害怕："青青，你有没有跟哪个说过？"

我只好说："是我问了应笙的，我在区毕办门口碰到她，就随口问问，再没跟任何人说过。"

易苹说："我今天特来告诉了你，你以后就别跟任何人讲啊。"

我对易苹说："你告诉应笙的男朋友，我们晓得应笙在病转，希望她快点办成，决不会对任何人说，"

我还沉浸在应笙的事里：果然是应笙的男朋友在一手布置。我叫易苹转告应笙男朋友的话，是不是跟应笙当面与我解释的相矛盾？这表明我还是不相信应笙有病嘛。说明我还是脑子简单了，只一心想让应笙放心，放一百个心！

对拐子和小占没再来她这里，阿姨很有疑心，以为是居委会的人从中捣鬼，要拐子、小占跟她划清界限。我不得不连连安慰她，只推说小占回队去等病转通知了。阿姨精神上毛病在悄悄地发展，除了亲友看得出，外人看着她却也正常。

我有时到刘汉娥的基建工地去玩，坐在预制板上，看刘汉娥挑土。有时帮她挑几担，让她歇一下。刘汉娥的三个月劳动期早过了，调回办公室的事被房管所书记拖延着，只答复刘汉娥："反正劳动也散淡，先混着再说。"刘汉娥也图基建劳动时间短，乐得有时间照顾家里。

谁知刘汉娥偏又出了麻烦事。那是个下午，我从阿姨家到刘汉娥那去，却没看到她。工地上的人表情神秘，后来忍不住告诉我，刘汉娥在所里交代问题。我问为什么，他们又不肯说。刘汉娥会出什么问题呢？我急急跑到房管所，正好问到所里书记的名下，才知道刘汉娥在会议室里交代问题。书记挡住我明讲："问题没搞清，你不要进去。"

我焦急地说："我是她表妹，你告诉我，她究竟出了什么事？"

书记神秘莫测地干笑。

我说："亲戚总可以看她一下吧，我也好回去告诉家里。"书记这才摆摆手，我就进了门。刘汉娥脸色苍白坐在那里。

"刘汉娥，你出了什么事？"我急问，虽然喊不出姐姐来，但我愿意像妹妹那样为她分担点事。

刘汉娥对我勉强笑笑，告诉我，拐子给她惹麻烦了。

拐子与爱人和好无望，只待最后判离了。无事可干的拐子只得找刘汉娥叹叹苦经。今天上午，刘汉娥照例提前回家淘米择菜。拐子来了，进门就一屁股坐在床沿，几句话后就干脆靠在被褥上。没靠一会，刘的爱人碰巧有事回来，看到歪靠在他床上的拐子，顿时失去理智，冲到厨房拿了把自制的长水果刀，照拐子扑去，拐子已从床上蹦起，灵活地闪开了。刘汉娥上前去扯丈夫，混乱中，丈夫把刀误戳进自己的大腿，刘汉娥把丈夫送到一医院，医院却不接受，说流氓斗殴致伤我们不管，要请单位领导来才行。这样，房管所领导就知道了这事。人言可畏，全所传得沸沸扬扬。刘汉娥的丈夫缝合包扎后回了家，刘汉娥却被迫在所里交代事情经过。本来书记就在给小鞋她穿，这一来只怕还要大做文章。

我看着刘汉娥，心里很同情，我相信她是个正派人。她和拐子的感情早断了，剩下的只是友情，而且她和丈夫的感情很好。

我问："你交代了没有呢？"话一出口，就觉得用词不当。

刘汉娥见怪地瞪我一眼："我没错，交代么事？我只讲了经过。拐子又不是我叫来的，来了又不好赶他走。他说他帮了一个姓占的姑娘病转，那姑娘手续办成了就不睬他了。还有你也是这样。他就只有到我这里来坐，心里才好过些。你们都可以不理他，我就不好也这样。"我脸发热了，有点内疚，结结巴巴问："领导不会整你吧？"

刘汉娥摇摇头："为人不做亏心事，半夜敲门心不惊。我不得怕他们的。"

我无言地出来，看见书记站在大门口，就去对他说："我姐姐不是那种人。那个拐子跟我也很熟，他也决不是那种人。"

书记是个五十多岁的人，他对我"哦"了一声。不知我的话他听进去了没有。

陈苏红调到半导体器件厂去了。她告诉我，调动搞了快一年，现在求人办事真不易。走时她把几本书放在我这儿，要我顺便还给吴胖子。"车间的姐妹都很羡慕我，随便哪个行业，少有纱厂女工这样辛苦的。和我一起进厂的天门知青更不用说了，用她们的话说——她们是才出泥坑又入火坑。最眼红我的要数陆婷婷了。"

"十一"国庆节，妈妈要我同她一道去看阿姨，我说："要去平时尽可以去，何必非赶国庆节这天。"妈妈走了不一会，占斯琴来了。我一眼就注意到，小占穿一件豆灰色的卡其布春装，方领、大口袋，仅钉四粒大有机扣，式样和颜色都是当前流行的。

小占告诉我，她已正式转回，上了户口。她在中学已代了一个月的课，月薪 24 块钱，教初二的语文课。"这比一个学徒工工资还高，学徒工还要从 18 块钱拿起，"她讲，"我才拿到第一个月工资，给了姐姐 5 块，给妈妈 2 块，给乡里的弟弟 5 块，剩下的，除了中餐的饭票就做了身上这件春装，姐姐帮着我一天赶做起来的。我实在没衣裳穿，站在讲台上都难为情。以后我打算按月给弟弟 5 块钱。"

听得我好生羡慕："你们孝感地区批得真快，我们荆州地区现在还没有下通知。"

小占无限感触："我总算把自己救出来了，亏了你阿姨帮忙，我给阿姨送了点蚕豆、大蒜头，都是我弟弟种的。我在阿姨家吃了几回饭，没得什么可感谢的，一点小心意。"说到这里，小占像是若有所思，似乎有话不好提。我感觉出来，她是想到了拐子：真正给她帮了大忙的人是拐子。我就告诉她，拐子在刘汉娥家险遭刀戳的事。小占直着眼望了我一会，要说什么又终于没说出来。

尾　声

历史背景：

1975 年 1 月党的十届二中全会与第四届全国人民代表大会相继召开。周恩来总理代表中共中央和政府提出了四个现代化的建设目标。"文革"之中被打倒的邓小平复出，开始主持国务院日常工作。排除干扰，在全国着手整顿和恢复国民经济的工作。

但天下事在微不足道的小人物眼里是迷离的。徐玲、先梅、一撮毛、小占的弟弟这 4 个知青仍困守农村。前面看不到希望，他们只能循着生存的本能，蚯蚓拱洞一般，步步掘进，希望前方透出一线光亮。

1975 年 6 月，我下班回来，见桌上摆着小占的来信，信中要求我将坐骨神经痛的旧病历给她弟弟办病转用。

我找出了那一摞病历，手抚摸着，有些恋恋不舍。在病转的过程中，这些病历曾在精神上给我以支撑，我是靠了它们壮胆，才闯过那道道关卡，它不是寻常意义上的病历。

那一天，小占不在家，占斯明连连称谢着接过我的病历。他告诉我，由于他得的只是单纯的坐骨神经痛，这种无法用仪器检测的"病"，自然叫武昌区毕办不好办，他的病转证明被武昌区毕办"打了板子"，理由是病情缺乏依据。但他将退回去的病情证明又从农村从头办起，因此我的病历将会给他的病转加重砝码。

我注意到占斯明在自己家中竟也猴着腰，跛着腿。那跛着的腿是在左边，和他姐姐当初的"左侧坐骨神经痛"一样。但姐姐的"表演"只需要做给医生看，占斯明却要随时随地"表演"给任何人看。占斯明一跛一跛地把我送到院子外。当着周围邻里的眼睛，他的神色是自然的。占斯明的病转证明再次摆到了武昌区毕办的桌子上，小占申诉着弟弟重办病转的理由，说到动情处，她失声痛哭，以致在场的人无不眼酸鼻塞。占斯明的病转终于出现了转机。

有志者，事竟成。占斯明终于在同年秋季转回了武汉。回城后的占斯明还是继续跛着腿，过了一段时间，才逐渐恢复到正常。

先梅是于 1976 年秋天病转回来的。病因是"精神分裂症"，这是蓉子告诉我的。我碰上先梅是第二年春上，在她家附近。只见先梅头发稀疏，面色暗淡，但眸子里透射出来的神色是正常的。我对她终于转回武汉表示欣喜："这粮道街的路你可以天天走了，再也不用躲开邻居，转到长江大桥去了。"

可是先梅神色傲慢，并不接受我的祝贺，对自己患的"精神病"似乎也不在乎。但是我能感觉到，这不过是外强中干的掩饰罢了。

我俩分手了，走了一段路，回头去看先梅，她穿着解放球鞋，半旧的咖啡色灯芯绒春装，很朴素的老知青模样。她的步态是安详的，像是总也逛不够她的出生地——这武昌粮道街一带。

徐玲妈终于为女儿寻到了一实权人家。男方是个独子，可惜小时候玩鞭炮炸瞎了一只眼，成了独眼龙。独眼的爸爸是某单位的处级干部。仗着这一点，独眼对女方的要求是必须漂亮。独眼家用小车把徐玲母女接来相亲，双方各取所需，见面后都点了头。

独眼的父亲于 1975 年秋季把徐玲搞进了自家单位，让她干仓库保管员的轻松工作。但独眼性格乖戾，为人阴阳怪气，很难侍候。他对徐玲颇多猜疑防范，徐玲受尽独眼的折磨，夫妻长期失和，徐玲忍无可忍，带着女儿与独眼离了婚。母女俩栖身在厂里的单人宿舍。

星期天，徐玲带女儿回娘家。当着我的面，徐玲妈想劝说女儿再嫁。徐玲断然说："我不愿意，我只为当初的事后悔。"说完，眼里浮上一层泪。

我明白，徐玲是为抛弃了小阳而后悔不已。

徐玲妈低了头，两只眼袋子下垂着，样子可怜。

历史背景：

1976 年 10 月，"四人帮"垮台，十年"文革"宣告结束。亿万人民涌上街头，拥护党中央的英明决定，欢庆人民的胜利。

1977 年 7 月，党的十届三中全会通过了《关于恢复邓小平同志职务的决定》。

同年 10 月，国家教育部决定停止推荐入学，恢复大中专学校统一考试和择优录取制度。消息犹如平地惊雷，千百万知青沸腾了。

　　熟悉的知青中，应笙、舒曼玉、小阳这三人进入了大学，成为知青中不多的幸运者。小阳考上了江西师范学院，应笙以 30 岁的大龄于 1978 年考取了湖北医学院，舒曼玉进了武汉大学生物系。

　　历史背景：

　　1978 年 12 月，党在北京召开了十一届三中全会，作出了把工作重点转移到社会主义现代化上来的战略决策。开始了全国认真地纠正文化大革命及以前左倾错误的工作。

　　宝哥被摘去右派帽子并彻底平反，安排到省医药公司工作。毛弟因为继承姑妈遗产，移居至美国。至于表哥，也设法调回了武汉。

　　历史背景：

　　1979 年元月底，决定全国知青命运的"昆明会议"召开了，根据中央指示，通过了有关政策条文，解决全国知青返城问题的工作取得历史性的突破。

　　同年春天，中央正式下发文件：凡是在 1975 年以前下农村的知识青年，均可将户口迁回原来所在的城镇。文件也附加规定，已在农村结婚安家的知青不属政策范围。

　　可可自结婚后我再没见到她。蓉子却从可可同村的农民那里听到：可可的两代婆婆都嫌可可好吃懒做不善持家，不会挣工分。事情搞倒了，婆婆还得侍候媳妇呢。丈夫也把气出在可可身上，对可可由争吵到动手，可可也泼出命来和男将抓打。这可是反了，于是老婆婆嫩婆婆一齐上阵，打得可可凄惨地号叫不止。

在这样的日子里，可可生下了一对双胞胎儿子。

丈夫对可可总像是怀着一腔怨恨。可可带着一双儿子去娘家小住时，可可的男人咬牙切齿地跟村里人诅咒可可："个懒婆娘又回去享受了，我唯愿火车翻了，轧死她个狗日的。"

靠了中央这个最后解决全国知青问题的文件，一撮毛在1979年终于回城。尽管他是靠国家政策回来，也只能进入一家集体所有制小厂。

事实上，直到先梅也病转走后，一撮毛在队里再也熬不下去，来到武汉一个黑施工队当了泥工。施工队的人多是些刑满释放分子和倒流人员，并非正式工。一撮毛干了两年，只能算个城市的"黑人"。

这么说，等不到1979年国家全部解决知青的文件下来，横野大队的知青都走光了。

一撮毛家住武昌中山路街面上，很好找。他回城后，我曾去拜访他。我讲起，可可娘家搬了，他知不知道可可信息？和先梅有无来往？一撮毛告诉我："自从和可可闹翻脸，我也不晓道她后来么样了。你说起先梅，我只晓得她分配到童装社当缝纫工。她会和我来往？我回来后碰到过她一次，她见到我，脸都红了，低着个头冲过去了。"

"为什么？"

"还不是因为她装了精神病。"

由此我知道了先梅病转的实情：依据家人的策划，1975年春上，先梅患上了"精神分裂症"，她再也不去上课了，成天坐在知青屋门口,木然地望着人,有时还会冒出一两句奇奇怪怪的胡话。先梅的妈老天拔地赶来了,给干部和熟悉的社员家送了礼。干部和社员也以鸡蛋、醪糟、腌菜回赠,造成了一种众人都来探望先梅的现象。一撮毛当然明白先梅是在演戏。一天,有同学来会一撮毛,两人淘了米,洗好莴苣叶,准备做饭。谁知先梅来到厨房,不望他两人,抓起生莴苣叶就吃。一撮毛先是愕然,待明白过来先梅是在装疯卖傻,不由与同学相视而笑。先梅赶紧离开,一撮毛注意到先梅从脸到耳根都羞得通红。

第二天,先梅妈唉声叹气地带着"精神失常"的姑娘回了武汉。为避人耳目,先梅一直躲在大姐家,足不出户,痴呆呆模样。由家人为她奔波病转之事。如此,又扮演了一年半"华子良"的角色,到1976年的秋天,先梅终于病转成功,从大姐家回到了父母处。

一撮毛的叙述很客观,看法尽在其中。

我与小占的友谊始终保持着。忘不了1979年初夏,她来看我并告诉我,她已有了对象,准备暑假结婚,未婚夫和她同年,31岁,还是个工农兵大学生呢,幸福溢满小占的脸。她不容易,多年来孤军奋战,为自己为弟弟争来平头百姓应有的生活。

这个婚没结成,小占疯了。还是起因于小占的名声,和有妇之夫的拐子勾勾搭搭,设下美人计,骗得军医的诊断书,导致拐子夫妻关系破裂……

夫家得知小占的劣迹,断然与她断交。小占很镇定,并不辩白。半个月后她却疯了,剪了头发口口声声要去当尼姑。

小占住进六角亭精神病院,强制治疗未有好转,学校承受不起她的医疗费，又转到汉阳一所小医院治疗。出院后，武汉亲属无法照料她，她被在县城农场工作的二姐接走，终生要靠姐姐照料，终生要服一种叫氯丙嗪的药，药物使她神情麻木，她怎么也不认得我了。

她从此再没上过班，我从此失去了这位患难朋友。

听到小占疯了那天，占斯明对我讲，小占男友欺骗了姐姐的感情。回家路上，我在曾家巷码头下了车，这里离我家还有一站路，我不想马上回家。需要一人静静地待上一会，只有这僻静的江滩才能使我心里好受一点。

男友对小占的抛弃，只是一个导火索，归因还是小占的出身处境。她灿烂的笑容背后，有着怎样的惊恐、焦虑、耻辱、重压，她终于崩溃了。

是逃不过的劫数吗？一个月之前，我阿姨吞服大量的安眠药自杀了，最终死在她的恐怖幻觉里。这件事，我对周围邻居、我的同学，当然更包括小占都守口如瓶。不禁这样想：如果当初表哥愿意要小占做他的爱人，阿姨和小占也许都可避免变成疯子的劫难。她们俩是能和睦相处的。可事情偏偏不是这样。

是社会不能容忍小占啊！为回城，小占付出的是什么?!

联想到自身处境：我那工厂生产环境恶劣，职工文化素质低下。每天转两道车的跑月票，流水线上紧张的生产任务，让我压抑、不堪重负。我已经30岁了，事业在哪儿？爱情在哪儿？我一无所有。唯有一点，我的思想属于自己。我还要在这茫茫世界寻觅下去，心中的火焰不会熄灭。

青山遮不住。

后　记

　　作为老三届知青，我经历过病转，也结识了不少病转回城知青，那种阴郁的创痛总是伴随着我。

　　病转人生犹如蜗牛生涯，背负着重壳，躲躲缩缩、跌跌爬爬地回到城市。所行之处，留下的是弯曲肮脏、不忍瞩目的行迹。因此病转知青被喻为爬回来的人，在知青中被视为异己，不光彩人群。狡猾、投机、堕落——是病转知青终生抹不去的人格形象。于是我们负罪低头做人，一俟风吹草动，就惶恐不安。

　　上世纪八十年代初，我看到一篇小说，里面有对病转知青的谴责：病转是人性的堕落。

　　这话对我触动很深，当时我就萌生了强烈愿望，以后我会写一本知青病转的书。

　　岁月催人老，埋藏于心底的愿望日炽一日。

　　终于，作为停产企业的留守人员，我决意下岗，获取"人身自由"后开始动笔。

　　回忆很残酷，伤痛处，泪湿稿纸几多回。最初的稿子却是失败的，"欲说还休，欲说还休"，勇气不足，内心几多冲突。

最终，洪水冲决堤坝，多年积郁的忧愤奔涌而出，我义无反顾，直抒胸臆，这才回复到当年的感觉里。

书终于写出来了，书中有种种色色、耻于阳光的病转，但我的目的绝非展示堕落，炫耀鬼魅伎俩。我要说的是，办病转这一反常现象背后，总有其深刻的社会背景。

"文革"终于过去，1979年，以邓小平为首的新一代中央领导果断地结束了上山下乡的强制政令。由此，病转——十年知青上山下乡运动永远翻过去了。

本书2000年曾在长江文艺出版社出版。其后，根据读者反馈意见，我对书中内容做了三次大修改，精简了十三万字。这次获得再版机会后，客观上形成两个版本。一版内容繁多，反映的是生活原生相。二版人物线索更清晰，贴近时代背景，明白晓畅。

最后想告诉关心我的读者，1982年，我与旅居美国的姑妈联系上，才得知我父亲已于1970年病逝于台湾。父亲姓名邹仲融，16岁即参加了北伐，并且是抗战有功之人。姑妈给我寄来父亲的照片，我终于见到了父亲。

作 者

2011 年 9 月 10 日

定稿于武昌

附录：

主要知青人物表

林青青 66届初中生，其父逃往台湾，1968年下乡，1974年以坐骨神经痛、风湿性关节炎病转回城，插队6年。

洪接锋 林青青同学，旧军人家庭出身，1968年下乡，1974年以慢性肾炎病转回城，插队6年。

洪 珍 洪接锋妹妹，68届初中生，随姐姐一起下乡，1974年以高血压、眼角膜溃疡病转回城，插队6年。

陈苏红 林青青同学，高干家庭出身，1968年下乡，1970年招工回城，纺织女工，插队两年。

易 苹 林青青同学，高干家庭出身，1968年下乡，1970年招工回城，纺织女工，插队两年。

陆婷婷 66届初中生，资本家家庭出身，1968年下乡，1970年招工回城，纺织女工，插队两年。

裕 华 林青青小学同学，伪职员家庭出身，1968年下乡，1971年以视网膜脱落症病转回城，插队3年。

高　钰　68 届高中生，林青青同组知青，其母"清队"中自杀，1968 年下乡，1974 年以腰肌劳损症病转回城，插队 6 年。

小　钰　69 届初中生，1970 年下乡，林青青同组知青，1975 年顶职回城，插队 5 年。

先　梅　66 届初中生，林青青同大队知青，资方代理人家庭出身，1968 年下乡，1976 年秋以精神分裂症病转回城，插队 8 年。

一撮毛　68 届初中生，先梅同组知青，其父"四清"中自杀，1968 年下乡，1979 年按政策回城，插队 10 年。

可　可　68 届初中生，林青青同大队知青，历史反革命、右派家庭出身，1968 年下乡，1973 年合到先梅小组，1975 年转到武昌县同农民结婚。

应　笙　67 届高中生，林青青同校并同公社知青，起义军人家庭出身，其父因特嫌问题未定性，1968 年下乡，1975 年以多发性癫痫病转回城，插队 7 年，恢复高考后进大学。

舒曼玉　67 届高中生，应笙同组知青，其父因贪污问题未定性，1968 年下乡，1972 年招工回城，插队 4 年，恢复高考后进大学。

严楚珍　林青青同学，伪职员家庭出身，1968 年下乡，1973 年被推荐为工农兵大学生，插队 5 年。

徐　玲　林青青同学，严楚珍同组知青，"历史反革命、右派"家庭出身，1968 年下乡，曾办病转失败。1975 年招工回城，插队7 年。

小　阳　66 届高中生，曾是徐玲的男友，旧知识分子家庭出身，1968 年下乡，1972 年内招到江西萍乡煤矿，插队4 年，恢复高考后进大学。

杜蓉子　69 届初中生，1970 年插入林青青知青组，店员工人家庭出身，1972 年招工回城，插队两年。

梁　毅　67 届高中生，知青标兵，学习毛主席著作积极分子，工人家庭出身，其父后来卷入"现行反革命"案件中，1968 年下乡，1972 年招工到当地供销社，插队4 年。

占斯琴　武汉共产主义劳动大学学生，其父被镇压，1968 年下乡，1973 年以坐骨神经痛病转回城，插队5 年。

占斯明　占斯琴之弟，67 届初中生，1968 年随姐姐下乡，1975 年以坐骨神经痛病转回城，插队7 年。

39 中的知青王慧　67 届初中生，1968 年下乡，与林青青于病转中相识，1974 年以腰椎间盘突出症病转回城，插队6 年。